LE PLUS HARDI

DES GUEUX

LIBRAIRIE E. DENTU, ÉDITEUR

DU MÊME AUTEUR :

PARIS. — TYP. A. POUGIN, 13, QUAI VOLTAIRE. — V.1100.

LE PLUS HARDI

DES GUEUX

PAR

ALFRED ASSOLLANT

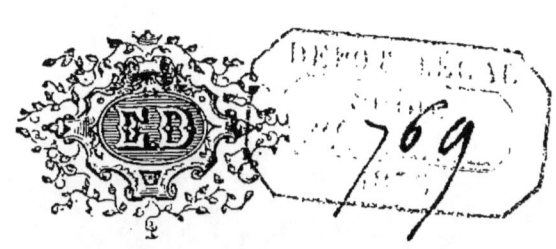

PARIS

E. DENTU, ÉDITEUR

LIBRAIRIE DE LA SOCIÉTÉ DES GENS DE LETTRES

PALAIS-ROYAL, 15-17-19, GALERIE D'ORLÉANS

1878

—

LE

PLUS HARDI DES GUEUX

I

Son père avait été pendu. Son grand-père aussi.
Quant à son bisaïeul, c'est autre chose ; il avait été tué
dans une émeute que fit le peuple de Paris pour obtenir du pain à bon marché pendant une année de
famine.

C'était comme un traité conclu depuis quatre-vingts
ans entre cette famille et le gouvernement de Sa Majesté. Le roi fournissait la potence. La famille fournissait le pendu. De génération en génération les
choses marchaient ainsi, à la satisfaction apparente
des deux parties, et tout le quartier pensait que cet
arrangement durerait jusqu'à la fin de la monarchie
française, lorsque le fils et petit-fils de tous ces pendus, le mauvais garnement dont je parle, un beau soir
du mois de mai 1765, comme j'étais debout à prendre
le frais sur le seuil de ma boutique, s'avisa de passer

devant moi et de me saluer en souriant d'un air de vieille connaissance.

Tout le monde sait que les épiciers sont polis, et je me flatte de ne pas l'être moins qu'aucun de la confrérie. Je ne crois pas avoir jamais oublié de dire : — « Et avec ça, monsieur, ou madame ou mademoiselle? » suivant l'âge et le sexe, quand on vient m'acheter pour deux sous de poivre ou une chandelle des six. Je ne m'en vante pas, d'ailleurs. Etre poli envers la pratique, c'est l'A B C du métier, c'est ce qu'on doit enseigner aux petits épiciers en même temps que le catéchisme, ou pour mieux dire, quiconque voudrait être épicier sans être poli, ferait mieux de ne pas être épicier du tout.

Cependant, ce jour-là, un instinct secret m'empêcha de répondre au salut de ce garçon. Est-ce saint Théodore, mon patron, qui m'avertissait de détourner les yeux et de garder mes mains dans mes poches? Je l'ignore. Mais je ne fis pas semblant d'avoir vu son coup de chapeau.

Ce n'est pas pourtant que le garçon fût désagréable à l'œil. Au contraire! Il était tout jeune, — vingt ans à peine, — grand, un peu maigre, bien fait, leste, souriant, avec de fines moustaches noires et une épée au côté comme un gentilhomme. L'habit, sans être neuf ou magnifique, avait une apparence très-convenable et surtout il était relevé par une démarche de prince.

Je parle, bien entendu, des princes de l'ancien temps et non de ceux d'aujourd'hui qui ressemblent pour la plupart aux laquais de leurs mères.

Au reste, quels que fussent son rang et sa profession, qu'il fût jardinier, poète ou gentilhomme, je suis forcé d'avouer qu'il était plus poli que moi, car sans se rebuter de mon impolitesse il dépassa de cinquante pas la porte de ma boutique, revint lentement, d'un air distrait, rêveur, comme s'il avait été occupé d'un poème, et, tout à coup, quand il fut à trois pas de moi, leva les yeux d'un air ravi et me salua plus profondément encore que la première fois.

Ce n'est pas assez de dire : plus profondément. Je devrais dire : plus respectueusement, plus tendrement, plus filialement. Le premier salut semblait signifier : Voici monsieur Théodore Marteau, épicier, ayant boutique et pignon sur rue, au coin de la place de la Tour-Saint-Jacques-la-Boucherie, bon bourgeois, homme aimable, respecté, considérable, homme à l'aise, homme qui fait honneur à ses voisins et à tout le quartier, homme qui gagne trois mille écus par an dans son commerce et qui en met de côté deux mille, homme qui pourrait être échevin s'il voulait et qui ne le veut pas, de peur d'exciter l'envie, homme qui préfère vivre en paix dans sa maison avec sa fille Ninon et sa servante Jeannette, homme sage et sensé, homme prudent, homme honorable dont on aimerait à être le fils, puisqu'il est trop tard pour en être le père.

Voilà ce que voulait dire le premier salut. Quant au second, il signifiait d'abord la même chose que le premier. Et, de plus, il avait je ne sais quoi de doux, de touchant, de caressant, d'insinuant, qui respirait la déférence, l'amitié, la vénération, la tendresse, un désir ardent de me demander avis et protection, et d'entrer à tout prix dans ma maison et dans mon intimité... Non, vous ne devinerez jamais à quel degré ce second coup de chapeau fut éloquent.

Il était même accompagné d'un regard si affectueux et j'oserais presque dire si tendre, que je ne l'aurais pas pris pour moi s'il y avait eu derrière moi quelqu'un qui pût en prendre sa part ; mais Jeannette, ma servante, était au fond de la boutique, et d'ailleurs, à son âge, et faite comme un grenadier, pouvait-elle

avoir un amoureux? Quant à ma fille, ma chère petite
Ninon, elle était jolie, c'est vrai, comme un bouton
de rose, et même elle était sans pareille dans le quartier, mais c'était une enfant... A dix-sept ans, sait-on
ce que c'est qu'aimer?

Cependant, si ce regard s'adressait à quelqu'un derrière moi, ce ne pouvait être qu'à elle. Je me retournai donc; mais je la vis à son comptoir, assise, le
front baissé sur son livre de comptes, et si occupée de
ses additions et de ses soustractions, qu'elle ne pouvait rien voir de ce qui se passait dans la rue.

Tout au plus, — mais c'est une réflexion que je ne
fis pas d'abord,— aurais-je pu remarquer une certaine
rougeur des joues qui n'était pas naturelle en plein
midi, car elle avait toujours le teint le plus blanc, le
plus délicat et le plus rosé du monde. Mais il était
déjà sept heures du soir. Nous avions soupé depuis un
quart d'heure, et Ninon s'était remise à l'ouvrage aussitôt après, ce qui est malsain et rend le teint couperosé, au dire de tous les médecins.

II

Pour revenir au jeune homme si poli qui se promenait avec tant de respect devant ma boutique, je ne
répondis pas mieux à ses révérences et à ses coups de
chapeau la seconde fois que la première. J'en avais
même quelque remords, craignant qu'il ne fût offensé; mais j'avais tort de craindre, car il n'était pas
d'humeur susceptible, et pour preuve, après être allé

jusqu'à l'autre bout de la place, comme il avait déjà fait deux fois, il revint à moi d'un air plus doux encore et plus respectueux qu'auparavant, me salua de nouveau et dit :

— Monsieur Marteau, ne me reconnaissez-vous pas ?

Je répondis que n'ayant jamais eu l'honneur de le rencontrer, je n'avais pas le plaisir de le reconnaître...

Il parut consterné de cette réponse.

— Pardonnez-moi, dit-il, j'avais espéré que vous garderiez plus longtemps le souvenir du fils d'un de vos meilleurs amis.

En parlant, il regardait du côté de Ninon comme s'il avait attendu d'elle quelque secours ; mais Ninon, toute à son affaire, additionnait, multipliait, divisait avec acharnement.

— Enfin, demandai-je avec quelque impatience, quel est celui de mes meilleurs amis dont vous êtes le fils ?

Il répondit fièrement :

— Mon père s'appelait Antoine Rienquivaille. Il fut pendu sous mes yeux, il y a dix ans, en place de Grève... Vous devez vous en souvenir...

Rienquivaille le pendu ! Ah ! certes, oui, je m'en souviens, et de son amitié qui a manqué me coûter la vie, car messieurs du Châtelet, lorsqu'ils se mettent à pendre, n'y vont pas de main morte, et plutôt que de laisser échapper un coupable aimeraient mieux passer la corde au cou de dix innocents.

En même temps que la pendaison de mon ami Rienquivaille, mille autres choses me revinrent à la mémoire, mille joyeuses farces que nous avions faites ensemble dans notre première jeunesse, et qui nous avaient rendus célèbres dans le quartier ; — les sonnettes arrachées aux portes pendant la nuit ; les poêles et les casseroles attachées à la queue

des chiens; les charivaris sous les fenêtres des veufs
ou des veuves qui se remariaient, les avis donnés à
tout le quartier de la mort et de l'enterrement d'un
bourgeois plein de vie, et les draperies funèbres clouées
au point du jour devant sa porte; je ne parle pas des
jolies filles embrassées de force et par surprise à la
promenade, sous les yeux de leurs parents, ni des
coups de bâton échangés à cette occasion...

Puis, quand nous fûmes devenus plus âgés et plus
sérieux l'un et l'autre, son mariage où j'étais premier
témoin et le mien dans lequel il dansa si gaiement le
menuet tout en jouant de son violon de poche et faisant des compliments aux dames.

Ah! le bon enfant qu'il était, mon ami Rienquivaille! Et leste comme un chat, gai comme un pinson,
amoureux de toutes les femmes comme un léopard,
jusqu'au jour funeste où M. Legris, le procureur, enragé de jalousie contre lui à cause d'une petite mercière de la rue Saint-André-des-Arts qu'ils courtisaient
tous les deux, l'appela fils de pendu, à quoi Rienquivaille, très-sensible à l'honneur de sa famille, riposta
par un soufflet qui coûta deux dents au procureur.

Malheureusement, l'homme de loi se saisit d'un couteau à découper et voulut percer le ventre de Rienquivaille, qui l'évita et lui fendit la tête avec une bouteille vide.

Là-dessus les procureurs crièrent au meurtre! comme les oies du Capitole, alléguant qu'il n'était pas
honnête d'assommer un procureur en temps prohibé.
Le Châtelet informa, et mon ami Rienquivaille fut
pendu.

D'ailleurs, comme je l'ai déjà dit, c'était une tradi-
tion de famille, et il n'avait garde d'y manquer.

C'est pourquoi, ayant en un clin d'œil rassemblé
tous ces souvenirs et pesé toutes ces considérations,
je dis au jeune Rienquivaille :

— Mon ami, ton père était un galant homme quoiqu'il ait fini au bout d'une corde; mais ton grand-père
aussi était un galant homme, et ton bisaïeul pareillement, et tous trois ont fini de la même manière ou à
peu près. C'est comme une fatalité... Pourquoi serais-
tu plus heureux que les autres membres de ta famille?... Et si tu dois finir par là, que pourrais-je faire
pour toi?

Rienquivaille se redressa et dit :

— Je ne vous demande rien, monsieur Marteau, excepté quelques conseils et la permission de venir vous
voir de temps en temps.

— Pour des conseils, tant que tu voudras, à condition que tu ne viendras pas me les demander dans ma
boutique!... Adieu, mon garçon! Adieu!

Il fit trois pas comme pour s'en aller et revint.

— Si Mlle Ninon, dit-il, voulait avoir son portrait,
ressemblance garantie, je me flatte que personne...

Cette fois, je le poussai par les épaules et lui répliquai :

— Mon garçon, si l'on a besoin de toi, je te ferai
appeler.

— N'oubliez pas mon adresse, ajouta-t-il en par-
tant :

« Jean-de-Dieu Rienquivaille, peintre, poète et mu-
« sicien, rue Galande, 27, au septième étage au-dessus
« de l'entresol, sous les toits. »

Je promis tout haut de m'en souvenir, et tout bas
je fis serment de ne laisser jamais entrer dans ma
maison ce peintre, poète et musicien de malheur.

III

Comme je revenais à mon comptoir, il me sembla que Ninon baissait précipitamment la tête sur son papier. On aurait dit un écolier pris en faute et qui rougit.

Je demandai bonnement :

— As-tu vu ce monsieur?

Elle répondit avec l'innocence de son âge :

— Quel monsieur? il y avait un monsieur là tout à l'heure?

— Oui, devant la porte, avec moi.

— Et tu ne me l'as pas montré? Oh! papa, ce n'est pas bien.

Il y eut une courte pause. Puis elle répondit :

— Comment était-il fait, ton monsieur?

Je compris bien qu'elle n'avait pas vu Rienquivaille. Si elle l'avait vu, elle ne m'aurait pas demandé comment il était fait. Pour ne pas éveiller sa curiosité, je répondis :

— Il est fait comme tous les autres.

— Ah!

Elle parut très-désappointée. Cependant elle demanda encore :

— Était-il comme M. Lenoir, ton compère le drapier du *Vert-Galant*, qui ressemble à une grosse barrique?

— Non! non.

— Ou comme M. Papegay, le maître de clavecin, qui a le nez fait en bec de perroquet?

— Non! non! Ce n'était ni Lenoir, ni Papegay, ni personne qui leur ressemble. C'était un jeune homme, et un joli garçon, ma foi!...

Comme j'allais continuer le portrait de Rienquivaille sans remarquer que Ninon ne m'avait pas répondu et qu'au contraire elle m'interrogeait, elle posa sa plume sur son pupitre, ouvrit légèrement la bouche, la referma poliment comme si elle avait voulu cacher l'effort qu'elle faisait pour étouffer un bâillement, et me dit :

— Papa, il est sept heures et demie. C'est demain dimanche. Tout le monde a fait ses provisions dans le quartier. Si quelqu'un vient d'ailleurs, Jeannette le recevra. Veux-tu prendre le frais au jardin des Tuileries, avant la nuit?

Rien ne pouvait me plaire davantage. Depuis la mort de ma femme, que j'avais perdue dix ans auparavant, ma plus grande joie était de donner le bras à ma fille les jours de fête et de la mener à la promenade. Chacun est fier de quelque chose sur la terre ; les uns sont fiers d'être rois ou princes ou simples gentilshommes; d'autres sont fiers d'avoir beaucoup d'argent; d'autres, d'avoir le nez droit ou courbé, ou tortu, ou camard; moi, j'étais fier de ma fille, et pour parler franchement, c'est mon plus bel ouvrage.

Quand nous sortions dans la rue, tout le monde se retournait pour la regarder, — les femmes d'un petit air de dédain irrité, les hommes d'un air de franche admiration. Les voisins disaient : « Père Marteau, celle-là n'aura pas besoin de dot. » Les voisines : « Elle a des yeux à la perdition de son âme. »

Chacun plaçait son mot. Au fond, tout ça voulait dire qu'elle était la plus jolie fille du quartier de Saint-Jacques-la-Boucherie.

Et puisque j'en suis là, je puis bien ajouter qu'elle n'était pas moins bonne que jolie, et qu'elle avait plus

1.

d'esprit que tous les académiciens de France, excepté, bien entendu, M. de Voltaire, qui a fait la *Henriade* et trois douzaines de tragédies.

Enfin, je n'aurais jamais fini de dire tout le bien que je pensais de ma fille avant le terrible événement...

Mais ce jour-là, qui fut le premier de mes aventures et de mes malheurs, j'étais tout à la joie. Mes affaires allaient bien ; mon inventaire, terminé la veille, donnait trois cents écus de plus que l'année précédente.

Je me portais comme un pont, et Ninon comme un charme. Jeannette elle-même, ma servante, engraissait à vue d'œil, quoiqu'elle fût levée et au travail depuis quatre heures du matin jusqu'à neuf heures du soir ; elle s'entendait en cuisine comme la propre cuisinière de Mᵍʳ l'archevêque de Paris, et nous faisait dîner le dimanche comme des dieux ; tous mes amis me l'enviaient, et même Lenoir, le drapier, qui était veuf et riche, conçut tant de passion pour les pâtés de Jeannette, qu'il essaya d'abord de la séduire, quoiqu'elle eût cinquante ans passés ; mais il ne réussit pas et voulut ensuite l'épouser, afin de garder pour lui-même cette pâtissière sans pareille.

Enfin, comme on voit, j'étais heureux de tous les côtés, et ce jour-là, plus heureux encore que tous les autres jours, — si heureux que le matin même j'avais fait présent à Ninon d'une petite croix enchâssée de perles fines du prix de vingt écus, et que la chère enfant, après m'avoir embrassé sur les deux joues une dizaine de fois, déclara que la journée ne se passerait pas sans que, pour faire honneur à ma croix, elle fût allée la montrer elle-même, pendue à son cou, dans tout le quartier.

C'est pour obéir à ce vœu sacré que nous devions aller ensemble au jardin des Tuileries.

Tout à coup, pendant que Ninon faisait ses prépa-

ratifs, prenait sa croix d'or, son plus beau bonnet de
dentelles et ses autres armes de guerre (car les femmes
vont à la promenade comme les soldats vont à la
bataille), un grand bruit se fit entendre du côté de la
rue Saint-Martin.

C'étaient des cris d'hommes, de femmes, d'enfants,
des coups de pistolet, des coups d'épée, un tumulte
pareil à celui d'une foire ou d'un combat sanglant. On
criait : Arrêtez-le, c'est un assassin!... Au secours!...
Au meurtre! Au nom du roi! Place! Place!

En même temps, la foule avançait toujours vers la
place Saint-Jacques-la-Boucherie, roulant comme un
torrent, poussée par les archers de la maréchaussée
que je ne voyais pas encore, mais dont on entendait le
pas régulier résonner sur le pavé. D'ailleurs, à défaut
d'autre signe de leur présence, on les aurait toujours
reconnus à celui-ci que les coups de crosse pleuvaient
dru et menu de tous côtés.

— Monsieur, me cria Jeannette du fond de la boutique, rentrez vite et fermez la porte.

C'était un sage conseil comme l'événement le prouva
bientôt, et j'aurais bien fait de le suivre; mais, franchement, quand on venait s'égorger dans mon quartier et presque devant ma maison, pouvais-je rester
là les bras croisés, et fermer ma porte pour être
plus tard la risée de tous mes voisins? Était-il juste
que je fusse là seul à ne rien voir de ce qui se passait,
quand, par bonheur, il se passait quelque chose?

Évidemment non.

Mon devoir était d'accourir pour voir la bataille,
pour savoir qui avait tort, pour blâmer le lieutenant
criminel qui laissait les gens s'entretuer dans les rues
de Paris, et la police qui ne les en empêchait qu'en les
séparant brutalement à coups de crosse, pour être
témoin enfin de quelqu'un ou de quelque chose.

Je courus donc, pour remplir ce devoir, au devant

de la foule qui commençait à déboucher sur la place, et dont les cris redoublaient de minute en minute.

Parmi les cris un surtout dominait et couvrait presque tous les autres. C'était celui-ci :

— Bravo, Rienquivaille! Hardi, mon garçon!... C'est ça, bien piqué!... Ta lame a fait un trou! Ah!

Au même instant, je vois mon garnement, le même qui m'avait salué si poliment et fait des compliments si respectueux un quart d'heure auparavant, traverser la foule, se faire jour, parmi les archers, l'épée à la main, et courir du côté de ma boutique, poursuivi par la maréchaussée.

C'était bien lui. Mais il avait perdu son chapeau dans la bagarre; ses cheveux, que j'avais vus si bien peignés, tombaient en désordre sur ses épaules; son habit était percé de deux balles et déchiré de plusieurs coups de baïonnette.

L'une de ses manches avait été arrachée; son gilet même et sa culotte portaient les traces de la bataille; on aurait dit un diable déchaîné.

Malgré tout, aussi fier qu'Artaban, et se servant de son épée comme le chevalier Bayard. En le voyant, je reconnus le sang des Rienquivaille, et malheureusement aussi je reconnus la maréchaussée, et je me souvins de la potence où son père et son grand-père avaient été pendus chacun à son tour.

Mais comme je faisais ces tristes réflexions, jugez de mon étonnement lorsque je vis mon gaillard, qui courait l'épée nue sur la place, poursuivi par les archers, découvrir la porte ouverte de ma boutique, entrer au galop, refermer la porte au nez des archers et disparaître comme une souris qui se coule dans un trou.

IV

Un grand cri s'éleva dans la foule, pareil à une accla-
mation. Cent voix retentirent : Bravo! Rienquivaille !
Hou! les archers! Hou! Hou!

Je demandai à l'un de ceux qui montraient le plus
d'ardeur :

— Qu'est-ce que c'est? Qu'est-ce qu'il a fait?

L'autre répondit en levant les épaules :

— Est-ce que je sais, moi?... On crie... Je crie pour
faire comme les autres. Est-ce qu'on va m'empêcher
de crier, à présent ?... Est-ce qu'on va réduire les
citoyens en esclavage?

A chaque mot, il élevait la voix d'un cran; mais
quand il demanda si l'on voulait réduire « les citoyens
en esclavage, » trois ou quatre de ses plus proches
voisins abandonnèrent la poursuite des archers et se
serrèrent autour de moi d'un air menaçant, me prenant sans doute pour un suppôt de la tyrannie.

— De quoi? de quoi? demanda un vitrier en me
regardant de travers, on ne peut donc plus s'amuser
ici? Les amis ne sont donc plus les amis?... On ne
peut donc plus faire ses farces?... Faudra donc demander la permission à M. le lieutenant criminel?... Y a
donc des mouches (1) dans le pays?... Je voudrais bien
voir ça!

_____

(1) On appelait _mouche_, au siècle dernier, ce qu'on appelle
aujourd'hui _mouchard_.

Et il serrait les poings en me les mettant sous le nez.

Décidément ma question ne valait rien, et mon affaire tournait mal.

Heureusement un de mes voisins, François le boulanger, rabattit d'un coup sec les poings du vitrier, et lui dit :

— Imbécile, tu ne connais donc pas le père Marteau, le père de Mlle Ninon ?

— Imbécile ! répliqua l'autre indigné. Les imbéciles sont faits comme toi.

Alors le grand François, plus fort qu'Hercule, le saisit par les deux bras, lui serra les coudes contre la ceinture, l'étouffa à moitié, l'enleva à deux pieds de terre et lui dit :

— Graine de navet, mauvais vitrier, si tu souffles un mot de plus, je te mets en pâte comme un hachis et je t'enfourne dans mon four comme un cochon de lait !

Il l'aurait fait comme il le disait, le grand François, car la nature l'avait construit solidement et campé sur ses reins comme une colonne de bronze.

Le malheureux vitrier pâlissait et devenait vert. Alors je vins à son secours.

— Merci, François. Lâchez ce pauvre garçon. Vous voyez bien qu'il n'en peut plus !

En effet, il ne respirait plus qu'à peine. François le laissa retomber à terre et me dit :

— C'est bien pour vous faire plaisir, monsieur Marteau, à vous et à Mlle Ninon, ce que j'en fais ; car si j'en croyais mon courage...

Et comme l'autre, à peine dégagé, s'en allait, il ajouta :

— Eh bien ! tu t'en vas sans remercier papa Marteau qui vient de te sauver la vie ? C'est pas bien ça, c'est d'un malhonnête et d'un mal éduqué, vitrier !

A quoi l'autre répliqua d'un air de défi :

— Nous nous retrouverons, François. Nous nous retrouverons !

— Quand tu voudras, mon garçon, quand tu voudras, dit François. Si cela te convient d'être aplati, tu n'as qu'à parler. Je suis là vingt-quatre heures par jour au service des amis !

A dire vrai, il me tardait d'être débarrassé de mes amis et de mes ennemis, car je voyais de loin les archers frapper de toutes leurs forces la porte de ma boutique avec la crosse de leurs fusils, et je m'attendais à voir livrer au pillage ma boutique et ma caisse, tout cela sans parler de la frayeur que cette prise d'assaut pouvait causer à Ninon.

Je me hâtai donc, quand le vitrier eut disparu, de serrer les mains du bon boulanger, et de me glisser dans la foule pour venir au secours de ma fille et de ma boutique.

Il n'était que temps, car la porte était à demi enfoncée déjà, et j'entendais les cris de Jeannette :

— Au feu ! au feu ! Au voleur ! à l'assassin ! Au secours ! Au feu ! Monsieur Marteau ! il va se sauver, le brigand !

A quoi l'exempt de la maréchaussée qui commandait les archers répliquait en criant de toute sa force :

— Ouvre donc, vieille sorcière ! On ne veut pas te faire de mal, au contraire !

— Mais, monsieur l'exempt, répliqua Jeannette d'une voix si aiguë qu'elle aurait ouvert comme un passe-partout les oreilles les plus dures, ce coquin a mis le verrou et fermé la porte à double tour... Et maintenant il va se sauver !

La conversation en était là, lorsque j'arrivai devant ma boutique.

Chacun me fit place, espérant sans doute que j'aurais plus d'influence dans ma maison que M. l'exempt.

D'un geste de la main j'ordonnai aux assistants de faire silence et aux archers de se tenir en repos.

Tout le monde obéit et se rangea en demi-cercle.

Alors je pris la parole.

— Jeannette, c'est moi, votre maître. Ouvrez ! ouvrez !

— Eh ! monsieur, répliqua Jeannette, ce mauvais gueux a emporté la clef !

Je repris :

— Ninon, mon enfant, es-tu là ?

— Oui, papa.

— Ouvre-nous !

Avant qu'elle pût répondre, l'exempt cria aux archers :

— Enfoncez la porte !

Ce qui fut fait d'un dernier effort et avec un tapage épouvantable. La porte à demi tombée entraîna dans sa chute une douzaine de bocaux remplis de liqueurs diverses, un baril de prunes confites, un second baril de sardines, quinze ou dix-huit livres de beurre frais, et brisa tant de pots de confitures, que le plancher en fut tout embrené et que les gamins du quartier accoururent le lendemain matin pour y tremper leurs tartines.

Les archers entrèrent alors par la brèche comme des conquérants, baïonnette en avant, prêts à passer les vaincus par les armes.

Les vaincus, — les seuls du moins qu'on pouvait voir, — c'étaient Jeannette et Ninon.

Je dis à l'exempt :

— Monsieur, retenez vos hommes. Si quelque coquin s'est caché tout à l'heure chez moi, il vous sera bien facile de le prendre, et je ne demande pas mieux que de le livrer à Sa Majesté ; mais vous voyez vous-même, et tous mes voisins peuvent vous dire que je

suis un homme paisible et doux, un bon bourgeois
qui ne demande que l'ordre, la tranquillité, la religion
la famille...

L'exempt me regarda de travers et répliqua :

— Voici M. le commissaire. C'est devant lui que
vous allez vous expliquer, vous et les vôtres.

En effet, ce magistrat accourait d'un pas pressé,
quoique solennel.

Derrière lui marchait son greffier, petit homme à
mine de renard qui tenait sous son bras un porte-
feuille.

— Monsieur le commissaire, dit l'exempt, c'est un
cas de rébellion. Il a fallu enfoncer la porte de cet épicier.

Le commissaire, bel homme, à figure longue, large
et farouche, me regarda d'un air sombre, entra dans
la boutique avec les autres, et dit :

— Assurez-vous de sa personne !

Ces mots (pourquoi ne l'avouerais-je pas?) me causèrent, malgré mon innocence, une frayeur épouvantable. J'essayai de me défendre :

— Mais, monsieur le commissaire...

Le magistrat répéta :

— Assurez-vous de lui !

Et l'on s'assura de moi, comme il l'avait ordonné,
c'est-à-dire qu'on me lia les mains derrière le dos.

— Maintenant, ajouta le commissaire, de quoi s'agit-
il, monsieur l'exempt ?

Ici l'homme de police se pencha vers l'oreille de son
chef et lui dit tout bas quelques mots.

Puis, élevant la voix comme pour terminer son discours :

— Enfin l'assassin, poursuivi par nos archers, est
venu se réfugier dans la boutique du sieur Marteau,
ce qui sans doute est la marque de quelque complicité,

— En effet, en effet ! dit le commissaire d'un air grave et pensif.

J'essayai une seconde fois de me justifier et d'expliquer que le brigand s'était glissé chez moi en mon absence et par hasard.

— Oui, oui, interrompit l'exempt en riant, en votre absence... Par hasard !... Le sieur Marteau cherche un *alibi*.

Je demeurai consterné. Si j'avais été chez moi quand Rienquivaille était entré, on n'aurait pas douté de ma complicité. J'étais absent; on m'accusait d'avoir cherché un *alibi*. Hélas ! qu'il est difficile d'échapper aux gens de police !

Tout à coup Jeannette, qui se tenait à côté de Ninon, debout près du comptoir, prit hardiment la parole et demanda :

— Un *alibi*? Qu'est-ce que c'est que ça, monsieur le commissaire ? Qu'est-ce que c'est que cette bête-là?

— Taisez-vous, la fille ! répliqua le magistrat d'une voix sévère. Vous répondrez tout à l'heure quand on vous interrogera.

Mais Jeannette, sans s'intimider :

— Ah ! mais, monsieur le commissaire, c'est une maison honnête, ici, je m'en vante, et l'on n'y cherche pas ce qu'on ne doit pas chercher... Un *alibi !* A quoi que ça sert, les *alibis ?* Est-ce quelque chose à boire ou à manger, par hasard ?... Nous avons du sel, du poivre, du suif, et du meilleur, de la noix muscade, du beurre, des pruneaux, du jambon de Bayonne, de tout ce qu'on achète enfin, mais pour des *alibis,* jamais !

— Un mot de plus, répliqua le commissaire, et je vous fais mettre au cachot !

Alors Jeannette garda le silence.

Pendant ce temps, ma chère Ninon s'était jetée à mon cou et disait d'une voix étouffée

— Oh! papa! papa! quel malheur! Nous qui comptions faire une si bonne promenade!...

Elle était pâle, mais jolie, jolie dans sa douleur comme une sainte Cécile. Il fallait avoir l'âme d'un commissaire, pour n'en être pas touché jusqu'aux larmes.

Celui-ci pourtant reprit d'un ton plus doux :

— Mademoiselle, rassurez-vous. Nous ne sommes pas des Turcs. Si votre père est innocent...

— Oh! oui, il est innocent, le pauvre monsieur! cria Jeannette.

— S'il est innocent, continua le commissaire, nous ne voulons pas lui faire de mal. Au contraire... La justice, ma chère enfant...

(Voyez comme il s'adoucissait!)

... La justice ne veut pas effrayer les gens de bien ; elle ne demande qu'à saisir les coupables ; mais, si elle est généreuse et protectrice pour les uns, elle est impitoyable et inflexible pour les autres. Livrez-nous le criminel que nous cherchons...

Ninon, rassurée par ces paroles, s'assit à sa place ordinaire dans le comptoir et répondit :

— Monsieur le commissaire, je ne sais pas ce que vous voulez dire. Il n'y a pas de criminel ici. Jeannette était seule tout à l'heure dans la boutique, pendant que je mettais mon bonnet dans ma chambre pour sortir avec papa et me promener aux Tuileries. Tout à coup, j'ai entendu des pas précipités, comme de quelqu'un qui court et qui se sauve. Comme Jeannette était là, je ne me suis inquiétée de rien. Jeannette a les clefs de tout. Quand elle est là, c'est comme si papa y était...

— Oh! ça, c'est vrai, interrompit Jeannette. J'ai les clefs des chambres, j'ai les clefs de la cave, j'ai la clef de la caisse...

— Ah! ah! dit le commissaire, qui parut frappé

d'une idée, faites-moi donc voir ces clefs, la fille !

Jeannette, sans s'émouvoir, détacha de sa ceinture un trousseau de clefs.

— Et maintenant, ajouta-t-il, ouvrez-nous toutes les portes.

— Monsieur, dit Jeannette, si c'est l'homme que vous cherchez, il doit être loin. Il a traversé la boutique comme un éclair, il a enfilé le corridor et il est sorti dans l'autre rue...

— Tout ça, c'est bon, reprit l'exempt ; mais la porte de la boutique était fermée à double tour et au verrou... Pourquoi ?

— Monsieur, reprit Jeannette, la clef était dans la serrure. Il a fermé lui-même et poussé le verrou.

— Pourquoi ne l'en avez-vous pas empêché ? répliqua sévèrement le commissaire.

— Pourquoi ? pourquoi ?... Mais, monsieur, c'est parce qu'il avait l'épée à la main, parce qu'il avait l'air de vouloir tout tuer, parce que j'étais toute seule dans la boutique, et parce que je n'avais pas envie de me faire tuer moi-même par quelqu'un que je ne connaissais pas.

— Ça, c'est possible, après tout, dit le commissaire.

— D'ailleurs, ajouta Jeannette, s'il était si facile d'arrêter ce brigand, pourquoi M. l'exempt et MM. les archers, qui avaient des fusils et des baïonnettes au bout, ne l'ont-ils pas arrêté ?

Cette raison ferma la bouche à l'exempt.

— C'est égal, dit le commissaire, il faut faire une perquisition. Donnez-moi vos clefs.

Jeannette les donna sans hésiter, et les archers se répandirent de tous côtés dans la maison, visitant les chambres à coucher, piquant sous les lits à coups de baïonnette, ouvrant toutes les armoires, regardant partout et ne trouvant rien de suspect.

— Voyons maintenant la cave, dit l'exempt.

On ouvrit une trappe au-dessous de laquelle étaient toutes mes provisions.

On remua les barils, les cruches, le bois, le charbon, on sonda les murs, et enfin le commissaire me fit délier les mains et me dit :

— Monsieur Marteau, excusez-moi. C'était mon devoir.

Je reçus cette excuse avec beaucoup de politesse, trop heureux que parmi tant de recherches on n'eût pas fait celle de ma cave particulière où je cache mon meilleur vin, celui que je garde pour des pratiques de choix, qui payent cher et bien, et qui n'aiment pas le mélange de l'ocre avec le café, ou de l'eau de teinture avec le vin de Bourgogne. Heureusement l'entrée était cachée par une petite trappe invisible sous le comptoir, et Ninon, qui s'était assise, avait les pieds posés dessus.

A la fin, le commissaire et la maréchaussée sortirent. Jeannette et moi nous refermâmes la porte tant bien que mal, et, comme je m'approchais de Ninon pour la rassurer et l'embrasser, elle fit deux pas en avant.

Presqu'au même instant, la trappe de ma cave particulière se leva, soulevée par une main invisible, et je vis sortir de cette retraite comme une apparition le peintre, poète et musicien Jean-de-Dieu Rienquivaille.

V

Non, jamais je ne fus plus étonné.

Je m'appuyai le poing fermé sur le comptoir, et je lui dis sévèrement :

— Que faites-vous là, monsieur ?

Mais lui, sans se troubler :

— Monsieur Marteau, comme vous voyez, je me cache.

La tranquillité de ce garçon m'irrita. On eût dit qu'il avait des alliés dans la maison et jusque dans ma famille, tant il paraissait sûr de lui-même.

Je repris :

— Allez-vous-en. Je veux bien ne pas vous livrer à ceux qui vous cherchent, mais...

— Oh ! papa ! interrompit Ninon d'un air reconnaissant.

Et se tournant du côté de ce vaurien :

— Vous voyez bien, monsieur Rienquivaille, que j'avais raison de compter sur papa. Ce n'est pas lui qui voudrait vous livrer à vos ennemis.

Alors Rienquivaille, d'un air de poëte et de grand seigneur :

— Je le savais, mademoiselle. Je n'ai jamais douté de la générosité de monsieur votre père. Je n'ai jamais cru qu'il pourrait refuser au fils de son meilleur ami l'asile que les Bédouins eux-mêmes, au fond du désert, ne refusent pas à leur cruel ennemi.

— Papa est si bon ! dit ma fille.

—Meilleur que vous ne croyez, ajouta Jeannette.

Ce dernier éloge, que je ne sollicitais pas, me mit tout à fait en colère. Je m'écriai :

— Vous, Jeannette, retournez à la cuisine, et *laissez-moi* la paix !...

Ai-je dit : *laissez-moi* ou un mot plus vif ? je ne m'en souviens pas.

Jeannette obéit d'ailleurs en répliquant :

— On y va, monsieur, on y va ! C'est pas la peine de faire tant de bruit ! Le feu n'est pas à la maison !

Débarrassé de ce premier adversaire, je revins sur le second et je lui dis :

— Enfin, mon garçon, qui êtes-vous ? Que me voulez-vous ? Est-ce que vous comptez que je vais vous loger ici ? Tout à l'heure, vous avez failli me faire pendre ; est-ce que ça va recommencer ?

— Monsieur, répondit Rienquivaille, je suis votre hôte. Si vous voulez me livrer, dites un mot et je suis prêt à sortir. Les archers de la maréchaussée sont encore sur la place. Vous n'avez qu'à faire un signe et je vais tomber dans leurs mains, mort ou vif. Ouvrez la porte, monsieur Marteau ! Ouvrez, et dites bien haut que le fils de votre meilleur ami, un homme qui avait confiance en vous, et qui n'a rien à se reprocher si ce n'est d'avoir tiré l'épée pour la cause de la justice et de l'humanité, est venu dans votre maison, poursuivi par des misérables, que votre charmante, votre adorable fille Mlle Ninon, a voulu le sauver, et que vous, monsieur Théodore Marteau, vous l'avez livré !

— Oh ! papa ! s'écria Ninon tout en larmes, vous ne ferez pas cela, j'en suis sûre.

Et elle m'embrassa en sanglotant.

VI

— Qu'auriez-vous fait à ma place ?

Je dis à Ninon :

— Mais, malheureuse enfant, tu ne vois donc pas que ta bonté, si l'on avait trouvé Rienquivaille dans ma cave, m'aurait fait passer pour complice, mettre en prison, pendre peut-être, et alors, que serais-tu devenue ?...

— Oh ! papa, j'en serais morte de chagrin !

— Bon, très-bon ! excellent ! Mais ça ne m'aurait pas ressuscité !

— Enfin, dit Ninon, puisque ce malheur n'est pas arrivé...

— Mais il peut arriver d'un instant à l'autre !

Alors mon garnement s'inclina avec respect, prit la main de Ninon qui se laissa faire, ma foi ! sous mes yeux, la baisa plus pieusement qu'il n'aurait peut-être fait pour celle de la sainte Vierge, et lui dit d'un air à la fois ému et noble :

— Vous le voyez, mademoiselle, c'est le destin qui l'a voulu...

Qu'est-ce que le destin avait voulu ? Je n'en savais rien et ne me souciais guère de l'apprendre ; je ne faisais qu'un vœu, c'était que ce garçon me fît l'honneur et le plaisir de quitter au plus tôt ma maison, où sa présence attirait les archers, le guet, le commissaire, les gens de loi et tout ce qui est né pour troubler le repos des bons bourgeois.

Mais au moment où je cherchais le moyen le plus
prompt et le plus poli de le renvoyer, Ninon, voyant
qu'il prenait de lui-même, quoiqu'un peu lentement,
le chemin de la porte, s'écria tout à coup :

— Eh bien ! non, restez, monsieur Rienquivaille !

Et comme je la regardais avec étonnement, car ce
n'était pas son habitude de parler si haut dans la
maison, elle ajouta :

— Toi, papa, il faut que tu saches tout !

— A quoi bon ? demanda Rienquivaille. Vous
voyez bien, mademoiselle, que je suis condamné, que
j'ai la corde au cou, et que votre père va serrer le
nœud !

Mais Ninon était lancée, et, ma foi, j'aurais appris
ce jour-là, si je ne l'avais pas su depuis longtemps,
qu'on ne retient pas les femmes comme on veut, quand
elles ont une idée en tête, ni les chevaux quand ils
ont le mors aux dents.

Elle reprit avec impétuosité :

— Oui, papa, tu sauras tout, et que M. Rienquivaille
est mon sauveur. Mais, ne m'interromps pas !

L'interrompre ! Ah ! certes, je m'en serais bien
gardé !... d'autant mieux que je commençais à voir
que ce Rienquivaille était connu dans ma maison de
tout le monde, excepté de moi-même.

Je me contentai de m'asseoir en laissant debout
Ninon et Rienquivaille, afin de garder un maintien
de père et de juge.

Mais Ninon ne me laissa pas longtemps cet avantage.

Elle s'assit sur mes genoux comme c'était son habitude quand elle avait quelque chose à me demander,
et dit :

— Tu te souviens, papa, de la promenade que nous
avons faite, Jeannette et moi, aux Tuileries, il y a
environ trois semaines.

— Ah ! oui, le dimanche où j'allai dîner à la *Tour d'Argent* avec mon ami Lenoir et trois ou quatre autres de mes confrères... Eh bien, qu'est-ce qui est arrivé ce jour-là? Quel danger as-tu couru? Quand je suis rentré le soir à dix heures, je vous ai trouvées, Jeannette et toi, dormant comme deux loirs, et même Jeannette ronflait si fort que les vitres de la chambre tremblaient comme si l'on avait tiré le canon dans la rue.

Alors, Ninon se mit à rire.

— Papa, tu promets de ne pas te fâcher?

Je devinai quelque faute grave et je répondis d'un ton sévère :

— Je ne promets rien. Je me fâcherai si je veux et je ne me fâcherai pas si je ne veux pas!

— Eh bien, alors, papa, tu ne sauras rien, et comme tu dis, tu te fâcheras si tu veux et tu ne te fâcheras pas si tu ne veux pas.

— Parle, Ninon.

— Non, papa, je parlerai si je veux, et je ne parlerai pas si je ne veux pas!

J'essayai de prendre le ton d'autorité, mais cela ne réussit pas mieux. Alors je lui dis :

— Je vais appeler Jeannette.

— Appelle-la.

J'appelai Jeannette, et d'un ton presque menaçant :

— Jeannette, qu'est-ce que j'apprends? Qu'est-ce que vous avez fait toutes les deux le jour où vous êtes allées ensemble aux Tuileries?

Jeannette me regarda comme si j'avais parlé chinois, et demanda :

— Quel jour, monsieur?

— Il y aura demain trois semaines.

Mais Jeannette répliqua :

— Est-ce que je sais, moi? Est-ce que je me sou-

viens de si loin? Il a passé tant d'eau sous les ponts
depuis ce temps-là!

La coquine s'amusait à me faire enrager.

Comme je répétais ma question, elle dit d'un air
ennuyé :

— Ma foi, monsieur, demandez-le à Mlle Ninon. S'il
s'est passé quelque chose, ce n'est pas mon affaire.
Vous m'avez dit tout à l'heure de me mêler de
ma cuisine, et vous avez raison. C'est ma place, et
je m'y tiens.

Certes, je suis d'un bon naturel, je m'en vante,
mais j'aurais volontiers donné quatorze coups de
poing sur le nez camard de Jeannette... Malheureusement ça ne pouvait servir à rien, car la nature a fait
cette fille-là si entêtée qu'elle ne dit et ne fait jamais
que ce qu'elle veut.

Je me décidai donc, comme j'aurais dû faire dès
les premiers mots, à promettre que je ne me fâche-
rais pas...

— Et tu remercieras M. Rienquivaille? ajouta Ninon.

J'hésitai un peu, mais comme il fallait en passer
par là ou consentir à ignorer tout, je promis encore
de remercier.

— Eh bien, reprit Ninon, voici l'affaire... Tu nous
avais recommandé, en nous quittant, de ne pas sortir
après souper, et surtout, si nous sortions, de rentrer
avant la nuit, de peur de mauvaise rencontre.

— Et vous avez fait tout le contraire, naturellement!

Jeannette m'interrompit :

— Monsieur, il fallait que mon ouvrage fût fini.
J'avais ma vaisselle à laver, mes torchons à repriser,
vos mouchoirs à repasser. Qu'est-ce que vous auriez
dit si vos mouchoirs n'avaient pas été repassés et ceux
de mademoiselle ?

— Bon ! Après ?

— Après ? reprit Ninon. Eh bien, il était sept heures quand nous allâmes aux Tuileries. Il faisait beau temps, tu dois t'en souvenir, et la musique des gardes françaises jouait auprès du grand bassin.

— Alors vous êtes restées là pour entendre la musique? Voilà comme on m'obéit quand je n'y suis pas, petite masque !

Jeannette revint au secours de ma fille.

— Mais, monsieur, si vous croyez qu'on s'amuse dans ce quartier pendant la semaine ! On passe toute la journée à peser le beurre, le poivre, le sel...

— C'est bon, Jeannette. Je sais bien ce qu'on fait chez moi.

Mais elle, sans se décourager :

— Vous, du moins, monsieur, vous allez prendre l'air dans la rue ; vous allez au cabaret le soir, quand la boutique est fermée ; vous prenez un verre de vin blanc pour vous rafraîchir avec vos amis ; vous jouez deux ou trois parties d'écarté ; vous rentrez quand vous voulez, et personne ne le trouve mauvais... Car jamais nous ne vous avons dit un mot plus haut que l'autre, ni mademoiselle, ni moi. Et nous quand une fois, par hasard, nous allons entendre la musique des gardes françaises, on dirait que nous avons mis le feu à la maison !...

— Te tairas-tu ? bavarde !

— Mais, monsieur, continua Jeannette, ce n'est pas la peine de se mettre en colère ni de s'allumer le sang comme a fait le père Moreau, qui est mort d'apoplexie l'autre jour pour s'être fâché contre sa servante.

Je me levai pour la mettre à la porte, mais Ninon me retint et dit :

— Jeannette, papa a raison. Tais-toi ! Laisse-moi raconter notre histoire.

Alors Jeannette leva les épaules :

— Papa a raison ! papa a raison !... Pauvre enfant !

toujours douce comme un mouton et obéissante comme
un caniche ! Ah ! tenez, monsieur Marteau, vous ne
méritez pas d'avoir une fille comme celle-là...

(Et sur un signe de Ninon.)

... C'est bon, c'est bon, je ne dirai plus rien. Je me
tais. J'avalerai ma langue, mais tout ça ne m'empêche
pas de penser...

Il y eut une pause. Ninon en profita pour dire :

— Quand le concert fut fini, nous voulûmes nous
en aller, Jeannette et moi, mais il y avait tant de
monde dans le jardin, que nous fûmes un peu pressées dans la foule, et nous ne savions par où passer.
Il était déjà nuit, et je commençais à avoir peur parce
que quatre ou cinq jeunes gens que nous ne connais-
sions pas nous serraient de près. On aurait dit qu'ils
voulaient nous pousser dans quelque coin écarté. Moi,
voyant ça, je prends le bras de Jeannette et je lui dis
tout bas :

— Dépêchons-nous de rentrer. Papa sera revenu à la
maison et ne sera pas content. Il se fâchera...

Alors, voilà que les jeunes gens, dont l'un était habillé comme un grand seigneur, bousculent tout le
monde autour de nous en criant :

— Au voleur ! à l'assassin !

Tout le monde se sauve, et nous restons là seules,
Jeannette et moi, bien étonnées et encore plus effrayées,
moi surtout, car, pour Jeannette, je crois qu'elle tiendrait tête au diable !

Les jeunes gens nous entourent en riant et me faisant ce qu'ils appellent des compliments, disant que
j'étais jolie et toutes sortes de choses dont je n'entendais pas la moitié dans ma frayeur. Jeannette les re-
poussait à coups de coude ; mais ils finirent par m'arracher à son bras, et celui qui avait l'air d'un grand
seigneur cria aux autres : « Jetez la vieille dans le
bassin ! »

2.

Ici Jeannette interrompit le récit par ce cri d'indignation :

— La vieille ! la vieille !... Si sa figure avait été à portée de ma main je lui aurais flanqué un joli soufflet !

Ninon continua .

— En même temps le seigneur me saisit par la taille et voulut, avec l'aide de deux autres, m'entraîner dans son carrosse. Je criai de toutes mes forces : Au secours ! au secours ! et je me débattais inutilement pendant que Jeannette en faisait autant de son côté et donnait des coups de poing et des coups de pied comme un homme, lorsque, tout à coup, quelqu'un que je n'avais pas vu arriver prend mon seigneur par le bras et lui dit :

—Que faites-vous là, monsieur? Voulez-vous lâcher cette jeune fille?

Le seigneur lui réplique :

— Mêle-toi de tes affaires, drôle !

Alors mon libérateur (car il venait pour me délivrer) lui donna deux soufflets en disant :

— C'est toi qui es le drôle ! Apprends cela, monsieur le duc ; et moi, je suis un poète, Jean-de-Dieu Rienquivaille !

Je m'écriai :

— Comment ! c'était un duc, ton ravisseur ?

— C'était le duc Bernard de Ventadour, interrompit modestement Rienquivaille.

Cette fois, je sentis que j'avais tort de le traiter si légèrement, et je commençai à lui faire mes excuses qu'il reçut avec une dignité modeste.

— Nous autres poètes, dit-il, nous sommes accoutumés à être traités par nos contemporains comme des pauvres diables aux coudes percés, et par la postérité comme les enfants des dieux ; mais nous sommes également au dessus de l'une et de l'autre chose.

Alors, Ninon raconta que le duc et ses compagnons avaient tiré l'épée contre Rienquivaille, qu'il avait suivi leur exemple, qu'il en avait mis deux en fuite, et blessé le troisième qui était le duc, qu'il avait délivré Jeannette tout près d'être jetée dans le bassin, qu'il les avait ramenées toutes deux à la maison et n'avait demandé pour prix de son courage que la permission de venir, un jour ou l'autre, présenter ses respects à M. Marteau.

— Maintenant, papa, ajouta Ninon, c'est à toi de voir si tu veux livrer M. Rienquivaille à la maréchaussée !

VII

Je répondis gravement :

— Mon enfant, tu ne me ferais pas cette question si M. Rienquivaille n'avait pas eu la modestie de cacher le service qu'il te rendit ce jour-là.

Et, en effet, je me sentais pénétré de reconnaissance, si pénétré, que je l'embrassai comme un ami, presque comme un fils, et que je lui dis :

— Mon garçon, ma maison est à vous tout entière, et si vous avez besoin d'argent, vous n'avez qu'à parler...

Franchement, que pouvais-je offrir de plus ? Est-ce que l'argent n'est pas tout ce qu'il y a de meilleur au monde, de plus beau, de plus doux, de plus noble et de plus recherché, puisque les rois, les princes, les prêtres, les grands seigneurs, les banquiers, les épiciers, les menuisiers, les jardiniers, les meuniers et les dames le préfèrent à toute la nature?

Il aurait donc dû me remercier, ce poëte. Pas du tout. Il retroussa sa moustache d'un air indifférent et répliqua :

— Monsieur Marteau, je suis bien sensible à vos offres... Oui, sur ma parole, j'en sens tout le prix ; mais je n'ai besoin de rien ce soir, excepté d'une chambre pour passer la nuit loin des archers; ou, si c'est trop demander, d'un coin de votre boutique pour dormir.

— Mais, dit Ninon...

— Mon Dieu, mademoiselle, nous autres poètes, nous sommes habitués à dormir un peu partout, tantôt sous la voûte éthérée des cieux, à la clarté des étoiles, tantôt sous les ponts où le bruit du fleuve, qui coule et se précipite pour aller s'engloutir dans l'Océan, nous rappelle la fuite des jours et la mort qui sera le terme inévitable de nos douleurs et de nos espérances. Qu'importe que nous ayons pour chevet un tas de pavés ou un sac de café? Pourvu qu'on dorme, qu'importe où l'on dormira ? Il n'y a, mademoiselle, que deux biens sans prix sur la terre parce qu'ils sont hors de la portée des tyrans. Ce sont ceux que nomme le plus grand de tous les poètes dans sa sublime *Henriade.* L'un est le doux sommeil, et l'autre, l'espérance.

Ainsi parlait ce Rienquivaille, cet enfant des dieux, comme il s'appelait modestement lui-même ; et ma Ninon l'écoutait avec plus de respect que son catéchisme.

Et Jeannette elle-même, qui sûrement ne comprenait pas trois mots de son discours, se retournait vers moi d'un air de triomphe et disait :

— Voilà parler, monsieur Marteau, voilà parler !...
Et s'il ne savait que parler, ça ne serait rien. Nous

avons des tas d'avocats qui ne font que ça tout le long
du jour et que je n'achèterais pas un liard le quintal
si on les vendait à la criée, eux et leurs discours !
Mais celui-là, monsieur Rienquivaille, quand il a
parlé, et il parle comme un livre, il sait taper, et tape
comme un sourd...

Puis, pour conclure :

— Voyons, monsieur, où faut-il faire son lit ?

— Où tu voudras, Jeannette, où tu voudras.

Au fond, j'étais ennuyé. Après le service qu'il avait
rendu à Ninon, je ne pouvais pas le mettre dehors.
D'un autre côté, le faire entrer chez moi était bien dangereux, car ma fille et ma servante étaient si éblouies
de ses moindres paroles, de ses fines moustaches et
de son air de poète et de grand seigneur, que j'avais
mille choses à craindre, dont la première était de le
voir maître chez moi et malgré moi... Il y a des moments dans la vie où l'on est bien embarrassé !

Pour comble de malheur, il ne me demandait rien,
ce poète ; il attendait qu'on lui offrît tout, et se réser-
vait de choisir ce qu'il lui conviendrait d'accepter.

Non, rien ne pourrait exprimer de quelle façon ce
gaillard qui, de son propre aveu, logeait tantôt sous
les toits, au septième étage au-dessus de l'entresol,
tantôt sous les ponts, sur la berge, à un pas de la rivière, s'avança vers Jeannette et lui dit :

— Fais mon lit au grenier.

On aurait cru, sur ma parole, que mon grenier ou le
Parnasse c'était tout à fait la même chose.

Jeannette répliqua :

— Monsieur Rienquivaille, votre lit sera fait où il
doit l'être. Nous savons ce que nous vous devons.
N'ayez pas d'inquiétude. Je vous céderai plutôt ma
propre chambre.

Elle sortit sur ce mot.

Je pris la parole à mon tour, et je demandai, en feignant de rire, mais assez troublé, au fond, de tout ce qui venait d'arriver :

— Maintenant, racontez-nous, je vous prie, par quelle aventure vous êtes venu chez nous, ce soir, l'épée à la main, comme un guerrier.

Alors Rienquivaille s'assit sur un baril de sel, en se croisant les jambes, comme un roi sur son trône, et répondit :

— Mon Dieu, monsieur Marteau, c'est un de ces accidents que la prudence humaine ne peut ni prévoir ni prévenir. On s'endort dans la joie, on se lève dans la tristesse, ou comme dit Petit-Jean :

Tel qui rit vendredi, dimanche pleurera.

J'étais venu ce soir dans votre quartier, vous l'avez vu, pour avoir l'honneur de vous saluer et pour demander des nouvelles de Mlle Ninon. Je suis venu, j'ai salué, j'ai sollicité la permission de me présenter chez vous et de vous demander quelques conseils; vous m'avez pris pour un croquant et vous m'avez mis à la porte avant que je fusse entré...

— Oh! papa! s'écria Ninon d'un air de reproche.

Je répliquai :

— C'est vrai, mon garçon, j'ai eu tort, mais pouvais-je savoir ?...

— Que j'étais le fils unique de votre meilleur ami? demanda Rienquivaille. C'est le premier mot que je vous ai dit de moi, monsieur Marteau. Mais vous étiez sans doute distrait et vous ne l'avez pas entendu.

Le traître avait l'air de m'excuser aux yeux de ma fille.

— Au reste, ajouta-t-il, depuis le temps que vous ne m'aviez pas vu, il est bien naturel que vous m'ayez oublié...

— En effet, mon garçon, quand on est dans le commerce...

— Oui, oui, c'est cela, monsieur Marteau, et surtout dans l'épicerie. Il y a quelque chose dans les pruneaux et dans les poires tapées qui fait perdre la mémoire des amis...

Je lui coupai la parole pour demander ce qu'il était devenu depuis la mort de son père, et comment il avait vécu, car le pauvre pendu n'avait pas dû lui léguer grand argent.

— ·Il m'avait laissé le souvenir de son courage et dix écus, répondit Rienquivaille, avec la même fierté que s'il avait parlé de l'héritage du grand Condé et de M. Pâris-Duverney, financier du roi. Une vieille tante qui habitait Tours, et qui vivait d'une pension viagère de deux mille cinq cents livres, me recueillit et m'envoya chez les jésuites qui m'apprirent le latin. Un maître d'armes m'apprit l'escrime. Un vieux peintre, qui revenait de Rome sans avoir fait fortune, m'apprit à faire des paysages et des portraits, et la lecture de M. de Voltaire et du grand Corneille m'apprit la poésie. Quant à jouer du violon, je vous ferai voir ce que je sais faire, si Mlle Ninon veut danser. Voilà toute mon éducation, monsieur Marteau. Pour mes aventures, le récit en serait trop long ce soir, et je craindrais d'ennuyer Mlle Ninon.

— Oui, mais celle d'aujourd'hui?

— Ah! voilà! En vous quittant ce soir, bien triste du mauvais accueil que j'avais reçu de vous, je suis entré au cabaret...

— Au cabaret!

— Oui, pour souper, car nous soupons quelquefois nous autres poètes, quoique moins abondamment que les bourgeois qui ont pignon sur rue. Je soupais donc, assez sobrement, il est vrai, d'un verre de vin et d'une tranche de jambon lorsque j'entendis des cris d'enfant dans la rue. J'ouvre la fenêtre qui est au rez-de-chaussée et je vois deux drôles de mauvaise mine enlever

une petite fille de sept ou huit ans, blonde et jolie
comme un amour, qui criait :

— Maman ! maman ! au secours !

Et qui se débattait en pleurant. Je demande à un
voisin :

— Qu'est-ce que c'est ?

L'autre lève les épaules et dit :

— C'est ce qu'on voit tous les jours dans ce quartier
et dans tout Paris. Une petite fille qu'on enlève.

— Pour quoi faire ?

— Est-ce que je sais, moi ? C'est la police qui fait ça
par ordre.

— Ordre de qui ?

Il m'a regardé d'un air méfiant et comme s'il osait
à peine répondre.

— Est-ce que vous ne savez pas ce qu'on dit, que
l'on a saisi depuis un an plus de deux cents petites
filles de cinq à dix ans à Paris, que Mme de Pompadour est dans l'affaire, qu'on les emmène à Versailles, et qu'on attend qu'elles soient grandes...

Ici Rienquivaille s'interrompit :

— Par respect pour Mlle Ninon, je ne vous répé-
terai pas les choses horribles que cet homme m'a
dites.

Je ne le devinais que trop. On ne parlait que de
cela dans Paris et d'une maison abominable où les
malheureuses enfants étaient élevées pour le roi
Louis XV, et qu'on appelait le Parc-aux-Cerfs.

Ici Rienquivaille reprit :

— Pendant que l'homme parlait, les cris de la petite
fille redoublaient. Je lui dis : « Est-ce qu'on va les
laisser faire ? » Tous les voisins, hommes et femmes
étaient sur leurs portes, mais n'osaient bouger, de
peur des agents de M. de Sartine. Qu'est-ce que vous
auriez fait à ma place, monsieur Marteau ?

Je fis signe que j'aurais été bien embarrassé.

— Moi, dit Rienquivaille, je mets une pièce de vingt sous sur la table pour payer mon souper, je saute par la fenêtre et j'arrive vers l'enfant juste en même temps que la mère, que les voisins venaient d'avertir.

Je prends l'un de mes coquins par le cou et je le pousse dans le ruisseau. L'autre veut se jeter sur moi et lâche la petite fille qui s'élance dans les bras de sa mère et se sauve avec elle. Tout le monde crie : Bravo, Rienquivaille ! car je ne sais qui, — quelque amateur de poésie sans doute, — m'avait reconnu et nommé. On s'assemble autour de nous. Les deux argousins tirent leurs épées et veulent me saisir ; mais, grâce à Dieu et aux leçons de mon vieux maître d'armes, je ne suis pas manchot. Je fais face à droite et à gauche ; je perce un de ces drôles qui tombe ; l'autre appelle au secours. La maréchaussée arrive, on tire sur moi comme sur un chien enragé ; je me jette au travers des archers qui me poursuivent et du peuple qui les suit... Ma foi, monsieur Marteau, vous savez le reste.

Ninon, qui avait écouté ce récit avec admiration, s'écria :

— Monsieur Rienquivaille, vous n'êtes pas blessé, au moins ?

Il répondit d'un air riant :

— Quelques contusions tout au plus, mon habit déchiré, comme vous voyez, et mon chapeau perdu.

Pendant ce discours, je réfléchissais et je donnais au diable l'idée que ma fille et Jeannette avaient eue de se promener aux Tuileries en mon absence ; car c'est de là que venaient toutes mes inquiétudes ; mais les femmes sont nées pour nous faire enrager en ce monde et damner dans l'autre.

Cependant, j'avais Rienquivaille sur les bras. Le renvoyer n'était pas possible. Le garder était dange-

3

reux. Un gaillard comme celui-là, toujours prêt à prendre parti contre les grands seigneurs ou contre la police et la maréchaussée, pouvait attirer sur ma maison tous les malheurs imaginables. Que faire, mon Dieu, que faire ?

Alors il me vint une idée que j'ose appeler ingénieuse, quoiqu'elle n'ait pas eu tout le succès que j'en espérais, et qui était de le mettre doucement à la porte en paraissant vouloir le garder.

Je lui dis :

— Mon enfant, mon cher enfant, je ne vois qu'un moyen de vous donner asile dans ma maison, sans que personne, dans le quartier, puisse deviner qui vous êtes et vous dénoncer à M. de Sartine. Ce moyen est sûr ; mais il ne vous plaira peut-être pas beaucoup.

— Il me plaira, j'en suis certain, répliqua Rienquivaille.

Je crois que le drôle répondait à Ninon plus qu'à moi.

— Eh bien, voici. J'avais un garçon épicier, il y a deux mois. Je l'ai renvoyé parce qu'il se querellait matin et soir avec Jeannette. Voulez-vous prendre sa place ? J'ose à peine vous l'offrir. Un jeune homme si brillamment élevé à l'école des jésuites... poète d'avenir, peintre excellent, musicien habile, artiste, en un mot...

J'espérais le décourager ; mais lui :

— Topez là, monsieur Marteau, j'accepte. Il n'est rien que je ne sois prêt à faire pour plaire à Mlle Ninon et à vous.

Le drôle m'avait deviné. J'étais pris. J'essayai encore de le décourager.

— Tu sais, mon garçon, qu'il faudra balayer la boutique...

— Je balaierai tout ce qu'il faudra.

— ... Prendre un tablier, peser la marchandise, fondre le suif...

— Monsieur Marteau, c'est une affaire convenue. J'entrerai en fonctions demain matin.

— Sais-tu faire quelque chose?

— Si je ne sais pas, je demanderai conseil à Mlle Ninon.

— Et moi, répliqua Ninon, je vous montrerai.

Il n'y avait pas moyen de s'en dédire.

Voilà comment M. Jean-de-Dieu Rienquivaille, de son propre aveu peintre, poète et musicien, entra le lendemain à mon service et devint garçon épicier.

Ce jour-là, vous le verrez bientôt, j'aurais mieux fait de vendre mon fonds de boutique et d'en distribuer le prix aux pauvres.

VIII

Le dimanche, comme la boutique était fermée, se passa sans événement. Rienquivaille, malgré mes instances, se tint enfermé dans un vieux cabinet où Jeannette le vit seule et lui apporta son dîner.

Le lendemain, lundi, je fus bien étonné.

A six heures du matin, au moment où je descendais de ma chambre pour ouvrir la boutique et donner mes ordres à Jeannette, je vis la porte ouverte, et un grand garçon brun, presque noir, avec des cheveux crépus comme ceux d'un nègre, qui balayait le devant de la porte.

Il était sans veste, nu-tête, les manches de sa che-

mise relevées jusqu'au coude et s'acquittait de sa
besogne avec ardeur.

Je le regardai fixement sous le nez, ne sachant à
qui j'avais à faire. Mais lui :

— Monsieur, dit-il, qu'y a-t-il pour votre service ?...
Du café ? du chocolat? du sucre? de la cannelle? Tout
ce que nous avons ici est de première qualité. Parlez,
faites-vous servir !

Je ne le reconnus qu'à la voix. C'était mon poète.
On aurait dit un Africain, tant il était bruni depuis la
veille.

Je lui dis :

— Comment ! c'est toi, mon garçon ! C'est toi, Rien-
quiv...?

Il rentra prudemment dans la boutique, me fit signe
de rentrer avec lui et répliqua :

— Avant tout, patron, ne parlons pas si haut de
peur d'attirer les passants. Comment me trouvez-vous?

— Noir comme un corbeau.

— Très-bien ! C'était la couleur favorite du bon roi
Dagobert... Vous savez la chanson :

> Le bon saint Éloi
> Lui dit : ô mon roi,
> Vous avez la peau
> Plus noire qu'un corbeau.
> Oui, mais, lui dit le roi,
> La reine l'a plus noire que moi.

— Mais comment as-tu fait pour te déguiser ?

— J'ai envoyé Jeannette chercher mon linge et mes
effets, 6, rue Galande, où personne ne connaît encore
mes aventures d'avant-hier. Elle m'a apporté cette perruque que vous voyez et qui m'a servi quelquefois à
jouer en province le rôle de Mahomet dans la fameuse
tragédie de M. de Voltaire...

— Comment ! tu es comédien aussi ?

— Poète, comédien, peintre. Je serais architecte si l'on m'en priait... En doutez-vous ?

Et sur ce mot, avec une majesté incomparable, appuyé sur son balai, il récita :

Si j'avais à répondre à d'autres qu'à Zopire,
Je ne ferais parler que le dieu qui m'inspire ;
Le glaive et l'Alcoran, dans mes sanglantes mains,
Imposeraient silence au reste des humains ;
Ma voix ferait sur eux les effets du tonnerre
Et je verrais leurs fronts attachés à la terre...

Vraiment, à voir comme ce Rienquivaille débitait son rôle, vous auriez cru entendre M. Lekain, du Théâtre-Français.

— Mais ce teint brun, où l'as-tu pris ?

— Ne reconnaissez-vous pas votre réglisse ? Je m'en suis barbouillé les bras et la figure, et maintenant je défie bien les plus habiles archers de venir me reconnaître ici.

Je fus forcé d'avouer qu'il avait bien fait, dans notre intérêt commun, et il fut convenu que je le présenterais à mes pratiques et à tout le voisinage comme un apprenti espagnol, arrivé la veille de Cadix et brûlant d'apprendre le français et les secrets du commerce de Paris. Le sang maure expliquait son teint brun.

— Est-ce que tu sais l'espagnol ?

Il répondit fièrement :

— Je ne connais que ça... *Gracias a usted, senor caballero.*

Ce maudit garçon avait tous les talents, ou, comme disait le curé de Saint-Eustache, des chevilles pour boucher tous les trous.

Alors, sans perdre de temps à parler davantage, voyant que les pratiques allaient arriver, je lui donnai mes ordres pour toute la matinée, en lui recommandant de ne pas trop se montrer d'abord, de peur d'ex-

citer l'attention des femmes et leurs questions. Je lui
appris la manière de peser la marchandise, en donnant un petit coup sec pour faire pencher la balance, ce
qui économise au moins deux ou trois onces par livre,
— je veux dire quand on est honnête, car si vous ne
l'êtes pas et si vous avez de faux poids, comme font
beaucoup de mes confrères, vous pouvez économiser
deux fois plus ; mais alors les contrôleurs du roi vous
font des avanies ; et je ne mange pas de ce pain-là.

Au reste, Rienquivaille écouta mes instructions avec
respect et me dit en souriant :

— Enfin, monsieur Marteau, il faut plumer la pratique sans la faire crier, n'est-ce pas ?

Signe qu'il avait compris.

Au milieu de ces occupations, Ninon parut à son
tour, belle et rayonnante. Ce n'est pas qu'elle eût mis
sa robe et son fichu des dimanches, ni aucun objet
particulier de toilette, mais il y avait dans ses yeux,
au coin des lèvres et dans toute sa démarche un air de
fête qui faisait plaisir à voir. Vraiment on aurait cru
qu'elle venait de faire un héritage.

En entrant, elle me sauta au cou, comme c'était son
habitude, et me dit gaiement :

— Bonjour, papa. Sais-tu le rêve que j'ai fait ?

— Je parie que je devine !

— Voyons !

— Tu as rêvé que je t'avais trouvé un mari ?

Elle me repoussa d'un petit air dédaigneux et me
dit :

— Je ne suis pas si pressée de vous quitter, papa.

Et comme j'allais la remercier de ce bon sentiment,
elle ajouta :

— Et si je voulais me marier, crois-tu que...

Voulait-elle dire qu'elle se marierait bien toute
seule ?

Mais elle se reprit et ajouta :

— Ce n'est pas de ça qu'il s'agit. C'était ta fête jeudi dernier, — la saint Théodore, — et j'ai rêvé que tu nous la paierais dimanche prochain à Saint-Mandé, en invitant tous tes amis, avec mes amies et moi. Hein ? c'est gentil, ça. Qu'en dis-tu, papa ?

J'avouai que ce serait bien « gentil », comme elle disait, et que, pourvu qu'il fît beau...

— Je te dis qu'il fera beau, j'en suis sûre ! N'est-ce pas, monsieur Rienquivaille, qu'il fera beau ?

— Assurément, mademoiselle, puisque vous le désirez !

Je m'aperçus alors que mon poète, nonchalamment appuyé sur son balai, au lieu de balayer, bayait doucement aux corneilles, ou peut-être, à mon insu, car je lui tournais le dos, regardait Ninon, et lui faisait des signes d'intelligence.

Cela me déplut.

Je dis sévèrement :

— Mêlez-vous de vos affaires, Rienquivaille, et d'abord, allez me mettre en bouteille ces deux barriques d'Argenteuil qui sont au fond de la cave. Vous n'y mettrez pas d'eau, entendez-vous bien ? parce que c'est du vin de choix. Vous collerez seulement sur le verre des bouteilles l'étiquette :

BEAUNE PREMIÈRE

Il répondit en s'inclinant respectueusement :

— Compris, monsieur Marteau, compris !

En même temps, il alluma la chandelle et descendit dans la cave.

Mais je ne sais comment ce drôle-là s'y prenait ; au milieu de tous ses respects il gardait toujours son air de grand seigneur. On aurait cru qu'il avait pour moi de la condescendance, et qu'en descendant à la cave avec le foret pour placer le douzil, il me faisait honneur.

Oui, en vérité, c'était comme cela. Ce fils et petit-fils
de pendus, ce poëte aux habits râpés, ce Rienquivaille
enfin, car son nom disait tout, m'imposait plus que
n'auraient pu faire quatre échevins et Mgr l'archevêque de Paris lui-même. A quoi cela tient-il ?

Ce qu'il y a de pis, c'est qu'il imposait bien plus
encore à ma fille et à Jeannette, qui semblaient le
consulter des yeux toutes les fois que l'une d'elles
voulait dire un mot ou proposer quelque chose.

A l'heure du dîner, il fallut l'inviter à se mettre à
table entre Ninon et moi. Je ne voulais pas d'abord,
mais Ninon me dit d'une façon si touchante :

« Oh ! papa, celui qui m'a sauvé la vie, tu le laisserais à la cuisine ! » que je fus forcé de l'inviter avec la
même cérémonie qu'un électeur de Saxe ou de Bavière.
Encore se fit-il prier, et si longtemps, que je finis par
lui dire avec impatience :

— Voyons, monsieur Rienquivaille, est-ce que la
table d'un bourgeois n'est pas aussi bien servie que
celle d'un poëte ?

Il répondit avec sa politesse ordinaire :

— Infiniment mieux, monsieur Marteau ; et quand
Mlle Ninon en fait les honneurs, Apollon lui-même
descendrait du ciel pour s'y faire inviter.

Il fallut me contenter de cette réponse qui pourtant,
après réflexion, me parut plus flatteuse pour ma cuisine et pour Ninon que pour moi ; mais, que voulez-
vous ? Je ne pouvais pas le renvoyer ; c'eût été le condamner à la potence.

IX

La semaine fut paisible. Rienquivaille faisait son métier en conscience. Il pesait, tirait, soutirait, cachetait, mesurait comme s'il n'avait fait, ou plutôt comme s'il n'avait jamais voulu faire autre chose de sa vie. Il avait même une certaine manière de servir la pratique qui plaisait aux dames et qui les attirait.

Son teint de réglisse faisait ressortir le blanc de ses yeux bleus, et sa perruque faite de cheveux crépus, mais si habilement ajustée que tout le monde la prenait pour une chevelure naturelle, lui donnait un air sauvage qui n'était pas du tout désagréable à voir.

Dès le second jour, on m'en fit compliment. Mme veuve Barentin, la mercière du coin (une connaisseuse à ce que l'on croyait), le remarqua la première.

— Vous avez pris là un joli garçon, me dit-elle. C'est dommage qu'il soit si noir.

Je répondis simplement :

— C'est le teint de son pays. Tous les Espagnols sont comme ça.

Cette réponse la fit rêver.

Elle était blonde, grasse, assez riche, et elle avait trente ans.

Après un moment de réflexion, elle demanda encore :

— De quel pays d'Espagne est-il, savez-vous?

Je répliquai qu'il était d'Andalousie, mais que je

3.

ne le connaissais pas autrement, qu'il m'avait été envoyé par mon correspondant de Cadix, et qu'il venait faire en France son apprentissage dans le commerce...

— Au reste, voisine, interrogez-le si vous voulez en savoir davantage.

Elle n'y manqua pas, et le soir même, en mon absence (c'est Ninon qui me l'a raconté) elle vint à la maison acheter une tablette de chocolat, — du meilleur, ajouta-t-elle en minaudant, — car j'ai la poitrine délicate.

Là-dessus, mon drôle, sans hésiter, prit la première tablette venue et la lui mit dans la main en protestant qu'il n'en avait pas de meilleur, ce qui était vrai du reste, car nous n'en avions que d'une seule espèce.

— Vous devez vous y connaître? ajouta Mme Barentin avec un sourire aimable. Le chocolat est un fruit de votre pays.

— De mon pays, oui, senora, répliqua Rienquivaille en poussant un profond soupir comme s'il avait regretté la patrie absente. O mes belles montagnes! ô mon Guadalquivir!

Ce cri du cœur toucha celui de la dame, qui demanda :

— Comment trouvez-vous Paris?

— *Muy bien, senora, gracias*, répondit Rienquivaille qui commençait à s'amuser de ces questions et qui se préparait à lâcher tout ce qu'il savait de castillan.

Mais Ninon, que la conversation n'amusait pas autant, laissa tomber de son pupitre à terre un encrier, et mon drôle se précipita pour le ramasser, et de là, sur un signe, revint à son travail qui était de fendre un pain de sucre en petits morceaux.

Alors Mme Barentin fut forcée de payer son chocolat et de partir; mais pendant qu'elle attendait sa monnaie, elle demanda à demi-voix :

— Comment s'appelle-t-il, votre Espagnol ?

Et comme Ninon, embarrassée de la question, hésitait, il répondit d'une voix sonore et sans détourner la tête :

— Don Gaspar de Mendoza y Alvarado y Zuniga, senora.

Sur ce renseignement, la blonde mercière se retira.

Dès le soir même tout le quartier apprit que don Gaspar de Mendoza y Alvarado y Zuniga me faisait l'honneur de casser et mesurer mon sucre, ce qui attira chez moi un peuple entier de dames jeunes et vieilles, mais toutes également curieuses de voir le cousin de plusieurs grands d'Espagne, qui pouvait d'un instant à l'autre devenir grand d'Espagne lui-même, car un farceur de savetier qui rapetassait de vieux souliers dans une échoppe du voisinage, confia au public que don Gaspar était le propre neveu de don Filippo de Zuniga y las Amescuas, vice-roi des îles Philippines, vieillard cacochyme, sans enfants et soixante fois millionnaire, dont on attendait la mort de minute en minute.

Ma recette en doubla d'une semaine à l'autre, et Jeannette en fit tout haut la remarque le samedi pendant le dîner.

— C'est une bénédiction du ciel, dit-elle, que l'arrivée de M. de Rieuq..., c'est-à-dire de M. don Gaspar dans la maison...

Comme elle allait raconter toutes les prospérités nouvelles dont ce garçon était la cause, une voix retentit à l'entrée de la boutique :

— Il n'y a donc personne ici ? Holà ! hé ! Maman Jeannette, holà ! hé !

Et de l'arrière-boutique, où nous étions à dîner, je

vis paraître un garçon de vingt-cinq à vingt-six ans,
vêtu d'une livrée que je ne connaissais pas, et qui
se dandinait, en marchant, comme un vaisseau sur
la mer.

Jeannette le reconnut à sa voix et posa ses assiettes
sur la table.

— C'est Jacquot, dit-elle, c'est mon gredin de fils.
Faut-il le faire entrer ?

Je répondis froidement :

— Comme vous voudrez, Jeannette, comme vous
voudrez !

Elle courut au-devant de lui.

Je connaissais Jacquot, et je n'en étais pas plus fier
pour cela. Il n'était pas de ceux dont la société vous
fait honneur. Sa mère était à mon service depuis vingt-
deux ans, et, grâce au ciel, je n'avais jamais eu qu'à
me louer d'elle.

Quand je la pris à mon service, elle était veuve ou
disait l'être, car je n'avais jamais vu son mari, et la seule
preuve du mariage, c'était l'enfant. Au reste, mariée,
veuve ou fille, Jeannette était si laborieuse, si économe, si habile dans son service et si dévouée aux
intérêts de la maison, que je ne fis jamais de question inutile, de peur de l'humilier. Il faut aimer
ceux qui vous aiment, quelque défaut qu'ils puissent
avoir.

Le seul défaut de Jeannette était Jacquot, mais un
terrible défaut, je vous assure.

Ce petit coquin, dès l'âge de trois ans, faisait dans
ma boutique tous les dégâts imaginables. Il mangeait
les pruneaux, il plongeait sa main parmi les morceaux de sucre et ne la retirait jamais vide, il bour-
rait ses poches de noix et de noisettes qu'il cassait à
grand bruit et dont il jetait les coquilles sur le plancher, il enfonçait ses doigts dans la mélasse, les suçait
et les renfonçait encore ; de là, il les fourrait dans

son nez, puis de nouveau dans la mélasse ; il débou-
chait les bocaux de prunes à l'eau-de-vie et buvait à
même, comme si c'eût été du vin ou du lait ; pris en
flagrant délit, et pendant que je lui tirais les oreilles,
il poussait des cris affreux, pareils aux hurlements
des loups dans les bois ; il se cramponnait à mes
jambes, à mon gilet, à mes breloques ; il déchirait
mon jabot, il renversait la vaisselle, il cassait les carreaux et les cristaux ; enfin, comme tout ce tapage
allait croissant et devenait plus insupportable chaque
jour, je fus forcé de dire à Jeannette qu'il fallait
s'en aller avec lui ou l'envoyer chercher sa vie ailleurs.

Comme elle vit qu'il n'y avait pas d'autre remède,
elle prit ce dernier parti, et, par mon conseil, l'envoya chez un armateur de Nantes qui faisait la traite
des nègres sur la côte de Guinée, et qui l'expédia
comme mousse à bord d'un bâtiment.

J'en fus débarrassé pour trois ans. Il fit un voyage
en Afrique, un autre à Saint-Domingue, un autre à
Pondichéry, et revint chez moi bien pire qu'il n'était
parti. La garcette dont on avait usé largement pour
discipliner cet aimable caractère l'avait endurci au
lieu de l'adoucir. Il était parti polisson ; il revint
hypocrite et presque scélérat.

La pauvre Jeannette disait souvent :

— Mon Dieu ! si j'ai *fauté,* j'en suis bien punie !

Cependant elle l'aimait toujours, car ce petit coquin
ne manquait pas d'esprit ; au contraire, il en avait
quatre fois plus que presque tous les honnêtes gens de
ma connaissance ; mais à quoi l'employait-il, Seigneur ! Il avait appris à mentir, à flatter, à voler, et,
de plus, je le soupçonne, à donner des coups de couteau. Mais ce n'était alors qu'un soupçon.

Naturellement, après un séjour de quelques semaines dans ma maison, je le remis à la porte. Jean-

nette lui donna quelque argent ; je le donnai, lui, au
diable, qui était sinon son père naturel, du moins son
précepteur et son maître. Il partit enfin, et je demeurai longtemps sans le revoir. Jeannette le revit peut-
être, mais en cachette.

Dans l'intervalle, il devint saltimbanque, soldat,
déserteur, matelot, laquais, que sais-je ? Il fit tous les
métiers, ceux qui étaient honnêtes et ceux qui ne l'é-
taient pas ; puis il revint. Je le renvoyai encore, et,
deux fois par an, je le voyais reparaître. Il demandait de l'argent à sa mère et disparaissait le soir
même.

Tel était le visiteur qui venait d'entrer dans ma
boutique.

On peut juger que je ne fis pas grands frais pour sa
réception. Lui-même, d'ordinaire, n'insistait pas pour
me voir ; mais, ce jour-là, sans doute, il avait quelque
projet en tête, car il s'avança suivi de Jeannette, et me
salua très-respectueusement selon son habitude.

Je fis signe de la tête que je l'avais vu :

— Bonjour, mon garçon, bonjour.

Et je me remis à découper un morceau de veau rôti,
sans lui offrir de boire, de manger, ni de s'asseoir.

Il ne se déconcerta pas du reste, regarda Ninon, la
salua, lui fit quelque compliment auquel Ninon répondit d'un air d'amitié réservée, par égard pour Jeannette, car, d'ailleurs, elle n'avait pas plus de goût pour
lui que moi-même.

Cependant, comme il restait là debout, regardant de
l'œil Rienquivaille qui paraissait très-occupé de manger, Jeannette, pour entretenir la conversation, lui
dit :

— Comme te voilà beau ! Où as-tu pris cette livrée ?

Alors, Jacquot se redressa et dit :

— C'est celle de mon maître, M. le duc d'Uzerche,
dont je suis le valet de chambre. Un grand seigneur,

M. le duc, et un riche seigneur, je vous en réponds !
Il a des terres aussi grandes qu'une province et des
revenus qu'il ne connaît pas lui-même.

— Allons, tant mieux ! dit Rienquivaille, d'un air
qui n'indiquait pas beaucoup de respect pour les ducs...
Mademoiselle Ninon, voulez-vous boire ?

Et il remplit son verre.

Alors Jacquot reprit la parole, et déclara que la
maison de M. le duc était une des plus considérables
de France, qu'on y faisait plus de dépense que partout
ailleurs, qu'on pouvait, avec un peu de protection,
obtenir ses fournitures, et, par là, celles de beaucoup
d'autres ducs et marquis, tous amis ou parents du duc
d'Uzerche, et disposés à suivre son exemple en toute
chose ; qu'il avait, lui, Jacquot, la confiance de son
maître ; qu'il disposait de tout chez lui, vérifiait lui-
même tous les comptes...

Il ajouta même, en clignant de l'œil, que, sur ce
dernier article, il n'était pas sévère pour ses amis par-
ticuliers ; qu'il connaissait les nécessités du commerce,
et qu'enfin il ne tenait qu'à moi de m'assurer de sa
pratique et de celle de M. le duc.

J'avoue que cette idée me tenta un peu. Ce n'est pas
que je fusse tout à fait ébloui de vendre ma marchandise à un duc. Au fond, le bourgeois et l'ouvrier
payent mieux parce qu'ils payent comptant, et qu'on
n'est pas forcé de faire des remises aux intendants,
aux chefs de cuisine et aux gens de toute espèce qui
sont à leur service ; mais enfin cela fait plaisir de
nommer, parmi ses pratiques, un duc et pair, et même
cela attire les nigauds. Fournisseur de M. le duc
d'Uzerche, cela sonne mieux que d'être fournisseur
de M. Michalon, drapier.

Et cependant Michalon paye et l'autre fait attendre.
C'est le train de ce monde.

Enfin, sans être ébloui, et même quoique un peu

irrité de l'air moqueur de Rienquivaille, je dis à Jacquot de revenir, que je le recevrais toujours avec plaisir, et que quant à ses fournitures...

— On verra, interrompit Rienquivaille en pliant sa
serviette.

Ce garçon avait la manie de décider pour moi, et
j'allais lui laver la tête comme il faut, lorsque, prévoyant mon dessein, il passa si rapidement dans la
boutique, que je n'eus pas le temps de dire un mot.

Tout à coup, au moment où j'allais le suivre, j'a-
perçus, m'étant retourné par hasard, Jacquot, qui,
derrière mon dos, montrait à ma fille un petit billet
cacheté en lui faisant signe de le prendre.

Aussitôt Ninon s'écria :

— Papa, Jacquot a quelque lettre pour toi. Prends-la
donc.

Je m'en saisis en effet, et si brusquement qu'il n'eut
pas le temps de la remettre dans sa poche. Quant à
demander la réponse, il s'en garda bien, et, d'un élan
pareil à celui d'un cerf poursuivi par les chasseurs, il
bondit dans le corridor, puis dans la rue.

X

Je rompis le cachet de la lettre et je lus :

« J'ose à peine implorer mon pardon, ma toute belle,
et cependant si vous saviez tout ce que je souffre depuis longtemps à cause de vous !... Mais les appa-
rences sont contre moi, je le reconnais.

« Je vous aime, ma chère Ninon, de l'amour le plus violent et le plus passionné. Vous le savez, il a failli me pousser jusqu'au crime.

« Et comment ne vous aimerait-on pas, vous si gracieuse, si charmante, que jamais, à Versailles même, parmi les duchesses, les marquises les plus vantées, je n'ai rien vu d'égal? Vous avoir vue et vous adorer, c'est presque la même chose.

« La première fois que je vous vis, c'était, il y a trois mois, après vêpres, au sortir de Notre-Dame. Vous donniez le bras à votre père... »

(Je passe la description qu'il faisait de moi, et qui, d'ailleurs, n'avait rien de trop flatteur. Je passe aussi les quatre cinquièmes de la lettre, qui n'étaient consacrés, suivant l'usage, qu'à faire l'éloge des grâces, des charmes et des vertus de Ninon, et j'arrive à la conclusion.)

« Eh bien, oui, après trois mois d'attente, je fus pris d'une envie folle de vous voir, de vous entendre, de vous dire tout mon amour, et j'allais vous enlever lorsque ce drôle que je ne connaissais pas encore, mais que j'ai fait suivre et qui ne m'échappera pas, Rienquivaille, aventurier et bretteur de profession, vint se jeter au travers, et, par trahison, me blessa d'un coup d'épée. Il me le paiera cher, le coquin! La police est à ses trousses. J'ai déjà su qu'il rôdait autour de votre maison et qu'il avait failli s'y faire prendre après mille querelles avec la maréchaussée. On raconte qu'il a disparu comme font ces gens-là, par quelque cave, quelque souterrain ou quelque cul-de-sac dans lequel il a rejoint le reste de sa bande. Mais le lieutenant de police est averti, et, s'il se laisse prendre, en fera bonne justice.

« Chère Ninon, ange de mes amours, je mets à vos pieds mon cœur, mon âme et mon duché.

« Celui qui vous remettra cette lettre est un homme

sûr, à qui vous pouvez confier la réponse si vous m'en jugez digne.

« BERNARD,

« Duc de Ventadour et d'Uzerche ».

Tel était le billet doux de ce seigneur à Mlle Ninon Marteau, fille d'un bourgeois dans la famille duquel, j'ose le dire, on n'aurait pas trouvé une tare depuis douze générations.

Si je l'avais tenu dans mes mains, foi d'épicier, je lui aurais tordu le cou comme à un pigeon, ou coupé le cou comme à un canard, ou tranché la langue comme à un poulet, ou saigné l'artère carotide comme à un cochon ! Comment ! ce duc osait croire que Ninon, ma Ninon, que j'aimais comme mes yeux, était faite pour distraire Sa Seigneurie ! Ah ! le misérable ! Et que Mlle Sophie Arnoult avait raison de dire que, quand l'Éternel eût pétri la race humaine d'un peu de limon qui lui restait, il fit les ducs et les laquais.

Dans ma colère, je chiffonnai violemment la lettre et la jetai sur le comptoir, où Rienquivaille la ramassa.

— Qu'avez-vous, monsieur Marteau ? demanda-t-il avec intérêt.

Je répondis comme M. Lekain quand il joue *Manlius* :

— Tiens, lis.

Car, après tout, il était assez intéressé dans l'affaire à cause des menaces que ce duc maudit faisait contre lui, aussi bien que des flatteries abominables qu'il adressait à ma fille.

Au reste, il ne se fit pas prier, lut la lettre en une minute et demanda, les yeux étincelants :

— L'homme est là ?

— Qui ?

— Ce Jacquot ?

— Non, il s'est sauvé.

Et je racontai comment Ninon m'avait averti, et la fuite de Jacquot.

— Ah! reprit Rienquivaille en se remettant à casser le sucre et à servir la pratique, c'est dommage. Oui, c'est dommage. Le pied me démangeait. Une autre fois, monsieur Marteau, avertissez-moi. Corriger ces faquins, c'est ma partie, ma spécialité!

Je revins alors dans l'arrière-boutique et je racontai l'histoire à Jeannette. La pauvre femme en était honteuse et furieuse. Je lui dis :

— Vous voyez, Jeannette, ce que fait votre coquin de fils !

Elle laissa tomber à terre une assiette qu'elle lavait et s'écria :

— Pauvre monsieur! C'est tout le portrait de son père!

— Alors son père ne valait pas grand'chose, Jeannette!

— Ah! monsieur, c'était un rien du tout; et si je vous disais tout ce qu'il m'a fait!...

Mais je l'interrompis à cause de Ninon et je me bornai à donner ordre que le fils fût mis à la porte toutes les fois qu'il oserait se présenter dans la maison.

Quant à Ninon, je la fis monter dans ma chambre et je lui dis :

— Mon enfant, tu vois le triste effet de ton imprudence. Si tu n'étais pas allée trop tard aux Tuileries, contre ma défense, nous n'en serions pas où nous en sommes. Nous voilà maintenant forcés de ne plus sortir.

Jusque là, Ninon acceptait mes reproches de bonne grâce; car elle sentait ses torts, et d'ailleurs elle a un caractère angélique (je le dis tout haut non parce que je suis son père, mais parce que c'est la vérité); mais, à ces derniers mots : « forcés de ne plus sortir, » elle se récria vivement et demanda si, parce qu'un duc était malhonnête et impertinent, on allait l'en punir, elle, et la mettre en prison.

— Mais, mon enfant, tu vois bien...

— Je ne vois rien, papa, si ce n'est que tu veux m'enfermer comme chez les Turcs, et que je ne veux pas être enfermée!

J'essayai inutilement de la calmer et de lui montrer qu'elle ne serait pas enfermée, qu'elle pourrait aller à la messe comme d'habitude, — à la grand'messe surtout, — et à vêpres, qu'elle pourrait voir ses amies et les miens...

— Oh! les tiens, dit-elle, ils ont tous cinquante ou soixante ans!

Et sans vouloir m'écouter, elle descendit l'escalier et s'assit au comptoir en disant :

— Croiriez-vous, monsieur Rienquivaille, que papa veut m'enfermer comme on fait chez les Turcs?

A quoi l'autre répliqua :

— Il a tort, mademoiselle.

Je la suivais de loin; j'entendis la demande et la réponse, et je répliquai à mon tour, car je ne voulais point paraître avoir tort :

— Mais si c'est pour son bien, Rienquivaille?

Il remua gravement la tête, parut réfléchir et dit comme un homme ébranlé dans sa foi :

— Si c'est pour votre bien, mademoiselle...

Alors Ninon, irritée :

— Ce n'est pas pour mon bien, c'est pour m'empêcher de sortir.

— Oh! alors, c'est autre chose, répliqua Rienquivaille. Les jeunes demoiselles ont besoin de prendre l'air de temps en temps; c'est l'ordonnance du médecin.

— Tu vois bien, papa, dit Ninon d'un air de triomphe; M. Rienquivaille lui-même est d'avis qu'il faut que je sorte!

Je répliquai avec impatience :

— D'abord, ça ne le regarde pas! Il ferait mieux de casser son sucre et de faire des sacs de papier.

— Ça, c'est vrai, dit Rienquivaille.

Et il se remit tranquillement à l'ouvrage.

— ... Quant à toi, Ninon, mon enfant, je ne veux pas t'exposer à être enlevée, un jour où tu seras dehors, par les complices de ce duc abominable, ou de tout autre misérable de cette espèce.

— Mais, dit Ninon, si je ne sors qu'avec toi et M. Rienquivaille, est-ce que j'ai quelque chose à craindre ? Est-ce qu'il ne m'a pas déjà sauvée quand tu n'y étais pas?...

Et d'une voix si tendre que je ne l'avais jamais entendue parler ainsi :

— Voyons, monsieur Rienquivaille, est-ce que vous refuseriez de venir encore à mon secours si j'étais en danger?

Naturellement le bon garçon ne refusa pas, et même il s'écria :

Paraissez, Navarrais, Maures et Castillans,
Et tout ce que l'Espagne a produit de vaillants...

Il en aurait dit bien plus long, mais trois ou quatre de mes meilleures pratiques entrèrent à la fois. Il fallut les servir, et la conversation resta interrompue jusqu'au souper.

Même à ce moment, dès les premières bouchées, Rienquivaille, sous un prétexte plia sa serviette et alla se promener devant la porte, pour prendre le frais, disait-il; mais je soupçonne qu'il avait entrevu quelque chose ou quelqu'un de suspect dans la rue, car il tenait un bâton caché derrière son dos.

Cependant rien ne parut, et Ninon me demanda de son air le plus caressant :

— As-tu fait toutes tes invitations, papa?

— Quelles invitations?

— Pour le dîner sur l'herbe, demain, à Saint-Mandé. Tu as donc oublié ta fête?

Je n'avais rien oublié; mais j'espérais qu'on ne me rappellerait rien.

Je ne voyais autour de moi que des sujets d'inquiétude. Ma fille d'abord, pour qui j'aurais de bon cœur donné ma fortune et ma vie, quoique je tienne beaucoup à l'une et à l'autre; ensuite ce garçon qui m'était tombé du ciel dans ma boutique, qui m'avait rendu à mon insu un si grand service, qui était menacé lui-même de toutes les rigueurs de la police et de la justice; puis ce duc de malheur que je n'avais jamais vu, mais de qui j'avais tout à craindre, ses valets et tous les coquins qu'un homme riche et puissant traîne à sa suite... Vraiment il y avait de quoi perdre le sommeil.

Avec cela, ma chère Ninon, que je n'avais pas contrariée deux fois en sa vie, s'indignait des précautions que je voulais prendre pour sa sûreté. Que faire? La tenir enfermée, c'était impossible. La mener promener à Saint-Mandé, c'était bien dangereux.

Avertir le lieutenant de police que je craignais quelque entreprise, c'était faire rire à mes dépens ce magistrat, et s'il prenait mes craintes au sérieux, c'était attirer chez moi les exempts, les archers et tous les ennemis de Rienquivaille.

En vérité, j'étais bien embarrassé.

Après un moment de réflexion, je fis ce qu'il m'était impossible de ne pas faire, c'est-à-dire la volonté de Ninon.

— Mais, lui dis-je, auras-tu le temps d'inviter nos amis?

— Jeannette va passer chez eux et le leur dire.

— Auras-tu des provisions?

Jeannette protesta qu'elle passerait la nuit à préparer

tout, et qu'on pourrait partir à dix heures du matin
et dîner à midi dans le bois ; car, ajouta-t-elle en
regardant le ciel, le temps sera magnifique demain.
Les étoiles brillent comme des braises, et il n'y a pas
un nuage.

Je fus forcé de me rendre, et Ninon, ravie de l'espérance d'aller dîner sur l'herbe, à l'ombre du bois de
Saint-Mandé, m'embrassa et me remercia mille fois
en m'appelant « son petit papa chéri. »

.. Ah! si j'avais pu deviner ce qui devait arriver le
lendemain !

XI

Au point du jour tout le monde fut sur pied. Ninon
chantait, Jeannette achevait ses pâtisseries ; Rienquivaille brossait ses habits, et cirait ses bottes et ses
moustaches d'un air à faire trembler tous les pères et
tous les maris de France. De temps en temps je l'entendais fredonner la vieille chanson du guet :

> Qu'est-c' qui passe ici si tard,
> Compagnons de la Marjolaine ?
> Qu'est-c' qui passe ici si tard,
> Gai, gai, dessus le quai ?
>
> C'est le chevalier du guet,
> Compagnons de la Marjolaine :
> C'est le chevalier du guet,
> Gai, gai, dessus le quai.

Enfin, la maison était en joie.

Vers sept heures du matin, nous allâmes tous trois à la messe, ma petite Ninon, plus belle qu'une châsse, moi et le seigneur don Gaspar de Mendoza y Alvarado y Zuniga, qui donnait le bras à ma fille, et dont la vue faisait retourner les passants des deux sexes.

La vieille Choupillard, femme excellente et qui était d'âge à ne plus envier personne, me dit en clignant les yeux d'un air malin :

— Quel beau couple! la petite et l'Espagnol!

Ninon l'entendit, et ce mot la fit rougir de plaisir.

Je répondis modestement :

— Mère Choupillard, Ninon n'est pas tout à fait laide, c'est vrai ; mais il ne faut pas dire ça trop haut devant les petites filles; elles en croient toujours dix fois plus qu'il n'y en a... Quant à don Gaspar de Mendoza y Alvarado, il a le teint d'une mûre écrasée comme presque tous les Andalous...

— D'une mûre écrasée, c'est possible, reprit la vieille Choupillard, mais sous ce teint il y a un joli garçon, je vous en réponds, Théodore... Est-ce vrai qu'il est grand d'Espagne, comme on dit dans le quartier?

— Pour ça, madame Choupillard, je ne peux pas savoir. Je crois qu'il est plutôt cousin ou neveu.

— Dans ce cas, conclut la bonne femme, c'est une race où les neveux et les cousins sont jolis.

C'est au milieu de ces discours et d'autres semblables que nous entrâmes dans l'église Saint-Merry, notre paroisse, dont le premier vicaire, qui avait baptisé Ninon dix-sept ans auparavant, était notre ami particulier, comme aussi celui des trois quarts de la paroisse.

En sa qualité de vicaire et d'ami, j'étais allé l'inviter moi-même, une semaine d'avance, à venir dîner avec nous sur l'herbe, à Saint-Mandé, et il avait accepté de bon cœur, sauf, bien entendu, le consentement de M. le curé, qu'il ne voulait pas mécontenter, ayant la ferme espérance de lui succéder.

Ce bon vicaire était un homme à peindre, un petit homme grêlé, dont nul ne savait l'âge et dont la figure joyeuse et bonasse avait plus de trous qu'une écumoire. Tout ce qui était né depuis cinquante ans dans la paroisse avait été baptisé par lui ou s'était préparé par ses soins à la première communion.

Les femmes, sans savoir pourquoi, disaient de lui : « C'est un saint! » et les hommes le répétaient pour faire plaisir à leurs femmes ; quant aux petits enfants, ils l'appelaient : « Monsieur l'abbé, » avec une terreur mêlée de respect et de tendresse.

On disait qu'il portait sous ses habits une haire et une discipline, et qu'il s'administrait à lui-même les plus cruelles pénitences quand il n'était vu de personne. Mais comment pouvait-on le savoir, puisqu'on ne l'avait jamais vu?

Au fond, sa laideur horrible (mais non répugnante, car il était propre, bien peigné et bien lavé) l'avait toujours préservé du péché, de celui du moins que défend le sixième commandement de Dieu, et auquel nous autres Français, gens aimables et sociables, ne sommes que trop portés par tempérament ou, si vous voulez, par suggestion du diable. Il n'était donc pas libertin.

Tout au plus avait-on remarqué dans le quartier qu'il passait un bon tiers de chacune de ses journées (d'ailleurs très-occupées) à catéchiser sœur Phrasie-des-Anges, une vieille religieuse de Saint-Vincent-de-Paule, dont la seule vue aurait donné au libertin le plus effréné l'horreur du vice qui fit la perte du grand roi Salomon. Sœur Phrasie-des-Anges était plus vieille que lui, plus laide que lui, et comme disaient les malins du quartier, s'il y a jamais eu quelque union entre eux, ce ne peut être que l'union des âmes.

i

Le seul défaut du respectable vicaire (car sœur Phrasie ne peut pas compter) était un goût de la bonne chère qu'il n'avait d'ailleurs jamais pu satisfaire, si ce n'est chez ses paroissiens, — le curé, homme d'ordre, économe, qui mariait bien et dotait ses nièces, gardant pour lui le meilleur du casuel et ne laissant que peu de chose à grapiller sur les petits baptêmes, les petits enterrements et les petites âmes du purgatoire. Dès que la recette dépassait dix sous, elle passait dans les mains du curé.

Pour consoler son vicaire, ce respectable ecclésiastique lui disait :

« Mon ami, les biens de ce monde sont de nulle valeur aux yeux de Dieu; à quoi nous servira un jour d'avoir eu beaucoup d'argent, une maison bien montée, beaucoup de domestiques, le respect de tous nos voisins, la faveur des grands? à rien, mon cher abbé, à rien. Quand saint Pierre ouvrira la porte du Paradis, il nous ordonnera d'abord de poser à terre ce bagage inutile... Posons-le donc dès aujourd'hui, et vivons sous l'œil de Dieu comme si nous devions mourir demain. »

Ainsi parlait ce saint homme et, en attendant, il préservait son premier vicaire (comme aussi tous les autres) des tentations que donne la richesse, en les gardant pour lui-même, car il se sentait la force de les surmonter.

C'est ce que le pauvre abbé, dont les coudes râpés et la soutane usée annonçaient trop la misère, me racontait quelquefois après dîner, à cette heure délicieuse où le cœur s'ouvre, poussé par un vin de Corton généreux, et répand ses douleurs dans l'oreille du premier ami venu.

Et quand je lui disais :

— Monsieur l'abbé, vous serez curé un jour et vous aurez des vicaires...

Il répondait tristement :

— Jamais !... M. le curé vivra cent ans et nous sommes du même âge. Si vous saviez quel estomac il a !... Tenez, la semaine dernière il a dîné chez un président du Parlement. Il avait déjeuné chez lui de bonne heure, car, pour se ménager, il ne dit pas la messe tous les jours, comme vous savez. M. le président, qui avait à sa table tous les chefs du Parlement de Paris, avait mis les petits plats dans les grands et fait venir des saumons de la Clyde, des sterlets du Volga, des vins d'Espagne et de Hongrie, et tout ce que la nature produit d'excellent pour le palais des magistrats ou, si vous voulez, pour le Palais de Justice...

(M. l'abbé avait le goût des calembours.)

... M. le curé, comme bien vous pensez, s'en est donné autant que la nature le permettait et peut-être davantage... Eh bien ! le soir même, une des plus riches dames du quartier, Mᵐᵉ Moreau, l'a fait prier d'assister à la signature du contrat de sa petite-fille qu'on marie avec un notaire. Il y est allé ; il a signé, il a soupé plus que personne, il est rentré chez lui. J'attendais à toute minute qu'on vînt m'apprendre qu'il était pris d'apoplexie et qu'il fallait lui administrer les derniers sacrements... Pas du tout. Il est rentré au presbytère, a dormi comme un sonneur, et, le lendemain matin, était plus rouge et plus fleuri que jamais sur le seuil de sa porte... Quel estomac, grand Dieu ! quel estomac que celui de M. le curé !

Tel était l'excellent homme qui, ce jour-là, célébrait la sainte messe à Saint-Merry.

Quand nous fûmes arrivés à nos places ordinaires, le sacristain l'avertit, et M. l'abbé se hâta de revêtir sa chape et commencer la cérémonie.

En passant près de nous, il eut même la bonté de nous faire, à Ninon et à moi, un petit signe d'amitié

pour dire que la messe serait courte et que nous
pourrions bientôt partir pour Saint-Mandé. Le sacristain, son confident ordinaire, ajouta qu'il n'y
avait pas de baptême, d'enterrement ou de mariage
dans la journée, un seul excepté, je veux dire un
mariage, celui de la fille de Mme Moreau avec le notaire; mais M. le curé se l'était réservé à cause du
présent que la mère voulait faire au célébrant et qui
n'était pas moins — outre les frais ordinaires — qu'un
service de vaisselle en vermeil.

La messe fut célébrée, ou, comme disait Rienquivaille, expédiée en dix minutes; l'abbé descendit de
l'autel, rentra dans la sacristie, reparut trois minutes
après, me donna une poignée de main, caressa doucement du bout des doigts la joue rose de Ninon, et,
me prenant à part, demanda tout bas d'un air d'inquiétude :

— Est-ce un dîner franc, ou bien un déjeuner dîna-
toire que vous avez préparé?

Je répondis avec embarras :

— Monsieur l'abbé, ce sera ce que vous voudrez. Il
n'y a que des viandes froides, une dinde, trois canards,
une oie grasse, deux poulardes du Mans, un jambon
de Bayonne, une forte longe de veau, trois ou quatre
pâtés de différente espèce et quelques friandises dont
je ne sais pas le compte. C'est Jeannette qui s'en est
chargée.

— Oh! dit-il d'un air de confiance, si Jeannette s'en
est chargée, nous sommes sauvés!... Jeannette s'y connaît mieux que personne.

Et il insista, tant cette pensée lui paraissait juste et
vraie :

— Oui, mon ami, oui, mieux que personne, mieux
que vous-même peut-être... Quant au vin, je ne suis
pas inquiet.

— Ce sera le meilleur de ma cave, monsieur l'abbé,

— Cela suffit... Derrière vos fagots j'en connais que le roi Louis XV voudrait bien avoir dans la sienne.

Je répliquai avec force :

— Et qu'il n'aura jamais, monsieur l'abbé, car je les réserve pour mes amis !

A son tour il me secoua la main :

— Et vous faites bien, papa Marteau, car les amis ne sont pas ingrats!... A quelle heure partons-nous ?

— A dix heures précises, la voiture attendra devant ma porte.

— A quelle heure déjeunons-nous dînatoirement ?

— A midi précis.

— C'est parfait. Je vais prendre une tasse de chocolat et quelques petits pâtés pour me mettre en appétit.

Sur ce mot, nous nous séparâmes. Le bon vicaire alla déjeuner chez lui, et je rejoignis Ninon et don Gaspar de Mendoza, qui s'étaient écartés de quelques pas, soit par discrétion, soit pour causer plus librement.

Nous rentrâmes ensemble à la maison où tous les préparatifs étaient terminés. Jeannette, ménagère soigneuse, n'attendait plus que la voiture et les invités.

XII

Quand dix heures sonnèrent tout le monde arriva en même temps, car on est exact dans le quartier Saint-Jacques-la-Boucherie... Le commerce, voyez-

vous, les échéances! Il n'y a que ça pour former les
idées et donner de bonnes habitudes.

Tout le monde, c'est-à-dire trois pères de famille,—
un bourrelier, un quincaillier, un ébéniste, avec leurs
femmes et leurs enfants, deux jeunes apprentis quincailliers; Mme veuve Barentin, mercière; sa sœur
aînée, vieille fille, un bijoutier, veuf aussi et un peu
gêné dans ses affaires, qui cherchait femme afin de
« s'assortir », comme il disait lui-même; le vicaire de
Saint-Merry et moi.

Plus, Jeannette, les provisions de bouche et une
voiture de déménagement traînée par trois chevaux et qui portait toute la compagnie. En tout, —
sans comprendre les chevaux qui ne sont que des
quadrupèdes privés de raisonnement ou trop dissimu-
lés pour laisser voir le fond de leur pensée,—dix-huit
ou vingt personnes environ, ayant bon appétit et
grande envie de s'amuser.

Rienquivaille seul manquait au départ. Il avait pris
les devants pour choisir la salle à manger, c'est-à-dire
la clairière où l'on devait dîner. Il était leste et pim-
pant, frais comme un Alvarado, gai comme un fau-
bourien de Paris, et dans ses poches il avait fourré
deux objets soigneusement enveloppés dont je ne pus
jamais deviner la nature.

J'essayai de le questionner.

Il me répondit :

— Patron, c'est une surprise que je veux vous faire.
Nous autres Mendozas, nous sommes forts pour les
surprises...

Ce garnement (car je puis bien l'appeler ainsi, puisqu'il n'avait ni fortune ni famille), ce garnement avait
une manière de répondre, tantôt sérieuse, tantôt plai-
sante, qui me déconcertait toujours. On ne savait pas
s'il voulait rire ou s'il parlait sérieusement.

Je voulus en passant toucher ses poches comme par

mégarde afin de voir de quelle espèce étaient les surprises des Mendozas; mais il paraissait s'y attendre,
car il se détourna vivement, me heurta d'une chaise
qu'il tenait à la main et s'écria :

— Patron! ne touchez pas! ça mord!

En même temps sa poche heurta le comptoir et fit
entendre un bruit de ferraille.

Il fallut me contenter de ce renseignement. D'ailleurs, comme mes convives arrivaient à la file, par
quatre et par six, j'étais trop occupé de les recevoir
pour m'occuper de ce que contenaient les poches de
Rienquivaille.

Il partit donc le premier, et à pied, ce qui fut très-
sage, car s'il nous avait attendus, on aurait été forcé
de lui offrir un siége entre les oreilles du cheval limo-
nier, tous les autres compartiments de la voiture étant
occupés, et même encombrés.

Voici dans quel ordre on s'empila :

Le bon abbé au fond, pour faire honneur au clergé.
Sur ses genoux deux petits quincailliers, l'un de six
ans, l'autre de neuf ans. L'un était morveux, parce
qu'il ne se mouchait jamais. L'autre était plus propre,
mais si nerveux et si agité, qu'il donnait à toute minute
des coups de pied dans les jambes de ses voisins. Le
nerveux était gai et chantait toujours :

> Do, do, dodino,
> L'enfant dormira bientôt.

Le morveux était triste et pleurait ou criait six heures par jour.

Ce n'était rien encore; mais leur mère, femme excellente et respectable, imposait sans relâche silence à
l'un et à l'autre en même temps, ou du moins faisait
tous ses efforts pour l'imposer, de sorte que comme
les deux petits drôles n'obéissaient pas et ne faisaient
que chanter ou crier plus fort, et comme la dame avait

une voix plus aiguë que la pointe des vrilles, c'était un concert où le diable (bien qu'absent) faisait sa partie.

Entre la dame et le bon abbé, qui peut-être ce jour-là se réjouissait d'avoir été condamné au célibat par sa profession, était assis le quincaillier mari et père, un de mes meilleurs amis.

Celui-là fumait sa pipe avec gravité, laissant crier les enfants et la femme, regardant celle de l'ébéniste qui lui faisait face (je parle de la femme et non de l'ébéniste que j'avais placé sur le devant de la voiture à côté de moi), et tenant entre ses genoux son troisième enfant, une petite fille de sept ans qui paraissait être son unique amour sur la terre après les cartes et le vin blanc.

Les autres s'arrangèrent de leur mieux. Les hommes assis sur des banquettes, les dames et demoiselles sur leurs genoux, les enfants au travers des uns et des autres. Ninon seule avait une place en face de l'abbé et ne pouvait se plaindre de rien, excepté des coups de pied du plus petit des quincailliers.

Quant à Jeannette, elle était assise sur ses talons à la manière des fakirs de l'Inde, qui trouvent, dit-on, cette pose meilleure que toutes les autres pour prier Dieu. Cependant elle ne priait pas. Elle veillait, car les provisions lui étaient confiées, et l'aîné des petits quincailliers (le morveux) ayant senti l'odeur d'une tourte de pâtisserie et plongé à l'intérieur ses doigts qu'il retira tout couverts de confitures, fut si durement souffleté qu'il en poussa des cris aigus et que la mère s'écria :

— Qu'est-ce que tu as, mon pauvre enfant? Qui est-ce qui t'a battu?

A quoi l'enfant répondit en pleurant et désignant du doigt Jeannette :

— C'est celle-là!

Ici la mère, indignée, allait prendre la défense du « pauvre enfant » et peut-être livrer bataille à Jeannette; mais celle-ci, par une manœuvre habile, au lieu de se laisser attaquer, prit l'offensive et dit avec fermeté :

— Petit goulu, c'est moi qui t'ai giflé! Et je te giflerai encore toutes les fois que tu mettras les doigts dans la tarte aux confitures!

La mère allait répliquer vertement; mais un tel cri d'horreur s'éleva quand on entendit parler des souillures dont les tartes pouvaient être victimes, que le quincaillier posa sa pipe sur son genou, la secoua légèrement pour en faire tomber la cendre, et, tout en la bourrant de nouveau, dit :

— Jeannette l'a giflé!... C'est bien fait!

Cet arrêt paternel fut approuvé de tous, excepté, bien entendu, du malheureux jeune garçon qui pourtant n'osa plus rien dire.

Ce fut, du reste, le seul accident du voyage, le seul du moins dont je m'aperçus alors, car on m'a dit plus tard que quatre ou cinq hommes inconnus de tout le quartier avaient rôdé ce jour-là autour de la voiture, examinant les chevaux et les harnais d'un air connaisseur, demandant au cocher où il allait, donnant leur avis sur mes convives et disparaissant enfin quand nous fûmes prêts à partir.

Je les avais vus, mais il y a tant de badauds dans Paris pour qui une voiture arrêtée devant une porte est un événement, que je ne crus pas nécessaire de m'occuper de ceux-là, les croyant pareils à tous les autres.

D'ailleurs, nous étions en si nombreuse compagnie, toute composée de mes voisins et de mes amis, et la route de Paris à Saint-Mandé, le dimanche, est si fréquentée, que je ne craignais rien. J'avais tort de ne pas craindre, car j'aurais dû me souvenir de l'aventure de Rienquivaille et de la lettre de ce maudit duc d'Uzerche à Ninon; mais que voulez-vous? On ne pense jamais à tout. Et ce jour-là je pensais d'abord à faire plaisir à ma petite Ninon, ensuite à régaler mes amis, et enfin à m'amuser moi-même, car tout quinquagénaire et demi que je suis (ayant cinquante-cinq ans passés depuis la Saint-Martin dernière), je danse encore un rigodon, et surtout je m'amuse à voir danser les autres.

Ce n'est pas défendu, n'est-ce pas? Après tout, cela vaut mieux que de dire du mal de ses amis ou de calomnier ses ennemis, comme on fait quand on n'ose pas les tuer à coups de poignard de peur d'être pendu.

Donc, le voyage se fit lentement, mais paisiblement. Mᵐᵉ veuve Barentin, la mercière qui avait remarqué si particulièrement Rienquivaille, était placée à côté de moi sur le devant de la voiture, derrière le cocher.

Je voyais depuis un moment qu'elle cherchait quelqu'un ou quelque chose, car elle m'écoutait à peine. Enfin, quand nous fûmes dans le faubourg Saint-Antoine, elle demanda :

— Où donc est don Gaspar de Mendoza y Alvarado?

En faisant cette question, elle feignait de regarder la boutique d'un marchand de meubles.

A mon tour, pour l'agacer un peu, je répondis, comme si je n'avais rien entendu :

— Vous dites, voisine?

Un peu impatientée, elle reprit :

— Je demande où est votre nègre?

— Quel nègre? Je n'ai pas de nègre. Je n'aurai jamais de nègre.

— Mon Dieu! dit-elle, je l'appelle nègre à cause de son teint brun. Vous savez bien qui je veux désigner. Votre Espagnol! votre Andalou!...

— Ah! ah! don Gaspar?... Je ne sais pas, moi!

Et alors, comme si j'avais été très-inquiet de savoir
ce qu'était devenu Rienquivaille, je demandai d'un
bout à l'autre de la voiture :

— Jeannette! Jeannette!

— Eh! monsieur, qu'est-ce que c'est? qu'est-ce qu'il
y a? Est-ce que vous avez besoin de quelque chose
là-bas? Moi, j'ai bien assez à faire de garder les
gigots et les pâtés.

Je répliquai sévèrement :

— Jeannette, il ne s'agit ici ni de gigots ni de pâtés,
c'est Mme Barentin qui demande ce que don Gaspar
de Mendoza est devenu.

Jeannette répondit avec humeur :

— Est-ce que je sais, moi? Est-ce qu'on me l a donné
à garder? Il a passé devant sans doute; ou bien il est
allé dans ses terres d'Alvarado y Zuniga y Otros Montes. Il en a tant (c'est lui qui le dit), qu'il n'en ferait
pas le tour à cheval et au galop d'ici à trois semaines.

Je répliquai :

— C'est bien, Jeannette. C'est assez. Vous savez bien
que don Gaspar veut garder l'incognito. Au reste, ce
n'est pas moi qui veux savoir ce qu'il est devenu,
c'est Mme Barentin.

— Ah! dit le quincaillier en déposant sa pipe,
Mme Barentin a du goût pour les Espagnols, à ce qu'il
paraît.

— Pour les nègres plutôt, ajouta la femme de l'ébéniste.

Chacun dit son mot: la mercière blonde rougit;
Ninon fit la moue, mais garda le silence, et enfin, à
midi moins le quart, nous arrivâmes à Saint-Mandé
où don Gaspar nous attendait de pied ferme

XIII

En voyant Rienquivaille, toutes les dames témoignèrent leur joie. Mme Barentin, la mercière, s'écria :

— Ah! voilà don Gaspar de Mendoza y Alvarado!...

— Y Zuniga, ma chère, ajouta Ninon, qui aimait un peu moins Mme Barentin depuis que celle-ci s'intéressait à Rienquivaille.

L'autre, à son tour, dit à sa sœur aînée qui était assise près d'elle :

— Mon Dieu! cette petite Ninon est insupportable! Elle est si fière d'avoir un Espagnol à son service qu'on croirait qu'il n'y en a que pour elle!

En même temps, comme Rienquivaille s'avançait d'un air empressé pour donner la main aux dames et les aider à descendre de voiture, elle s'élança du marchepied dans ses bras, de façon que, si le bon garçon avait été moins solidement construit, il serait tombé en arrière avec ce précieux fardeau.

Heureusement il avait prévu le choc; il retint respectueusement la dame au moment où elle allait tomber sur lui, et la déposa légèrement sur l'herbe; puis, sans s'arrêter à recevoir ses remercîments, il reçut toutes les autres, successivement, comme autant de paquets précieux et fragiles, et offrit la main à Ninon qui sauta légèrement à terre et lui dit :

— Je vous remercie, don Gaspar, je n'ai pas besoin de vous; offrez vos services aux grosses dames.

Un coup d'œil, jeté du côté de la mercière, indiquait le reste de sa pensée.

Je n'entendis pas bien la réponse de Rienquivaille, car il parlait à demi-voix. Un seul mot me resta dans l'oreille :

— Ingrate !

Nous avions l'un et l'autre trop d'affaires, — lui pour s'expliquer longuement, et moi pour écouter ses explications.

La clairière qu'il avait choisie pour le dîner était située sur le plateau de Gravelle, à l'ombre du chêne où le bon roi saint Louis rendait la justice. On voyait au fond de l'allée la vallée de la Marne. Derrière nous était Joinville-le-Pont où l'on pouvait chercher un abri en cas d'orage. Le gazon était doux. L'ombre était épaisse, un petit ruisseau coulait entre les arbres ; enfin tout le monde avoua que l'endroit était bien choisi, et que don Gaspar de Mendoza s'entendait à tout mieux que personne.

Il reçut cet éloge avec modestie et s'empressa de déballer tous les paniers de provisions et de déboucher toutes les bouteilles sans cesser un instant de faire les honneurs de la fête comme s'il en eût été le héros et comme s'il en eût fait les frais.

Il dit à la dame du quincaillier que ses enfants étaient trois petits anges, jolis comme des amours, et qu'ils avaient la grâce de leur mère, sans compter la force et la santé de leur père. Et, par bonheur, le père avait justement la prétention d'être l'homme le plus fort de tout le quartier Saint-Jacques-la-Boucherie.

Du premier coup et par ce seul compliment, il gagna l'amitié des parents. Quant aux trois petits quincailliers, il tira de ses poches une trentaine de dragées qu'il partagea par portions égales et qui firent leur bonheur pendant dix minutes.

Pour la dame de l'ébéniste il ne fut pas moins empressé. La pauvre femme était maigre, pâle, et man-

geait comme un loup tout le long du jour, afin de
refaire, disait-elle, son estomac délabré. Heureusement Rienquivaille avait placé dans un coin de la
voiture un paquet de gâteaux dont il offrit une douzaine, qui furent acceptés d'un air languissant et
dévorés en deux minutes.

— C'est un *privilége,* disait la dame, que je suis
forcée de prendre en attendant le dîner.

Chacun eut son tour, hommes et femmes, Ninon
surtout eut le sien, car ce drôle avait l'art de plaire à
tout le monde en même temps sans la perdre de vue
une minute et en faisant d'elle la reine de la fête.

Enfin, tous les préparatifs étant terminés :

— A table! s'écria Rienquivaille d'une voix de tonnerre. Messieurs, la main aux dames!

Et, pour donner l'exemple, par une manœuvre
habile, il donna la main droite à Ninon et la gauche
à Mme Barentin.

Les autres se placèrent à leur fantaisie; mais, par
un hasard difficile à expliquer, aucun mari ne se
trouva près de sa femme. Est-ce qu'on n'a plus rien à
se dire quand on se connaît trop bien et depuis longtemps? Est-ce quelque autre raison? Je n'en sais
rien.

Quant au bon abbé, vicaire de Saint-Merry, qui
n'était ni père, ni mari, ni femme, Rienquivaille,
toujours empressé et respectueux, le mit près de
Ninon, pour lui faire honneur, mais en ayant soin de
placer à sa droite et à sa gauche les deux petits quincailliers, le nerveux et le morveux, — de manière que
le saint prêtre eut assez à faire de se défendre contre
ces deux ennemis et ne prit presque aucune part à la
conversation.

Pour moi, aidé de Jeannette, je veillais à remplir
les assiettes et les verres, à découper les gigots, les
pâtés, à servir les compotes, à faire rafraîchir les

bouteilles dans le ruisseau voisin et à nourrir et à désaltérer la dame de l'ébéniste qui levait les yeux au ciel, poussait de temps en temps de profonds soupirs, essayait de me raconter ses rêves, et m'aurait fait donner au diable si je n'avais été bon catholique.

XIV

Le dîner fut très-gai. Le quincaillier était un joyeux compère qui ne haïssait pas la gaudriole.

L'ébéniste, étant loin de sa femme, se penchait vers celle du quincaillier et lui racontait tout bas des histoires dont elle faisait semblant de rougir de peur qu'elles ne fussent entendues. Le bourrelier, quoique plus sérieux, était aussi dans de bonnes dispositions. Les jeunes gens ne demandaient qu'à rire et Mme Barentin, étant veuve, riait plus haut que tout le monde et agaçait de toutes ses forces son voisin Rienquivaille.

Quand je vis qu'on était au dessert, je proposai de chanter. Il n'était que temps d'ailleurs, car la moitié des convives fredonnait déjà sans s'occuper de l'autre moitié.

. Le quincaillier, qui avait une voix de cuivre, commença :

> Dans les gardes françaises
> J'avais un amoureux,
> Jeune, beau, vigoureux...

Et il allait continuer la chanson, mais le bon abbé, irrité de ce que l'un des petits quincailliers essuyait

ses doigts sur sa soutane et venait de renverser son
verre d'un coup de pied, fit signe qu'elle était trop
libre et qu'il ne convenait pas de chanter de telles
choses dans une société honnête et respectable.

Les dames voyant que l'abbé était scandalisé, se
scandalisèrent à leur tour, et la quincaillière dit à son
mari :

— Vraiment, mon ami, tu vois bien que M. l'abbé...

Le quincaillier renfonça sa chanson, en soufflant
avec force, mais à demi-voix :

— Animal, va! Ça fait l'hypocrite ici! Qu'il aille donc
dire ses patenôtres à l'église!

On ne fit pas semblant de l'entendre.

Alors tout le monde pria Ninon de chanter quelque
chose, mais elle refusa, disant, comme font toutes les
demoiselles pour se faire prier, qu'elle était enrhumée,
et, comme on insistait, — Rienquivaille surtout, —
que c'était à don Gaspar de Mendoza de chanter une
chanson de son pays.

Alors, don Gaspar, sans hésiter, commença :

> Dans un vieux château de l'Andalousie,
> Au temps où l'amour se montrait constant,
> Où beauté, valeur et galanterie
> Guidaient au combat un fidèle amant,
> Un beau chevalier un jour se présente,
> Visière levée et la lance en main,
> Il vient demander si sa douce amante
> N'est pas, par hasard, chez le châtelain.

— A la bonne heure! dit Mᵐᵉ Barentin, dont les
yeux commençaient à se noyer d'une douce langueur
où le dîner et le vin avaient leur part, — à la bonne
heure! Voilà des chansons! voilà de la poésie!... Et
quelle voix il a, don Gaspar! cela va droit au cœur!

En effet, la voix de Rienquivaille, d'ailleurs très-
agréable, je l'avoue, avait trouvé du premier coup le

chemin du cœur de la dame, — si bien trouvé qu'elle ne quittait plus des yeux le chanteur.

Lui, de son côté, regardait Ninon de temps en temps à peu près comme Mme Barentin le regardait lui-même, ce qui me faisait un médiocre plaisir.

Il continua :

> Noble chevalier, quelle est votre amie ?
> Demande à son tour le vieux châtelain.
> — Ah! des fleurs d'amour c'est la plus jolie.
> Elle a teint de rose et peau de satin ;
> Elle a de beaux yeux dont le doux langage
> Porte en notre cœur doux enchantements ;
> Elle a tout enfin, elle est belle et sage.
> — Pauvre chevalier, vous chercherez longtemps.

Le second couplet eut encore plus de succès que le premier. Décidément, ce Rienquivaille avait tous les talents. Il est vrai que la chanson n'était pas de lui, mais il la chantait si bien ! Il en détaillait tous les vers avec tant de charme que la femme de l'ébéniste, qui venait de tremper un sixième biscuit dans un cinquième verre de frontignan, demeura immobile, le biscuit à la main et s'écria :

— Oh! don Gaspar, bis! bis!

Et toutes les autres dames suivirent son exemple, — si bien qu'il fut forcé de recommencer le second couplet en regardant Ninon qui baissait les yeux d'un air modeste, mais à qui paraissait s'appliquer la description de l'amie du chevalier, puis il dit le troisième couplet :

> Depuis qu'ai perdu cette noble dame,
> N'ai plus de repos, n'ai plus de plaisir ;
> En chaque pays, guidé par ma flamme,
> Vais cherchant l'objet de tous mes désirs.
> Des Gaules j'ai vu les plaines fleuries,
> Du Nord parcouru les climats lointains ;
> J'ai trouvé partout des femmes jolies ;
> Mais fidèle amie, ah! je cherche en vain !

Sur ma parole, ce Rienquivaille, ce fils et petit-fils de pendus, cet enfant de la balle, que les archers cherchaient de tous côtés pour le pendre, ce poète dont je n'avais même jamais vu les vers, et qui venait chez moi fondre de la chandelle et casser du sucre pour ne pas mourir de faim, avait dans les yeux, dans la voix, dans le sourire, dans la manière de réciter les vers, je ne sais quoi qui troublait toutes les femmes et qui me le faisait donner au diable.

Car enfin Ninon n'était pas faite pour lui. Ninon pouvait compter sur une belle dot, je m'en vante, et lui n'avait rien. Elle était fille d'un honorable bourgeois qui avait acquis cinquante mille écus à force de travail et d'économies, et son père, à lui, avait fini sa vie, sous mes yeux, au bout d'une corde. D'un poète aux coudes percés à un épicier qui a pignon sur rue, tout le monde voit assez la différence.

Et cependant Ninon, je ne le voyais que trop, n'avait d'yeux que pour lui. Ah! les femmes!... les femmes!... Pourquoi le bon Dieu, qui leur donna tant de choses, leur a-t-il refusé le bon sens?

Voilà ce que je pensais au fond de l'âme, pendant que le drôle chantait. Mais ce fut bien pis, après les deux derniers couplets de sa chanson :

Guidez de mes pas la marche incertaine,
Où puis-je trouver ce que j'ai perdu?
— « Mon fils, votre sort, hélas! me fait peine,
Ce que vous cherchez ne se trouve plus.
Poursuivez pourtant votre long voyage
Et si rencontrez un pareil trésor,
Ne le perdez plus. Adieu, bon courage! »
L'amant repartit, mais il cherche encor.

Savez-vous pourquoi cet amant fidèle
N'a pas retrouvé ce qu'il a perdu?
C'est que pour chercher les pas de sa belle
Dans votre pays il n'est pas venu.

Si, pour abréger sa peine cruelle,
Le vieux châtelain l'eût conduit ici,
Il aurait trouvé des femmes fidèles,
Et son long voyage eût été fini.

Toutes les dames se récrièrent d'admiration.

Mme Barentin était dans l'extase; la femme du quincaillier était ravie; celle de l'ébéniste avalait son biscuit avec distraction. Les petits quincailliers avaient la bouche ouverte et oubliaient de donner des coups de pied au bon abbé.

Enfin, pour rompre le charme que ce drôle paraissait avoir jeté sur tout le monde, je fus obligé de crier :

— Jeannette! versez le café.

XV

Ce mot réveilla tous les convives comme d'un songe.

On entendit un grand bruit de tasses et de soucoupes. Les pères et les mères tendirent les tasses qui furent remplies jusqu'aux bords. Les enfants eurent les soucoupes et la permission de tremper leur sucre au hasard et de le secouer sur les robes des dames.

Celles-ci, à leur tour, eurent la permission de crier au meurtre et au sacrilège. La robe de soie verte de Mme Barentin fut tachée en deux endroits :

— Une si belle robe, disait la veuve, une robe toute neuve, couleur de printemps, une robe que j'ai taillée et cousue moi-même, n'est-ce pas, Pulchérie?... Si ce n'est pas abominable!...

Pulchérie était la sœur aînée, celle qui pour diverses raisons avait coiffé sainte Catherine depuis trente ans. Elle s'en consolait en faisant bonne chère, en détestant les hommes et en couvrant de claques (suivant la belle expression de l'ébéniste) tous les visages d'enfants qui passaient à sa portée.

On peut juger si elle déplora le malheur de la robe de soie verte, si elle poussa des cris d'indignation, si elle se leva tout en colère pour corriger le petit quincaillier morveux, coupable auteur du crime. Mais elle fut arrêtée par l'attitude ferme et presque belliqueuse de la mère, qui ne voulait pas que ses enfants fussent souffletés par d'autres que par elle-même.

— Mais, madame, vous ne voyez donc pas, s'écria Pulchérie, que cette robe est gâtée, abîmée, hors de service!... Si l'enfant était à moi, je lui donnerais le fouet!...

— Oui, mademoiselle, répliqua la mère avec hauteur, mais il n'est pas à vous, Dieu merci!...

Et promenant sur tous les convives un regard intrépide :

— Personne ici ne donnera le fouet à mon enfant; personne, entendez-vous bien, excepté moi!

Mais le jeune garçon ne voulait même pas qu'on fît cette exception, et quand la mère l'appela d'une voix forte et lui donna l'ordre de venir auprès d'elle, il s'enfuit dans le bois en poussant des cris d'épouvante.

En vain la bonne dame essayait de le rassurer, promettait du sucre, du café, du cassis, tout ce qu'il y a de plus exquis dans la nature; il fuyait toujours disant qu'il ne voulait pas être fouetté.

Alors elle changea de note et le menaça des loups qui sont dans les bois, des chiens enragés qui suivent le bord des ruisseaux, des vipères qui se cachent dans l'herbe et de toutes les autres bêtes féroces qui remplissent la forêt; il continua sa course et disparut enfin tout à fait.

Ce dernier événement mit au comble l'émotion de la pauvre femme. Ne sachant plus à qui s'en prendre, car Mme Barentin et sa sœur Pulchérie s'étaient retournées d'un air de dédain et lavaient dans le ruisseau la tache de la robe, elle se retourna contre son mari :

— C'est toi, dit-elle, qui en es cause.

— Cause de quoi? demanda le quincaillier, en tirant de sa pipe une énorme bouffée de tabac.

— De tout ! répliqua la dame. Si tu prenais soin de tes enfants, au lieu de fumer toute la journée comme un Suisse, ils ne jetteraient pas le café sur les robes vertes...

— Alors, dit le quincaillier toujours paisible, — car c'était un homme doux et conciliant dans son ménage,—alors, ma bonne amie, tu n'aurais pas le plaisir de crier contre tes enfants et de leur donner le fouet...

A ces mots, les yeux de la dame étincelèrent.

— Mais voyez un peu s'il se remuera pour aller chercher ce pauvre petit!...

— Je suis bien tranquille, dit le quincaillier, il ne manquera pas de revenir à l'heure de la soupe.

— Mais, s'il allait se noyer dans la Marne, car enfin...

— S'il se noie, nous en avons deux autres qui miaulent chacun comme deux douzaines de chats ordinaires... ces deux-là suffisent bien à notre bonheur...

— Sans compter ceux qui pourront venir plus tard, interrompit d'un air leste et fin l'ébéniste, qui aimait d'autant plus à dire des choses légères en public que sa femme le faisait toujours grincer des dents en particulier.

La dame, — je veux dire celle de l'ébéniste. — allait prendre la parole à son tour et peut-être laver la tête à

son mari, lorsque Rienquivaille, qui venait de causer
à part avec Ninon, et qui, pareil à un chef d'orchestre,
semblait diriger tout le monde, jugea le moment venu
de faire une proposition.

— Senoras, senoritas y senores, y otros ricos hom-
bres (mesdames, mesdemoiselles, messieurs et autres
bourgeois), dit-il de sa belle voix sonore et retentissante, voudriez-vous danser un fandango?

— Un fandango? Qu'est-ce que c'est que ça? demanda
le bourrelier.

Rienquivaille le regarda poliment, et d'un air de
condescendance :

— Si vous préférez une seguidilla? dit-il.

— Encore une bête que je ne connais pas! s'écria l'é-
béniste.

— Il n'y a donc personne ici pour danser le fandango? reprit Rienquivaille. Mademoiselle Ninon,
savez-vous jouer des castagnettes? En voici.

— Je ne sais pas, don Gaspar : je vais essayer.

Ninon se leva, mais les autres dames se récrièrent,
Mme Barentin surtout, qui n'était pas forte sur le fandango, ni sur les castagnettes, et qui brûlait de danser quelque chose de plus connu.

Elle s'approcha de don Gaspar de Mendoza y Alvarado, et lui dit en le regardant tendrement les yeux
dans les yeux :

— Don Gaspar, ne savez-vous pas quelque autre
chose, la gavotte, par exemple?

L'invitation était si directe que Rienquivaille ne put
s'y refuser. D'un air empressé il offrit sa main à la
dame et dansa deux ou trois pas aux applaudissements
du public qui louait sa grâce et sa légèreté.

Quant à la blonde mercière, elle s'en tira fort bien
aussi.

Je dis tout haut à la femme de l'ébéniste qui ne dansait pas elle-même :

— Elle danse légèrement, Mme Barentin. On ne le croirait pas...

— A la voir si grasse ! répliqua l'autre ; mais elle est si légère !

Et elle appuya sur ce dernier mot pour en faire voir toute la malice et le venin profond.

Cependant la gavotte ne dura pas longtemps.

— Est-ce qu'on va continuer sans musique ? demanda le quincaillier. Ça n'est pas amusant, ça !

En effet, j'avais pensé à tout, ou plutôt j'avais chargé Jeannette et Rienquivaille de penser à tout, et voilà qu'on avait oublié l'essentiel !

Alors le joyeux ébéniste offrit de suppléer à ce qui manquait en chantant un air de gavotte. Mais Rienquivaille s'en alla vers la voiture qui nous avait amenés, chercha dans une des poches et en tira un violon, ou plutôt une simple pochette, dont, sans dire un mot, il se mit à râcler les cordes d'un air de maître.

— Il sait donc tout faire, votre Espagnol ? me dit Pulchérie.

— Mon Dieu, mademoiselle, à peu près. Ces grands d'Espagne reçoivent une si bonne éducation dans leur pays, qu'ils savent tout sans avoir rien appris.

— En place ! en place ! cria Rienquivaille.

Et alors chacun invita sa dame et se mit à danser avec ardeur.

Le quincaillier lui-même quitta sa pipe et fit face à Mme Barentin.

Les enfants se précipitèrent dans la mêlée, heurtant tout le monde et poussant des cris de joie.

Quant à moi, j'avais pour ma part Pulchérie, et la vieille demoiselle travaillait et s'essoufflait d'une terrible manière.

Cependant les meilleures choses ont un terme, et la gavotte aussi.

Ninon, qui dansait avec l'ébéniste et qui s'amusait

moins que Pulchérie, finit par dire qu'elle était
fatiguée.

Aussitôt Rienquivaille s'arrêta, déposa sa pochette
et s'empressa de venir à son secours.

— Mon Dieu! dit assez aigrement la blonde mercière, ces petites filles ont toujours quelque chose qui
cloche.

Je ramenai la vieille Pulchérie à sa place, et j'allai
voir Ninon.

— Tu n'es pas malade, mon enfant ?

— Non, papa, dit-elle en riant, mais c'est ennuyeux, la gavotte. Ah ! si c'était la gigue, à la bonne
heure ! Qu'en pensez-vous, don Gaspar de Mendoza ?

— Moi, répondit Rienquivaille. Je pense, mademoiselle, que la gigue est la plus jolie danse du monde
et que si vous vouliez...

— Cet enfant est bien fatiguée, remarqua Mme
Barentin avec intérêt. Peut-être la gigue lui ferait du
mal...

Mais Ninon répliqua :

— Non, non, je me sens mieux, beaucoup mieux, et
puisque don Gaspar veut essayer avec moi, nous
allons voir...

En même temps elle lui donna la main et d'autres
groupes se formèrent à leur exemple.

— Oui, dit l'ébéniste, contrarié de se voir quitté
pour Rienquivaille ; mais qui est-ce qui va jouer de
la pochette ?

— Ce sera moi, répondit le quincaillier. Je ne
connais pas la pochette, moi, mais j'ai dans le gosier
un instrument qui la vaut bien et qui ne me quitte
jamais.

En même temps, de sa voix de cuivre et en imi-
tant avec la bouche et les mains le geste d'un
homme qui joue de la trompette, il entonna une si
belle gigue et si retentissante, que tous les danseurs

partirent à la fois, en riant et en applaudissant de toutes leurs forces.

Et alors je vis bien que ce qui avait fatigué Ninon un instant auparavant, ce n'était pas d'avoir trop dansé, mais de n'avoir pas eu en face d'elle le danseur qui lui plaisait.

Elle sautait, elle se penchait, elle riait, elle était heureuse, et, de son côté, le fier don Gaspar nous montra ce que l'Espagne sait faire.

Jeannette disait derrière moi :

— A la bonne heure ! C'est joli, ça ! Va, ma petite Ninon, amuse-toi bien, c'est de ton âge ! Et ce don Gaspar, quelle mine il a ! Est-ce à la cour qu'on danserait comme ça ?

Enfin leur succès fut tel, que les autres danseurs s'arrêtèrent pour les regarder.

Le bal dura encore une heure et demie. Puis comme le temps était beau, on finit par aller se promener deux à deux, trois à trois, chacun suivant son goût.

Je restai seul avec Jeannette, qui gardait la voiture et les provisions, et qui lavait la vaisselle en attendant le souper. L'abbé, qui ne voulait ni troubler la joie des jeunes gens, ni autoriser des danses et des chansons folâtres, et qui était allé, après dîner, lire son bréviaire dans le bois, vint me rejoindre ; alors nous commençâmes à causer de choses sérieuses, et, entre autres, de l'établissement de ma fille.

C'est lui qui me mit sur ce chapitre, car pour moi je n'y avais pas encore pensé.

Comme j'étais en train de lui expliquer que rien ne pressait, que Ninon était bien jeune encore, et que la place d'une fille de dix-sept ans est auprès de son père, Mme Barentin s'approcha, suivie de sa sœur Pulchérie.

— Savez-vous où est Ninon ? demanda t-elle.

Je répondis simplement qu'elle était partie avec les autres.

— Ah ! dit la mercière, c'est étonnant. Je les quitte ; elle n'était pas avec eux, non plus que don Gaspar de Mendoza.

Je sentis qu'un serpent me mordait le cœur. Cependant je répliquai d'un air assez tranquille :

— Vous ne l'aurez pas bien cherchée.

— Oh ! il ne faut pas s'inquiéter, ajouta la vieille Pulchérie : Ninon n'est pas perdue. C'est elle, sans doute, que nous aurons vue se promener avec don Gaspar de ce côté, là-bas.

Du doigt, elle indiquait le côté opposé à celui où tous les autres étaient allés....

A cette idée, je me levai d'un bond avec M. l'abbé, car nous étions assis sur l'herbe, et je demandai un peu troublé :

— De quel côté, mademoiselle ?

— De celui-ci, répondit la vieille fille. Venez avec moi, je vais vous conduire.

XVI

On devine aisément mon inquiétude. Ninon était si jeune, et ce Rienquivaille était si hardi ! Quel père n'aurait tremblé à ma place ?

J'aurais bien voulu me débarrasser des deux dames ; mais comment faire sans confirmer leurs soupçons et sans exposer Ninon aux plus désagréables discours ? Quant au bon abbé, je le connaissais trop pour m'inquiéter de ce qu'il pouvait voir ou entendre ; sa présence même était un frein pour la langue de ces bavardes.

Et après tout, pouvais-je blâmer bien sévèrement Ninon de causer à l'écart avec Rienquivaille ? N'est-ce pas ainsi que moi-même j'avais autrefois dit à celle qui trois mois plus tard devint ma femme chérie, que je n'aimerais jamais qu'elle au monde et que je laisserais s'éteindre la race des Marteau plutôt que d'épouser une autre femme ? N'est-ce pas sur l'herbe, à dix pas de son père et de sa mère, qui nous suivaient, il est vrai, des yeux, sans nous approuver beaucoup, que Célestine jura qu'elle n'aurait jamais d'autre mari que moi ? Est-ce que cet engagement réciproque ne fut pas approuvé le lendemain par les deux familles ? Est-ce que je m'en étais jamais repenti ? Pourquoi donc me serais-je montré plus sévère pour Ninon que pour moi-même ? Est-ce parce qu'à l'âge de cinquante-cinq ans je n'avais plus les mêmes joies et les mêmes désirs qu'à vingt-cinq ?

La vérité, c'est que Rienquivaille m'inquiétait. Ce garçon sans feu ni lieu, sans famille, ou plutôt né d'un père qu'on ne pouvait pas avouer (car peut-on dire le jour du contrat en nommant son gendre ; fils et petit-fils de pendus ?), ce poète, ce peintre, ce vaurien toujours en querelle avec la police et la maréchaussée, n'était pas de ceux qu'on aime à introduire dans sa maison, et qui feront tôt ou tard la gloire et la prospérité de la famille.

Après tout, je suis bon bourgeois, épicier de profession, paisible de caractère, exact aux échéances, ennemi des gens turbulents ; je supporte les autorités établies parce qu'elles sont établies, et parce qu'il en faut pour passer la corde au cou des tire-laines et des bandits, gueux et vagabonds de toute espèce ; je supporte aussi le roi et même je crie quand il passe :

« Vive Louis XV le Bien-Aimé ! » Ce n'est pas parce
que j'en suis fou, mais parce que la police donne des
coups de bâton à ceux qui ne crient pas. Enfin, j'ose
me flatter qu'il n'y a pas dans tout le royaume un
sujet plus doux, plus fidèle, plus docile, plus obéissant
que moi, et surtout plus disposé à payer les taxes qui
sont nécessaires aux besoins, aux plaisirs, aux courti-
sans et aux maîtresses de Sa Majesté.

Jugez par là du bonheur que je devais goûter en
apprenant (ce que je soupçonnais déjà) que ce
Rienquivaille, homme de trouble et de désordre,
vraie graine de pendu, faisait la cour à ma fille, et la
conduisait à l'écart dans les bois ! Car enfin, si
Rienquivaille s'était mis en tête de devenir mon
gendre et si Ninon y consentait, quel moyen avais-je
de m'y opposer, moi qui depuis dix-sept ans faisais la
volonté de ma fille ?

Pendant que je roulais ces pensées au fond de mon
âme, le bon abbé de Saint-Merry, qui lisait dans mon
cœur de père, quoique je n'eusse rien dit, et qui par-
tageait peut-être mes inquiétudes, mit sa main devant ses yeux et s'écria :

— Les voilà !

En effet, au bout de l'allée, à cent pas au moins,
j'aperçus Ninon qui, sans nous voir, marchait d'un air
préoccupé, donnant le bras à Rienquivaille, et qui, de
temps en temps, levait sur lui les yeux comme pour
l'écouter avec plus d'attention. Le drôle lui parlait
d'un air très-animé.

Là-dessus, je ne sais quelle pensée traversa l'esprit
du bon abbé ; mais, à coup sûr, c'est une de celles que
je lui aurais soufflées moi-même si j'en avais été le
maître.

Il se tourna vers Mme Barentin et la vieille Pulchérie,
et leur dit d'un air dégagé :

— Tous les autres sont du côté de Joinville-le-Pont.

Je crois que nous ferons bien d'aller les rejoindre. A quoi Mme Barentin essaya de répondre :

— Et Ninon, est-ce que nous allons l'oublier là ?

Mais l'abbé répliqua :

— Ninon est tout près, comme vous voyez. D'ailleurs, M. Marteau s'en charge.

Et il emmena les deux dames qui faisaient une affreuse grimace, car elles avaient espéré mieux.

Quant à moi, je lui serrai la main pour le remercier, et je courus à la recherche de ma fille.

XVII

Ninon n'était pas loin, mais comme elle ne nous voyait pas, étant sans doute trop occupée des discours de Rienquivaille, je crus qu'il était sage et permis de m'approcher avec précaution afin d'entendre, s'il se pouvait, cette conversation trop intéressante à mon gré.

Je me glissai donc au travers des buissons, en les suivant des yeux autant que possible. Ce n'était pas difficile, car ils ne s'écartaient pas d'un large sentier tracé dans le bois et qui servait de route royale aux promeneurs.

Au bout du sentier qu'un autre venait croiser, ils s'arrêtèrent. Ninon s'assit sur un tronc d'arbre fraîchement coupé et Rienquivaille se tint debout à côté d'elle.

J'étais alors tout près d'eux et je pouvais les entendre. Je me couchai dans l'herbe, caché par le feuillage d'un buisson épais et je demeurai immobile.

Si quelqu'un me blâme d'avoir gardé cette attitude trop modeste, je vous dirai qu'un père qui aime tendrement sa fille, qui même n'a pas d'autre tendresse au monde, qui veut par dessus tout la rendre heureuse et qui ne sait comment s'y prendre, est souvent bien embarrassé.

J'écoutai donc et voici à peu près ce que j'entendis :

— Ma chère Ninon, disait le drôle, car il en était déjà là, votre père est le plus honnête homme du monde et le meilleur.....

(Je lui sus gré de cet aveu que la vérité lui arrachait sans doute.)

... Mais il a bien des préjugés à vaincre ! ...

Moi ! des préjugés ! moi, Théodore Marteau ! qui peux me vanter que jamais un préjugé n'a mis le pied chez moi depuis trente ans ; moi, qui répète à tout moment les beaux vers de M. de Voltaire :

Le crime fait la honte, et non pas l'échafaud.
. . . .
Le premier qui fut roi fut un soldat heureux.
Qui sert bien son pays, n'a pas besoin d'aïeux...

et vingt autres pareils !

Evidemment ce garçon ne me connaissait pas. Au reste, Ninon dut prendre ma défense. Je n'entendis pas ce qu'elle disait, car elle parlait à demi-voix, mais je le devinai à cette réponse de Rienquivaille :

— Je ne lui en fais pas un reproche...

(C'était bien heureux pour moi.)

... Mais enfin il faut prévoir que votre père consentira difficilement à notre mariage.

(Leur mariage ! Ainsi l'affaire était arrangée d'avance et presque conclue dans l'esprit de ce vaurien ! Moi, je n'avais plus qu'à signer sans doute et à compter la dot en beaux écus sonnants !)

Tout à coup, Ninon éleva la voix :

— Je vous assure, dit-elle, que vous ne connaissez point papa... Il veut tout ce que je veux...

(C'était vrai, mais pourquoi le raconter à ce drôle ?)

... Et quand il saura, ajouta-t-elle en lui tendant la main, que vous m'aimez, que je vous aime et que je ne veux avoir d'autre mari que vous, soyez sûr qu'il cédera.

— Dieu le veuille ! dit Rienquivaille en levant les yeux au ciel et en poussant un profond soupir ; mais si par malheur il refusait son consentement, ma chère Ninon...

— Il ne refusera pas ! Et s'il refusait, eh bien ! moi, je vous prendrais par la main, comme vous faites en ce moment, et je lui dirais : « Papa, voici mon mari, et si tu ne me donnes pas celui-là, je fais serment de n'en prendre jamais aucun autre ! »

Pendant qu'elle parlait, je m'étais levé. J'entr'ouvris les branches du buisson, et au moment où elle prononçait ces derniers mots, je me trouvai précisément en face d'elle et de Rienquivaille, qui me virent tous deux en même temps.

Ninon poussa un cri de frayeur et demeura muette.

Alors, je lui dis :

— Ma chère enfant, si tu me disais que tu ne veux pas avoir d'autre mari que ce garçon, je te répliquerais, moi, que j'aime mieux que tu restes toujours fille.

Et comme Rienquivaille me regardait d'un air aussi assuré que s'il eût été le sultan de Babylone en personne, j'ajoutai pour lui ôter toute espérance :

— Quant à vous, mon cher garçon, qui venez sans permission faire la cour à ma fille, vous pouvez, dès demain matin, prendre vos cliques et vos claques et chercher fortune ailleurs.

Je croyais le consterner. Pas du tout. Le gaillard,

du même air du sultan de Babylone qu'il avait déjà, répliqua :

— Monsieur Marteau, épicier est maître chez lui. Je n'aurai plus l'honneur de casser et peser votre sucre et de vendre votre chandelle ; je tâcherai de n'en pas mourir.

Puis se tournant vers Ninon :

— Quant à vous, chère bien-aimée, gardez mon cœur en dépôt, je vous le confie. Demain, dans un an, dans cent ans, je viendrai vous le redemander ; je n'aimerai jamais que vous et j'attendrai que monsieur votre père soit revenu à des sentiments meilleurs. M'aimez-vous, Ninon ?

— Vous le savez bien ! dit-elle, en lui montrant des yeux noyés de larmes.

— Eh bien, moi, je vous adore !

Pour interrompre ce discours je donnai le bras à Ninon. Rienquivaille nous accompagna en feignant de couper des branches d'arbres et en fredonnant une chanson.

Je le laissai faire pour que l'on ne s'aperçût pas de ce qui venait de se passer, et ma précaution était bonne, car, malgré tous les efforts du bon abbé, Mme Barentin et sa sœur Pulchérie étaient revenues sur leurs pas et nous guettaient avidement.

Quand nous fûmes près d'elles, j'affectai de parler gaiement à Ninon pour leur donner le change, et je lui montrai le clocher de Joinville en faisant serment qu'il n'y en avait pas de plus beau dans tout le royaume de France et de Navarre.

Pendant ce temps, Mme Barentin quitta le bras de sa sœur Pulchérie et prit celui de Rienquivaille.

C'est dans cet ordre que nous retournâmes au plateau de Gravelle, où tout le monde était revenu peu à peu.

Jeannette nous attendait la main sur ses armes,

c'est-à-dire sur une pile d'assiettes qu'elle venait de laver à la hâte dans le ruisseau.

. Ce qui suivit, je m'en souviendrai éternellement.

XVIII

Il était environ sept heures du soir, et l'on commençait à penser au retour.

On soupa des restes du dîner pour ne pas rapporter à Paris des os à demi rongés et des bouteilles à demi pleines. Tout marchait fort bien d'ailleurs. Tout le monde était content ou à peu près. La femme du quincaillier avait retrouvé son pauvre enfant, qui s'était bien gardé de se jeter dans la Marne, car il avait au moins autant de peur de se noyer que sa mère de le voir noyé.

Le quincaillier avait joué à l'écarté une bonne partie de l'après-midi avec son compère l'ébéniste, et même il avait perdu sept ou huit bouteilles de vin blanc qu'ils se proposaient bien de boire ensemble tôt ou tard, — loin et à l'insu de leurs femmes.

Les trois petits quincailliers, las de crier, de boire, de manger, de courir, s'endormirent sur l'herbe comme trois petits boas.

. Le bijoutier prit à part la vieille Pulchérie, qui passait pour avoir une dot de trente mille livres argent comptant, et lui dit tout bas des choses qui paraissaient la faire rêver.

Au fond, ce n'est pas désagréable d'être assise au comptoir d'un bijoutier et de quitter la couronne de fleurs d'orangers qui fait le plus bel ornement des vieilles filles.

C'est ce qu'il lui démontrait avec une chaleur extra-ordinaire.

Il lui prenait les doigts, faisait à demi le geste de les baiser, essayait des bagues dont il avait rempli, je crois, les poches de son gilet, la regardait dans les yeux avec une tendresse inexprimable, la chatouillait même un peu, ce qui la faisait rire aux éclats (et alors elle montrait des dents d'une longueur et d'une lar-geur à faire envie aux crocodiles d'Égypte); enfin il l'embobelinait de son mieux. Je ne le blâme pas : le premier devoir d'un bijoutier est de ne pas faire ban-queroute. Si, pour éviter ce malheur, il fallait épouser la fille aînée d'un babouin, on serait criminel d'hésiter et de mettre par là en péril ses échéances.

Aussi le bijoutier n'hésitait pas. Il était tout prêt à épouser Pulchérie malgré ses petits yeux jaunes, per-cés comme des trous de vrille, et son grand nez rouge-brun barbouillé de tabac.

Quant à Mᵐᵉ Barentin, je ne sais si ce fut inclination ou politique, mais ce drôle de Rienquivaille alla se placer à côté d'elle et lui dit je ne sais quoi qui la réjouit tellement, que ses joues en devinrent rouges comme des pivoines, de roses qu'elles étaient, et qu'elle prit une pose de Vénus à demi-couchée au milieu des Amours. De temps en temps, on l'entendait dire à demi-voix :

— Oh! don Gaspar! don Gaspar, ce n'est pas bien!

Et don Gaspar continuait son discours, et par inter-valles échangeait de loin avec Ninon un regard mali-cieux qui paraissait la rassurer, mais qui ne me ras-surait pas du tout, moi, son père!

Enfin le souper étant terminé, les bouteilles étant vides, la nuit approchant, Rienquivaille vint à moi et me dit :

— Monsieur Marteau, il est tard; nous ferions bien de partir. On peut faire de mauvaises rencontres sur la route.

Cette prudence me fit plaisir et m'étonna, car le gaillard n'était pas de ceux qui s'effraient d'un rien. Je lui demandai :

— As-tu vu quelque chose?

— Non, non, rien! Mais Vincennes est rempli de soldats et surtout de gardes françaises et d'ivrognes, qui s'en vont par troupes dans le bois... Si nous venions à rencontrer une de ces troupes, n'auriez-vous pas peur ?...

Je vis bien de quoi il avait peur, et certes ce n'était pas de tuer ou d'être tué... Pouvais-je lui savoir mauvais gré d'être aussi inquiet pour Ninon que moi-même?

Je lui dis :

— Va, mon garçon. Fais ce que tu voudras. Attelle, et mets tout le monde en voiture. Je vais te rejoindre.

Je revins vers les dames, qui cherchaient, de tous côtés, l'une son bonnet, l'autre son fichu, une troisième son ombrelle ou son parapluie, une autre ses enfants, et qui poussaient des cris de toute espèce, — cris de joie, de surprise, d'étonnement, de désespoir ou de colère.

Au milieu de ce tumulte et pendant que le jour baissait à vue d'œil, j'entendis, au fond d'une allée, des pas réguliers comme ceux d'une troupe de soldats qui s'avançaient en chantant de toutes leurs forces :

> Guernadier, que tu m'affliges
> En m'apprenant ton départ!
> Va dire à ton capitaine
> Qu'il te laisse en nos cantons,
> Que j'en serai
> Bien aise, contente, ravie
> De t'y voir en garnison.

— Oh! oh! dit le quincaillier, c'est la chanson
des gardes françaises. Allons, mesdames, dépêchez-
vous!

Mais jamais les dames n'avaient paru moins pressées
de partir.

Mme Barentin, que Rienquivaille, occupé d'atteler
la voiture, venait de laisser seule avec la vieille
Pulchérie, s'écria que la chanson des gardes françaises était très-gaie, et, qu'après tout, on pouvait
bien l'écouter.

Ninon s'approcha de moi et demanda :

— Où donc est M. Rienquivaille?

Je le lui montrai du doigt, et par instinct je me
rapprochai de la voiture.

Les gardes françaises venaient à grands pas et
chantaient le second couplet :

> Ma Fanchon, sois-en ben sûre,
> Je ne t'oublirai jamais,
> C'est ton amant qui te le jure,
> Et crois ben qu'il n'aura pas
> Le cœur assez coupable,
>   Barbare, perfide,
> D'oublier tous tes appas.

Au dernier vers, ils n'étaient plus qu'à dix pas de
nous, et je m'aperçus avec inquiétude qu'ils s'avançaient, partagés en deux bandes, comme s'ils avaient
voulu nous envelopper. L'une venait du côté de Vincennes, l'autre du côté de Joinville. — sept ou huit à
peu près de chaque côté.

Jusque là, pourtant, il n'y avait pas de quoi s'effrayer, car ils ne paraissaient même pas faire attention
à nous.

Tout à coup un drôle, qui se tenait derrière l'une
des deux bandes, celle de Vincennes, et qui ne portait
pas l'uniforme des gardes françaises, fit un geste et

dit à un sergent quelques mots que je n'entendis pas, mais je le reconnus à la voix.

C'était Jacquot, le propre fils de ma servante Jeannette.

Quant à son geste, il désignait Ninon qui me donnait le bras et qui voulut m'entraîner vers la voiture. Au même instant le sergent nous cria :

— Eh ! les bourgeois ! il fait soif dans ce pays ! Est-ce que vous n'avez pas de quoi boire un coup avec les amis ?

Et il s'avança d'un pas mal assuré, comme un ivrogne ; mais je voyais bien qu'au fond il n'était pas plus ivre que moi, et qu'il avait quelque autre projet. Ses compagnons le suivaient dans un désordre apparent. Tous avaient l'épée au côté, et nous étions sans armes.

Pendant que je cherchais une réponse polie et des verres, l'autre bande vint rejoindre la première, et nous nous trouvâmes, Ninon et moi, au milieu d'un cercle menaçant.

Je dis menaçant, quoique tout le monde fît semblant de rire, mais c'était un rire d'ivrogne qui n'annonçait rien de bon.

— Elle est jolie, la petite ! dit le sergent en regardant Ninon comme s'il avait voulu la dévisager. Elle a de jolis yeux, l'enfant !

Et il allait lui passer son bras autour de la taille. Ninon effrayée se serra contre moi en criant d'une voix perçante :

— Oh ! papa ! papa !

Je repoussai le sergent, mais il revint à la charge avec ses compagnons, et déjà prenait le bras de Ninon et cherchait à l'emmener, lorsqu'elle s'écria de nouveau :

— Rienquivaille ! Au secours ! au secours !...

Tout à coup, je vois arriver mon drôle avec la ra-

pidité de l'éclair. Il saisit le sergent par le cou, le jette
à terre, prend Ninon dans ses bras et l'emporte comme
un tigre qui vient de saisir sa proie.

Le sergent se relève, tire son épée et tombe sur lui
avec les autres gardes françaises pour le percer. Rienquivaille me donne Ninon à garder et me dit :

— La voiture est attelée. Montez vite !

Puis se tournant vers les soldats, il tira de ses
poches les deux paquets qu'il avait si bien enveloppés
le matin et qu'il n'avait pas voulu me montrer.
C'étaient deux pistolets chargés.

— Le premier qui s'avance, cria-t-il, je le tue
comme un chien !

Les soldats, qui n'avaient que leurs épées, reculèrent. L'ébéniste et le quincaillier vinrent à son secours avec des bâtons qu'ils avaient coupés dans le
bois. Les femmes épouvantées se sauvèrent avec les
enfants du côté de la voiture en poussant des cris
aigus.

Mᵐᵉ Barentin et sa sœur Pulchérie, plus troublées
sans doute que les autres, s'enfuirent dans une
allée voisine sans qu'on pût s'en apercevoir dans la
bagarre; quant au bon abbé de Saint-Merry, qui s'était
écarté, il fut oublié comme elles.

Un des gardes françaises, plus téméraire que les
autres, se jeta sur Rienquivaille, qui couvrait la retraite, et voulut le percer d'un coup d'épée ; mais le
gaillard le prévint et l'étendit mort d'un coup de pistolet. En même temps, il cria :

— Jeannette ! Jeannette !

Elle répondit du fond de la voiture, où tout le monde
commençait à s'entasser :

— Qu'y a-t-il, monsieur don Gaspar de Mendoza ?

— Jette-moi ma canne à épée, qui est cachée sous
le banc du fond !

Jeannette obéit promptement.

Il ramassa l'arme, dégaîna sur le champ et, l'épée dans une main, le pistolet dans l'autre, s'écria d'une voix joyeuse et terrible comme s'il avait été en même temps au bal et à la bataille :

— Je ne suis plus don Gaspar de Mendoza y Alvarado ! Je suis Jean-de-Dieu Rienquivaille, entendez-vous, messieurs les gardes françaises? Allez dire à votre colonel, le duc de Ventadour et d'Uzerche, qui me fait chercher partout pour me pendre, qu'il n'oserait venir m'affronter en face !

— Fils de pendu !... répliqua le sergent. Le colonel va croiser l'épée avec toi, tu peux y compter !

Et Jacquot, qui venait par derrière, ajouta :

— Monsieur Marteau, ce Rienquivaille vous portera malheur, soyez-en sûr !

A quoi Jeannette, indignée et reconnaissant la voix de son coquin de fils, répliqua :

— Jacquot, n'as-tu pas de honte? Si jamais tu reviens à la maison, c'est moi qui te recevrai, et tu verras !...

Pendant ce temps tout le monde était monté en voiture et Rienquivaille le dernier. Il avait toujours un pistolet à la main, le seul qui restât chargé. De l'autre main il saisit le fouet, en cingla un coup vigoureux au travers de la figure du sergent, qui s'approchait pour tenter l'escalade, et dit au quincaillier, qui venait de prendre les rênes, car le conducteur s'était enfui :

— En avant et au galop, jusqu'à Paris !

Ordre plus facile à donner qu'à exécuter.

XIX

La voiture était lourdement chargée, et les chevaux n'étaient pas nés du pur sang d'Arabie. C'étaient de bonnes vieilles rosses, usées d'abord par le service des messageries, et plus tard achevées par le lent et pénible travail des déménagements, — si habituées d'ailleurs au fouet qu'elles n'en ressentaient presque plus la douleur ni l'injure.

Cependant, à la manière dont le quincaillier saisit les rênes et Rienquivaille le fouet, les chevaux comprirent qu'il se passait quelque chose et pendant quatre ou cinq cents pas prirent le grand trot.

Les gardes françaises nous suivirent courant derrière la voiture, en jurant et blasphémant de toutes leurs forces, — le sergent surtout, dont la figure devait porter la marque du coup qu'il avait reçu.

— Coquin! bandit! criait-il à Rienquivaille; si je te rattrape, ton affaire est sûre. Lâche! tu n'oserais pas descendre! Tu te caches parmi les femmes!

Rienquivaille, ainsi provoqué, allait peut-être sauter à terre, mais le quincaillier le retint et lui dit :

— Etes-vous fou? Voulez-vous vous faire écharper comme un innocent?

Il hésitait encore.

Alors Ninon, placée près de lui dans la voiture, lui saisit le bras :

— Si vous êtes tué, que vais-je devenir?

Et, pour cette fois, elle avait raison: car, excepté le quincaillier, qui valait son homme et qui peut-être en valait deux, le bourrelier et le bijoutier, qui se seraient défendus, mais qui n'avaient pas d'armes, et moi, qui suis un homme d'âge et qui n'aurais pu que me faire tuer sous les yeux de ma fille, le reste de ma compagnie était plus propre à pleurer et à crier au secours qu'à se battre.

Heureusement, si les femmes et les enfants ne pouvaient pas faire autre chose, ils faisaient du moins celle-là avec courage et de façon à se faire entendre jusqu'à Paris.

Vous avez entendu, révérence parler, des cochons qu'on tue à l'abattoir. Imaginez-vous trente ou quarante de ces bonnes bêtes qu'on saignerait à la fois, et vous aurez une idée de notre musique. C'était à faire frémir.

La femme de l'ébéniste criait:

— Au secours! au voleur! à l'assassin! tas de brigands! ah! mon Dieu! nous sommes perdus! nous allons tous périr! Seigneur! bonne sainte Vierge! doux Jésus, ayez pitié de nous! Ah! ah! ah!

La femme du quincaillier disait à son tour en passant sa tête à la portière :

— Gueux! scélérats! vauriens! vous attaquez d'honnêtes femmes qui ne vous disaient rien. Vous serez pendus tous! tous!

Alors un garde française répliqua :

— Qui est-ce qui te parle, la grosse mère? Qui est-ce qui pense à toi? Va coucher tes petits! Va leur donner la pâtée... Entends comme ils crient! On dirait un tas de petits chiens qui aboient!

Le soldat se trompait. On aurait aussi bien cru entendre le miaulement de quinze cents douzaines de chats. Je me bouchais les oreilles, et malgré cette précaution, j'en étais tout étourdi... Et voyez les vues

6.

de la Providence, rien ne contribua plus à notre
salut que ces cris épouvantables !

A la fin, et comme il faisait à peu près nuit (mais
la lune se levait déjà), la voiture arriva, toujours
poursuivie par les gardes françaises, sur la grande
route de Vincennes à Joinville, et l'un des chevaux
heurta un tronc d'arbre et s'abattit. En une seconde
nous versâmes et nous roulâmes pêle-mêle sur le pavé
du roi.

Mais alors les cris qu'on avait entendus depuis cinq
minutes firent l'effet d'un profond silence en comparaison de celui que nous poussâmes tous ensemble
et qui dut s'élever au plus haut de la sphère céleste.

Rienquivaille, toujours leste et de sang-froid, se
dégagea le premier, donna la main à Ninon pour la
relever et laissant aux autres le soin de se relever
eux-mêmes, courut au plus pressé, qui était de faire
face aux gardes françaises.

Car ces drôles, un instant dépassés par la voiture,
n'avaient pas cessé de nous poursuivre l'épée à la
main.

— Cette fois, dit le sergent des gardes françaises,
nous les tenons, elle et lui !

Et il porta un terrible coup de pointe à Rienquivaille. Celui-ci para avec sa canne à épée et riposta
de façon à faire un trou profond dans la poitrine du
sergent.

Le malheureux tomba en arrière les bras étendus,
demi-mort, et lâcha son épée, que Rienquivaille se
hâta de ramasser en jetant sa canne à l'ébéniste, qui
se relevait au même instant et se mit en garde avec
l'aisance d'un prévôt. (Il avait passé autrefois trois
ans dans le régiment de Royal-Bourbonnais et il
avait fréquenté les salles d'armes.)

Quant au quincaillier il se saisit du fouet et s'en
escrima comme un guerrier. Les blessures qu'il fai-

sait n'étaient pas mortelles, mais il frappait avec une
telle force et une telle ardeur dans la figure et les
yeux de ses adversaires que deux ou trois reculèrent
à demi aveuglés.

L'un d'eux, plus rusé que les autres, fit le tour de
la voiture sans être vu et allait le percer de son
épée lorsque Jeannette, qui gardait les bagages, s'en
aperçut et lui jeta si à propos sur la tête une bouteille
de frontignan, encore à demi pleine, que le pauvre
garde française eut la joue fendue, trois dents cassées
et tomba sous les pieds des chevaux.

Pour moi, tout bourgeois paisible que je suis, de
naissance et de caractère, je lançais au hasard toute
la vaisselle sur la tête des assaillants, et j'ai la ferme
espérance d'en avoir assommé un ou deux. Dans tous
les cas, c'était mon intention, et je travaillais de mon
mieux, sinon avec succès.

Mais le combat se prolongeait. Rienquivaille, qui
formait l'avant-garde et qui donnait exemple à tous,
commençait à se fatiguer, lorsqu'un allié inattendu
vint à notre secours.

On se souvient que le bon abbé de Saint-Merry,
s'étant un peu écarté des autres convives au moment
du départ, avait été oublié de tout le monde et laissé
seul dans le bois.

Lui, en revanche, ne nous oubliait pas et courait
de toutes ses forces derrière la voiture qui nous
emportait, guidé par nos cris, par le premier coup de
pistolet qu'avait tiré Rienquivaille et par les impré-
cations des gardes françaises.

Comme la route que suivait la voiture faisait un
détour dans le bois il coupa au travers en droite ligne
afin de nous rejoindre plus vite et tomba dans un gros
d'ouvriers du faubourg Saint-Antoine qui revenaient
de dîner joyeusement et qui chantaient de toutes leurs
forces :

> Trop, trop, trop s'est levé le moine,
> Trop, trop, trop s'est levé matin.
>   La brume était épaisse,
>   Se trompa de chemin.
> Trop, trop, trop s'est levé le moine,
> Trop, trop, trop s'est levé matin.

Comme ils commençaient le second couplet :

>   Il monte sur un chêne
>   Pour voir son chemin,
> Trop, trop, trop s'est levé le moine,
> Trop, trop, trop s'est levé matin.

L'abbé courut à eux et leur cria :

— Mes amis, au secours ! au secours, on assassine dans le bois !

— Il est gris, l'abbé, dit en riant l'un des chanteurs. Il a trop bu d'un coup.

Et comme ils étaient eux-mêmes plus que joyeux, ils se donnèrent les mains en formant un cercle autour de lui et criant plus fort que jamais :

>   La branche était trop sèche,
>   Tomba sur le chemin.

Heureusement, il aperçut l'un d'eux qui avait autrefois demeuré près de l'église Saint-Merry et lui dit :

— Pierre Crépin, ne me reconnais-tu pas ?

L'autre, en effet, le reconnut à la voix.

— Eh ! camarades ! c'est M. le vicaire de Saint-Merry !... Pas de plaisanterie, c'est un si brave homme ! Et vous, monsieur l'abbé, que faites-vous si tard dans le bois ?

Chacun dit son mot, mais le bon vicaire finit par se faire entendre et par expliquer le danger où nous étions. Alors Crépin se tourna vers les autres et leur dit :

— Y êtes-vous, les amis?

— Nous y sommes! dirent-ils tous.

— Eh bien! coupez ou cassez des bâtons et allons vite!

En une minute tous les hommes furent armés et coururent avec l'abbé sur le lieu du combat.

Il n'était que temps, Rienquivaille venait de tirer son dernier coup de pistolet à bout portant sur un des gardes françaises et l'avait tué. Mais lui-même perdait son sang par trois blessures. Le quincaillier frappait comme un sourd, mais il avait cassé le manche de son fouet et reçu deux coups d'épée, l'un dans le bras, l'autre dans la cuisse; enfin, chacun était blessé ou rompu de fatigue et de coups.

De leur côté, les gardes françaises avaient eu deux hommes de tués. Un troisième, le sergent, était grièvement blessé. Quatre ou cinq autres ne valaient guère mieux. Quelques secondes de plus et nous aurions tous péri. Déjà les soldats criaient :

— Victoire! ville gagnée! Tue! tue!

Et l'un d'eux, qui sans doute était de joyeuse humeur, ajouta :

— La main aux dames! Allons, mes enfants!

C'est à ce moment que l'abbé arriva, suivi de ses nouveaux amis, et du premier coup changea la face du combat.

Les ouvriers du faubourg Saint-Antoine qui avaient pour eux l'avantage du nombre, sinon celui des armes, car ils ne portaient guère que des bâtons, se jetèrent avec tant d'ardeur et d'impétuosité sur les gardes françaises que ceux-ci, déjà fatigués, soutinrent à peine le choc pendant une minute; rossés, moulus, ils s'enfuirent dans le bois où l'obscurité empêcha de les poursuivre.

Mais pendant que j'allais féliciter l'abbé de Saint-Merry et remercier nos sauveurs, un cri retentit tout à coup. Ninon appelait au secours, et déjà sa voix désespérée s'éteignait dans le lointain.

A ce cri Rienquivaille s'élança du côté des ravisseurs, et la plupart de ceux qui étaient venus à notre aide le suivirent. J'étais moi-même avec eux, armé d'un bâton que je venais de ramasser sur le champ de bataille. Ce qui m'effrayait le plus, c'est que les cris cessèrent bientôt tout à fait.

Est-ce qu'on avait tué ou bâillonné ma pauvre enfant? Je courais au hasard, l'appelant de toutes mes forces et criant:

— Ninon! Ninon! où es-tu?

Je pleurais, je m'arrachais les cheveux... Enfin Rienquivaille, plus furieux que moi peut-être, mais qui gardait son sang-froid et qui regardait de tous côtés, me dit:

— Père Marteau, retournez à la voiture. Je vous jure de la retrouver! Si je ne la retrouvais pas, par le saint nom de l'Éternel, j'arracherais la barbe, poil à poil, à tous les ducs et à tous les colonels de France, car c'est ce scélérat de duc qui l'a fait enlever, j'en suis sûr!

Tout à coup, un nouveau cri, et plus déchirant que tous les autres quoique à demi étouffé, retentit à cent pas de nous dans le bois:

— Papa! Rienquivaille! au secours!

Mon sang se glaça dans les veines.

XX

Rienquivaille, guidé par le son de la voix, s'élança dans un sentier voisin où nous le suivions tous, et, comme les cris se rapprochaient toujours, découvrit enfin les ravisseurs de Ninon.

Car ils étaient deux, un garde française, et Jacquot, le propre fils de ma pauvre Jeannette, qui tenaient Ninon chacun par une main et qui cherchaient à l'entraîner en courant du côté de Paris vers une voiture qu'on distinguait à peine dans l'ombre.

Dès qu'il les vit, pour leur faire lâcher prise, Rienquivaille poussa un cri terrible :

— Les voilà, ces scélérats !

Puis, s'adressant à nos sauveurs, les ouvriers du faubourg Saint-Antoine :

— Camarades, dit-il, prenez par la droite et par la gauche. Je vais piquer droit sur eux par le centre, et s'ils ont l'audace de vous attendre, cassez-leur les reins !

Les autres obéirent pour couper la retraite à ces misérables qui, d'abord, essayèrent de précipiter leur course. Mais Ninon, qui entendait nos cris et se voyait secourue, fit une résistance désespérée, s'accrochant aux habits et même à la barbe de ses ravisseurs ; elle réussit à les retarder jusqu'à ce que Rienquivaille, l'épée à la main, arrivant sur eux comme la foudre, leur fit lâcher prise.

Le garde française s'enfuit le premier, en disant :

— Ma foi, le jeu n'en vaut pas la chandelle. Sauve qui peut !

Et il disparut dans le bois.

Jacquot, plus acharné, essaya de résister; mais, au moment où il allait croiser le fer avec Rienquivaille, car ce drôle portait l'épée, lui aussi, comme laquais de gentilhomme, il reçut par derrière une volée de cinq à six coups de bâton, qui l'étendit à terre presque sans connaissance.

Cette volée venait de Pierre Crépin, notre ami, qui, par un détour habile et un mouvement tournant que le grand Frédéric de Prusse aurait approuvé lui-même, administra au malheureux Jacquot « une raclée définitive ». Ce fut sa propre expression, et comme le respectable vicaire de Saint-Merry, toujours compatissant, lui retenait le bras en disant qu'il ne fallait pas achever ce misérable, de peur qu'il mourût sans confession, Crépin répliqua :

— Monsieur l'abbé, vous êtes trop bon. Des canailles de cette espèce sont vouées au diable depuis la première heure jusqu'à la dernière et crèveront dans l'impénitence finale !

En quoi il n'avait pas tort.

Cependant pour faire plaisir à l'abbé, il laissa Jacquot se relever tout meurtri.

Pendant ce temps ma petite Ninon s'était jetée dans mes bras et tendit la main à Rienquivaille, qui la baisa si tendrement que je me sentis touché jusqu'au fond du cœur.

Tout à coup Ninon poussa un cri et me montra sa main couverte de sang. C'était celui de ce gaillard, car il s'en fallait de peu qu'il n'eût été tué dans la bagarre, et c'était un vrai prodige qu'il s'en fût tiré avec trois blessures seulement.

Comme j'allais la rassurer, Rienquivaille lui dit :

— Ne craignez rien, mademoiselle, ce n'est qu'un

peu de sang que j'ai perdu. Je serais trop heureux de le répandre tout entier à votre service.

Là-dessus, il y eut encore quelques compliments réciproques entre Ninon et lui; mais je me hâtai d'y mettre fin pour mille raisons; dont la première était qu'une autre troupe de gardes françaises pouvait venir rallier la première et nous faire payer cher notre premier succès. La seconde était qu'un honnête bourgeois ne veut pas devoir trop quand il ne se sent pas en fonds pour payer; et, en vérité, je commençais à devoir beaucoup à ce Rienquivaille.

Deux fois il avait tiré ma fille des mains des bandits. Il est vrai, qu'à mon tour, je l'avais reçu dans ma boutique, et que je l'avais employé à casser du sucre au moment où la police et la maréchaussée le cherchaient pour le pendre.

Donc, le matin, douze heures auparavant, nous étions à peu près quittes; mais, le soir, la balance penchait en sa faveur. Ses trois blessures, son sang versé, ses coups de pistolet heureux, ses coups d'épée et enfin ce dernier effort qu'il venait de faire et qui avait si heureusement sauvé Ninon; tout cela était bien au-dessus de ce que je pouvais payer, — si ce n'est en monnaie d'un prix inestimable.

En un mot, pour le payer dignement, il aurait fallu lui donner Ninon, et, visiblement, elle et lui ne demandaient pas mieux. Je ne l'avais que trop entendu. Mais diantre! Ninon n'avait pas le droit de disposer ainsi d'elle-même, et quant à moi, j'étais bien résolu à ne le permettre à aucun prix. Un père est un père, après tout, et sait toujours mieux ce qui convient à ses enfants qu'ils ne peuvent le savoir eux-mêmes. Il doit faire leur bonheur à travers tous les obstacles, malgré eux, s'il le faut.

Du moins, c'est ce que j'ai entendu dire à tous les gens sages de ma connaissance et principalement au plus sage d'entre eux, le père Crapouillaud, rentier, bon bourgeois, habitant de la rue de la Lune, dont les vertus et les maximes ont laissé un long souvenir dans le quartier Bonne-Nouvelle.

— Ah ! disait cet homme plein de sens commun, quoique sujet à contrarier ses voisins par des procès ou à leur faire de mauvais compliments sur leur figure, leurs amis, leur caractère, leur esprit et leurs goûts, — voyez-vous, les enfants, ça ne connaît rien au bonheur ; ça croit qu'il suffit de danser, boire, manger et rire tous les jours entre jeunes garçons et jolies filles ; mais nous, qui avons de l'âge et de l'expérience, ne savons-nous pas mieux ce qui leur convient ? Le bonheur, le vrai bonheur, c'est d'avoir en tout temps beaucoup d'argent, c'est d'économiser pour l'avenir, c'est d'être ami des gens riches et puissants, c'est de manger et boire avec prudence, et les meilleures choses qu'on peut trouver, afin de digérer avec certitude et tranquillité. Tout le reste ne vaut pas une pipe de tabac... Quant à lâcher la bride aux jeunes gens, c'est ce qu'il ne faut jamais faire, eussent-ils cinquante-huit ans passés... Et quant à leur donner un sou avant sa mort, c'est une folie qui n'est permise qu'à Charenton.

Ainsi parlait ce bon père Crapouillaud, le plus honnête homme de la terre, le plus exact aux échéances, le plus décisif dans ses jugements, le plus étendu dans ses discours, le plus serré dans ses poches (je veux dire qu'il n'en retira jamais ses mains pour donner un teston à un pauvre diable), enfin, le plus ancien et le plus respectable marguillier de sa paroisse.

Cependant, l'expérience lui donna tort, car deux de ses filles, voyant qu'il ne voulait pas leur donner de dot, se firent enlever, tournèrent fort mal, et moururent l'une à l'hôpital de Marseille, l'autre, un soir, dans une ruelle de Lyon. Une troisième se fit religieuse par désespoir de ne pouvoir épouser un petit commis drapier qu'elle aimait. De ses deux fils, l'un s'engagea comme simple soldat et mourut de la fièvre aux Grandes-Indes. L'autre, après quelques sottises de jeunesse que le père ne voulut pas payer et qui n'auraient coûté que quelques pistoles, se pendit de désespoir, — et lui, le vieux, l'homme austère et sage, eut le bonheur (si c'en est un) de survivre à toute sa famille et d'entendre un moine qui guettait sa succession, faire pendant dix ans l'éloge de toutes ses vertus.

En récompense de quoi le moine fut fait légataire universel et vécut joyeusement après la mort du vieux Crapouillaud, qui, néanmoins, a toujours conservé sa réputation de sagesse extraordinaire et de bon sens exquis.

XXI

Je reviens à mon histoire dont le souvenir du père Crapouillaud m'a trop écarté.

On a vu que Jacquot était resté prisonnier après avoir reçu plusieurs coups de bâton de main de maître. Tout meurtri, il se traînait à peine et demandait grâce. On l'emmena vers la voiture qui devait servir à l'enlèvement de Ninon, et, sur la demande de Jeannette, j'allais le laisser fuir, mais Rienquivaille s'y opposa.

Il appela tous les braves gens qui étaient venus à notre secours et leur dit :

— Avant de lâcher ce coquin, je veux qu'on sache

ce qu'il venait faire ici avec les gardes françaises et par ordre de qui.

— Ça, répliqua Jacquot, c'est mon affaire. A vous de chercher.

Sur quoi Pierre Crépin répondit :

— Si tu crois qu'à l'heure qu'il est nous allons chercher tes secrets !... Parle vite, mauvais coquin, ou je l'assomme !

Et comme il levait son bâton, Jacquot effrayé répondit :

— C'est par ordre de M. le duc d'Uzerche, colonel des gardes françaises, vous le savez bien. M. Marteau doit bien s'en douter. M. le duc aime Mlle Ninon, il nous a commandé de l'enlever, et voilà.

— Camarades, dit alors Rienquivaille, écoutez bien la déposition de ce misérable et tâchez de vous en souvenir. Elle pourra servir à M. Marteau devant les juges du Châtelet.

Et alors Jacquot raconta, sous la menace du bâton, que M. le duc d'Uzerche était follement amoureux de ma fille, qu'il la faisait suivre et surveiller tous les jours depuis trois semaines ; qu'ayant appris de lui, Jacquot, la partie de plaisir que nous avions projetée dans les bois de Vincennes et de Saint-Mandé, il serait venu pour l'enlever lui-même, mais qu'étant un des quatre capitaines des gardes du corps de Sa Majesté Louis XV, et précisément de service ce jour-là, il en avait chargé un sergent affidé et quelques gardes françaises dont il était sûr, et que, si l'entreprise avait réussi, Ninon aurait été transportée en voiture dans une petite maison située du côté de Bougival et appartenant à M. le duc d'Uzerche. C'est là qu'il l'aurait trouvée le lendemain.

Quand ce récit fut terminé, Rienquivaille dit à Jacquot :

— Toi, gredin, je te pardonne ! Quant à ton maître...

Mais l'autre répondit avec une joie maligne où perçait l'espoir de la vengeance :

— Vous, monsieur Rienquivaille, ou don Gaspar de Mendoza, ou n'importe qui vous êtes, je vais vous donner un bon avis. M. le duc vous fait chercher, c'est vrai ; mais il n'est pas le seul...

— Oh ! oh !

— Et la preuve, continua Jacquot, c'est que vous avez eu plus d'une querelle avec la police et la maréchaussée, — celle de l'autre jour par exemple, dans la rue Saint-Martin, où vous avez presque tué un homme, — et une autre encore que nous connaissons bien, votre duel malheureux avec le baron de Bergues...

— Pas si malheureux, répliqua Rienquivaille, puisque j'ai tué le baron.

— Oui, oui, vous avez tué le baron d'un coup d'épée, mais sans témoins.

Cette révélation causa beaucoup d'étonnement parmi les assistants et fit du tort à Rienquivaille. Moi-même je m'écartai de lui, car, après tout, aucun de nous ne connaissait sa vie passée. Il était brave, c'est vrai : il avait de l'esprit, c'est encore vrai ; mais, par une étrange destinée, il avait toujours des querelles avec la police, la justice, la maréchaussée. Je me souvins du père que j'avais vu pendre, et je pensai que, tôt ou tard, le fils finirait de la même façon.

Que voulez-vous ? Il y a des séries comme cela dans certaines familles.

XXII

Du reste, Rienquivaille ne se troubla point.

Accusé d'un assassinat, il dit simplement :

— Je me suis battu loyalement avec M. de Bergues, mon capitaine dans le régiment d'Artois, et je l'ai tué... Oui, c'est vrai. Valait-il mieux me faire tuer ?

— Pour ça, non! répondit le quincaillier. J'aimerais mieux embrocher tous les barons de la terre que d'être embroché par un seul !

— Oui, reprit Jacquot ; mais sans témoins !... Les malins croiront toujours qu'on a tiré l'épée le premier avant que l'autre eût le temps de se mettre en garde, et que...

— Toi, interrompit Crépin, si tu dis un mot de plus, je t'assomme ! Nous sommes bien bons d'écouter ce misérable, et vous, monsieur Rienquivaille, de lui répondre ! Quand un gueux est pris la main dans le sac, il cherche toujours à accuser les autres.

Il y eut encore quelques mots échangés. Tout à coup Rienquivaille, qui venait de prendre à part le bon vicaire de Saint-Merry et de lui parler tout bas, s'avança vers Ninon qui demeurait interdite, quoiqu'elle ne crût pas un mot de ce que Jacquot pouvait dire, et lui baisa la main en disant :

— J'espère, ma Ninon, que vous ne doutez pas de moi !

— Oh ! non ! répondit-elle.

Mais Jacquot revint à la charge.

— Demandez-lui donc, mademoiselle Ninon, à propos de quelle dame il s'est battu avec M. de Bergues, puisqu'il dit s'être battu.

— De quelle dame? répéta Ninon un peu troublée.

— Oui, oui, de quelle dame blonde aux yeux bleus chez qui le baron le rencontra, une belle veuve bien connue à Tours, où le régiment était en garnison et où M. Rienquivaille, ici présent, était sergent?

Jusque là Rienquivaille n'avait pas refusé de répondre. Loin de là ; on sentait à sa voix ferme et tranquille que sa conscience ne lui reprochait rien ; mais quand il fut question de la veuve blonde aux yeux bleus, je ne sais quelle envie de fuir le prit subitement.

— Messieurs, dit-il, et vous, mesdames, je vous remercie tous et toutes de l'accueil que vous avez bien voulu me faire ; mais vous voyez vous-mêmes que la justice et la police du royaume sont toutes deux sur mes traces. Il n'est que temps de prendre congé. Adieu... Ninon, je vous aimerai éternellement. Monsieur Marteau, nous nous reverrons, je ne sais où ni quand ; mais le fils de mon père se souviendra toujours de vos bontés.

Monsieur l'abbé, n'oubliez pas ce que vous m'avez promis. Jeannette, vous êtes une excellente femme et vous faites la pâtisserie comme personne, mais vous avez pour fils un drôle qui, tôt ou tard, recevra de mes nouvelles...

Enfin, chacun eut son tour, même Mme Barentin et la vieille Pulchérie, sa sœur, dont on remarqua l'absence pour la première fois, et qui ne furent retrouvées que le lendemain, ayant erré toute la nuit dans le bois de Vincennes (à ce qu'elles dirent) et failli mourir de peur.

Quand il eut fait le tour de l'assistance, distribuant

partout des compliments, les embrassades et les poignées de main suivant l'âge et le sexe, il monta dans la voiture attelée de deux chevaux que Jacquot avait amenée pour enlever Ninon et pria le quincaillier de monter avec lui sur le siége.

Une fois dans le faubourg Saint-Antoine, Rienquivaille pourrait descendre et disparaître sans que personne l'eût remarqué. Le quincaillier, de son côté, devait ramener la voiture devant la porte du plus prochain commissaire.

Le quincaillier y consentit, et la voiture partit au grand trot pour Paris.

— Voilà un gaillard qui n'a pas froid aux yeux ! dit Pierre Crépin avec admiration.

— Ni mal au bout de la langue, ajouta l'ébéniste.

— Mais, pourquoi se faisait-il appeler don Gaspar de Mendoza y Alvarado ? demanda d'un ton mélancolique la femme de l'ébéniste.

— Parce que cela lui convenait mieux, répondit son mari. C'est ce que tu aurais déjà dû comprendre, si tu n'étais si...

Là, il fit une pause comme effrayé de ce qui aurait pu lui échapper.

— Si, quoi?... demanda la dame avec aigreur.

— Si distraite, reprit poliment l'ébéniste qui voulait dire, je crois, que sa femme ne comprenait rien.

— Oh ! s'écria-t-elle en fureur ; quand je pense que, depuis vingt ans, cet être-là ne m'a jamais fait d'autre compliment !

— Parce que tu n'en as jamais mérité d'autres, bobonne! répliqua l'ébéniste avec douceur. Si tu voulais m'entendre dire que tu avais beaucoup d'esprit, il fallait m'en donner la preuve ; mais comme le bon Dieu qui t'a donné tant d'autres choses t'a refusé ça, il faut prendre patience, ma chère, il faut prendre patience !

Et il faisait le geste de prendre patience lui-même.
Il avait raison. Après tout, on n'est pas maître de ça...

Que voulez-vous ? Tout le monde ne peut pas être
Voltaire, ni roi, ni empereur. Il faut bien qu'il y ait
de pauvres diables d'imbéciles et de pouilleux dans
la nature pour faire valoir les gens d'esprit, les gens
riches et puissants et les rois, comme il faut des val-
lées profondes pour faire valoir les montagnes. C'est
désagréable pour les pauvres diables, mais, jusqu'à
présent, c'est la règle.

Si vous me demandez où j'ai pris cette philosophie,
je ne vous cacherai pas qu'elle n'est pas de moi, mais
de l'homme le plus râpé, le plus déguenillé que j'aie
vu de ma vie, un malheureux à qui rien n'avait
réussi, quoiqu'il eût essayé de tout.

Il était né sans père, au coin d'une borne. Sa mère
l'avait déposé, une heure plus tard, aux Enfants-
Trouvés. Un médecin, qui voulait faire des expériences *in anima vili*, l'avait fait allaiter par une chèvre
dont on avait jeté tous les petits à la rivière.

Une vieille femme avare l'avait pris pour domestique à l'âge de dix ans, et l'avait mis au pain sec et à
l'eau pendant cinq ans, sous prétexte de le nourrir en
lui donnant des habitudes de sobriété.

Un vieux docteur de la Sorbonne en avait hérité et
lui avait enseigné le latin, le grec, l'hébreu, — trois
langues qu'on ne parle pas, — pour lui faire copier
ses manuscrits. Ensuite, il s'était donné à la science
et faisait des livres de finances ou des poèmes, tantôt
pour les libraires, tantôt pour les hommes de qualité
et pour les riches bourgeois qui veulent avoir la réputation de gens d'esprit.

Il enseignait aux gueux l'art d'acquérir des mil-
lions, aux millionnaires, l'art d'acquérir de l'esprit. Il
faisait des calembours à cent sous la grosse de douze
douzaines, et c'était son industrie la plus productive.

7.

Il composait des épithalames à dix francs pièce et se faisait inviter à la noce et prêter un habit par-dessus le marché.

Quand il avait fait recette, ce qui arrivait souvent, il prenait à pied le chemin de Saint-Germain et buvait ou dormait pendant trois jours dans la forêt, et revenait à Paris « par la même voiture, celle de MM. Talons frères », comme il disait lui-même. Il était rafraîchi et recommençait pendant trois semaines à faire des poèmes, des dictionnaires, et même (mais cela n'arriva que deux fois) des tragédies qui ne parurent pas sous son nom.

L'une des deux était l'histoire de Psammétique, fameux roi d'Egypte. Je dis fameux, parce qu'il me l'a dit lui-même, car je n'avais jamais entendu ce nom-là. Mais pourquoi vous répéter l'histoire de Psammétique? S'il était fameux, tout le monde le connaît. S'il ne l'était pas, elle n'intéressera personne. D'ailleurs, quoiqu'il me l'ait récitée neuf fois pendant que nous faisions notre partie d'écarté, je ne m'en rappelle qu'un vers qui me frappa à cause de son impiété :

O ministre sacré, non d'un Dieu, mais d'un homme!

Je pense que c'était un guerrier qui parlait et voulait dire des injures à notre Saint-Père le pape ou à celui qui tenait sa place parmi les Egyptiens.

Le vers était très-beau, mais M. Lekain, de la Comédie-Française, le dit avec tant de force que tout le monde crut qu'il voulait blasphémer, qu'on siffla de tous côtés, qu'on baissa la toile et qu'on rendit l'argent

— Voilà ma première tragédie! disait mon philosophe déguenillé. Vous voyez comment elle me réussit! Et je comptais sur la recette pour souper, car je n'avais pas dîné ce jour-là, ni la veille, ni l'avant-veille,

excepté d'un croûton de pain ramassé dans le ruisseau, à la porte d'une auberge !... Et quand, après
la toile baissée, je m'avançai modestement pour recevoir les quinze francs auxquels je croyais avoir droit
pour ma tragédie, savez-vous, monsieur Marteau,
comment je fus reçu par ces comédiens ingrats qui
s'abreuvent soir et matin de la sueur des poètes?... à
coups de balai, monsieur, à coups de balai ! Voilà de
quelle monnaie on paie la poésie en France !

Pour la seconde tragédie, dont le titre était : *Parysatis*, ce fut bien pis encore. Avant *Psammétique*, le
poète n'était pas connu. Mais, après *Psammétique*, il
l'était trop.

Messieurs les comédiens, qui l'avaient chassé à
coups de balai, le reçurent comme s'il avait apporté
la peste et la gale.

Dès qu'il eut terminé sa lecture, M. Lekain sortit,
daignant à peine le regarder par-dessus l'épaule gauche, et récitant d'un air aussi indigné que majes-
tueux le funeste premier vers de *Psammétique* :

O ministre sacré, non d'un Dieu, mais d'un homme!

Mlle Clairon sortit à son tour en disant :

— Qui ? moi ! Parysatis ! Est-ce qu'on me croit
folle de jouer des reines de quarante ans !

(En effet, à la ville, elle n'était que quinquagénaire.)

Alors le poète lui cria :

— Mais, madame, si vous préférez le rôle de
Statira ! Si vous le croyez plus digne de votre
génie !... Statira n'a que dix-sept ans, seize ans à
peine, quinze ans si vous voulez! Hélas ! mon Dieu !
je ne demande qu'à vous faire plaisir !

Mlle Clairon ralentit son pas de déesse, s'arrêta et
parut s'adoucir ; mais alors la belle et tendre
Mlle Gaussin se leva à son tour et dit :

— Alors si Mlle Clairon devient la bru, c'est donc moi qui serai la belle-mère et qui aurai cinquante ans, soixante ans, un siècle ou davantage ! Monsieur le poète, donnez à qui bon vous semblera le rôle des belles-mères, pour moi, je ne serai jamais la belle-mère de Mlle Clairon.

Ici les deux dames échangèrent quelques compliments assaisonnés de vinaigre d'Orléans et de verjus exquis. Le pauvre poète essaya de les calmer ; mais il réussit si mal qu'elles tombèrent sur lui toutes deux à la fois et le traitèrent de barbouilleur de papier, de rimailleur à la douzaine, et, finalement, déclarèrent qu'il n'était qu'un sot.

Comme deux ducs, — dont l'un était premier gentilhomme de la chambre royale, et l'autre intendant des menus plaisirs de Sa Majesté, — faisaient à ces deux dames l'honneur de les protéger, le poète fut mis à la porte avec son manuscrit qu'il fit imprimer à ses frais avec cette mention :

PARYSATIS

Tragédie refusée le 5 janvier 1750
par MM. les Comédiens de la Comédie-Française

Le libraire en vendit douze cents exemplaires à six francs pièce, car il y a toujours d'honnêtes gens pour acheter les tragédies refusées et faire des collections comme on fait pour les insectes, mais le poète n'en reçut pas un sou.

Il ne réclama rien, d'ailleurs, tant il était consterné du succès de ses tragédies.

Après ces deux expériences, il devint sage, ne fit plus que des calembours pour les almanachs et tout ce qui était de son commerce habituel. Mon Pégase, disait-il en donnant les cartes, s'est cassé les ailes. Il ne lui reste plus que les pattes. Je marque le

roi, papa Marteau. Atout! atout! atout et atout!
Deux points, le roi et la vole, ça fait cinq points. J'ai
gagné. Voulez-vous votre revanche?... Voyez-vous,
papa Marteau, cette vie est une vallée de misère,
c'est la Sainte-Écriture qui nous l'enseigne. Les
gueux seront toujours gueux et les coquins seront
toujours maîtres... C'est pourquoi buvons un coup,
ça nous consolera.

Ça le consolait en effet.

Et pour moi, le lendemain et les jours suivants,
cette consolation, si c'en est une, me revint bien souvent à l'esprit, pendant que j'écoutais les discours de
l'ébéniste, de sa femme et de tous les autres.

Ce soir-là, pourtant, nous revînmes paisiblement à
Paris et ne fîmes plus aucune rencontre. Au reste,
les ouvriers du faubourg Saint-Antoine, qui nous
avaient sauvé la vie et quelque chose de plus, nous
accompagnèrent jusqu'à la Bastille, de peur d'accident. Jacquot s'en alla seul, clopin-clopant. Qu'en
aurions-nous fait, à moins de le tuer?

XXIII

On croira sans peine que je fus bien aise de me trouver enfin devant la porte de ma maison. Je ne suis pas, moi, homme de fer et de sang, né pour la guerre et le carnage. Tuer mon prochain me ferait horreur; être tué par lui c'est autre chose, mais ce n'est pas plus agréable.

J'avais vécu en paix cinquante-cinq ans ou à peu près. Je comptais bien continuer encore une quinzaine d'années sur ce pied-là et atteindre ainsi l'âge heureux de soixante-dix ans, qui est la moyenne pour les honnêtes gens qui n'ont pas abusé de la vie. Mais, diantre! depuis l'arrivée de Rienquivaille, tout se brouillait dans la maison, et les coups de pistolet partaient autour de moi comme des feux d'artifice un jour de fête. Allais-je donc me quereller avec la police, la justice, le gouvernement, les gardes françaises et je ne sais qui encore?

Et tout cela, pour l'amour d'un vaurien qui, pardessus le marché, faisait sans permission la cour à ma fille! Non, vraiment, c'était trop fort, et de plus c'était horriblement dangereux.

C'est au milieu de ces tristes réflexions que je cherchai vainement le sommeil jusqu'à cinq heures du matin. Alors il fallut se lever et, suivant ma coutume, ouvrir la boutique aux passants. Un instant après, Ninon descendit à son tour et me parut un peu pâle. Je pense qu'elle n'avait pas plus dormi que moi, et même qu'elle avait pleuré.

Je voulus faire des questions, mais elle me répondit en m'embrassant :

— Non, papa, je t'assure ; je n'ai pas pleuré. Pourquoi aurais-je pleuré?

Je savais bien pourquoi, mais puisqu'elle s'en défendait, qu'aurais-je gagné à le lui faire avouer? Nous évitâmes donc tous les deux de prononcer le mot de Rienquivaille que chacun de nous avait sur les lèvres.

La journée fut d'ailleurs assez paisible jusqu'à midi, heure du dîner. Tout le quartier, instruit par les discours du quincaillier, du bourrelier et de l'ébéniste, de nos aventures de la veille, se précipita chez nous pour en avoir un récit circonstancié ; mais Ninon, avec une prudence au-dessus de son âge, feignit de ne rien entendre et d'être tellement occupée de ses comptes et de ses additions et soustractions qu'elle n'avait pas une minute pour parler d'autre chose. Quant à moi, je répondis simplement que « les magistrats étaient saisis de l'affaire », de sorte que les assistants furent saisis à leur tour, mais d'étonnement et de crainte, car tout ce qui touche à la justice cause toujours une crainte salutaire aux bons bourgeois.

Mais Jeannette, moins politique et plus sage au fond peut-être, répliqua à ceux qui l'interrogeaient :

— Qu'est-ce que ça vous fait? Qu'est-ce que vous voulez? Allez donc votre chemin! Est-ce que je vais passer ma vie à raconter des histoires? Est-ce que ça balaie la maison, ça? Est-ce que ça épluche les carottes et les choux? Est-ce que ça trie la salade? Est-ce que ça fait frire les oignons? Est-ce que ça rince les verres et les bouteilles? Est-ce que ça fait mon ouvrage enfin?

Par ce moyen, elle mit tout le monde à la porte. — j'entends tous ceux qui n'étaient pas de vraies pratiques, — et nous pûmes dîner en paix.

Mais ce ne fut pas pour longtemps.

Comme je me levais de table et pliais ma serviette, je vis entrer dans ma boutique trois messieurs, — un grand et deux petits, — de fort mauvaise mine et porteurs de bâtons pareils à des triques. Ceux-là, à coup sûr, n'étaient pas des acheteurs.

Je regardai involontairement dans le corridor qui aboutissait au fond de l'allée et je me sentis une terrible envie de sortir par là de ma maison.

Je dis tout bas à Jeannette :

— Je ne sais pas qui c'est. Si l'on me demande, tu diras que je suis sorti. Si l'on me rattrape, tu avertiras M. le vicaire de ce qui m'arrive, et tu lui diras de prendre soin de Ninon !

Cet ordre une fois donné, j'enfilai le corridor pour passer dans l'autre rue ; mais, comme j'arrivais au fond de l'allée, j'entendis des pas précipités et la voix de quelqu'un qui criait :

— Hé ! monsieur Marteau ! attendez-nous donc !

Je n'en courus que plus vite. Par malheur, comme j'allais mettre le pied dans la rue et m'enfuir, je tombai dans les bras d'un quatrième monsieur, muni d'une quatrième trique, qui me retint en disant :

— Vous voyez bien qu'on vous cherche, papa Marteau ; ne courez pas si vite !

En même temps, les trois autres me rejoignirent, et parmi eux je reconnus le commissaire du quartier.

Sur ma parole, j'aurais autant aimé rencontrer un sanglier en fureur. On a beau n'avoir rien sur la conscience (et que pouvais-je avoir, moi qui n'ai voulu, toute ma vie, que respecter toutes les autorités ?) on n'est jamais content de causer sans nécessité avec le commissaire.

Celui-ci, par-dessus le marché, outre l'air menaçant des gens de son métier, avait quelque chose de

sournois et de goguenard qui me faisait frissonner
d'avance. On aurait dit, aux détours qu'il prenait, un
chat qui joue avec une souris avant de l'étrangler.

Il me prit par le bras, me ramena, moitié de gré,
moitié de force, dans ma boutique, s'assit sur ma
propre chaise en me laissant debout, et me dit :

— Eh bien, monsieur Marteau, vous prenez donc la
fuite? Savez-vous que ce n'est pas bien? On croirait
que vous avez quelque chose à cacher...

Ninon, effrayée, se leva du comptoir où elle était
assise et vint se jeter dans mes bras; mais le commissaire la repoussa durement et dit :

— Vous, mademoiselle, prenez patience!... Votre
tour viendra tout à l'heure!

Nouvelle menace qui m'effraya bien davantage.

Moi! ce n'était rien. L'homme est fait pour souffrir ;
mais qu'est-ce que l'on pouvait vouloir à ma pauvre
petite Ninon, si douce, si aimable, si charmante, dont
la vue seule me donnait le bonheur, dont la voix
joyeuse me faisait rire jusqu'aux larmes, dont la
petite main passée dans ma barbe grise m'imposait
tous les caprices et me faisait croire que je n'avais
jamais désiré autre chose?...

Donc, après moi, ce serait son tour! Et peut-être
ces gens de police l'emmèneraient aussi dans leur
caverne (car pour moi je ne doutais pas de mon sort) !
Et Dieu sait les récits qu'on faisait des traitements
que ces alguazils, au nom du roi et de la justice,
appliquaient aux malheureux qui tombaient dans
leurs mains!

J'aurais donné la moitié de ma fortune et de ma
vie pour que Ninon fût en sûreté, en Angleterre ou
en Suisse; mais l'innocence est-elle jamais en sûreté?
Les gens riches et puissants ne se donnent-ils pas
la main dans tout l'univers pour fouler aux pieds les
malheureux? Quand un grand seigneur de la cour

veut faire étrangler un pauvre diable réfugié à
Londres, manque-t-il de grands seigneurs à Londres
pour livrer le misérable au bourreau de Tyburn? ...

Cependant, quelque crainte que j'eusse pour ma
fille et pour moi-même, je fis réflexion que le princi-
pal était de gagner du temps, de traîner mon interrogatoire en longueur, de manière que le bon vicaire
de Saint-Merry eût le temps d'arriver, de me réclamer, de me sauver peut-être et, dans tous les cas, de
protéger Ninon que je voyais dans un terrible danger.

Dans cette pensée, je pris un air riant (autant que
je pouvais le faire, hélas!) et je demandai au commissaire ce qui me valait l'honneur de sa visite.

Il répondit :

— Monsieur Martéau! nous ne sommes pas ici
pour plaisanter! ...

(Je ne le voyais que trop.)

... C'est à vous de parler franchement, d'entrer
dans la voie des aveux! Vous savez de quoi vous êtes
accusé? ...

Je fis signe que je ne savais pas, et il est certain
que j'ignorais complétement mon crime, quoique je
fusse à peu près certain que le séjour de ce maudit
Rienquivaille dans ma maison m'attirait toutes ces
aventures.

Alors le commissaire enfla sa voix, frappa le plancher avec force du bout de sa grosse canne plombée
et me dit:

— Prenez garde, Martéau! Prenez garde! Ne faites
pas l'innocent! Il pourrait vous arriver malheur!

Et, comme je me taisais, cherchant une réponse qui
ne pût pas me compromettre, il ajouta :

— Nous avons des cachots vides dans la prison du
Châtelet, — des cachots où l'on est à son aise, avec
deux boulets aux pieds, une chaîne de fer à la ceinture

et un bâillon dans la bouche, sans compter l'estrapade.

— C'est le bâillon qui aide surtout à parler! dit l'un
des honnêtes porteurs de triques qui suivaient le
commissaire.

Et il éclata de rire de sa plaisanterie. Pour moi, je
me sentais froid dans le dos. J'avais entendu souvent
parler de ces cachots souterrains où jamais n'entrait
la lumière du soleil, ni l'air pur, où l'on était enfermé
vingt-quatre heures par jour, où l'on se couchait
pour dormir sur un sol humide couvert d'ordures de
toute espèce, où les rats, les crapauds se traînaient
ou bondissaient sur les visages des prisonniers, où des
odeurs infectes soulevaient le cœur, et qui semblaient
une antichambre de l'enfer.

Pour comble, dix ou douze fois par an, les jours
d'inondation, la Seine entrait par là comme dans son
lit, refoulant l'eau des égouts, et, quand les geôliers
n'y prenaient pas garde, noyait le prisonnier.

En revanche, et s'il plaisait aux juges, on pouvait
me mettre à la torture, me briser les membres, me
remplir d'eau jusqu'à m'étouffer par le moyen d'un
entonnoir, m'enfler comme une barrique, enfoncer
des coins de fer dans ma chair ou enfoncer mes pieds
à coups de maillet dans des brodequins, me donner enfin une multitude de ces voluptés que les
argousins ont inventées pour le bonheur des hommes.

Pendant que je roulais ces pensées réjouissantes, le
commissaire, qui me voyait toujours silencieux, finit
par venir au fait et par dire :

— Marteau ! qu'avez-vous fait de ce misérable
Rienquivaille ?

Je répondis :

— Monsieur le commissaire, il n'est pas rentré au
logis...

Alors d'un air goguenard (oh ! que de coups de pied je lui aurais donnés s'il avait été seul avec moi au fond des bois !) :

— Vous croyez, papa Marteau !... Mlle Ninon en sait peut-être plus long que vous là-dessus?

Ninon rougit et se jeta dans mes bras en pleurant ·

— Oh ! papa ! pourrais-tu croire cette infamie !

Je l'embrassai tendrement et je lui dis, tant j'étais transporté de colère contre ce misérable qui venait insulter ma fille chez moi :

— Mon enfant, ma chère enfant, ne crains rien. Je ne crois pas un mot de ce que pourraient dire ces canailles !

Le commissaire de police se leva et dit :

— De qui parlez-vous, Marteau ? Voulez-vous que je vous fasse donner sur l'heure cent coups de bâton !

Et je crois qu'il l'aurait fait, tant il était indigné, ce coquin, d'entendre la vérité. Mais la porte de la boutique s'ouvrit tout à coup et Jeannette entra triomphante :

— Monsieur Marteau ! Voici M. l'abbé ! nous sommes sauvés !

En effet, le bon vicaire de Saint-Merry entrait derrière elle au moment même où les porteurs de triques levaient leurs bâtons sur moi.

— Eh bien ! dit-il, qu'est-ce que c'est ? Monsieur le commissaire, avez-vous perdu la raison ?

— Cet épicier nous a traités de canailles ! répliqua l'un des porteurs de triques.

Le bon vicaire regarda Ninon et moi, tendit la main à Ninon et dit :

— Vraiment ! mes enfants, il vous a traités de canailles !

— Oui, dit le commissaire, et l'on va lui apprendre...

Alors l'abbé secoua lentement sa tête chenue :

— Il a tort, mes amis, il a tort! Il ne faut jamais se faire justice à soi-même ni donner aux gens le nom qu'ils méritent.

Le commissaire, furieux, s'avança vers lui les poings fermés :

— Monsieur le vicaire, prenez garde ! Votre robe toute sacrée qu'elle est, ne m'empêcherait pas...

— De quoi faire, mon enfant ? demanda le vicaire d'une voix douce.

— De vous mettre la main au collet, l'abbé !

— Comme tu voudras, mon enfant !... Ponce-Pilate l'a bien mise au collet de Jésus-Christ qui était de meilleure maison que moi, je t'assure.

Puis, montrant par la porte ouverte de la boutique sept ou huit cents habitants du quartier, hommes, femmes et enfants, qui remplissaient la place, attirés par les cris et les récits de Jeannette et par la présence des gens de police :

— Allons, faites-moi saisir, monsieur le commissaire ! Faites-moi lier les pieds et les mains ! Traînez-moi au travers de ce peuple ! Dieu qui nous voit nous jugera! Et peut-être aussi Mgr l'archevêque de Paris sera bien aise d'apprendre que vous avez fait votre devoir... Va, mon garçon, va !

Alors Jeannette, qui ne se possédait plus, cria du seuil de la porte :

— On veut mettre en prison M. le premier vicaire de Saint-Merry, le père du peuple !

Un immense cri s'éleva dans la foule :

— Vive monsieur l'abbé, le père du peuple ! A bas es argousins !

XXIV

Le bon vicaire rayonnait de joie.

Quant au commissaire, tout hardi qu'il fût, il pâlissait à vue d'œil. Il avait cru facile de me mettre en prison, et en effet, aucun de mes voisins n'aurait eu le courage et, la force de s'y opposer; mais maintenant il se trouvait en face de l'abbé, en faveur de qui tout le quartier prendrait certainement parti, — sans compter l'archevêque de Paris. Ce n'était pas une petite affaire, car les prêtres ne pardonnent guère, et qui offense l'un d'eux, les offense tous.

Il essaya donc d'apaiser son adversaire et lui dit avec une politesse obséquieuse qui ressemblait à des excuses :

— Monsieur l'abbé, vous ne croyez pas, j'espère, que j'aie eu le dessein de manquer au respect que je vous dois; mais M. le lieutenant de police m'a donné l'ordre de faire des perquisitions chez le sieur Marteau, qu'on soupçonne fortement...

Ici Jeannette, qui voyait que le commissaire cherchait à séparer ma cause de celle du bon vicaire, cria de nouveau et de toutes ses forces :

— Vive monsieur l'abbé, le père du peuple! à bas le commissaire!... Au secours! au secours! on veut mener M. l'abbé en prison!

— Toi, dit un des trois argousins qui suivaient le commissaire avec des gourdins, tu nous paieras ça quelque jour, vieille sorcière!

Mais Jeannette sentait son avantage et ne s'effrayait
pas.

— Mauvais gueux! dit-elle, tu mériterais d'être
pendu!

Vraiment l'affaire était incertaine. La foule répondait aux cris de Jeannette par des applaudissements
et menaçait d'entrer de vive force dans la maison et
de mettre en pièces les gens de police.

L'abbé, ravi d'abord de voir à quel point il était po-
pulaire, n'était pourtant pas homme à exciter ni conduire une émeute. Etre appelé « père du peuple » suffisait à son ambition.

Aller plus loin l'aurait compromis aux yeux de
l'autorité diocésaine et l'aurait empêché pour jamais
d'être curé.

Moi-même, j'étais en danger, c'est vrai, mais non
en danger de mort, du moins pour le moment. Que
pouvait-on me reprocher? D'avoir caché un instant
Rienquivaille; mais pouvais-je lui refuser un asile
après le service qu'il avait rendu à ma fille trois semaines auparavant?

D'un autre côté, si le peuple entrait dans ma boutique, je voyais d'avance à quel sort étaient réservés
mes bocaux, mes pots et mes barils de toute espèce.
En un quart d'heure, toutes mes provisions auraient
été enlevées, gâtées, détruites ou répandues sur le
plancher.

De plus, comme l'autorité finit toujours par avoir
raison et par mettre la main sur ceux qui résistent,
j'aurais été saisi par surprise un jour ou l'autre, accusé de rébellion, et j'aurais eu le sort de mon pauvre
défunt camarade et ami, le fier Rienquivaille, qu'on
avait pendu en place de Grève.

Toutes réflexions faites, et au moment où le commissaire et ses hommes allaient battre en retraite, je
lui dis :

— Monsieur, je vais vous suivre... Vous, monsieur l'abbé, je vous confie ma chère Ninon.

La pauvre enfant se jeta dans mes bras en pleurant et me dit tout bas :

— Oh! papa, ne te laisse pas prendre! sauve-toi, je t'en prie!

Mais je répliquai tranquillement (à cause du commissaire) :

— Je n'ai rien à craindre. Marchons.

Et, pour mieux marquer ma sécurité et mon innocence, j'ajoutai :

— Jeannette, vous ferez rôtir un rognon de veau pour ce soir. Je n'aime pas la longe.

Un des argousins dit en riant à Jeannette :

— Passé huit heures du soir, n'attendez plus M. Marteau. M. le lieutenant de police l'a invité à souper et lui a fait préparer une chambre à coucher.

Voyant que je me livrais moi-même, personne n'osa me retenir et la foule nous laissa passer, moi, le commissaire et ses trois argousins. Nous traversâmes la place, et je fus conduit tout droit dans le cabinet de M. le lieutenant de police, M. de Sartine, l'un des plus redoutables et des plus détestés magistrats du royaume de France, si l'on peut appeler du nom respectable de magistrat un homme à qui, je le dis bien bas (car ces mémoires ne sont pas faits pour être publiés de mon vivant), on ne ferait pas tort en le comparant à feu MM. Laffémas et Laubardemont.

Ce n'est pas qu'il soit aussi cruel; non, les temps sont changés; M. le duc de Choiseul et Mme de Pompadour ne sont pas aussi sanguinaires que le grand cardinal de Richelieu. Ils ne font pas couper les têtes par des juges à eux; le parlement de Paris leur en demanderait compte, car nosseigneurs du parlement ne plaisantent pas sur cet article. Ils gardent pour eux seuls ce glorieux privilége et ne le concéderaient à personne, pas même au roi.

Mais il y a des lettres de cachet, au moyen desquelles on prend un homme dans sa famille, au milieu de ses amis, au sortir d'un bal ou d'un théâtre, sans dire pourquoi ; on l'emballe dans une voiture comme un colis, et on le place, suivant sa condition, au Châtelet, à la Conciergerie, à la Bastille, à Bicêtre, aux îles Sainte-Marguerite. On l'écroue sous un nom supposé, si l'on veut l'enterrer, et, une fois là, tout est fini.

Il est rayé pour jamais. On ne le verra plus. On n'entendra plus parler de lui. Si quelque ami se plaint, ou sa femme, son fils, sa fille, on les avertit, — les hommes qu'ils seront enlevés de la même manière, — les femmes qu'elles seront mises à Saint-Lazare ou aux Filles-Repenties.

Voilà comment se fait la police sous le gouvernement paternel de Louis XV le Bien-Aimé.

Des juges ? à quoi bon ? Ne vaut-il pas mieux étouffer le scandale ? Et, par exemple, s'il arrivait qu'un grand seigneur fût amoureux d'une petite bourgeoise et gêné par un père, le frère ou le mari ; si de gré ou de force il voulait l'enlever à sa famille, et si le père, le frère ou le mari était homme à crier, à prendre les armes, à se défendre, n'y verriez-vous pas un horrible scandale ? Ne seriez-vous pas d'avis qu'il vaut mieux faire disparaître ce braillard, ce pelé, ce galeux ?

Eh bien, c'était aussi l'avis de M. de Sartine, et personne ne s'entendait mieux que lui à étouffer les scandales, c'est-à-dire la plainte des pauvres gens contre les traitants, les grands seigneurs et les gens en place. Aussi était-il bien vu à Versailles, et si détesté à Paris qu'il ne sortait jamais sans escorte.

C'est à ce respectable magistrat que j'étais conduit,

et l'on peut juger avec quelle frayeur et quel trem-
blement j'attendais son arrêt.

Mes gardiens me laissèrent seul pendant quatre ou
cinq heures dans une longue galerie fermée par deux
portes, dont l'une s'ouvrait sur le grand escalier et
l'autre sur le cabinet du lieutenant de police. Aux
deux bouts de la galerie, des archers de la maréchaussée montaient la garde, le fusil sur l'épaule, et
trois ou quatre personnages, habillés de noir, à mine
patibulaire, se promenaient en racontant des histoires pleines de gaieté.

— Sais-tu, dit l'un d'eux, dont la tête en forme de
poire, le front fuyant, les yeux louches, la lèvre pen-
dante et l'air bas et vil me causèrent une répugnance
qui ressemblait à de l'horreur, — sais-tu ce qui s'est
passé hier au Châtelet?

— Non, répondit l'autre.

— C'était tout à fait curieux! Tu connais bien le
fruitier du quai des Augustins, celui qui avait une si
jolie femme, la petite Joséphine?

— Si je la connais! J'ai passé cent fois devant sa
boutique pour voir la petite, — une brune faite au
tour, vingt ans tout au plus, et des yeux brillants
comme des étoiles... Eh bien! qu'est-ce qui est arrivé
au fruitier?

— Ce qui devait arriver, parbleu!... Un conseiller
du parlement, le vieux Follavoine, ce gros rougeaud
qui est cousin germain de M. le premier président,
a vu Joséphine et lui a fait offrir cent écus, puis
mille écus si elle voulait faire son bonheur.

— Mille écus pour une fruitière! Peste! Je connais
des marquises qu'on aurait à meilleur marché.

— Et moi, j'en connais qu'on aurait pour rien et
dont je ne voudrais pas à ce prix. Pour revenir au
conseiller, la petite a mis ses lettres dans les mains
de son mari. A la première il n'a rien dit. Qu'est-ce

que tu veux qu'on dise à un conseiller du parlement
de Paris?... Ce serait le pot de terre contre le pot de
fer; d'ailleurs, la Joséphine riait si franchement du
vieil amoureux devant son mari, qu'il dormait sur
les deux oreilles. Mais voilà qu'à la seconde lettre et
en voyant l'offre des mille écus, le fruitier a pris
peur, et pour qu'elle ne fût pas tentée, il a attendu
le conseiller au coin du quai et lui a donné tant de
coups de bâton que le pauvre M. Follavoine est resté
évanoui sur le pavé...

— Diable! c'est grave!

— Si grave qu'on l'a relevé une heure après une
jambe cassée, un bras abîmé et des bleus sur tout le
corps. Il a crié que le fruitier avait voulu l'assassiner. On a pris le fruitier, on l'a mis en prison, on l'a
interrogé. Il a dit ce qui s'était passé. Follavoine a
parlé de guet-apens.

Par égard pour M. le premier président on lui a
demandé son avis. M. le premier, qui est l'héritier
désigné de son cousin et qui ne voudrait pas voir déchirer le testament, a dit que la justice devait suivre
son cours, que certainement le fruitier avait menti,
que le mari et la femme avaient dû s'entendre et concerter quelque chose pour faire tomber M. Follavoine
dans un piége, qu'il fallait donner la question au
mari et mettre la femme aux Madelonnettes, que
c'était le seul moyen de connaître la vérité et de
sauver l'honneur du parlement, et, ma foi, c'est ce
que l'on a fait.

— Mais les lettres de Follavoine?

— Eh bien! c'est moi qui ai été chargé de les prendre chez le fruitier et de les remettre à M. le lieutenant de police, qui les a jetées au feu devant moi en
disant qu'elles étaient l'œuvre d'un vil faussaire.

— Mais le fruitier?

— On l'a mis à la torture; il a continué à déclarer

ce que nous savions tout aussi bien que lui. On l'a transporté à l'hôpital ; il en sortira pour être condamné aux galères à perpétuité. Sa femme sera peut-être plus heureuse. Les jolies femmes ont tant de ressources !... Et voilà !

On aurait dit que ces deux misérables se plaisaient à m'effrayer, et j'avoue que l'histoire du fruitier et de sa femme me faisait frissonner ; car, enfin, contre de telles gens quel recours pouvais-je avoir ? Si M. de Sartine, lieutenant de police, ne refusait rien au parlement contre un mari, que pouvait-il refuser contre un père, à un grand seigneur comme le duc d'Uzerche, capitaine des gardes du corps, favori du roi ? Et surtout, oh ! surtout, qu'arriverait-il de ma pauvre fille, de ma chère Ninon ?

Pendant que je faisais ces cruelles réflexions et que je priais Dieu de me donner du courage, un homme habillé de noir, avec une chaîne au cou, un huissier sans doute, fit signe à deux archers de me faire entrer dans le cabinet de M. le lieutenant de police.

Je n'avais jamais vu la magistrature, et je m'attendais à quelque apparition effrayante.

Je fus bien étonné, en entrant dans le cabinet, de voir un gentilhomme rasé de frais, coiffé d'une perruque de cour, habillé à la dernière mode et saupoudré de tant de parfums qu'à trois pas de lui je crus être entré par mégarde dans une boutique de parfumerie.

Il était assis et presque couché dans un fauteuil garni de velours sur lequel étaient brodées des fleurs de lys.

Il tenait d'une main un couteau à papier d'ivoire élégamment sculpté, et, de l'autre, jouait avec sa levrette, une petite chienne mille fois plus jolie que lui à coup sûr.

Tantôt il offrait des morceaux de sucre, tantôt il les

refusait pour la faire sauter et danser autour de son
fauteuil.

En face de lui était son secrétaire, un homme à
figure rébarbative, dont le costume noir et les yeux
sinistres faisaient encore mieux ressortir la mine
souriante et le jabot de dentelles de M. le lieutenant
de police.

XXV

Je m'avançai lentement, ne sachant où poser les
pieds, et pressé de m'asseoir, car je me sentais dé-
faillir.

Après trois ou quatre minutes de silence, pendant
lesquelles M. de Sartine feignit de n'être occupé que
de la levrette (peut-être observait-il ma contenance),
il me désigna du doigt un tabouret sur lequel je
m'assis plein d'épouvante.

— C'est vous, le nommé Marteau ? demanda-t-il enfin.

— C'est moi-même, monseigneur !

Dans mon trouble, je lui donnais un titre auquel il
n'avait aucun droit, mais il n'en parut pas offensé, au
contraire. D'ailleurs, n'était-il pas tôt ou tard appelé
à devenir ministre, et même, sans aller si haut,
n'était-il pas déjà maître de ma destinée ?

Au moment où je lâchais ce mot, je me souvins
d'avoir entendu à la Comédie-Française réciter ces
deux vers :

> Le même jour qui met un homme libre aux fers,
> Lui ravit la moitié de sa vertu première.

8.

Hélas ! ce n'était que trop vrai, moi, Théodore Marteau, bourgeois de Paris, né libre et fils d'homme libre, je me sentais diminué de moitié devant ce lieutenant de police qui sentait la rose, le jasmin et le benjoin, et qui pouvait d'un mot m'enfermer pour vingt ans dans une prison.

(Vingt ans ! Et j'en avais déjà cinquante-cinq ! Que deviendraient, pendant ce temps, ma fille et ma boutique ?)

Il se souleva sur son fauteuil, attira négligemment à lui un dossier énorme sur lequel je lisais en grosses lettres : *Marteau (Théodore), épicier en gros et en détail,* y prit une feuille de papier, la parcourut des yeux, et dit :

— Vous êtes épicier, je crois ?

— Oui, monseigneur.

— Accusé de rébellion contre la force armée, de conspiration contre l'autorité royale et les lois du royaume...

Je m'écriai :

— Moi, monseigneur ? C'est une affreuse calomnie ! Je ne conspire pas, je n'ai jamais conspiré, je ne conspirerai jamais ! Je suis plus dévoué que personne à Sa Majesté, je donnerais ma vie pour elle ! Et pour preuve, je suis prêt à crier : Vive le roi ! devant tout Paris. Ce sont de malhonnêtes gens, monseigneur, qui ont inventé contre moi toutes ces choses : des gens que je ne connais pas, qui ne me connaissent pas, à qui je ne veux pas de mal, mais qui m'en veulent, à moi !

— Quelles gens ? demanda M. de Sartine.

— Est-ce que je sais, moi, monseigneur ? Si je le savais, je vous le dirais tout de suite. Je n'ai pas de secrets pour vous. Si j'en avais, je vous les confierais comme à mon propre père. Mais comment pourrais-je avoir des secrets ? Ma boutique est ouverte au public toute la journée : est-ce qu'on cache des secrets dans une boutique ouverte?...

Je parlais au hasard et je perdais la tête, tant je me sentais troublé par cette accusation de conspirer.

Il se tourna vers son secrétaire et lui dit, comme si je n'avais pas été là :

— Quel vieil imbécile!

A quoi le secrétaire sourit comme si son chef avait prononcé un de ces mots profonds qui expliquent les problèmes les plus difficiles.

Ce mot, du reste, me rendit le courage et l'espérance. Puisqu'on me traitait d'imbécile, il est clair qu'on ne me craignait pas et surtout qu'on ne me croyait pas coupable. Comme disait le bon vicaire de Saint-Merry : « Il est fâcheux d'être bête, mais ce n'est pas un crime. Sans cela, il y aurait trop de scélérats sur la terre! »

Je repris donc bravement :

— Enfin, monseigneur, quel mal ai-je fait?

M. de Sartine, au lieu de répondre, demanda :

— Connaissez-vous un mauvais sujet nommé Rienquivaille?

Je me sentis pâlir de nouveau. C'était au nom de ce maudit Rienquivaille qu'on me mettait la corde au cou.

Je répondis :

— Monseigneur, ce n'est pas ma faute. Je ne le connaissais pas quand...

— Quand vous l'avez caché, n'est-ce pas?

Puis s'adressant à son secrétaire :

— Écrivez qu'il nie l'avoir connu... Et vous, Marteau, continuez, niez tout, même l'évidence! Allez, votre affaire est bonne!

Il ricanait, ce maudit lieutenant de police! Je voulus réparer ma faute et avouer quelque chose, mais le moins possible.

Je dis humblement :

— Mais, monseigneur, ce n'est pas moi qui l'ai caché !

— Ah ! ah ! Qui donc alors ? Votre fille, peut-être !

Grand Dieu ! ma fille ! J'allais compromettre ma chère petite Ninon ! Je m'écriai :

— Non, non, monseigneur. Il s'est caché lui-même. Ma fille n'était pas là ! Est-ce que c'est l'occupation des enfants comme elle de cacher les vauriens ?

— Hé ! hé ! quelquefois, répliqua ce Sartine d'un air malin.

Et il se mit à rire.

Et le secrétaire se mit à rire plus fort, trouvant son patron plein d'esprit et de gaieté.

Et moi, je grinçais des dents et j'aurais voulu les mordre tous deux.

Sartine continua :

— Enfin, vous avouez que ce vaurien était caché ou qu'on l'avait caché chez vous... C'est bien. Je sais ce qu'il faut croire ; mais, enfin, il s'est montré à vous, n'est-ce pas ?... Il s'est déguisé. Il a pris un nom espagnol... Vous aviez vu que la maréchaussée le cherchait. Pourquoi ne l'avez-vous pas dénoncé ?

Je demeurai tout interdit. Cet homme de police trouvait tout naturel d'aller dénoncer son hôte !

J'essayai de m'expliquer, de raconter le service que Rienquivaille avait rendu à Ninon en l'arrachant des mains du duc d'Uzerche, mais il m'interrompit et répliqua :

— Voilà des histoires absurdes ! Que voulez-vous que M. le duc d'Uzerche fasse de votre fille ? Est-ce que les jolies filles, à supposer que celle-là soit jolie (l'amour-propre d'un père s'aveugle aisément), manquent dans les rues et les carrefours de Paris ? Il y en a autant que de pavés, et qu'on n'a pas besoin d'enlever par force, je vous assure. Tous ces mensonges n'ont qu'un but, facile à deviner, d'ailleurs, — celui de cacher la part que vous avez prise dans les crimes de Rienquivaille, et en particulier dans l'assassinat de M. le baron de Bergues.

Ici, ma frayeur redoubla.

— Mais, monseigneur, comment pourrais-je être complice des assassins de M. le baron de Bergues, moi qui ne l'ai jamais connu?

— Marteau! dit M. le lieutenant de police d'un air sévère, est-ce que les brigands qui attendent les voyageurs au coin d'un bois et qui leur coupent la gorge ont besoin pour cela de les connaître?

J'avouai qu'ils n'avaient pas besoin de les connaître; mais j'avais entendu parler de ce pauvre baron, la veille pour la première fois.

— Bien! dit Sartine... Écrivez qu'il a entendu parler du baron. Tout à l'heure, il disait qu'il ne l'avait jamais connu... Il entre dans la voie des aveux.

— Oh! ajouta le secrétaire en me jetant un regard sinistre, il entre à plein collier!... à plein collier!...

Ainsi, quelque parole que je pusse dire, elle tournait contre moi! Alors je résolus de me taire.

M. de Sartine reprit :

— Donc, on a parlé du crime devant vous. Qu'est-ce qu'on en disait?

Je répondis, en me prenant la tête à deux mains :

— Monseigneur, je ne sais rien, je n'entends rien, je ne dirai rien !

— Ah! ah! voilà un nouveau système de défense et des plus curieux!... Têtard!...

(C'était, je pense, le nom du secrétaire.)

... Têtard, tirez la sonnette et appelez deux hommes... Ah! ah! il ne veut rien dire, cet honnête bourgeois! On va le faire parler tout à l'heure.

Têtard obéit, et deux mauvais drôles parurent, semblables à des valets de bourreau, qui, sans dire un mot, vinrent se ranger à mes côtés. Chacun d'eux tenait à la main une grosse corde terminée à un bout par un nœud triple.

Le lieutenant de police vit que je pâlissais et dit :

— Une dernière fois, Marteau, voulez-vous avouer?

La vue de ces deux coquins me délia la langue malgré moi.

— Avouer quoi, monseigneur? J'avouerai tout, mais je ne sais rien.

— Avez-vous connu Rienquivaille?

— Hélas! oui, monseigneur, pour mon malheur et celui de ma fille.

— L'avez-vous caché chez vous?

— Non, monseigneur, c'est lui qui s'est caché chez moi sans que personne en sût rien.

— Mais vous l'avez su plus tard?

J'hésitais à répondre ; il fit un signe aux deux coquins qui firent siffler dans l'air leurs cordes à nœuds. Qu'est-ce que vous auriez répondu à des raisons pareilles? Je pensais, moi, que je ne risquais pas grand'chose d'avouer ce que je ne pouvais pas nier, et je dis franchement :

— Oui, monseigneur, je l'ai su.

Il me regarda d'un air indigné.

— Vous étiez donc complice?

— Mais, monseigneur, tout tombe sur moi. Je ne suis complice de rien. Je ne sais même pas ce que ce scélérat de Rienquivaille a pu faire!...

Je l'appelais déjà scélérat, tant le sifflement des cordes à nœuds me troublait l'esprit.

— Complice de ses assassinats, dit M. de Sartine... Au reste, je suis bien bon de perdre mon temps à vouloir sauver un épicier...

Je ne sais comment la conversation aurait tourné si l'un des huissiers à chaîne que j'avais vus en entrant n'était venu d'un air effaré :

— Monsieur le lieutenant de police !

Et il lui présenta une carte sur laquelle, quoique de loin, je crus reconnaître une couronne ducale ou comtale.

M. de Sartine regarda la carte, réfléchit un moment et demanda :

— Il est là ?

— Oui, monsieur.

— Avez-vous dit que j'étais en affaire et dans quelle affaire ?

— Oui, monsieur. Alors M. le duc a insisté. Il est venu précisément pour celle-là.

— Eh bien, faites entrer...

Et s'adressant à ses deux argousins :

— Vous, retirez-vous. On vous rappellera si c'est nécessaire.

Les deux hommes obéirent et je ne fus plus gardé que par les deux archers de la maréchaussée, qui même, sur un signe de leur chef, se retirèrent au fond du cabinet sans cesser de me surveiller.

Aussitôt, l'huissier annonça M. le duc d'Uzerche ; M. de Sartine s'avança vers lui avec empressement, et s'écria :

— Monsieur le duc, quel bon vent vous amène ici ?

A quoi l'autre, d'un air de gentilhomme accompli, aussi poli que hautain, répondit en lui tendant la main :

— Nous sommes seuls ?

— A peu près, dit le lieutenant de police. Cet homme est Théodore Marteau, l'épicier que vous savez...

— Bien ! répliqua le duc. Celui-là n'est pas de trop ; c'est pour lui que je viens.

— Et les autres ? demanda Sartine.

— Vous pouvez les renvoyer, je crois.

Ce qui fut fait sur-le-champ.

XXVI

Le départ des archers de la maréchaussée me rendit un peu de sang-froid et l'espérance de sortir sain et sauf des terribles mains où j'étais tombé. Je pus alors considérer à mon aise le nouveau venu.

M. Bernard de Ventadour, duc d'Uzerche, colonel des gardes françaises et capitaine par quartier des gardes du corps de Sa Majesté, était un gentilhomme bien fait, de taille moyenne, de tournure élégante et svelte, de haute mais agréable mine, aussi brave, disait-on, qu'aucun de sa race, et n'ayant que deux petits défauts, qui, d'ailleurs, ne font pas de tort à un grand seigneur.

Il tenait fidèlement sa parole à tout le monde, excepté à ses créanciers et aux dames.

Pourquoi ces deux exceptions? Je n'en sais rien. On m'a dit qu'elles faisaient partie du code des gens de cour, qui n'est pas le même que celui des pauvres diables.

En revanche, s'il avait promis à quelqu'un de tirer l'épée, rien ne l'aurait fait manquer à sa parole. Un grand et gros seigneur allemand, haut et fort comme un éléphant, ayant voulu lui disputer le cœur de la petite Ilus, de l'Opéra, et même ayant, devant la demoiselle, proféré des menaces, le duc d'Uzerche lui demanda d'un air riant :

— Monsieur, quel est votre nom ?

— Vous le savez bien, dit l'Allemand. Je suis *l*

comte de Steinberg-Wachenlohe, et ma famille
remonte à Otto le premier empereur d'Allemagne.

— Moi, répliqua le duc d'Uzerche, je descends de
Bernard de Ventadour, cousin germain de Charlemagne, dont le grand-père d'Otto cirait les bottes.

Et comme la petite Hus riait de toutes ses forces en
entendant cette généalogie, l'Allemand, furieux,
s'avança les poings fermés; mais l'autre, tirant son
épée, lui dit :

— Monsieur de Steinberg, monsieur de Wachenlohe,
monsieur de je ne sais quoi, il n'y a qu'un animal
qui puisse faire le matamore devant les dames pour
les effrayer et pour qu'elles se jettent entre les combattants; mais, parbleu! je t'apprendrai la politesse!
en garde!

Sur quoi, l'Allemand tira l'épée à son tour, et le
combat eut lieu dans la chambre à coucher de la
petite Hus, qui criait de toutes ses forces pour appeler le guet, car il était minuit, et elle avait grand'
peur. Mais cette peur ne dura pas longtemps.

Au bout de deux ou trois minutes Steinberg-
Wachenlohe tomba sur le tapis percé de trois coups
d'épée, dont le dernier le mit au lit pour six mois et
le rendit boiteux pour la vie, et le duc d'Uzerche fit
porter son ennemi à l'auberge la plus voisine et garda
le champ de bataille.

Il est vrai que peu de temps après il quitta la nym-
phe et qu'elle donna son cœur à un financier; mais
ils étaient, elle et lui, habitués à ces changements et
n'en restèrent pas moins bons amis.

Cette aventure et vingt autres de la même espèce
avaient rendu le duc d'Uzerche très-célèbre à Paris et
le faisaient redouter de tout le monde; car s'il tirait
l'épée contre les gentilshommes, il se servait d'armes
moins nobles avec les bourgeois, et le bruit courait
de certains enlèvements faits par fraude ou violence

qui auraient mené un homme ordinaire à la potence ou pour le moins aux galères.

Mais sa famille était bien en cour. Sa grand'mère avait été gouvernante du roi Louis XV, au temps où Sa Majesté salissait ses langes royales et ses augustes bavettes. De tels souvenirs ne s'oublient pas, et le favori du roi n'avait rien à craindre, même du parlement, excepté quand ce corps respectable était brouillé avec Sa Majesté, ce qui arrivait trois fois par an.

Généreux, du reste, et même prodigue, M. le duc répandait l'or pour ses fantaisies, ou pour celles de ses maîtresses. Il jetait facilement un écu à un pauvre homme; mais, pour rien au monde, il n'aurait donné un à-compte à son boulanger, à son boucher, à ses fournisseurs de toute espèce.

— Ces gens-là, disait-il souvent, quand on les paie, ça les multiplie et ça les fait pousser comme les blés.

Tel était le gentilhomme qui venait d'entrer chez M. de Sartine. Je ne le connaissais jusque là que de réputation, et, comme on en disait beaucoup de mal, je m'étais figuré voir un noble insolent, débauché, libertin, querelleur, toujours prêt à dégaîner... Mais, grand Dieu! que j'étais loin de la vérité!

— Monsieur Marteau, dit-il en se tournant vers moi, je suis venu pour demander votre liberté à M. le lieutenant de police.

— Oh! monseigneur!

Cette fois, ce mot de « monseigneur » était un cri du cœur.

Il venait demander ma liberté!... Était-ce possible!... Il me fit l'effet de l'ange qui apportait tous les matins son dîner au prophète Habacuc.

— Mon cher ami, continua-t-il en parlant à M. de Sartine, j'espère que vous ne me refuserez pas ce léger service?

L'autre fronça le sourcil. Il ne voulait pas me lâcher :

— Vous savez, monsieur le duc, que le nommé Marteau est accusé de choses très-graves, de rébellion contre le roi, de complicité avec l'assassin du baron de Bergues, de...

Le duc lui répliqua en souriant :

— Mon cher ami, vous n'en aurez que plus de mérite à me rendre ce service.

— Oui, dit le lieutenant de police, mais si messieurs du Châtelet me demandent compte de ma coupable indulgence, si messieurs du parlement, qui ne me veulent aucun bien, viennent au secours de messieurs du Châtelet, qu'arrivera-t-il?... Comment pourrai-je me justifier?

Le duc répliqua (oh! qu'il parlait bien ce duc!) :

— Sa Majesté vous soutiendra... Vous savez mon crédit près d'elle...

Le lieutenant de police poussa un profond soupir.

— Ah! dit-il, le parlement est bien hardi maintenant, et Sa Majesté est bien faible... Quand je pense qu'au temps de Louis le Grand, son prédécesseur, on avait beau envoyer de nouveaux édits et de nouveaux impôts à enregistrer, aucune de ces robes noires n'aurait osé broncher!... Les temps sont bien changés!

— Enfin, dit le duc, vous m'accordez la liberté de M. Marteau, n'est-ce pas?

— Monsieur le duc, je vous l'accorde, parce que je n'ai rien à vous refuser et que vous êtes le seul homme de France, après le roi, à qui je puisse faire une pareille concession; mais la justice a ses droits, vous le savez. A tout moment, Marteau peut être réclamé par elle comme complice de la rébellion de ce coquin de Rienquivaille et de l'assassinat du baron de Bergues...

(Je n'osais protester contre cette accusation absurde

de peur d'arrêter l'heureuse négociation de M. le duc
d'Uzerche.)

— ... Dans ce cas, continua Sartine, que répondrai-
je à messieurs du Châtelet? Dirai-je que j'ai cru Marteau innocent? Quelles preuves puis-je donner de son
innocence?

— Ma parole! répliqua noblement le duc d'Uzerche.

Décidément, ce gentilhomme avait été calomnié.
C'était un galant homme et un homme d'un grand
cœur, ami de la justice, ennemi de l'oppression et de
la tyrannie... J'allais le remercier, mais il me fit de
la main signe de me taire, et continua :

— Monsieur le lieutenant de police, M. Marteau est
mon ami!

Vraiment, rien ne peut rendre l'air de grandeur et
de simplicité avec lequel il prononça ces deux mots :
« Mon ami! » On aurait cru qu'il n'était ni duc, ni
colonel des gardes françaises, ni capitaine des gardes du corps, ni Bernard de Ventadour et d'Uzerche, petit-neveu de Charlemagne, ni rien, tant il
mit de grâce et de bonté dans ses paroles et dans
son geste.

Il me tendit la main; je m'écriai :

— Monsieur le duc! comment pourrai-je jamais
reconnaître vos bienfaits?

Il répondit avec bonté :

— En les acceptant, mon cher ami, en les acceptant
comme on fait entre amis; mais vous avez tort d'appeler ce que je fais pour vous « un bienfait; » c'est
un service, tout au plus. Est-ce que vous n'en feriez
pas autant pour moi dans l'occasion?

Je répondis tout confus :

— Oh! monseigneur, pouvez-vous comparer?...

Mais lui, sans m'écouter :

— Monsieur le lieutenant de police, vous m'accordez la liberté de M. Marteau?

L'autre répliqua d'un air de mauvaise humeur, comme un dogue à qui l'on arracherait un os :

(Hélas! c'est moi qui étais l'os!)

— Je ferai ce que vous voudrez, monsieur le duc ; mais vous, prenez garde de vous engager trop!... Vous savez que l'enquête continue sur l'assassinat du baron de Bergues et sur l'émeute de Saint-Jacques-la-Boucherie. Vous nous répondez de Marteau?...

— Comme de moi-même, dit le duc d'Uzerche.

— Prenez-le donc! s'écria M. de Sartine, et puissiez-vous ne pas vous repentir de votre générosité!

Sur ce mot, il signa un laisser-passer pour moi, le remit au duc, et nous sortîmes ensemble, lui calme et souriant, moi presque étouffé de joie.

XXVII

Nous traversâmes plusieurs galeries, des multitudes de corridors ; nous descendîmes et nous remontâmes sept ou huit escaliers. Têtard, le secrétaire du lieutenant de police, nous servait de guide.

Le duc d'Uzerche regardait tout d'un air indifférent. Moi, je regardais aussi ou j'avais l'air de regarder, mais je ne distinguais rien. La joie de revoir le soleil, le ciel, les rues, les passants, les boutiques me montait à la tête. Je m'étais vu si près d'être pendu ou enfermé pour la vie!

Quand nous fûmes enfin dans la rue, le duc me montra un carrosse attelé de deux grands chevaux normands et m'invita à m'y asseoir avec lui.

Je crus d'abord qu'il se moquait, et, après mille re-
merciments, je voulus prendre congé de lui; il ne
l'entendait pas ainsi.

— Mon ami, dit-il avec bonté, je ne vous quitterai
pas que je ne vous aie remis moi-même chez vous.

Je m'excusai en vain. Il fallut céder et monter en
carrosse.

Là, M. le duc d'Uzerche eut la bonté de me dire :

— Monsieur Marteau, mon ami, car vous êtes maintenant mon ami, je l'espère, et pour toujours...

— Oh! monsieur le duc, que de bonté!...

Il reprit en souriant :

— Je sais, mon ami, que vous aviez ces jours derniers une autre opinion de moi; mais je veux dissiper
à jamais vos soupçons, et c'est pour cela qu'instruit
par hasard du mauvais traitement qu'on vous faisait
subir, j'ai couru chez le lieutenant de police et je
vous ai fait mettre en liberté. Il ne me reste plus qu'à
vous rendre à votre charmante fille.

Il s'interrompit, appela un valet de pied qui se tenait sur le siége à côté du cocher, lui donna tout bas
un ordre et reprit :

— Avant tout, je viens d'envoyer ce garçon et d'a-
vertir Mlle Ninon que vous reviendrez dans une
heure, et que je vous accompagnerai. Dans l'intervalle, mon cher Marteau, je veux vous conduire
chez moi et vous donner une explication nécessaire.

Je le suivis. Pouvais-je faire autrement?

L'hôtel de Ventadour et d'Uzerche était situé sur le
boulevard extérieur, à deux cents pas des Invalides.

C'était une grande et vaste maison de forme anti-
que, bâtie par Bernard de Ventadour, compagnon de
guerre d'Henri IV. Ces deux noms se transmettaient
de père en fils dans la famille depuis cinq ou six cents
ans.

Parmi les Gascons qui suivirent leur chef à Paris

et firent fortune en même temps que lui, Bernard de
Ventadour était un des plus vaillants et des plus dé-
liés. Il se battait à Coutras contre les catholiques,
comme son roi. Il se convertit pour entrer dans Paris
sept ans après, comme son roi. Il épousa pour s'enri-
chir une fille de banquier florentin, comme son roi. Il
faisait le coup de pistolet avec le premier venu, comme
son roi. Il aimait les dames, comme son roi, et souvent les mêmes que Sa Majesté; de sorte qu'un jour
Henri IV, pour se venger, dit en plein Louvre, le
voyant à sa suite :

— Ce Ventadour est toujours sur mes talons.

À quoi l'autre répondit fièrement comme un vrai
Gascon qu'il était :

— Pardonnez-moi, sire. Vous étiez sur les miens à
la bataille d'Ivry, quand nous avons chargé ensemble
les Espagnols !

Réponse approuvée généralement par tous ceux qui
s'étaient fait blesser ou estropier au service du bon
roi.

C'est ce baron de Ventadour (on n'était alors que
baron dans la famille; plus tard on devint duc et pair)
qui fit bâtir l'hôtel au milieu d'un petit bois qu'il en-
ferma de murs et que, pour cette raison, les Parisiens
du voisinage appelèrent parc. Il avait quatre arpents
de superficie, ce qui est beaucoup, même à quelques
pas des Invalides.

Toutes ces choses m'ont été racontées plus tard avec
beaucoup d'autres qui peut-être n'intéresseraient personne; mais je ne connaissais le duc d'Uzerche que
de réputation le jour où je mis pour la première fois
le pied dans son hôtel; et franchement sa réputation
n'était pas bonne, et tous les bourgeois en disaient du
mal.

Aussi, je fus bien étonné, en voyant ce gentilhomme
de haut lignage qu'on disait parfois si insolent, me

traiter avec une politesse exquise, charmante, affec-
tueuse, et, loin de faire valoir le service qu'il m'avait
rendu en me tirant des mains du lieutenant de police, me tenir le discours suivant, que j'ai retenu
comme s'il datait d'hier :

— Mon cher monsieur Marteau, ne me remerciez
pas. Je n'ai fait que mon devoir... J'ai mille excuses à
vous présenter...

Je l'interrompis :

— Oh! monsieur le duc! Je ne sais de quoi vous
voulez parler...

— Vous ne le savez pas, mon ami, mais je le sais,
moi!... On m'a calomnié auprès de vous... On a dit
que j'étais amoureux de votre charmante fille...

— Oh! monsieur le duc, je n'ai jamais cru, je n'aurais jamais pu croire...

Il reprit :

— Eh bien, vous auriez eu tort, mon ami, de ne
pas croire... Il est vrai que j'étais amoureux de Mlle Ninon...

Cet aveu me confondit; comment! il aimait Ninon
et il osait me le dire, à moi son père!

Mais ce qui suivit m'étonna bien davantage.

Il prit ma main, la serra tendrement dans la sienne
et me dit :

— Comment ne l'aimerait-on pas, mon ami?... C'est
un ange!

Si mon orgueil de père était flatté de cet aveu, car
on n'est jamais fâché d'avoir un ange pour fille (quoique beaucoup de ces anges ne vaillent pas le diable),
je pensai pourtant que M. le duc aurait pu raconter
cela à tout autre qu'à moi et je répliquai assez vertement :

— Monsieur le duc, si vous n'avez pas autre chose
à me dire, faites arrêter votre carrosse et séparons-
nous...

Il me retint et s'écria :

— Que vous êtes prompt, monsieur Marteau! L'on m'avait bien dit que vous étiez le plus impétueux des hommes...

(Qui diable avait pu lui dire ce mensonge?)

... Mais vous dépassez tout ce qu'on m'a dit de vous. Écoutez donc, mon cher ami, écoutez-moi avec la bonté et la tendresse d'un père...

Il appuya sur ce dernier mot.

« Un père. » Que voulait-il dire? Que ma fille pourrait devenir duchesse? Pourquoi non? N'ai-je pas entendu dans *Nanine,* cette admirable comédie de M. de Voltaire, ce beau vers dit par un comte à propos d'une demoiselle de compagnie, presque une servante, qu'il veut épouser :

> Non, il n'est rien que Nanine n'honore.

Ninon, Nanine, est-ce que ça ne se ressemble pas? Ce qu'un comte a fait pour Nanine, est-ce qu'un duc ne peut pas le faire pour Ninon?

Mais les préjugés?

Ah! les préjugés! Est-ce que nous avons encore des préjugés dans notre siècle de lumières! Est-ce qu'une fille charmante, douce, bien élevée, de bonnes manières (car, à mon comptoir, il faut avoir de bonnes manières, si l'on veut contenter la pratique), une fille qui a les plus beaux yeux de tout le quartier Saint-Jacques-la-Boucherie, qui a pour père un bourgeois de bonne race (tous épiciers de père en fils depuis cinq cents ans, les Marteau!), une fille dont on ne peut dire que du bien, n'est pas du bois dont on peut faire les duchesses et même les princesses?

N'avons-nous pas vu le roi de France lui-même, le plus joli et le plus gracieux gentilhomme de son royaume, et peut-être de l'Europe entière, Louis XV le Bien-Aimé, épouser la fille d'un gentilhomme po-

lonais ruiné, une grosse dame plus âgée que lui de
sept ans, faite comme une cuisinière, sachant à peine
parler français, et qui passe tous ses jours à manger,
à boire et à dire son chapelet? Est-ce qu'il y a plus de
distance entre Ninon Marteau et un duc qu'entre
cette grosse Polonaise et un roi de France?

Pendant que je faisais ces réflexions, le duc d'Uzerche me dit :

— Mon cher Marteau, croyez-vous que je puisse
avoir sur votre charmante fille d'autres vues que celles qu'un père peut légitimement avouer? C'est la
main de Ninon que je vous demande, mon ami.

A cette demande inattendue et pourtant si naturelle, je ressentis plus d'étonnement que de joie. Quoique dans le fond de l'âme je trouvasse la chose bien
naturelle (quelle jolie duchesse que Ninon!) je n'osai
d'abord dire un mot, craignant qu'il ne voulût se
moquer de moi.

Mais il continua :

— Vous ne répondez pas, mon ami? Aurais-je ce
malheur que vous doutiez de ma sincérité?

Je répliquai alors d'un air sévère, et afin de savoir
s'il disait vrai :

— Monsieur le duc, je ne doute pas de vous; mais
deux fois déjà on a essayé d'enlever Ninon. La première fois, c'est vous-même qui l'avez fait; et sans
l'arrivée de Rienquivaille...

— Ah! mon ami, pardonnez-moi cet égarement!...
Oui, je l'avoue, ce jour-là je fus coupable; mais j'en
fus bien puni par le dédain et la résistance de Ninon
et même par ce coup d'épée que le spadassin dont
vous parlez me donna en trahison. Mais si vous saviez
de quels remords...

— Oui, monsieur le duc, mais la tentative d'hier qui a
coûté la vie à trois hommes?... On ne me trompe pas,
voyez-vous, moi! Si vous n'aviez eu que des vues

honnêtes et légitimes, est-ce que votre valet de chambre, — un misérable qui devrait être pendu, — et tous les gardes françaises qui le suivaient auraient osé mettre la main sur ma fille?

Alors il s'écria :

— Et vous avez pu me croire coupable d'une pareille infamie!... Monsieur Marteau, sachez donc la vérité tout entière... Après la rencontre des Tuileries qui, par bonheur, m'avait si mal réussi, je sentis toute l'horreur du crime que j'avais pensé commettre, et j'en eus des remords qui dureront autant que ma vie. Mais ces remords ne firent qu'augmenter ma passion. J'aimais depuis trois mois déjà votre fille adorable. Je la fis alors épier par des gens à moi... Ne vous indignez pas, monsieur Marteau; je n'appris rien de vous et d'elle qui ne redoublât mon désir de me rapprocher de vous et d'obtenir mon pardon. C'est alors que je résolus de l'épouser...

— Oui, monsieur le duc! Et pour preuve, vous avez écrit le billet que voici!

Je tirai de ma poche son propre billet que j'avais saisi dans les mains de Jacquot.

— Ah! s'écria-t-il avec émotion, ne voyez-vous pas les derniers mots et que j'offrais mon amour et mon duché? Peut-on trouver une preuve plus certaine de ma sincérité?

— Mais pourquoi écrire à Ninon, pourquoi ne pas vous adresser à moi, son père? Craigniez-vous qu'un duc et pair fût mal reçu dans la maison de Théodore Marteau?

— Eh! c'est ce titre même de duc et pair qui faisait mon malheur. L'amour vrai, monsieur Marteau, est bien délicat. Il s'effarouche d'un rien comme une biche dans les bois. Avant de vous demander la main de votre fille, je voulais la mériter, je voulais effacer le triste souvenir de notre première rencontre, je voulais être aimé d'elle enfin !... Pardonnez-moi si j'ai eu tort.

Tout cela était possible, après tout; mais le second essai d'enlèvement, comment pouvait-il l'expliquer ?

Il s'aperçut de ma défiance et ajouta :

— Quant au crime d'hier, je jure devant Dieu et devant les hommes que j'en suis innocent! C'est l'œuvre de ce misérable Jacquot, mon valet de chambre, qui a cru prévenir mes désirs, et qui, sans m'en avertir, voyant que j'adorais Ninon, s'est associé avec quelques autres bandits de son espèce, soldats de mon régiment, que je cherche partout pour les faire pendre... En apprenant ce matin son horrible exploit, j'ai voulu le livrer moi-même à la justice, mais il s'est enfui, et si jamais il reparaît devant mes yeux, je jure qu'il paiera cher son infamie.

Je ne répliquai rien, je réfléchissais.

— Me croyez-vous encore coupable, monsieur Marteau !

— Non, monsieur le duc. Mais je vous prie de ne jamais mettre les pieds dans ma maison.

Il parut consterné de cet arrêt et s'écria avec transport :

— Monsieur Marteau, mon ami, mon père, accordez-moi la main de Ninon !

Je répondis pour gagner du temps, car, après tout, il était jeune encore (trente ans à peine), beau, grand seigneur, élégant, plein d'esprit et pouvait plaire à Ninon, ce qui l'aurait fait duchesse et m'aurait débarrassé pour jamais de Rienquivaille :

— Monsieur le duc, je crois tout ce que vous dites ; mais nous autres, bourgeois, nous ne faisons rien sans réflexion. Je veux consulter mes amis, et particulièrement M. le vicaire de Saint-Merry, un saint prêtre, qui est confesseur de Ninon, et en qui j'ai

une confiance absolue... Ce qu'il me dira de faire, je
le ferai.

Cela parut le contrarier beaucoup.

— Consulter l'abbé! s'écria-t-il, y pensez-vous?...
Vous voulez donc rendre ce mariage public dès le
premier jour...

A mon tour, je fus indigné :

— Croyez-vous, par hasard, monsieur le duc, que
je consentirais à un mariage secret, et que ma fille...

— Que vous avez tort, s'écria-t-il, de me prêter une
pareille pensée, à moi qui voudrais montrer ma
chère Ninon à tout l'univers! Ah! mon ami, si vous
pouviez lire dans mon cœur! Mais il faut prévoir
tous les obstacles. Je ne demande pas d'épouser Ninon en secret. Loin de là, je veux que toute la cour
assiste au mariage et que le roi lui-même signe au
contrat...

— Eh bien! alors!

— Eh bien! rien ne se ferait, si le bruit de mon mariage était répandu d'avance; toute ma famille, qui
est orgueilleuse comme vous savez, fière de sa naissance et de ses titres, a le temps de prévenir Sa Majesté contre moi, contre Ninon, contre vous-même,
contre ce qu'on appellera peut-être une mésalliance!...
Et le roi, s'il le veut, peut tout empêcher, me mettre
à la Bastille, mettre Ninon dans un couvent et vous-
même dans la caverne d'où vous sortez à peine.

A ce souvenir si récent je frissonnai.

— Une personne surtout m'inquiète. C'est ma sœur,
la marquise de Latour-Maubrac, qui est immensément riche, qui est veuve et sans enfants, qui veut
me faire son héritier, qui m'aime tendrement, mais
qui veut me marier à sa guise... C'est elle surtout
qu'il faut gagner, et j'en réponds! Dès qu'elle verra
Ninon, elle sera gagnée. Au reste, je veux que vous
la voyiez vous-même. Nous sommes arrivés.

En effet, la grille du parc s'ouvrait et la voiture, au
bout de cent pas, s'arrêta devant le perron de l'hôtel.
Cinq ou six valets s'avancèrent avec empressement :

— Champagne, dit le duc, avertissez ma sœur que
je veux lui présenter un de mes amis.

XXVIII

Mme la marquise de Latour-Maubrac était à sa toilette et dans un déshabillé plein de grâce. Deux
femmes de chambre, lestes et jolies, lui présentaient
tour à tour la poudre, les mouches, les épingles, les
rubans et tous les brimborions d'une femme à la
mode.

Elle se tourna à demi pour voir M. le duc et moi, et
c'est alors que je la vis moi-même.

C'était une femme de trente ans à peu près, d'une
beauté voluptueuse et accomplie, quoiqu'un peu gâtée par le rouge et les mouches. Un port de reine,
une majesté ravissante, un air à la fois doux et su-
perbe, une taille souple et charmante, un peu épaisse
peut-être, mais assortie à toute la personne, je ne sais
quoi enfin de fier et de séduisant qui m'enchanta tout
d'abord : voilà Mme de Latour-Maubrac.

Un petit abbé, de ceux qu'on voit dans toutes les
grandes maisons, frais, joli, coquet, musqué, frisé,
était assis en face d'elle, d'un côté de la table à la toilette, et lui récitait des vers. Un petit chien caniche,
très-joli aussi et même plus joli en son genre que
l'abbé, l'admirait aussi et jappait par intervalle. Le

caniche et l'abbé servaient également à la distraire : mais le chien semblait préféré. Il ne recevait que des caresses et des compliments. L'abbé, sans être maltraité, paraissait moins heureux. Ses vers ne valaient pas sans doute les jappements de son rival.

En entrant dans la chambre de la dame, où je le suivais à une distance respectueuse le duc lui baisa galamment la main, comme si c'eût été la reine de Hongrie, et, se tournant vers l'abbé, qui s'était levé et le saluait profondément :

— Tiens, c'est vous, l'abbé ? dit-il. Que récitez-vous là ?

— Monsieur le duc, ce sont des vers qu'un de mes amis a faits en l'honneur de Mme la marquise.

— Un de vos amis, l'abbé ? Lequel, s'il vous plaît ?

Mme de Latour-Maubrac se mit à rire :

— Mettons que c'est l'abbé lui-même. Il est si modeste qu'il n'oserait peut-être pas vous l'avouer, quoiqu'il me l'ait dit tout à l'heure à moi-même.

— Ces vers sont jolis, je suppose ? demanda le duc d'Uzerche.

— Comment ne le seraient-ils pas ? Ils disent que je suis belle.

— Ah ! ah ! voyons cela, mon cher abbé.

Le poète tira de sa poche un petit rouleau de papier enveloppé d'une faveur rose, comme un cornet de bonbons, dénoua le ruban avec grâce, tendit un peu le jarret, se pencha du côté de la marquise et commença :

Doris...

Malheureusement, le petit chien, jaloux de l'abbé, se mit à aboyer avec tant de force, que la lecture fut interrompue.

La dame prit le chien sur ses genoux pour le faire taire, et, le caressant doucement de la main, lui dit à demi-voix :

— Tais-toi donc, Loulou, tais-toi donc. C'est de la poésie.

Mais Loulou n'aimait pas les vers ou peut-être il n'aimait pas l'abbé, et quand celui-ci voulut recommencer la lecture :

Doris...

Il aboya plus fort que la première fois.

— Loulou, dit sa maîtresse, je vous mettrai à terre. Loulou, si vous n'êtes pas sage, vous n'aurez pas de biscuit trempé dans du vin sucré ! Loulou, vous me fatiguez, à la fin !

Toutes ces menaces ne firent aucun effet sur Loulou. Alors la marquise le mit à terre, mais l'enragé petit animal se précipita sur l'abbé pour le mordre comme auteur de sa disgrâce, et le malheureux poète, n'osant se défendre à coups de pied, comme il en avait bonne envie, voulant encore moins laisser déchirer ses bas de soie, se trouva dans un tel embarras que la marquise, qui riait d'abord de toutes ses forces, finit par reprendre Loulou sur ses genoux et par dire :

— Mon cher abbé, vous me relirez un autre jour ces vers charmants... Quant à vous, ajouta-t-elle en se tournant vers son frère, vous n'y perdrez rien pour attendre. Mais, pour calmer votre impatience, sachez que l'abbé m'appelait Doris, qu'il me comparait à Diane dans les bois, à Vénus, plutôt sœur que mère des Amours, et qu'il regrettait de n'être pas Apollon pour chanter ma beauté, ou Mars pour me charmer. N'est-ce pas à peu près cela, mon cher abbé?

— En effet, oui, madame, répondit le poète d'un air embarrassé.

— Ah! ah! très-joli, l'abbé! dit le duc. Très-neuve surtout, la conclusion! Vous me la direz un autre jour, n'est-ce pas?

Sur ce mot, l'abbé prit congé.

Jusque là je n'avais pas soufflé mot, j'étais au fond de la chambre, à demi caché par un fauteuil, mais entendant tout et voyant dans la glace le charmant visage de la marquise qui, sans le savoir, me tournait le dos et paraissait uniquement occupée de se contempler elle-même.

Quand l'abbé fut parti, qu'elle salua d'un geste négligent mais gracieux, elle dit à son frère :

— Bernard, qu'avez-vous donc contre l'abbé? Vous l'avez renvoyé comme s'il était importun.

— Et vous, ma chère, quelle raison aviez-vous de le garder?

— Aucune. C'est un meuble de mon salon. Est-ce qu'un meuble vous gêne? Est-ce qu'on renvoie un meuble? Il vient ici tous les jours. Il fait des vers à ma louange, parce qu'il est amoureux de moi (ou du moins il le dit); il va les réciter dans tout Paris, parce qu'on n'est pas poète pour soi, mais pour son prochain, et parce qu'un poète s'étoufferait s'il gardait ses vers pour lui seul. Quand je veux le faire chanter, il chante; quand je veux le faire danser, il danse. A souper, au dessert, il a de l'esprit et il met tout le monde en gaieté. C'est lui qui va retenir ma loge à la comédie. Il est bon à tout, ce petit abbé. Ne me l'ôtez pas, je vous en prie... Qui sait d'ailleurs, s'il ne nous sera pas utile un jour? N'est-ce pas en faisant des petits vers pour les dames que M. l'abbé de Bernis est devenu cardinal et ministre des affaires étrangères? Qui sait ce que celui-ci deviendra?

Le duc répliqua :

— Comme il vous plaira, ma chère. Vos amis seront

toujours les miens. En revanche, je vous demande la pareille.

Puis se tournant vers moi, il me fit signe d'approcher, et d'un air sérieux, presque solennel :

— Madame la marquise de Latour-Maubrac, permettez-moi de vous présenter le meilleur de mes amis, M. Théodore Marteau, l'un des marchands les plus riches et les plus respectables de Paris.

Je saluai la dame avec tout le respect qu'on peut imaginer et dont elle était d'ailleurs parfaitement digne, car je n'avais jamais vu plus belle et plus séduisante créature.

Elle parut un peu étonnée, me rendit pourtant mon salut avec une grâce infinie et regarda son frère comme si elle cherchait à deviner quelque chose.

Mais il ne la tint pas longtemps en suspens.

— Ma chère sœur, dit-il, vous voyez ici, dans M. Marteau, l'homme envers qui j'ai eu les torts les plus graves, il y a trois semaines.

Je me hâtai de l'interrompre :

— Ne parlez pas ainsi, monsieur le duc; vous les avez réparés aujourd'hui de telle façon que je suis votre débiteur.

La belle marquise était de plus en plus étonnée.

Le duc reprit :

— Mon cher ami, si vous avez la générosité d'oublier mes torts, je dois d'autant plus m'en souvenir...

Alors il expliqua, en peu de mots, la tentative qu'il avait faite d'enlever Ninon trois semaines auparavant et le mauvais succès qu'elle avait eu. Il parla de son repentir sincère, et jura qu'il était parfaitement innocent du crime de la veille.

Tout ce qu'il désirait, c'était d'en retrouver et d'en punir les auteurs. C'était surtout, après avoir obtenu mon pardon, d'obtenir celui de Ninon elle-même, et d'être à jamais notre ami le plus sûr, le plus dévoué, le plus désintéressé... Heureusement l'occasion s'était présentée le jour même de me donner une preuve de cette amitié.

(Ici je l'interrompis pour raconter le service qu'il m'avait rendu en m'arrachant au lieutenant de police.)

Il continua en demandant pour moi l'amitié de sa sœur, qu'elle promit très-volontiers et avec sa grâce accoutumée, et il conclut en disant :

— Ma chère sœur, si vous voyiez Mlle Ninon, vous en seriez éblouie vous-même. Elle a tout l'esprit du monde, une beauté sans égale; elle est charmante, enfin... Au reste, vous la reconnaîtrez à première vue, car elle ressemble beaucoup à son père...

Il me flattait un peu, car on m'a toujours dit que j'avais le nez long et gros; or, le sien est droit, mince et délicat; que j'avais la bouche grande et le menton un peu fort, tandis que ses lèvres sont comme une cerise entr'ouverte; mais, au fond, cette prétendue ressemblance n'avait rien de désagréable pour moi, au contraire!

— Je veux que vous veniez la voir vous-même, avec moi, chère sœur, dit-il encore. Vous m'aiderez à obtenir mon pardon...

La marquise ne montra pas un grand empressement. C'était sans doute orgueil de race; je le crus du moins, et, en effet, une si belle et si grande dame ne pouvait guère rendre visite à la fille d'un épicier; mais son frère y tenait tellement et la pressa si fort d'y consentir que, pour lui épargner cet embarras, je crus bien faire en disant :

— Monsieur le duc, vos bontés me comblent; mais, puisque madame la marquise veut bien nous offrir son amitié, ce n'est pas à elle d'aller voir Ninon, c'est à Ninon de venir présenter ses respects à madame la marquise.

Mme de Latour-Maubrac fut de cet avis sans insister
beaucoup. Cependant elle montra quelque curiosité de
voir Ninon. Quant au duc, il en parut ravi, et s'empressa de louer mon idée qu'il trouva aussi « simple
qu'ingénieuse. »

Ce furent ses propres expressions, et, en effet, on
verra plus tard combien j'avais été simple et ingénieux
ce jour-là.

Il y eut encore quelques compliments réciproques
après lesquels la marquise rappela ses femmes et
se remit à sa toilette.

Quant au duc et à moi, nous prîmes congé d'elle
et nous remontâmes en carrosse, car il ne voulut pas
me quitter d'une semelle.

— Mon cher ami, dit-il, je ne veux pas que le soleil
se couche avant que Mlle Ninon ait entendu ma justification et m'ait tout à fait pardonné. Vivre avec la
pensée que je puis être haï d'elle ou méprisé me
serait impossible.

Voyant cette insistance fort explicable après tout, je
me laissai accompagner jusqu'au seuil de ma boutique, où j'entrai le premier, car d'abord j'étais chez
moi, et, de plus, M. le duc s'effaça modestement
pour me laisser passer.

XXIX

Ninon était assise au comptoir comme à l'ordinaire, mais elle avait les yeux rouges et paraissait
avoir beaucoup pleuré. Le bon vicaire de Saint-
Merry tâchait de la consoler et de la rassurer.

— Tu vois bien, mon enfant, disait-il, que ton père
est en sûreté puisque le laquais de ce duc d'Uzerche
est venu nous avertir que son maître l'avait fait
délivrer.

J'entrai à ce moment et Ninon se jeta dans mes
bras en poussant un cri de joie.

L'abbé m'embrassa à son tour bien sincèrement,
car il n'y avait pas de meilleur homme dans toute la
paroisse, et Jeannette, elle-même, perdant le respect,
me sauta au cou en criant :

— Ah! pauvre monsieur! Ah! pauvre monsieur!

Ninon, de son côté :

— Oh! papa! oh! papa, que je suis heureuse de
te revoir!

L'abbé ajouta :

— Nous sommes tous heureux, mon ami; nous
vous avions cru perdu, et déjà je pensais au moyen de
vous arracher...

Il n'y eut pas jusqu'à Minette, ma chatte, qui ne
parût comprendre le danger que j'avais couru, et qui
ne voulût, en se frottant doucement contre mes mol-
lets, prendre sa part de la joie commune.

Je dis alors au duc, qui restait un peu en arrière :

— Vous voyez combien d'heureux vous venez de
faire.

A ces mots, le bon vicaire ajouta froidement :

— C'est M. le duc de Ventadour et d'Uzerche qui
vous ramène ?...

— Trop heureux, monsieur l'abbé, d'avoir pu faire
rendre justice à un honnête homme, répliqua le
gentilhomme.

Puis, s'inclinant respectueusement vers Ninon, qui
le regardait d'un air d'étonnement et de défiance :

— Et plus heureux encore, mademoiselle, d'avoir
pu vous ramener monsieur votre père et de trouver
une occasion si favorable...

Avant qu'il eût le temps de terminer sa phrase, Ninon fit une révérence très-profonde, mais très-réservée, et le vicaire de Saint-Merry prit la parole :

— Monsieur le duc, une bonne action suffit pour racheter beaucoup de péchés.

Je crois que M. le duc s'attendait à des remerciements plus chaleureux; il me regarda comme pour me prier de venir à son secours, et, en effet, le service qu'il m'avait rendu valait-bien cela.

Je dis donc en quelques mots son crime, ses remords, son repentir, tout ce que je lui devais; et, sans révéler devant l'abbé la demande de mariage qu'il m'avait faite un instant auparavant, je laissai échapper quelques allusions assez fines à certains projets sur lesquels il n'était pas nécessaire de s'expliquer davantage...

Mais ces fines allusions ne produisaient pas grand effet. Ninon semblait penser à autre chose et ne m'écoutait pas.

L'abbé m'écoutait, lui, d'un air grave et presque sévère.

Je parlai alors de la belle marquise de Latour-Maubrac, sœur de M. le duc, et de la promesse que j'avais faite de lui présenter Ninon.

L'abbé fronça le sourcil. Alors M. de Ventadour lui dit avec une politesse exquise et caressante :

— Monsieur l'abbé, si vous vouliez avoir la bonté d'accompagner M. Marteau et Mlle Ninon, croyez que ma sœur, la marquise de Latour-Maubrac, serait charmée de vous connaître personnellement. Il y a longtemps déjà qu'elle en a témoigné le désir.

— Ah! vraiment, monsieur le duc! Et comment a-t-elle entendu parler de moi?

— Dans le salon de Mgr l'archevêque de Paris, répliqua le duc, on faisait le plus grand éloge de votre science profonde, de votre vertu éprouvée, de votre éloquence... Monseigneur, comme vous savez peut-être, est mon cousin germain et il a pour ma sœur une affection sans bornes.

Il lui disait, il n'y a pas longtemps, c'est elle-même qui me l'a raconté : « J'ai dans mon clergé deux ou trois hommes du plus grand mérite, qu'on a laissé vieillir jusqu'ici dans des fonctions obscures, respectables sans doute, mais peu dignes d'eux, — un surtout, — le premier vicaire de Saint-Merry... » (C'est bien vous, je crois ?...)

— Oui, monsieur le duc, c'est bien moi, répondit l'abbé qui commençait à se dérider.

— Ce premier vicaire, au dire de Monseigneur, ne serait pas déplacé dans un évêché de province...

— Oh! monsieur le duc!

— ... Mais, continua monseigneur, je veux le garder pour moi. La cure de Saint-Eustache est vacante par la mort du titulaire. Je crains seulement que par excès d'humilité chrétienne, et pour ne pas vouloir se séparer de son chef et son ami, le curé de Saint-Merry, qui veut le garder près de lui jusqu'à sa mort, il ne refuse une charge qui lui est due depuis si longtemps...

— La cure de Saint-Eustache! s'écria le bon vicaire de Saint-Merry; ne vous trompez-vous pas, monsieur le duc? Mgr l'archevêque a-t-il vraiment dit : Saint-Eustache?

— Il ne tiendra qu'à vous de vous en assurer, monsieur l'abbé, répliqua le duc. Venez demain vers trois heures à l'hôtel d'Uzerche avec Mlle Ninon et son père. La marquise se fera un plaisir de vous le confirmer de vive voix.

Cette fois l'abbé était gagné.

— J'irai, monsieur le duc, dit-il.

— Et vous viendrez aussi, mademoiselle Ninon? demanda le duc.

Comme elle hésitait à répondre, M. le colonel des gardes françaises lui prit respectueusement la main, la baisa et dit :

— Mademoiselle, ne me pardonnerez-vous jamais ? J'avoue que je fus criminel il y a trois semaines, mais votre père lui-même m'a pardonné. Serez-vous plus inflexible que votre père... Monsieur Marteau, veuillez parler en ma faveur... Se peut-il qu'une beauté si rare soit jointe à une dureté de cœur si étrange?...

Il levait les yeux au ciel avec émotion.

Il dit encore beaucoup de choses pour adoucir Ninon, et, vraiment, il parlait très-bien, ce beau gentilhomme. L'abbé, toujours occupé de la cure de Saint-Eustache, l'écoutait à peine. Pour moi, bien que le ressentiment de Ninon me parût très-naturel, je pensais comme Notre-Seigneur Jésus-Christ, qu'il faut faire à tout péché miséricorde.

Enfin elle répondit avec beaucoup de réserve et de modestie :

— Monsieur le duc, puisque vous regrettez...

— C'est-à-dire, mademoiselle, que j'aurai un regret éternel de vous avoir offensée...

— ... Puisque mon père le veut, continua Ninon, puisque monsieur l'abbé le trouve convenable, je ferai ce qu'ils m'auront ordonné de faire...

— Oh ! vous êtes un ange, mademoiselle, s'écria le duc. Je vais annoncer cette bonne nouvelle à ma sœur.

Et il sortit.

XXX

Quand le carrosse eut tourné le coin de la rue, Jeannette, qui s'était précipitée pour ouvrir la portière avant le valet de pied, rentra dans la boutique en poussant un cri de joie et regardant l'intérieur d'une bourse de soie brodée qu'elle tenait dans la main.

— Oh! regarde donc, ma petite Ninon! Des pièces d'or! Une, deux, trois, quatre, cinq, six, sept, huit, neuf, dix! Dix louis, mon enfant! Quelle journée!

Je demandai :

— Où donc as-tu pris ça?

Jeannette me regarda fièrement :

— Je ne l'ai pas pris, monsieur!... Je ne suis pas de ceux qui prennent, ni de ceux qui vendent à faux poids...

— Enfin, dit l'abbé, d'où te vient cet or? Est-ce d'un héritage?

— Non, monsieur, ce n'est pas d'un héritage, Dieu merci! Je n'hériterai jamais de personne, n'ayant ni tante, ni neveu, ni cousin, ni nièce, ni parents d'aucune sorte, excepté un vieux gredin d'oncle qui m'emprunta l'an dernier cent écus pour faire le commerce, — soi-disant, — des vieux habits, vieux galons, et qui les mangea dans la quinzaine. Le vieux peut bien vivre autant qu'il voudra et mourir quand ça lui fera plaisir. Je sais bien qu'il ne laissera pas beaucoup d'ouvrage aux notaires.

— Où donc, alors?

Jeannette releva la tête et me dit :

— Monsieur, près du feu l'on se chauffe... Les ducs amassent de l'argent en se chauffant près du roi, et moi j'en ramasse à mon tour en me chauffant près d'un duc.

L'abbé répliqua :

— C'est tout à l'heure que le duc vient de te donner cette bourse?

— Oui, tout à l'heure, pendant que j'ouvrais la portière.

— Et il ne t'a rien demandé en échange?

— Rien du tout, monsieur l'abbé! absolument rien!.. D'ailleurs qu'est-ce qu'il aurait pu me demander?... Je ne suis plus d'âge...

Elle riait.

— C'est bon, dit le vicaire de Saint-Merry.

Et, s'adressant à moi :

— Mon ami, dit-il, nous causerons de cela plus tard. Voudriez-vous monter avec moi dans votre chambre à coucher? J'ai quelque chose de grave à vous communiquer et qui vous intéressera, je suppose... Viens avec nous, ma petite Ninon, tu ne seras pas de trop. Il s'agit d'un de vos amis... Mais on peut être interrompu ici par les allants et les venants... Montons!

Ninon, qui brûlait d'envie de savoir la nouvelle, le suivit d'un pied léger.

Je dis à Jeannette :

— Toi, garde la boutique, et garde-toi des ducs. Un duc, vois-tu, c'est toujours un trompeur.

Mais Jeannette répliqua :

— Monsieur, si ce duc est un trompeur, pourquoi l'avez-vous amené ici? Qu'est-ce que j'ai à perdre, moi? Rien du tout. Mais vous avez votre fille...

Et, ma foi, je ne sus que répondre... Aussi, d'un air

pressé, je suivis le vieil abbé et Ninon, qui déjà
étaient dans ma chambre à coucher.

Quand je fus entré :

— Fermez la porte avec soin, mon ami, dit l'abbé.
J'ai une lettre des plus importantes à vous communiquer.

— De qui?

— De M. Jean-de-Dieu Rienquivaille, autrement
nommé don Gaspar de Mendoza y Alvarado y Gua-
darama y otros Montes...

En entendant ce nom redouté, je me sentis froid au
cœur.

Je m'écriai :

— Je ne veux plus le voir ni le connaître, ni recevoir ses lettres, monsieur l'abbé. Gardez celle-ci pour
vous. Depuis que ce Rienquivaille est entré dans ma
maison, auparavant si calme et si tranquille, tous les
fléaux de la nature sont venus s'y abattre en même
temps que lui.

Il entre l'épée à la main, les archers le suivent, il
se cache dans ma cave, il en sort, il se montre de nouveau, les gardes françaises se prennent de querelle
avec lui, la police le recherche, on m'arrête, un duc
me fait relâcher, on m'avertit que l'on me reprendra
si l'on veut, et on le voudra certainement, s'il reparaît
chez moi ou s'il m'écrit, ou si de quelque façon l'on
parvient à savoir que je lis ses lettres. Je ne veux plus
en entendre parler.

— Plus bas! dit le bon vicaire. Mon cher Marteau,
l'on pourrait vous entendre de la rue!

Je m'écriai de nouveau :

— Qu'on m'entende si l'on veut! Je voudrais que
tout Paris fût assemblé sous ma fenêtre pour savoir
ce que je pense de tous ces bandits, de tous ces brigands qui courent les rues et les carrefours, qui se
battent avec la police, avec la maréchaussée, avec

les officiers de Sa Majesté, et qui devraient tous
être pendus en place de Grève ou roués par la main
du bourreau !

Et, comme j'élevais la voix de plus en plus, Ninon
me dit :

— Oh ! papa, peux-tu confondre M. Rienquivaille
avec ces gens-là ? lui qui a deux fois risqué sa vie
pour moi !

Les larmes lui venaient aux yeux. Je l'embrassai
tendrement et je lui dis :

— Mon enfant, tu ne vois donc pas que ce Rienquivaille peut amener notre ruine ?... Après tout, est-ce
que je le connais, moi ? Est-ce que je sais d'où il
sort ?... On m'accuse de complicité...

— Oh ! pauvre père ! de complicité !... Mais tu sais
bien que ces gens-là ont menti, que tu n'es pas complice et que tu n'as jamais assassiné ni aidé à assassiner personne ! Tu le sais bien, n'est-ce pas ?

Et tout en parlant, Ninon s'asseyait sur mes genoux,
m'embrassait et me caressait le menton en riant :

— Voyons, papa, dis-moi que tu n'es pas un assassin, ni un complice d'assassin, ni rien de malhonnête !

Je répondis tout naturellement :

— Mais, non, ma chérie, tu le sais bien.

— Alors les gens de la police qui disaient ça en ont
menti !

— Certainement !

Elle se releva triomphante :

— Eh bien, pourquoi n'auraient-ils pas menti contre
M. Rienquivaille comme ils ont menti contre toi ?

— En effet ! en effet !

Ce raisonnement m'embarrassait... Tout à coup,
l'abbé me tira d'embarras en me disant :

— Alors, je puis vous lire la lettre ?

— Lisez, monsieur l'abbé, lisez ! Tout ce que vous
ferez sera bien fait.

XXXI

« MONSIEUR L'ABBÉ,

« Vous m'avez donné la permission de vous raconter ce qui m'est arrivé dans la soirée d'hier, après que je vous eus quitté dans le bois de Vincennes.

« Je vous écris du fond de mon souterrain, où, grâce à vous, j'ai trouvé un asile sûr et où personne, j'espère, ne viendra me chercher.

« Plus sûr qu'agréable, il est vrai, car je ne vois la lumière du jour que par un soupirail, et si ce n'était mon matelas, qui me sert tantôt à m'asseoir et tantôt à me coucher, je n'aurais que les dalles pour m'étendre et le mur de l'église pour appuyer ma tête. Béni soyez-vous, monsieur l'abbé, pour toutes vos bontés ! Sans vous, je serais peut-être au fond d'un cachot de ce Châtelet d'où l'on ne sort que pour aller en place de Grève. D'ici, du moins, je pourrai sortir quand le lieutenant de police aura perdu mes traces... »

Je demandai avec étonnement :

— De quelle église parle-t-il ? Où l'avez-vous caché, ce vaurien, monsieur l'abbé ?

Le bon vicaire me répondit avec sa douceur ordinaire :

— A quoi vous servirait de le savoir ? Avez-vous envie de le dénoncer ?...

— Oh ! monsieur l'abbé ! s'écria Ninon, pouvez-vous croire que papa soit capable...

J'avoue que sa question m'avait mis en colère, moi aussi, et je protestai que jamais, quelque chose que ce vaurien pût avoir faite...

— Il n'a rien fait du tout, répliqua le vicaire, si ce n'est vous rendre service à vous et à ma chère Ninon.

Ces paroles furent dites d'un ton si impérieux que je n'insistai pas. Après tout, que m'importait l'endroit où Rienquivaille s'était réfugié, pourvu que ce ne fût pas chez moi?

— Moi seul, continua l'abbé, je dois savoir où se cache ce jeune homme, qui vaut mieux que beaucoup de ducs, entendez-vous, mon cher Marteau?

Puis, reprenant sa lecture :

« ... Vous vous souvenez que je suis parti avec notre ami le quincaillier dans la voiture où les infâmes ravisseurs devaient transporter Mlle Ninon. Le cheval était de pur sang limousin et ne cessa de galoper qu'à la Bastille. où je descendis suivant vos sages recommandations; car le quincaillier, sans méchanceté (c'est le meilleur homme du monde), mais par plaisir de parler, aurait pu dire le lieu de ma retraite et me livrer ainsi à mes persécuteurs.

« Je mis donc là pied à terre, et je me traînai plutôt que je marchai vers l'église, ayant perdu beaucoup de sang, bien que mes blessures ne soient pas très-graves... »

Ici Ninon fit un geste d'épouvante.

— Rassure-toi, ma chère enfant, dit le vicaire. Depuis que j'ai reçu cette lettre je l'ai vu, dans la matinée. je l'ai même pansé: il va bien maintenant. Il est blessé à la cuisse. au bras et à la poitrine. mais il en sera quitte pour garder la chambre (c'est-à-dire le souterrain) pendant quatre ou cinq jours. Il a bon appétit d'ailleurs. et le gaillard n'est pas de ceux qui se laissent mourir.

« ... Le sacristain me reçut à merveille, me donna un matelas, me promit des draps pour aujourd'hui, et, ce matin, m'a donné du pain, du vin et du jambon, disant que l'ami de M. le premier vicaire de Saint-Merry ne devait manquer de rien, qu'il vous devait trop pour oublier jamais vos bienfaits et beaucoup d'autres choses qui ne m'ont pas étonné, car n'êtes-vous pas en tous lieux le protecteur et le père des malheureux?... »

L'abbé s'interrompit, tourna un ou deux feuillets de la lettre, qui était longue, et nous dit :

— Je passe quelques compliments et remerciements. Voici la suite :

« Par un hasard singulier et tout à fait heureux, je me trouvais en pays de connaissance chez le sacristain... Vous vous souvenez de la petite émeute qui m'a conduit chez M. Marteau et qui m'obligea à m'y réfugier pendant quelques jours. Vous aviez vu aussi cette petite fille charmante que les gens de la police voulaient enlever, et que je leur arrachai à coups d'épée, ce qui a manqué de me faire pendre ?... Eh bien ! cette petite fille était celle du sacristain.

« Elle m'a reconnu tout d'abord, en même temps que sa mère, et a crié :

« — Maman, voici M. Rienquivaille qui m'a sauvée samedi de l'autre semaine.

« Vous jugez de la joie du père et de la mère. L'un et l'autre ont voulu tout d'abord me céder leur chambre et se mettre à mon service. Je les en ai empêchés. J'ai expliqué que j'avais une autre affaire sur les bras, qu'il fallait avant tout me cacher...

« Alors le bon sacristain m'a dit : Monsieur Rienquivaille, vous avez manqué de vous faire tuer pour mon enfant ; je me ferai tuer pour vous, s'il le faut... Je mettrais le feu à l'église plutôt que de dire un mot qui pût vous compromettre, et si la police vient vous chercher ici, n'ayez pas peur, j'ai des amis dans le quartier, et nous avons tous bon bras à la manche ; ça ne se passera pas comme ça !

« Vous voyez, monsieur l'abbé, que votre protection m'a porté bonheur. Maintenant, dites-moi, je vous prie, ce qui est arrivé après mon départ, si l'on est resté tranquillement au logis, si M. Marteau se porte bien, si Mⁿᵉ Ninon n'a pas souffert des émotions d'hier... »

L'abbé tourna encore un ou deux feuillets et dit tout à coup :

— Le reste n'intéresserait pas Ninon.

En même temps, il me faisait signe de l'œil que rien au contraire n'était plus intéressant, et qu'il avait quelque chose à me dire en particulier ; mais Ninon, qui vit le signe et qui était curieuse, ou qui peut-être devinait le reste de la lettre, ne voulut pas redescendre dans la boutique, comme je l'y engageais.

J'avais beau lui dire :

— Mon enfant, il n'y a personne au comptoir. Elle répondit :

— Papa, il y a Jeannette.

— Jeannette ne sait ni lire, ni écrire. Elle s'embrouillera dans ses comptes.

— Elle ne s'embrouillera pas !

— Elle s'embrouillera, mon enfant, et tu ne pourras plus la débrouiller.

— Eh bien, papa, si elle s'embrouille, tant pis ! Je ne veux pas quitter monsieur l'abbé !

Le bon vicaire essaya de la renvoyer à son tour. Mais Ninon avait « sa tête, » tout à fait celle de sa mère, ma pauvre défunte, et ne cédait jamais.

— Puisque c'est ainsi, dit l'abbé, puisque les parents font la volonté des enfants, puisque le monde est renversé, vous allez tout savoir, et toi la première, petite mule du Poitou !

Il plongea ses mains dans ses larges poches, en tira d'abord un mouchoir à carreaux rouges, puis son bréviaire, puis son étui à lunettes, puis son chapelet, puis quelques autres petits objets, et enfin un papier roulé qui nous intrigua beaucoup, car après cela il n'y avait plus rien.

Ninon avança la main pour saisir le rouleau, mais le bon abbé le cacha derrière son dos et dit :

— Avant tout, mon cher Marteau, il faut que vous sachiez que la lettre dont je viens de vous donner lecture m'a été remise ce matin par le sacristain...

— De Saint-Merry ?

— Non... de l'église dont je ne veux pas vous dire le nom... Naturellement, je suis allé voir le blessé et lui donner de vos nouvelles.

Ninon, pleine de joie, lui prit la main, et lui dit :

— Oh ! monsieur l'abbé, je savais bien que vous ne l'abandonneriez pas, vous !

Et elle me jeta un regard de reproche. Ces petites filles s'enflamment pour un rien, et pourvu qu'un chenapan soit joli garçon (j'avoue que Rienquivaille l'était), elles en font tout de suite un héros.

L'abbé, qui la regardait en souriant, reprit :

— J'ai eu le plaisir de voir qu'il se portait mieux que jamais... au moral, du moins, car il avait d'ailleurs perdu beaucoup de sang, mais il mangeait et buvait de grand appétit. Il m'a tendrement embrassé, remercié, juré qu'il ne craignait rien, qu'il n'avait assassiné personne ; il m'a raconté toute son histoire, et enfin, quand j'allais sortir, il m'a remis le papier que voici et que je ne voulais pas montrer à Ninon.

Ninon s'empara du papier, le regarda une seconde à peine et s'écria de joie :

— Oh ! papa, c'est mon portrait ! Vois donc comme il est ressemblant !

En effet, c'était le portrait de ma fille, — ressem-

blant et charmant, — si ressemblant que j'en fus
ébloui d'abord et qu'ensuite un soupçon me vint à
l'esprit et m'inquiéta beaucoup.

— Quand donc as-tu posé, Ninon?

— Moi, papa! jamais!... Il aura travaillé de mémoire.

— Probablement, dit le vicaire de Saint-Merry, qui,
peut-être, n'en était pas plus persuadé que moi.

Le portrait fait au crayon seulement représentait
Ninon à sa fenêtre, accoudée, levant les yeux au ciel,
dans lequel on apercevait un coin de la lune à demi
cachée par la tour Saint-Jacques-la-Boucherie.

Je ne me connais pas en peinture et je ne saurais
pas dessiner un nez, pas même celui du premier marguillier de Saint-Merry, qui, pour la forme et la couleur, ressemble à une énorme carotte; mais je vois ce
qui est beau, et je le dis. Eh bien, ce portrait était
une merveille. La lune, la tour, Ninon, tout était
d'une ressemblance frappante.

— Que dites-vous de ça? demanda l'abbé.

— Je dis que je le garde... Est-ce que je vais laisser
le portrait de ma fille aux mains de ce vaurien!

— Mais, mon ami, ce portrait n'est pas votre pro-
priété; c'est la sienne.

— Eh bien! je le paierai... Combien ça vaut-il?...
Trente sous, peut-être... Le papier ne coûte pas cher,
le crayon non plus; quant au travail, je connais ce
garçon; il n'a pas dû se fatiguer beaucoup. Il tra-
vaille si facilement!

Et comme l'abbé gardait le silence et paraissait mécontent.

— Voyons, est-ce trop peu? Fixez vous-même le
prix. Cinquante sous, trois francs cinquante...

Il secoua la tête.

Tout à coup Ninon saisit le portrait, courut à la
porte de la chambre et dit en riant:

— Monsieur l'abbé, je le prends pour rien, moi !...
Papa, je descends. Tu me retrouveras au comptoir.
Tu avais raison tout à l'heure. Jeannette doit s'em-
brouiller dans ses chiffres.

Et sans attendre ma réponse elle disparut.

J'allais la suivre et reprendre le portrait, mais le
vicaire me retint et me dit gravement :

— Restez, Marteau ! Cette enfant a bien fait de partir. J'avais besoin de vous parler seul à seul.

J'obéis, car M. l'abbé n'était pas de ces gens impor-
tants qui se font de fête sans en être priés et qui
prennent des vessies pour des lanternes. Quand il
parlait, c'était une preuve qu'il avait quelque chose à
dire.

Je l'écoutai avec attention.

— Mon ami, dit-il, avez-vous observé Ninon ? Savez-vous qu'elle est bien avancée pour son âge ?

— Comment ? que voulez-vous dire ?

— Ce n'est plus une enfant, Marteau ; c'est une
jeune fille à marier, quoique bien jeune encore !

Je demeurai confondu.

— Comment, déjà ?

— Oui, déjà ! et même, s'il faut tout dire, son cœur
a déjà parlé.

— Pour qui ?

Je ne le savais que trop depuis la veille, mais je
voulais que le bon vicaire confirmât mes craintes.

— Eh bien, dit-il, elle aime Rienquivaille : j'en suis
sûr.

— Comment ! ce vaurien, ce polisson, ce bandit !...
Une Marteau épouserait un Rienquivaille, le fils d'un
pendu, qui sera pendu lui-même quelque jour, si le
roi lui fait justice, un bretteur, un spadassin, un comédien, un poète, un peintre, un je ne sais quoi, car
il ne connaît que les métiers qui ne servent à rien ni
à personne.

Le bon vicaire me laissa parler et même crier assez longtemps, puis il répliqua :

— Mon ami, c'est déplorable, mais Dieu l'a voulu ainsi ; soumettez-vous à sa volonté sainte.

— Je ne me soumettrai pas, monsieur l'abbé ! Ninon n'aura jamais mon consentement !

— Tant pis ! tant pis ! dit-il en secouant la tête. Mais ce ne sont pas mes affaires. Adieu !

Je le retins encore :

— Allez-vous voir demain Mme la marquise de Latour-Maubrac ?

— J'irai, dit-il. Mais vous, Marteau, attendez un peu avant d'y conduire Ninon. Laissez-moi d'abord voir quelle est cette marquise.

Je m'écriai :

— Monsieur l'abbé, elle est charmante !

— C'est possible, mon ami ; mais la reine Cléopâtre aussi était charmante, et cependant c'était une grande pécheresse.

Sur ce mot, il sortit.

Je le suivis dans l'escalier et lui criai :

— Quitterez-vous Saint-Merry pour Saint-Eustache ?

— Ah ! dit-il, en soupirant, ce sont deux bien grands saints ! Au reste, il en sera ce que Dieu voudra

XXXII

Trois jours après, je vis reparaître notre ami le vieux vicaire de Saint-Merry. Il était rayonnant.

— Ah ! mon cher Marteau, me dit-il, quelle femme que Mme la marquise de Latour-Maubrac ! Quelle

grâce! quelle piété! quelle merveilleuse créature de
Dieu! Si vous saviez comme elle m'a reçu!...

Je l'interrompis :

— N'est-ce pas qu'elle est bien belle ?

— Belle! Je ne sais pas... Dans ma jeunesse, je n'ai
jamais regardé le visage d'une femme, de peur de
contrevenir à la loi de Dieu; et, depuis longtemps,
je puis les regarder toutes sans émotion. Que la marquise soit belle ou laide, je n'en saurai jamais rien,
et si vous m'en croyiez, Marteau, vous ne le sauriez
pas davantage.

Il disait la vérité, le bon vicaire. Je crois qu'il
n'avait jamais regardé en face une seule fille d'Ève,
si ce n'est peut-être sœur Phrasie-des-Anges, sainte
religieuse dont la laideur égalait la vertu et surpas-
sait tout ce qu'on peut imaginer, et peut-être même
ne la regardait-il que par esprit de pénitence.

Il reprit :

— Elle m'attendait, à ce qu'il paraît, et même elle
vous attendait aussi avec Ninon. Mais je vous excusai
sur vos occupations et sur la nécessité de garder la
boutique; car, après les bruits que votre arrestation
avait fait courir dans le quartier, il n'aurait pas été
prudent qu'on ne pût pas vous voir soir et matin dans
la maison. Votre crédit en aurait souffert. Elle eut la
bonté de se contenter de ces raisons et me dit :

— Monsieur l'abbé, mon frère m'a parlé de vous,
de vos vertus, de votre éloquence... Je savais déjà,
de bonne part, que Mgr l'archevêque a les yeux sur
vous... Consentiriez-vous à prendre la cure de Saint-
Eustache ?

Le vicaire fit une pause et demanda :

— Voyons, Marteau, qu'auriez-vous fait à ma
place?

Là, je réfléchis un instant. Car, qui sait ce que ce
saint homme pouvait penser? Il m'avait dit si sou-

11

vent que les biens de ce monde doivent avoir peu de prix aux yeux d'un vrai chrétien ! Peut-être, pour se mortifier lui-même, avait-il refusé ?

Cependant, la vérité l'emporta :

— A votre place, monsieur l'abbé, j'aurais accepté, moi !

— Et moi aussi, j'ai accepté, dit le saint prêtre en riant. Le pasteur se doit à son troupeau, et plus le troupeau est nombreux et riche, plus il est exposé à la dent des loups, je veux dire à la tentation des vices, et plus le pasteur doit être ardent à veiller sur lui.

— Alors, l'affaire est faite ?

— Ma foi, oui, Marteau. Je crois que je serai curé de Saint-Eustache, ou plutôt je le suis déjà ; car Mme de Latour-Maubrac, qui n'attendait que mon consentement, m'a conduit hier matin dans son carrosse, — dans son propre carrosse, ami Marteau, — chez Monseigneur, qui m'a reçu avec une grâce vraiment épiscopale, et qui m'a dit :

« Mon cher abbé, je vous remercie d'avoir accepté une charge aussi lourde. J'avais hésité longtemps à vous la proposer ou, pour mieux dire, à vous l'imposer ; mais Mme la marquise ayant répondu de votre obéissance, je n'hésite plus. Vous serez curé, mon cher ami, et vous prendrez possession de votre siége dimanche prochain... Cela vous convient-il ? Préférez-vous attendre encore quelques semaines ? »

J'ai répondu que j'étais aux ordres de Sa Grandeur, et que, si la paroisse de Saint-Eustache, depuis longtemps privée de son chef, avait besoin de moi, j'étais tout prêt à entrer en fonctions, quoiqu'il fût fort à craindre que cette charge ne fût bien lourde pour mes épaules.

Là-dessus, Monseigneur a loué ma modestie et signé mon brevet.

Le voilà !

En même temps, l'abbé me montra un parchemin marqué de plusieurs cachets énormes et des armoiries de Sa Grandeur.

Il ajouta (car le saint homme n'était pas exempt de toutes les faiblesses humaines) :

— C'est le curé de Saint-Merry qui va être étonné ! Je sais qu'il avait toujours désiré Saint-Eustache, qui est une bonne paroisse, la meilleure peut-être de Paris, la paroisse des dames de la halle ! Vous n'avez pas d'idée, mon cher ami, de leur piété et de leur générosité.

Tout ce qu'elles ont de meilleur en fruits, en légumes, en poissons, en primeurs, en salaisons, va droit chez le curé, et quand il veut payer, elles se mettent en colère, elles crient, elles demandent s'il veut les offenser, s'il ne veut rien accepter d'elles. J'ai vu le défunt curé se fâcher parce qu'elles faisaient des tas de provisions devant sa porte et que ça encombrait la rue. Les voisins ne pouvaient plus passer...

Il me donna encore beaucoup de détails sur les profits et les revenus de la cure qui montaient à deux cent mille francs nets et liquides, deux cent mille francs en or et argent.

A la fin, car, s'il n'était pas fatigué de parler, je l'étais, moi, d'écouter, je lui dis :

— Comme ça, monsieur le curé, vous êtes content ?

— Mon Dieu ! je le suis et je ne le suis pas !... Du côté des biens temporels je n'ai plus rien à désirer, ce qui est bien doux quand on a passé sa vie avec huit cents francs de rente (car le curé de Saint-Merry ne m'en laissait pas davantage), mais du côté des âmes, quel fardeau, mon ami ! Ramener à la vertu ceux qui s'en écartent, maintenir dans le droit chemin ceux qui voudraient s'en écarter, donner le bon exemple, — qui peut se flatter d'y réussir?

Il poussa un profond soupir, et prit le bouton de la porte ; puis, tout à coup se ravisant :

— A propos, dit-il, j'oubliais... Qu'est devenue ma chère Ninon? Je ne l'ai pas vue tout à l'heure en entrant dans la boutique.

XXXIII

Je fus très-étonné. Ninon passait les trois quarts de la journée au comptoir, et le dernier quart dans sa chambre ou dans l'arrière-boutique. C'était grand hasard quand elle faisait sans moi cinquante pas dans la rue.

Je répondis donc :

— Vous n'avez pas bien regardé, monsieur le curé. Elle doit être à son comptoir.

Et je l'appelai :

— Ninon! Ninon!

Au même instant, je regardai par la fenêtre et je la vis s'avancer d'un pas joyeux et précipité, habillée de sa robe des dimanches, peignée comme je ne l'avais jamais connue, excepté dans le portrait que l'abbé m'avait montré l'avant-veille, c'est-à-dire à la grecque, à la romaine, à je ne sais comment, plus jolie aussi que jamais, de sorte que je ne savais pas si je devais être content et l'embrasser ou me mettre en colère.

— Eh bien, la voilà, dit l'abbé.

Nous descendîmes dans la boutique juste au moment où elle rentrait.

— D'où viens-tu? lui dis-je brusquement.

Elle répondit en rougissant un peu :

— De faire une neuvaine à Saint-Eustache, papa.

— Ah! ah! reprit le vicaire, c'est très-bien, cela, et saint Eustache est un grand saint. S'il intercède pour toi, Dieu n'a rien à lui refuser. Voyons, qu'as-tu demandé à saint Eustache?

Ninon le regarda fixement dans les yeux et répondit :

— Monsieur l'abbé, j'ai demandé à ce grand saint qu'il donnât un bon curé à sa paroisse.

— Ah! ah! reprit l'abbé en riant; et qu'est-ce qu'il a répondu?

— Que c'était fait, monsieur l'abbé, et que nous en serions bien fâchés dans la paroisse de Saint-Merry, parce que nous perdrions le meilleur de tous les vicaires!

— Ah! petit serpent! langue dorée! s'écria le bon abbé. Ça n'a que dix-sept ans, et ça sait déjà entortiller le prochain, le flatter, l'amadouer, le tromper, le conduire par le chemin fleuri de l'orgueil dans les cavernes souterraines de l'enfer!... Qui t'a dit cette nouvelle, perfide petite Ninon?... qui t'a parlé de ce malheureux vicaire? Dis!...

— Mon Dieu! monsieur l'abbé, tout le quartier Saint-Eustache en parle déjà et fait votre éloge, et dit que vous êtes un saint homme, et que, si l'on vous avait rendu justice, depuis longtemps vous seriez évêque. Mais, si vous voulez le savoir, je tiens cette nouvelle du sacristain.

Ici, le vicaire s'écria :

— Comment! tu as vu le sacristain! Qu'avais-tu à faire avec le sacristain de Saint-Eustache!

Ninon rougit beaucoup et finit par répondre :

— Je voulais acheter des cierges et demander le prix des messes.

Cette réponse me surprit. Pourquoi faire des neuvaines à Saint-Eustache ? Pourquoi acheter des cierges ?

Je m'aperçus alors qu'elle était tout autrement peignée que le matin et je demandai sévèrement :

— Qui est-ce qui t'a peignée aujourd'hui ?

Elle répondit toute troublée :

— Moi, papa ! personne !... Je me suis peignée moi-même. Est-ce que tu me trouves laide comme cela ?

Et elle s'avança pour m'embrasser, et peut-être aussi pour me cacher qu'elle devenait plus rouge qu'un coquelicot.

XXXIV

Pendant que Ninon appuyait sa tête sur ma poitrine, et que je me penchais pour la regarder, j'aperçus tout à coup, sortant de sa poche, un papier d'une espèce particulière.

Il faut dire qu'étant homme d'ordre, épicier, papetier, non-seulement je connais toutes les espèces de papier, mais je ne me sers que d'une seule, la meilleure et la moins chère, bien entendu. Je réserve les autres pour mes pratiques. Or, ce papier ne ressemblait pas au mien ; il venait donc du dehors. Mais d'où ?

Sans dire un mot, d'un geste prompt, je le retirai vivement de la poche de Ninon, qui poussa un cri et voulut le reprendre.

— Qu'est-ce que c'est que ça, Ninon?

Elle essaya de répondre avec assurance :

— Papa, c'est quelque chose qui ne te regarde pas !... Rends-moi ce papier; a-t-on jamais vu des pères qui lisent les lettres adressées à leurs filles?

— Ah! ah! c'est une lettre! Et de qui, s'il vous plaît, mademoiselle?

Elle baissa la voix et répondit doucement :

— De quelqu'un que tu n'aimes pas.

— De ce maudit Rienquivaille, n'est-ce pas?

— Tu vois bien, papa, tu te mets en colère avant de savoir ce que c'est !

Le bon abbé qui nous regardait tous deux, — Ninon surtout, — avec la plus grande attention, intervint alors et dit :

— Mon ami, voyons d'abord ce que c'est... Après, nous verrons s'il faut se fâcher ou pardonner... Mais d'abord, petite masque, qui t'a remis cette lettre?

Ninon parut embarrassée.

— Vous me promettez, dit-elle, monsieur le curé, que vous ne vous fâcherez pas?

— Je le promets.

— Eh bien, c'est la petite fille du sacristain de Saint-Eustache.

— Bon, dit l'abbé, je suis bien aise de le savoir. Le sacristain aura bientôt son congé.

Alors Ninon demanda la grâce de l'enfant. Elle n'a que sept ans, dit-elle, et M. Rienquivaille lui a fait jurer de ne rien dire à ses parents...

— Quant à lui, ajouta l'abbé, c'est une chose abominable que d'employer une enfant si jeune à porter des lettres d'amour... car c'est une lettre d'amour, je lo parie !...

— Mon Dieu, monsieur le curé, répliqua naïvement Ninon, je n'en sais rien, je ne m'y connais pas. Quand vous l'aurez lue, vous me le direz.

— Lisons donc, reprit le saint prêtre.

Et nous lûmes, en effet, dans l'arrière-boutique. Voici ce qu'écrivait ce chenapan :

« Chère Ninon,

« La petite fille qui vous remettra ce billet ne sait que deux choses, l'une qu'elle doit vous le remettre en mains propres et quand vous serez seule, et l'autre qu'elle ne doit en parler à personne, pas même à ses parents... D'ailleurs, elle ne sait ni lire ni écrire. Notre secret ne courra donc pas les champs.

« Je suis caché dans un souterrain de l'église Saint-Eustache. Le bon abbé qui m'a procuré cet asile avec l'aide du sacristain vient me voir tous les soirs après la nuit close, et me donne des livres, de bons conseils, du papier, de l'encre, des crayons, enfin tout ce qui pourrait m'aider à vivre, si je pouvais vivre sans vous voir.

« Dans l'intervalle, le sacristain, sa femme et leur petite fille viennent aussi, tantôt l'un, tantôt l'autre, me tenir compagnie. Je me désespère d'être aussi éloigné de vous, mais je me console en rêvant à vous, en faisant des vers pour vous, en me souvenant de cette délicieuse parole que vous m'avez dite dans les bois de Saint-Mandé, un peu avant l'arrivée de votre père, « *que vous m'aimiez et que vous n'aimeriez jamais que moi.* » Ange du ciel, descendu sur terre pour charmer les mortels, êtes-vous encore dans ces sentiments ? Dois-je espérer, dois-je croire que votre cœur sera éternellement attaché au mien et votre vie à la mienne ?

« Ce matin, j'ai appris une grande et heureuse nouvelle. M. le vicaire de Saint-Merry vient d'être nommé curé de Saint-Eustache. On dirait que le ciel lui-même vient à mon secours, car cet homme excellent,

à qui je dois presque la vie, sera mieux que jamais
en état de me protéger contre mes ennemis.

« Mais ce qui vous étonnera le plus, c'est qu'il doit
lui-même sa cure à M. le duc d'Uzerche et à sa sœur,
la marquise de Latour-Maubrac. Je tiens ce détail du
sacristain qui l'a reçu lui-même du valet de chambre
de Mgr l'archevêque de Paris.

« Voici donc ce qu'a dit le valet de chambre pour
qui Sa Grandeur n'a pas de secrets, et qui, d'ailleurs,
suivant l'usage de sa profession, écoute derrière toutes
les portes, regarde par le trou de toutes les serrures
et lit toutes les lettres aussitôt que Monseigneur a le
dos tourné.

« Après le mauvais succès de ses deux tentatives
d'enlèvement, — car vous ne doutez pas, ma chère
Ninon, que la seconde n'ait été faite par ses ordres,
comme la première fut faite par lui-même, — M. Bernard de Ventadour, duc d'Uzerche, n'osant plus employer la force, essaie de la ruse... Grâce au crédit dont
il jouit à la cour, voyant le roi cinq ou six fois par
semaine, assistant à ses soupers, appuyé d'ailleurs de
sa sœur, une veuve charmante qui fait ombrage à
Mme de Pompadour, il tient dans sa main M. de Sartine, le lieutenant de police, et le fait agir comme il
lui plaît (à charge de revanche, bien entendu).

« C'est à cette entente de deux bandits, — le duc et
le lieutenant de police, — que votre père doit d'avoir
été arrêté, puis relâché dans la même journée. Ils
s'étaient partagé les rôles. Le policier était chargé
d'effrayer ; l'autre, de rassurer. Quant au prétexte, on
a pris le premier venu, celui qui pouvait le mieux
agir sur l'esprit un peu faible de votre père. (Chère
Ninon, excusez ma franchise. Je connais la bonté, la
sagesse, la droiture de M. Marteau, mais peut-être
sa fermeté n'est-elle pas au niveau de ses autres
vertus.) »

11.

Ici j'interrompis ma lecture avec indignation, et je dis à l'abbé :

— Vraiment, monsieur le curé, comment trouvez-vous ce polisson de Rienquivaille qui a l'air de me ménager par égard pour ma fille?

— Allons jusqu'au bout, répliqua l'abbé. Nous apprendrons peut-être bien des choses... Maintenant que j'y pense, l'entente de M. d'Uzerche et de M. de Sartine me paraît bien vraisemblable, et alors beaucoup de choses deviendraient, pour moi, plus claires que la lumière du jour. Continuez, mon ami, continuez!

« On a donc dit que j'avais assassiné M. de Bergues, mon capitaine, et que votre père, chez qui je cherchai un asile, était forcément mon complice... Moi, un assassin!... Ah! Ninon, âme de ma vie, pourriez-vous le croire?

« Ce qui s'est passé entre M. de Bergues, mon capitaine et moi, n'a rien que je ne puisse raconter en public et avec honneur devant tous les tribunaux civils et militaires de France.

« J'étais depuis un mois sergent dans la compagnie de M. de Bergues, du régiment d'Artois, en garnison à Tours, lorsqu'une chanson a couru qui se moquait de lui ; dans quels termes, je n'ai pas besoin de vous le dire, une chanson de soldat n'est pas faite pour vous, ma chère Ninon... Un soir qu'on la chantait dans la caserne, le capitaine entra furieux et demanda qui l'avait faite.

« Personne ne répondit, et même on aurait eu bien de la peine à répondre, car l'auteur ne s'était fait connaître de personne.

« Par malheur, si l'auteur de la chanson n'était connu de personne, je l'étais, moi, de tout le régiment (pardonnez cette fierté à un poète) ; il s'avance vers moi et me crie en fureur :

« — C'est toi, sans doute, rimailleur de deux sous,

méchant Rienquivaille ! Je te donnerai cent coups de canne ! Jamais insulte n'arriva plus mal à propos. Bien loin d'écouter la chanson ou de l'avoir écrite, je n'étais occupé que de faire en votre honneur une pièce de vers, — la plus belle de mon répertoire, — que je comptais vous envoyer, — après l'avoir mise en musique, — et venir chanter un soir, sous vos fenêtres, à mon premier congé.

« En entendant parler de coups de canne je me lève et dis :

« — Mon capitaine, la chanson n'est pas de moi !

« — Tu mens, polisson ! Et outre les coups de canne, je te ferai mettre en prison pour le reste de tes jours !

« O ma Ninon adorée, qu'auriez-vous fait à ma place ? Qu'auriez-vous pensé de moi si j'avais souffert l'insulte en silence ?... Qu'aurait pensé l'armée française tout entière ?

« Je lui dis :

« — Monsieur le baron, les coups de canne ne sont pas faits pour des Français ! Comme votre grade ne me permet pas de vous demander raison de cet affront, je vous donne ma démission, et demain, ce n'est plus à un sergent que vous aurez affaire, vous, capitaine, mais à Jean-de-Dieu Rienquivaille ! poète et bourgeois par la grâce de Dieu ! Alors priez votre saint patron que Dieu vous protége, car si jamais je vous rencontre l'épée à la main, je vous ferai voir qui je suis !

« Là-dessus, M. de Bergues, qui étouffait de colère, s'écrie :

« — Toi, mauvais drôle ! Tu oses me menacer ! Sergent Baudrichard, empoignez-moi cet homme et mettez-le au cachot !

« Je crie à mon tour :

« — Camarades, éteignez toutes les lampes !

« Ce qui fut fait en deux secondes. Je prends mon épée, je cours au travers du dortoir, je sors de la caserne, je vais changer d'habits chez un ami que j'avais dans le faubourg, et je m'échappe.

« Pouvais-je faire autrement, dites, ma chère Ninon, mon seul, mon vrai juge en ce monde ?

« Pendant six semaines on m'a cherché dans toute la Touraine et l'on m'a cru parti pour Paris. Mais je guettais mon homme. Le lundi de la septième semaine, je le rencontre au coin d'une haie. Je lui dis : « Monsieur de Bergues, reconnaissez-vous Rien-« quivaille, votre ancien sergent ? » Il répond : « Je « te reconnais ; que fais-tu là, mauvais drôle ? »

« Je reprends :

« — Mon capitaine, je vous attendais ! En garde !

« Il veut crier, appeler au secours, me faire empoigner par la garde ou la maréchaussée. Alors, je tire un pistolet de ma ceinture et je lui dis :

« — Mon capitaine, il ne s'agit plus de discipline ici. Vous m'avez menacé de coups de canne ; vous m'avez déshonoré. A mon tour, j'ai donné ma démission pour pouvoir vous tuer et reprendre mon honneur. Si vous refusez de croiser le fer avec moi, je vous brûle la cervelle !

« Et, ma foi, je ne mentais pas... Un homme vivant, capitaine ou non, aurait impunément menacé de coups de canne Jean-de-Dieu Rienquivaille !

« Voyant que j'étais résolu à tout, il demanda en tirant son épée :

« — Qui sera témoin ?

« — Ces deux femmes qui bêchent leur vigne à cinquante pas d'ici.

« Il y consent, de gré ou de force. De leur côté, les deux femmes ne se sont pas fait prier. Je crois même qu'elles auraient été bien fâchées de ne pas voir la fête.

« Le combat a duré trois minutes. C'était dans un petit vallon, au bord de la fontaine. J'ai tué M. de Bergues d'un coup d'épée dans le cœur.

« Voilà toute l'histoire de ce duel que M. le duc d'Uzerche et son complice, M. de Sartine, appellent un assassinat. Quand on fera mon procès, si je me laisse jamais prendre, les deux femmes pourront témoigner de la vérité. L'une des deux s'appelle Marianne Curbery, et l'autre Suzanne. Ce sont les deux sœurs.

« Elles et cinquante soldats ou sous-officiers du régiment d'Artois, où j'étais alors sergent, pourront dire l'affront que j'avais reçu et la vengeance que j'en ai tirée. Au reste, je ne m'en suis pas caché, car j'ai mis dans la main du mort ce billet :

« M. de Bergues, capitaine au régiment d'Artois, tué
« en duel par M. Jean-de-Dieu Rienquivaille, ancien
« sergent de sa compagnie, pour l'avoir menacé de
« coups de canne. »

« Et j'ai signé.

« Chère Ninon adorée, voilà mon histoire. Quant à celle des intrigues du duc d'Uzerche, qui vous menacent plus que jamais, la voici...

« Comme je vous l'ai déjà dit, le duc d'Uzerche et le lieutenant de police s'entendaient comme deux larrons en foire; mais cela ne suffisait pas. Il fallait écarter de votre maison ou gagner le plus ancien ami de votre père et le plus sûr, le bon vicaire de Saint-Merry.

« L'effrayer n'était pas possible. Aucune autorité n'a prise sur le saint homme, excepté l'autorité ecclésiastique, et celle-là n'est pas aux ordres de M. de Ventadour et d'Uzerche. Le gagner est encore plus impossible, car il n'est ni d'âge, ni de caractère à se laisser prendre au piége de l'argent ou des belles paroles.

« Pour l'écarter à tout prix, le duc s'est avisé de

le faire curé de Saint-Eustache. Justement la place
était vacante, et Mme la marquise de Latour-Maubrac,
sœur du duc, a beaucoup de crédit auprès de son cousin l'archevêque. En quelques minutes l'affaire a été
bâclée.

« C'était avant-hier dans la soirée; je tiens cela du
sacristain qui le tenait du valet de chambre de Monseigneur. La marquise est venue voir Sa Grandeur,
et a dit :

« — Mon cousin, je viens vous demander un service.

« A quoi Sa Grandeur a répondu très-galamment :

« — Est-ce une dispense, ma cousine? Tous mes
pouvoirs archiépiscopaux sont à vos ordres. Que
voulez-vous?... Faire gras en carême, à cause de la
faiblesse de votre santé?... Vous le pouvez; et cependant
je vous jure que je ne vis jamais mine plus riante et
plus charmante.

« — Non, Monseigneur, ce n'est pas cela.

« — Demander l'absolution de quelque gros péché
que vous avez l'intention de commettre?

« La marquise répondit très-convenablement :

« — Pour qui me prenez-vous, Monseigneur?... Si
j'avais l'intention que vous dites, aurais-je besoin
d'en parler d'avance à qui que ce soit, même à Votre
Grandeur? Ne sais-je pas bien que les vrais péchés
se font toujours par surprise?...

« — Oui, oui, répliqua l'archevêque, le diable entre
chez nous comme un voleur, *venit apud nos sicut fur*...

« (Pardonnez-moi ce latin, ma chère Ninon, c'est
celui de Monseigneur, répété par un valet de chambre
à un sacristain.)

« ... Alors, a-t-il ajouté, que désirez-vous?

« — Faire un curé, Monseigneur.

« Ici Monseigneur se mit à rire.

« — Un curé de campagne, sans doute un curé de
Sèvres ou de Viroflay?

« — Non, non, un gros curé, un curé de Saint-Eustache.

« — Et qu'est-ce qui vous intéresse à ce gros curé?

« — Voici. D'abord, à ce qu'on m'a dit, c'est un saint homme.

« — Euh! J'en ai trente ou quarante dans mon diocèse qui sont de fort honnêtes gens...

« — De plus, a repris Mme de Latour-Maubrac, mon frère me l'a recommandé.

« Alors, Monseigneur a répliqué :

« — De quoi se mêle mon cousin Bernard? Est-ce que je nomme des officiers dans son régiment? Pourquoi se mêle-t-il de nommer des curés dans mon diocèse?... Chacun son métier, ma chère; les vaches seront bien gardées.

« Et après un moment de silence :

« — Quel est le protégé de Bernard?

« — Je vous l'ai dit, Monseigneur, c'est un saint homme; je ne le connais pas autrement. Bernard ne m'en a pas dit davantage, c'est le premier vicaire de Saint-Merry, un petit vieux très-laid, marqué de la petite vérole, très-aimé dans son quartier, à ce que dit Bernard...

« Monseigneur a répondu :

« — J'en ai entendu parler; c'est un très-honnête homme et très-digne d'être curé; mais la recommandation de Bernard est bien extraordinaire. Je l'aurais cru occupé de tout autre chose et des pénitentes plutôt que de leurs confesseurs... Ne soupçonnez-vous rien, ma chère?

« Madame de Latour-Maubrac a dit :

« — Mon Dieu! je crois entrevoir quelque chose. Bernard m'a présenté hier un gros bourgeois qu'on appelle Marteau, épicier, et m'a priée de le traiter en ami. Ce Marteau a prêté de l'argent à mon frère, — beaucoup d'argent, — et Bernard, qui est criblé de

dettes malgré son immense fortune, s'acquitte à peu
près envers ce bourgeois comme don Juan envers
M. Dimanche. Il le comble d'égards et de politesses,
et par-dessus le marché il place ses amis...

« — De sorte, ajouta l'archevêque, que l'Église paie
les dettes de Bernard?

« — A peu près, Monseigneur, car l'abbé de Saint-
Merry gouverne ou peu s'en faut la maison de l'épicier, et Marteau ne réclamera pas son argent, — vingt
mille écus au moins, à ce que m'a dit Bernard, — si
le vicaire devient curé.

« — C'est grave, ma chère enfant, c'est bien grave,
a répondu Monseigneur; car, enfin, il y aurait
presque simonie... Mais enfin, si vous le désirez, si
Bernard en a besoin, s'il faut lui épargner un procès
qui, peut-être, encouragerait ses autres créanciers à
le poursuivre, eh bien, à cause de vous, — non à cause
de lui, qui ne le mérite pas, — je vous autorise à
dire à ce petit vicaire que je lui donne Saint-Eustache...
Ce n'est pas un mauvais choix, après tout, quoique
je puisse en faire plusieurs autres aussi bons.

« Amenez-moi demain votre vicaire. Je le ferai
curé d'emblée... Là, maintenant, êtes-vous contente,
ma cousine? »

« Voilà le récit du valet de chambre qui avait
l'oreille collée au trou de la serrure.

« Ninon, ma chère Ninon, que dites-vous de toutes
ces intrigues et de tous ces mensonges accumulés
pour écarter de vous vos meilleurs, vos seuls amis,
pour abuser votre père? M. Marteau n'a rien prêté;
le duc ne lui doit rien; il a menti pour tromper sa
sœur et l'archevêque de Paris.

« Après avoir essayé de me faire tuer à Saint-
Mandé et m'avoir forcé de me cacher, il veut éloigner
ou gagner le vicaire de Saint-Merry. Et quand vous
serez seule, sans amis, sans secours, avec M. Marteau,

M. de Sartine enverra ses agents, fera enlever votre
père sous un prétexte; et vous, que deviendrez-vous?
J'en frémis.

« L'abbé m'a dit qu'il avait promis au duc d'Uzerche
de vous conduire chez Mme de Latour-Maubrac. Qui
sait quel piège vous est préparé? Je n'accuse pas
cette dame, qui certainement ne voudrait pas servir
d'instrument à quelque intrigue infâme; mais qui
sait ce qu'on pourrait tramer en son absence. Deux
fois déjà... O Ninon, souvenez-vous de moi! Si vous
m'aimez, refusez absolument de suivre votre père ou
l'abbé dans l'hôtel d'Uzerche! Au nom de ce que vous
avez de plus cher au monde, fuyez le duc et sa sœur.
Si votre père et l'abbé sont aveuglés, ouvrez les
yeux! Veillez vous-même, puisqu'ils ne voient pas
le danger!

« Et si j'osais parler! Mais le papier explique si
mal ce qu'on veut dire!... Si j'osais exprimer un
désir! Ninon, suis-je destiné à vivre toujours seul
dans mon souterrain! Ne vous verrai-je jamais? ...
Hélas! Qui sait pour combien de temps encore nous
sommes séparés! Qui sait si je reverrai jamais ces
yeux si doux dont le souvenir sera le charme éternel
de ma vie et, si je vous perds, le désespoir!

« Vous voir le jour est impossible. Quelque
déguisement que je prenne, les espions d'Uzerche et
de Sartine, qui rôdent sans cesse autour de votre
maison, m'auraient bientôt reconnu. Hier, déjà, sous
l'habit et la figure d'un vieux mendiant aveugle, un
peu après le coucher du soleil, j'ai voulu tenter
l'aventure, et, trompant la vigilance de mon ami le
sacristain, vous apercevoir au moins derrière la
vitre.

« Je vous vis, en effet... O ma Ninon, que vous
étiez belle, pensive et accoudée sur votre comptoir,
rêvant peut-être à moi! ... Serais-je assez heureux

pour occuper un coin dans votre pensée! Hélas! je
n'ose m'en flatter! J'élevai la voix pour attirer votre
attention, en ayant soin de la déguiser pourtant de
peur d'être reconnu. Vous dîtes un mot à votre père,
qui me donna deux sous et le conseil de passer mon
chemin. Les deux sous venaient de vous, je pense, et
le conseil venait de lui.

« Comme je m'en allais, je heurtai ce vilain drôle
de Jacquot, le fils de votre bonne et fidèle Jeannette.
Il sortait de la maison par la porte dérobée, et sa
mère, en lui remettant de l'argent, lui disait: — Tiens,
coquin, et que je ne te revoie plus! ou j'appellerai
M. Marteau, qui te recevra à coups de bâton.

« Jacquot me vit, et quoiqu'il ne fît pas très-clair,
il eut, je crois, quelque soupçon de la vérité et revint
sur ses pas pour me regarder de plus près. Mais
j'étais sur mes gardes; sous prétexte d'un faux pas que
je venais de faire et d'un effort que j'essayais pour me
retenir, je lui donnai dans l'estomac une telle bourrade qu'il tomba sur le pavé. Il voulut crier. Je criai
plus fort que lui. Les passants prirent parti pour moi
à cause de mon infirmité et je retournai clopin-
clopant, mais le plus vite possible, à mon souterrain.

« Ninon, vous le voyez, je suis plus loin de vous
que de l'impératrice de la Chine. Ne ferez-vous rien
pour vous rapprocher de moi?

« M. le vicaire de Saint-Merry, — à présent curé de
Saint-Eustache, car on peut bien lui donner ce nom,
— m'a dit que vous aviez pris dans ses mains votre
portrait que j'ai fait de mémoire.

« Ne voudriez-vous pas me le rendre, ou, si vous le
gardez, poser devant moi un quart d'heure seulement?... Est-ce trop demander?... Pour remercier
M. le curé, à qui je dois presque la vie, je voudrais
lui donner quelque chose qui pût convenir à son
église, — un tableau de Sainte-Vierge, par exemple.

Et quelle autre que vous pourrais-je choisir pour modèle?

« Ninon, ma chérie, ma bien-aimée, un quart d'heure, un seul quart d'heure, je vous en supplie! Je vous attendrai au coin du premier pilier, dans l'ombre, vers trois heures, aujourd'hui. A cette heure-là, on ne trouve à Saint-Eustache que le donneur d'eau bénite qui dort sur sa chaise. Venez, je vous en supplie, venez! Ninon, je me mets à vos genoux et je baise vos mains adorées.

« RIENQUIVAILLE. »

Ainsi finissait cette longue lettre. Je rappelai Ninon qui, pendant la lecture, s'était réfugiée au comptoir.

Elle revint d'un air assez confus. Je lui dis :

— Alors, tu es allée à Saint-Eustache?

Elle fit signe de la tête que oui.

Je m'écriai plein de colère :

— Ayez donc des filles, pour qu'elles aillent, sur la lettre du premier venu...

L'abbé me coupa la parole.

— Elle a eu tort, dit-il gravement; elle en sera punie...

Et comme Ninon dressait l'oreille, ainsi qu'un cheval de guerre qui entend le son de la trompette :

— ... Par sa conscience d'abord, continua l'excellent homme.

Ninon se rassura.

— ... Et aussi par tous les malheurs que son imprudence peut attirer sur vous et sur elle.

Je m'écriai :

— Tu l'entends, malheureuse enfant ! tu l'entends!

Elle entendait certainement, mais je crois qu'elle pensait à autre chose.

— Voyons, continua l'abbé, qu'as-tu fait à Saint-

Eustache ? Parle franchement, je ne te gronderai pas...
Et même, si tu te repens, je te donnerai l'absolution.

Je l'interrompis :

— Vous, monsieur l'abbé, c'est possible, parce que
vous êtes son confesseur et que l'absolution ne vous
coûte rien ; mais moi son père...

— Vous, Marteau, vous absoudrez aussi, dit l'abbé,
pourvu qu'elle ne recommence pas... Allons, parle,
qu'avez-vous fait? qu'avez-vous dit?

— Eh bien! voici... répondit Ninon. A trois heures,
je suis entrée dans l'église. M. Rienquivaille m'attendait, et, comme des gens que nous ne connaissons
pas étaient presque sur mes pas, il m'a prise par la
main, m'a conduite dans le souterrain, m'a dit qu'il
m'aimerait toujours, m'a demandé de l'aimer aussi
et, comme il me baisait un peu trop souvent les mains,
et même comme je me fâchais un peu, il m'a proposé
d'appeler la petite fille du sacristain, et, devant elle,
il m'a fait poser en sainte Vierge demandée en mariage par saint Joseph (c'est le titre de son tableau).

Puis comme il voulait que je fusse peignée d'une
certaine manière, il m'a indiqué comment il fallait
arranger mes cheveux, et voilà comment papa s'est
aperçu que j'avais changé de coiffure. La petite fille
du sacristain, M. Rienquivaille et moi, nous avons
passé trois quarts d'heure dans le souterrain, et je
suis revenue... Monsieur le curé, vous verrez vous-
même l'esquisse qu'il a faite pendant ce temps-là, et si
elle est ressemblante !

Ayant ainsi parlé, Ninon s'enfuit et retourna au
comptoir.

Le curé et moi, nous nous regardâmes quelques
minutes avec étonnement. Enfin il me dit :

— Mon cher Marteau, vous et moi, malgré notre
âge et notre expérience, nous avons été trompés dans

cette affaire comme deux enfants. Le duc d'Uzerche, Mme de Latour-Maubrac, le lieutenant de police, Rienquivaille, Ninon même, tout le monde s'est moqué de nous !

Je répondis amèrement :

— Oui, monsieur le curé ; mais vous, vous avez Saint-Eustache, qui est la meilleure cure de France. Moi, au contraire, je n'ai rien que des ennuis de toute espèce... Et encore, s'il ne s'agissait que de moi ! Mais ma fille !...

Sur ces mots, nous nous séparâmes.

XXXV

Les jours suivants je montai la garde autour de ma boutique. Je regardais avec attention tous les nouveaux clients que m'amenait le hasard, et même je me défiais un peu des anciens. Car qui sait ce que le perfide duc de Ventadour et d'Uzerche pouvait avoir machiné contre mon repos ?

Tous mes voisins me paraissaient suspects, même mon ami le quincaillier, qui pourtant avait manqué de se faire tuer pour la défense de Ninon. Quant au nouveau curé de Saint-Eustache, mon plus vieil ami et le plus sûr, je ne pouvais lui demander conseil sur rien. Depuis sa fortune nouvelle, il n'était plus visible. Entre le mardi, jour de sa nomination, et le dimanche, jour de son installation dans sa chaire qui devait être faite avec une magnificence et une solennité tout à fait extraordinaires), sa porte resta fermée pour moi aussi bien que pour tous ses paroissiens.

Sa servante même, la vieille Dorothée, était inabordable.

Le samedi matin (car je la guettais), elle ouvrit la porte vers cinq heures et poussa ses balayures dans la rue.

Comme, en m'apercevant, elle se retirait brusquement, je me précipitai de manière à rentrer avec elle, et je lui dis :

— Dorothée, ne pourrais-je pas voir M. le curé ?

Elle répondit sèchement :

— Impossible ! Nous avons trop d'affaires pour le moment.

Je tirai de ma poche un petit flacon de cassis excellent, préparé pour cette occasion. Le cassis était sa liqueur préférée.

Elle le regarda avec concupiscence et me dit :

— Tenez, monsieur Marteau, je veux vous parler à cœur ouvert. M. le curé n'est pas libre. M. le curé compose son discours de demain. Franchement vous n'oseriez pas le déranger !... Pensez donc que Mgr l'archevêque a promis d'assister à la cérémonie et d'installer lui-même ! Voudriez-vous faire manquer notre installation ?...

J'avouai que ce serait une action coupable. Mais enfin, l'on ne compose pas toute la journée. Le saint homme, ainsi que tous les autres hommes, devait avoir un moment de relâche, ne fût-ce que pour déjeuner ou dîner...

Dorothée se leva, car elle était assise en face de moi pour goûter le cassis :

— Monsieur Marteau, sachez que nous ne déjeunons plus, que nous ne dînons plus, que nous n'avons jamais soupé. Nous nous promenons toute la journée dans notre cabinet, en disant à haute voix de belles paroles, — comme celles-ci, par exemple, — « Monseigneur !... »

(Ça c'est pour l'archevêque de Paris quand il sera sur son trône bien en face de nous.)

« Monseigneur, si jamais un humble prêtre a pu former le vœu et concevoir l'espérance de voir un si grand évêque, le chef admiré du clergé de France, un de ceux qui, par la science, égalent saint Augustin; par l'éloquence passionnée, saint Jérome; par la vertu immaculée, saint Jean Chrysostome; par la haute naissance, saint Ambroise; par la sagesse, saint Mathieu; par la douceur, saint Jean; par la force, saint Thomas Becket; par l'indulgence, saint... »

A ces mots j'interrompis Dorothée.

— Comment avez-vous pu retenir une si longue phrase et qui ne paraît pas près de finir?

— Pardi! Ce n'est pas difficile. Il la répète toute la journée. Hier matin, il a voulu la dire en prenant son chocolat, mais comme le chocolat était bouillant, il s'est brûlé au moment où il en était à saint Ambroise, et il allait se mettre en colère contre moi; mais, ma foi! je n'ai pas ma langue dans ma poche et j'ai dit franchement :

— Monsieur le curé, parler à Monseigneur et prendre son chocolat tranquillement, ça fait deux. Voulez-vous parler à Monseigneur? Allez chez lui et parlez! Voulez-vous prendre votre chocolat? Restez ici et buvez sans rien dire.

Il n'a rien répondu. Il a bien vu que j'avais raison.

Je repris, car je voulais voir le curé :

— Alors il récite toute la journée « Monseigneur » et « saint Ambroise? »

— A peu près, monsieur Marteau; excepté quand il

essaie sa chape et ses autres ornements pour monter
à l'autel. Vous savez, ça paraît facile d'être curé de
Saint-Eustache ; mais au fond, c'est plus difficile que
d'être évêque de Vannes. Si vous étiez abbé, monsieur
Marteau, et qu'on voulût vous faire curé, comment
vous y prendriez-vous ?

— Oh ! c'est bien facile : Je prendrais dans la sacristie mes beaux habits sacerdotaux ; je monterais à
l'autel, je dirais la moitié de la messe ; je descendrais
de l'autel pour monter en chaire et dire à Monseigneur qu'il est le plus grand des évêques ; je re-
descendrais encore ; j'achèverais la messe, je retour-
nerais à la sacristie et j'irais dîner chez moi avec
Monseigneur, pour qui j'aurais d'avance couvert ma
table des vins les plus délicieux, des viandes les plus
succulentes et des fruits les plus exquis.

Elle secoua la tête et dit :

— Tout ça, c'est nécessaire, c'est même indispen-
sable, mais ça ne suffit pas. Si Monseigneur est
appelé le plus grand des évêques et s'il dîne bien,
Monseigneur sera content ; mais le public, monsieur
Marteau, le public !...

— Quel public ?

— Les paroissiens, monsieur Marteau, les dames de
la Halle et les autres ? Il faut les contenter aussi ;
il faut que M. le curé ait de la grâce, de la majesté,
du je ne sais quoi. Un vicaire peut être laid, grêlé,
bossu, boiteux, borgne et tout ce que vous voudrez,
mais un curé ! Il est vraiment bien l'image de Dieu
sur la terre, et Notre Seigneur ne peut pas être repré-
senté à l'autel par un saint prêtre qui ressemblerait à
un singe !

— Mais alors comment fera M. le curé de Saint-
Eustache, car la nature n'a rien fait pour lui ?

— Eh bien, monsieur Marteau, il s'exerce ! Il s'ha-
bille et se déshabille toute la journée. Il donne sa bé-

nédiction aux chaises et aux fauteuils, il lève les yeux au ciel en disant : *Sursum corda.* Il chante toute la journée : *Pater noster qui es in cœlis;* il chante mal, c'est vrai, mais dans une église, ça sonne toujours bien ; d'ailleurs, l'orgue couvrira sa voix... L'organiste est de nos amis. Enfin, que voulez-vous, nous ferons de notre mieux, monsieur Marteau, nous ferons de notre mieux. La plus belle fille du monde...

Elle me poussait doucement vers la porte.

— A propos, ajouta-t-elle, vous serez bien ici demain, n'est-ce pas ?

— Je vous en réponds, Dorothée !

— Et la petite Ninon aussi... Voyez-vous, des comtes, des ducs, des duchesses, des marquises, tout ce qu'il y a de plus grand seigneur en France après le roi. Nous ne sommes pas un curé de rien du tout, nous !

Je commençai à m'inquiéter.

— De quels ducs voulez-vous parler, Dorothée ?

— Du plus joli de tous, monsieur Marteau, d'un duc qui est le meilleur ami de M. le curé et qui l'a fait nommer : de M. le duc de Ventadour et d'Uzerche, colonel des gardes françaises !... Oh ! nous avons de belles connaissances !

— Vous le connaissez, Dorothée ?

— Si je le connais ? répondit-elle le poing sur la hanche, je ne fais que ça !

— Vous l'avez vu ici ?

— Oui... c'est-à-dire non... Il est venu sans venir. Il a écrit à M. le curé pour lui demander une entrevue ; mais M. le curé a répondu qu'il priait M. le duc de l'excuser et (ce sont ses propres paroles) qu'il avait d'autres affaires... Vous savez, ses affaires, c'est de s'exercer comme je vous ai dit à endosser sa chape et à donner sa bénédiction dans sa chambre où il n'y a personne. M. le duc est venu lui-même en carrosse à quatre chevaux avec quatre laquais galonnés, mais M. le curé ne l'a pas mieux reçu que sa lettre... Ah ! nous savons nous connaître, maintenant ! Nous n'avons plus peur de tout le monde comme au temps où nous étions petit vicaire à Saint-Merry, et ceux qui ne veulent pas marcher droit n'ont qu'à ne pas se mettre sur notre chemin !

Sur ce mot, je regagnai la rue, assez mécontent de mon vieil ami le vicaire qui m'oubliait depuis qu'on l'avait fait curé, et réfléchissant sur le néant des grandeurs qui corrompent si vite les hommes les plus saints et les meilleurs.

XXXVI

Le reste de la journée se passa fort tranquillement. Ninon travaillait. Nous ne parlions plus de Rienquivaille. J'espérais presque qu'elle n'y pensait plus, et dans tous les cas, je veillais à ce qu'elle ne pût pas sortir et le revoir.

Cependant je ne crus pas pouvoir la laisser à la maison le lendemain. D'abord, dans tous les cas, elle devait aller à la messe à Saint-Merry. L'envoyer sous la conduite de Jeannette n'était pas prudent. L'envoyer toute seule était plus dangereux encore. Tout compte fait, je résolus de l'emmener à Saint-Eustache avec moi.

C'est une joie que je ne pouvais pas lui refuser, et M. le curé lui-même m'en saurait gré, certainement.

Vers neuf heures du soir, il eut la bonté de m'envoyer lui-même le billet suivant :

« Mon cher Marteau, ne croyez pas que je vous oublie. Demain, après la messe d'installation que Monseigneur daigne présider lui-même, j'aurai l'honneur de recevoir Sa Grandeur dans mon humble presbytère de Saint-Eustache avec tous les hauts dignitaires de l'archevêché et tous les curés de Paris, mes nouveaux confrères. Sa Grandeur daignera s'asseoir à ma table, et ma pauvre Dorothée, toute troublée d'un événement si imprévu, me parle matin et soir de potages, de pâtés, de truffes, de saumons, de rôtis, d'entrées, d'entremets, comme si nous allions célébrer les noces de Cana !

« Je me laisse faire. On ne s'installe qu'une fois. Mais vous, mon ami, que je n'ose inviter pour dîner à midi avec Sa Grandeur, voulez-vous venir souper avec moi demain soir? Nous ne serons pas seuls, Dieu merci, et nous aurons avec nous plusieurs de mes anciens paroissiens de Saint-Merry et des nouveaux de Saint-Eustache. Le souper sera fait des reliefs du dîner et de quelques pièces froides réservées exprès pour mes amis. Fiez-vous à moi et à Dorothée. Nous ne jeûnerons pas.

« Je compte recevoir après la grand'messe vos félicitations et celles de Ninon. Adieu, soyez heureux. »

« P.-S. Le duc m'a écrit. J'ai refusé de le voir. Il est venu. J'ai encore refusé, alléguant mes nouvelles fonctions. S'il met le pied chez vous, jetez-le à la porte. Je m'attends à le rencontrer dans la sacristie demain après la messe. Il ne se doute pas de tout ce que nous savons de lui et de l'accueil que je lui réserve. Vous, Marteau, tenez-vous sur vos gardes. »

Le conseil du curé était bon, mais plus facile à donner qu'à suivre.

XXXVII

Le lendemain dimanche, vers neuf heures du matin, tout le quartier était en fête. On ne voyait derrière toutes les vitres, à tous les étages, que des hommes à demi vêtus qui se faisaient la barbe ou qui nouaient leurs cravates avec soin, pendant que les femmes et les filles se regardaient dans les glaces, de face d'abord, puis de trois quarts, puis de profil, puis par derrière, rabattant de la main le devant de la robe, relevant le derrière et le faisant gonfler comme un toupet ; chacun, enfin, faisait ses préparatifs pour être beau, gracieux et bien habillé, suivant l'âge, le sexe, la condition et le tempérament.

Je faisais comme les autres ; je repassais mon rasoir. Je couvrais mes joues et mon menton d'une mousse savonneuse et parfumée, et j'entrais avec cet instrument de guerre dans ma barbe, déjà vieille de trois jours, comme un faucheur entre avec sa faux dans l'herbe nouvelle.

De son côté, Ninon faisait des frais de toilette comme si elle avait dû ce jour-là devenir reine de France ou quelque chose d'approchant. Elle était vraiment jolie comme un bouton de rose qui va s'épanouir. Sa joie intérieure éclatait dans son rire, dans ses yeux brillants, dans ses moindres mouvements.

Elle chantait à plein gosier comme une fauvette au printemps, et paraissait comme elle aussi sauter de branche en branche,

Je lui donnai le bras pour sortir, laissant Jeannette
pour garder la maison, et nous prîmes le chemin de
Saint-Eustache; mais déjà des centaines de voitures,
dont quelques-unes appartenant à la plus haute noblesse de France, gardaient les abords de l'église. Les
laquais couvraient les trottoirs, écartaient la foule,
poussaient et culbutaient les bons bourgeois du quartier, regardaient les femmes et les filles sous le nez et
les traitaient avec l'insolence particulière à cette race
d'hommes.

Cinq ou six d'entre eux, voyant notre embarras, car
nous cherchions vainement à entrer dans l'église, s'a-
massèrent autour de nous. L'un d'eux me donna une
bourrade dans l'estomac qui faillit me faire perdre la
respiration et me colla presque au mur de l'église.

Un autre, profitant de ce que Ninon avait été sépa-
rée par le choc, essaya de la prendre à la taille et de
l'embrasser.

Deux ou trois de ses camarades la lui disputèrent.
Ninon criait de toutes ses forces au secours ! et cherchait à se dégager, lorsqu'une volée de coups de canne
appliquée par une main agile et robuste sur le dos de
ces drôles les força de se retourner et de se mettre en
défense.

Ninon en profita pour s'échapper et me rejoindre.
Alors je vis, sur ma parole, un beau spectacle.

La main vigoureuse qui donnait les coups de canne
pendait au bout du bras droit d'un moine de haute
taille, à barbe noire et longue, dont un capuchon rabattu recouvrait à demi le front et les yeux.

Il cria à ses ennemis d'une voix qui me fit tressail-
lir :

— Lâches! vous insultez les femmes!

Au même instant les laquais se jetèrent sur lui et
lui auraient fait un mauvais parti s'il n'avait été
passé maître au jeu du bâton. En dix secondes, il

traça autour de lui, grâce à la rapidité de ses mouvements et à son adresse, un large cercle dans lequel aucun d'eux n'osa plus s'engager, quoiqu'ils fussent armés de cannes aussi bien que lui.

Puis, profitant de ce court répit, il me dit :

— Monsieur Marteau, mademoiselle Ninon, entrez, M. le curé vous attend ; la cérémonie ne commencera pas sans vous.

Cette fois, je reconnus la voix. C'était mon éternel ami Rienquivaille, qui s'obstinait à me protéger, quand je faisais tous mes efforts pour le fuir et surtout pour l'éloigner de Ninon.

Mais que faire ? Pouvais-je l'empêcher de me suivre et de me défendre ?

Après tout, il arrivait si à propos que j'aurais eu tort de lui en vouloir ; je profitai donc du passage qu'il venait d'ouvrir pour me glisser précipitamment dans l'église avec ma fille. Lui, continuant son redoutable moulinet, faisait l'arrière-garde. Quand nous fûmes entrés il leur jeta sa canne en disant :

— *Benedicat vos Dominus omnipotens Deus !* Puis il nous suivit. Nous étions en sûreté à cause de la sainteté du lieu, mais la foule était si grande que nous n'aurions pu, ni nous asseoir, ni voir ni entendre quoi que ce soit de la cérémonie, si ce maudit Rienquivaille, toujours fertile en ressources, ne s'était chargé de nous trouver une place commode et agréable.

— Je vais vous montrer le chemin, dit-il.

Alors il tira de sa poche une clef qu'il tenait sans doute de son ami le sacristain, ouvrit une petite porte basse que couvrait à demi un confessionnal, monta le premier un escalier obscur et tournant en donnant la main à Ninon pour l'empêcher de tomber, disait-il, et quatre ou cinq minutes après, au moyen de diverses issues pratiquées dans la galerie, nous condui-

sit dans une sorte de petite loge découverte, comme
au théâtre, et située à trente pieds du sol ou à peu
près, du même côté que la chaire, presque en face du
trône où Mgr l'archevêque, la mitre en tête, daignait
montrer à son peuple sa mine grave et sa contenance
archiépiscopale.

Quand nous fûmes assis, car ce Rienquivaille avait
eu la prévoyance d'apporter même des chaises, je le
remerciai et je lui dis :

— Mais comment as-tu trouvé moyen de te faufiler
là, mon garçon ?

Il répondit en riant :

— On a des amis partout, monsieur Marteau, et ce ne
sont pas les plus puissants ni les plus riches qui ren-
dent le plus de services.

Ça, c'était vrai.

Il ajouta :

— Le sacristain, sa femme et sa fille font tout ce
que je veux. J'ai dit : « Mes amis, j'ai besoin d'une
bonne place le jour de la cérémonie pour Mlle Ninon. »
L'homme m'a répondu : « Excepté le trône de l'archevêque et la chaire du curé, vous aurez tout ce qui vous
fera plaisir. » Et voilà... Êtes-vous contente, ma chère
Ninon ?

Elle le regarda d'un air gracieux et lui dit : Oui,
d'une voix si tendre, que j'aurais donné, je crois, cent
écus pour n'être pas venu dans cette maudite église.
Mais comment faire ? Il avait refermé la porte et mis
la clef dans sa poche. Il fallait attendre la fin de la
cérémonie.

Au reste, je n'y perdis rien. La messe fut très-belle,
chantée par les meilleurs acteurs de l'Opéra, et avec
une expression qui allait droit au cœur, à ce que disait le sieur Rienquivaille, qui faisait le connaisseur
en musique comme en toute autre chose.

Le nouveau curé, que j'avais connu si humble, si

laid, si gringalet, grandi maintenant par ses fonctions nouvelles, avait la majesté d'un évêque. Quant à Mgr l'archevêque, il ressemblait à un pape.

Et M. le curé sut bien le lui dire, et vanter ses talents, ses vertus, sa naissance, faire une fine allusion à son grand-père, qui avait été maréchal de France, à son père, ambassadeur en Espagne, à trois cardinaux alliés à sa famille, que sais-je encore ? Enfin Monseigneur parut content, et, franchement, s'il ne l'avait pas été, il se serait montré difficile.

— Voilà comment on parle aux envoyés du Dieu qui voulut, par humilité, naître dans une étable, entre le bœuf et l'âne ! dit en riant Rienquivaille.

Mais Ninon lui mit vivement la main sur les lèvres :

— Taisez-vous, impie ! s'écria-t-elle.

Le vaurien baisa la main et se tut. Quant à moi, pour réprimer cette dangereuse familiarité, je me plaçai entre eux.

Après la messe, le sermon et le *Te Deum* qui furent célébrés, récités et chantés aussi vite que possible, car l'estomac de Monseigneur était exigeant, et pour rien au monde Sa Grandeur n'aurait retardé son dîner d'une minute, les grands seigneurs, les parents, les amis, les principaux habitants des deux paroisses de Saint-Merry et de Saint-Eustache vinrent apporter au nouveau curé les uns leurs félicitations, les autres leurs regrets.

Il répondit très-bien, disant à chacun ce qu'il fallait dire, proportionnant sa politesse au rang, à l'âge, au sexe, à la fortune, en homme qui savait se connaître et connaître aussi les autres, qui voulait respecter et être respecté. Je pense qu'il avait étudié son rôle depuis trente ans, mais il le joua parfaitement dès le premier jour.

Comme j'entrais avec Ninon dans la sacristie, le

duc de Ventadour et d'Uzerche, qui sans doute s'attendait à m'y voir, rencontra Ninon et moi sur le seuil.

A cette vue, Ninon pâlit et peut-être serait tombée
en défaillance si Rienquivaille, qui nous suivait toujours de près déguisé en moine et le capuchon
rabattu, ne l'avait soutenue.

Moi-même, je me sentis indigné des violences et
des fourberies de ce grand seigneur, révélées par la
lettre de Rienquivaille à Ninon, et je détournai la
tête pour ne pas le voir.

Mais lui, toujours aimable, poli, gracieux, s'avança
vers moi et me serra la main (je crus un instant qu'il
allait m'embrasser) :

— Ah ! cher ami, s'écria-t-il, par quel heureux
hasard ?...

Je n'osai pas lui refuser la main, mais je répondis
sèchement :

— Ce n'est pas un hasard, monsieur le duc. Vous
savez mieux que personne que je suis le plus ancien
ami de M. le curé de Saint-Eustache?

Je lui dis ces derniers mots en le regardant dans
les yeux pour lui faire bien comprendre que je n'étais
pas dupe de ses intrigues et de ses fourberies.

Au reste, il feignit de ne pas s'en apercevoir, et se
tournant vers Mme la marquise de Latour-Maubrac, qui lui donnait le bras et restait un peu en
arrière :

— Ma sœur, dit-il, il faut que je vous présente
aujourd'hui cette adorable Ninon dont je vous ai
parlé si souvent, puisque M. Marteau ne veut pas
vous la présenter lui-même.

Ninon rougit. Mme de Latour-Maubrac la regarda
très-attentivement et avec autant de bienveillance
qu'une jolie femme peut en regarder une autre quand
elles ne sont ni du même rang, ni du même âge.

Il y eut quelques compliments. Le temps pressait,

Le duc et sa sœur me saluèrent, en m'invitant de nouveau à conduire Ninon chez la dame.

— Au revoir, mon cher Marteau. A demain, ajouta le duc.

Il sourit gracieusement et partit. Rienquivaille disparut à son tour, et, pour dire la vérité, je ne cherchai pas à le retenir. Au reste, je ne m'inquiétais de rien. Je prévoyais si peu le terrible événement qui devait terminer la journée!

Le nouveau curé nous fit le meilleur accueil et m'embrassa cordialement. Mgr l'archevêque, qui venait de terminer sa toilette et qui allait sortir, daigna remarquer la beauté de Ninon et toucher légèrement du dos de la main ses joues roses; l'état-major se mit en marche, — je veux dire le curé, les chanoines, les grands vicaires et tout ce qui avait un rang dans l'église, — et l'on alla dîner de très-bon appétit.

— N'oubliez pas, dit le nouveau curé en passant près de moi, que je vous attends ce soir, que la compagnie sera nombreuse, et que grâce à mes nouveaux paroissiens, qui me comblent de tout, le souper sera digne du dîner.

C'était, je dois l'avouer, le plus grand et presque le seul défaut de ce saint prêtre, d'aimer un peu trop la bonne chère et les longs repas. Jusque là, il n'avait dîné à son aise que chez les autres; maintenant il pouvait dîner abondamment chez lui et inviter ses vieux amis, et son cœur s'en réjouissait.

XXXVIII

Nous revînmes à la maison pour dîner, — fort légèrement il est vrai, — dans l'attente du souper que le curé m'avait promis. Nous retournâmes à Saint-Eustache pour Vêpres et le Salut; puis, je me promenai un instant avec Ninon au jardin des Tuileries, où, je ne sais pourquoi, je me sentis tout à coup saisi d'un triste pressentiment.

Ninon elle-même n'avait pas sa gaieté ordinaire. Au lieu de rire et de chanter à propos de tout et de rien comme elle en avait l'habitude, elle était triste, ne parlait pas, ne répondait qu'à peine : « Oui, papa, non, papa. »

Elle regardait avec inquiétude autour d'elle, paraissant chercher ou craindre quelqu'un. Je crus d'abord qu'elle pensait à Rienquivaille, et que le drôle lui avait peut-être glissé quelque papier ou dit un mot à l'oreille dans l'escalier obscur de la galerie. Je me repentais de ma bonhomie. J'aurais dû être plus ferme, refuser les services de ce vaurien, me tenir en garde contre ses piéges.

J'essayai d'interroger finement Ninon, de faire des questions adroites. Je lui dis :

— C'est une merveille que Rienquivaille se soit trouvé là si à propos quand nous avons été bousculés devant l'église. On aurait dit qu'il s'y attendait!

— En effet, papa, en effet, répondit négligemment Ninon.

Je vis qu'elle ne m'écoutait pas.

La conversation tombait malgré tous mes efforts. Je n'essayai plus de la relever, et nous tournâmes en silence autour de la grande pièce d'eau qui est au fond du jardin des Tuileries, tout près de la place Louis XV.

Là, pour faire quelque chose, car ce silence et cette tristesse nous pesaient, — à moi surtout, — nous regardâmes les petits poissons rouges qui nageaient à la surface de l'eau et qui se disputaient quelques bribes de pain. Trois ou quatre cents bons bourgeois donnant le bras à leurs femmes contemplaient avec moi ce spectacle en attendant la musique des gardes françaises qui devait jouer à sept heures du soir.

Mais je me souvenais du malheur qui avait failli arriver à Ninon quelque temps auparavant, et, d'ailleurs, j'étais attendu à sept heures pour souper chez le curé de Saint-Eustache. Je ramenai donc ma fille à la maison, où Jeannette était restée, et qui parut un peu troublée de me voir rentrer si tôt. On aurait dit qu'elle ne nous attendait pas encore.

Comme il faisait beau temps et que les dimanches toutes les boutiques sont fermées, le quartier était presque désert. Tous mes voisins étaient partis ou presque tous, excepté quelques petits enfants qui couraient et jouaient sur la place de Saint-Jacques-la-Boucherie. Tout le reste était allé se promener en famille, les riches à Vincennes, à Romainville, les autres aux Champs-Élysées ou au Palais-Royal. On aurait dit une ville abandonnée.

Au moment de quitter Ninon, je l'embrassai comme à l'ordinaire. Elle se jeta dans mes bras, à mon cou; elle avait les yeux pleins de larmes qu'elle retenait à grand'peine.

— Qu'as-tu, mon enfant? Quelqu'un t'a-t-il offensée ou maltraitée?

Elle me répondit en souriant tristement :

— Non, papa, j'ai envie de pleurer; je ne sais pas pourquoi!

J'offris de rester avec elle au logis.

— Non, non, je veux que tu t'en ailles. M. le curé ne serait pas content si tu manquais à son souper. Je le veux: Va-t-en, je le veux!

Il fallut obéir. Mais je pensai à part moi que ce maudit Rienquivaille devait être pour quelque chose dans l'affaire, et je me promis bien de le recommander au prône, c'est-à-dire au curé son protecteur.

En sortant, je pris Jeannette à part et je lui dis :

— Ma bonne Jeannette, ferme bien la porte derrière moi. Ne l'ouvre à personne. Fais de la tisane de tilleul bien sucrée à Ninon qui a ses nerfs. Si elle veut pleurer, laisse-la faire; on dit que ça soulage les petites filles; si elle veut causer, raconte-lui des histoires... surtout pas d'histoires d'amour. Ça l'intéresserait peut-être trop.

— C'est bon, monsieur, à mon âge, on sait ce qu'on doit dire, pas vrai? quand on parle à des jeunesses... Je lui dirai le conte du *Petit Chaperon rouge*, qui fut mangé par le Loup; ou celui de la bonne femme qui n'avait jamais contrarié son mari; mais c'est qu'elle était morte le jour de son mariage, après la messe!...

— Tu diras tout ce que tu voudras, mais ferme la porte à double tour. J'ai mon passe-partout.

— Suffit, monsieur Marteau.

Ayant pris toutes mes précautions, j'allai chez mon ami le curé, où déjà plus de trente personnes étaient réunies. C'étaient les notables des deux paroisses de Saint-Eustache et de Saint-Merry.

Le saint homme était en train de raconter comment son dîner s'était passé et comment Mgr l'archevêque avait daigné tout d'abord lui témoigner sa satisfaction.

« — Monseigneur est la bonté même. Après le potage, qu'il a goûté en fin connaisseur, il a dit : « Monsieur le curé, voilà une excellente entrée en matière. Le potage est comme la colonne du Louvre : il fait désirer de voir le reste du palais. Quelle est la cuisinière savante ?... » J'ai répondu modestement : « Monseigneur, la voici! » et j'ai montré Dorothée qui rougissait de plaisir comme une écrevisse qu'on met dans l'eau bouillante. Monseigneur a repris gravement :

« — Comment vous appelez-vous, ma fille ?

« — Dorothée, pour servir Votre Grandeur.

« — Eh bien, mon enfant, si jamais vous quittez le service de M. le curé de Saint-Eustache, je vous retiens et vous prends au mien.

« Là-dessus, j'ai cru bien faire en intervenant :

« — Monseigneur, le curé, le potage et Dorothée sont également à votre service, mais Dorothée surtout ; car je me reprocherais de la garder une heure de plus, si Votre Grandeur daigne la désirer.

« Monseigneur a répliqué avec bonté :

« — Non, mon cher curé, il sera toujours temps de me faire ce sacrifice ; mais pour aujourd'hui je m'en tiens à son potage, qui est exquis, et je viendrai en goûter de temps en temps. »

Comme le bon curé en était là de son récit, il m'aperçut dans la foule des invités où je me cachais par modestie, quitta tous les autres, en laissant à ses vicaires le soin d'entretenir la conversation jusqu'au souper, me prit par la main, me conduisit dans son cabinet et dit :

— Mon ami, je voudrais vous parler d'une chose très-grave et qui m'intéresse presque autant que vous-même.

— Parlez, monsieur le curé ; tout ce que vous ferez sera bien fait.

— Il s'agit de Ninon...

— ... Et de ce polisson de Rienquivaille aussi sans doute ?

Le curé continua :

— Il l'aime, il en est aimé. Que comptez-vous faire ?

— Mais, monsieur le curé, vous le voyez vous-même. Un fils de pendu, sans le sou, qui lui-même a dix affaires capitales sur le corps, sans compter celles que nous ne connaissons pas, est-il un mari convenable pour Ninon Marteau, fille de Théodore Marteau ?

Le saint prêtre ne répliqua rien, si ce n'est :

— Vous êtes bien décidé à refuser votre consentement ?

— Oui, monsieur le curé !

— Dans tous les cas ?

— Dans tous les cas !

— Eh bien, je ne vous blâme pas. J'en ferais peut-être autant si j'étais père de famille ; mais par complaisance pour ce malheureux jeune homme, qu'un refus si dur va désespérer, et qui m'intéresse, j'ai voulu tenter un dernier effort... C'est fait, il va partir maintenant. Entre nous, je l'y ai fortement exhorté, car Saint-Eustache ne peut pas lui servir éternellement d'asile. D'ailleurs, je craindrais, s'il y restait, qu'il ne revît Ninon, et que je ne parusse favoriser des amours qui sont encore innocentes, mais qui, vu le caractère de Rienquivaille, pourraient tourner mal. Je vais sur-le-champ lui donner son congé. Il sortira de Paris dans une heure et vous n'en entendrez plus parler.

— Ah ! monsieur le curé, que de remercîments !

Il écrivit un court billet, le donna au sacristain qui paraissait l'attendre et lui dit :

— Portez ceci où vous savez.

Puis, revenant à moi.

— Le pire de tout, mon cher Marteau, ce serait d'entretenir de dangereuses espérances.

— Où va-t-il ?

— En Espagne d'abord, où je le recommande à l'un de mes amis qui est négociant à Cadix. De là, il prendra du service, ou partira pour les Grandes-Indes. Il fera son chemin, car il est hardi ; ou peut-être il fera fortune ; à coup sûr, il se fera oublier de la justice et de Ninon. C'est ce qui peut arriver de plus heureux.... Rentrons, car Dorothée doit s'impatienter, et moi-même, qui n'ai fait ce matin qu'assister au dîner de Sa Grandeur et veiller à ce que tout le monde fût bien servi, je me sens en humeur de bien souper.

Nous rentrâmes dans le salon où le premier vicaire racontait avec feu les événements de la journée. Monseigneur était arrivé à temps pour la messe, car « l'exactitude est la politesse des rois et des archevêques ».

Monseigneur avait eu grand appétit.

Monseigneur avait complimenté Dorothée.

Monseigneur avait redemandé de la poularde aux truffes.

Monseigneur avait trouvé le vin ordinaire de la cure assez médiocre ; mais, en revanche, le chambertin était excellent.

Monseigneur, donnant son avis sur l'éloquence sacrée, avait dit que Fénelon était un cygne de Cambrai, mais qu'il préférait Bossuet, parce qu'il était un aigle de Meaux ; que tous deux enfin étaient des génies de haut vol.

Un des grands vicaires, — le plus ancien, — avait répliqué en faisant de fines et délicates allusions à Sa Grandeur, qu'il connaissait, parmi les plus hauts prélats vivants de l'Église de France, tel homme (qu'il ne voulait pas désigner plus clairement) qui unissait au plus haut degré la douceur harmonieuse du cygne à l'impétuosité sublime de l'aigle, et qui...

Mais alors, Monseigneur avait changé la conversa-

tion par modestie et parlé du temps qu'il faisait, de la
pluie qui avait duré longtemps, causé de fortes inondations et gâté tous les biens de la terre.

Et comme un des chanoines, un peu trop réjoui par
le chambertin, s'était écrié inconsidérément que,
pourvu que le vin fût bon et à bon marché, il ne fallait pas s'inquiéter du reste, Sa Grandeur l'en avait
doucement repris, disant que Dieu permettait qu'on
usât avec modération de ses bienfaits, mais qu'il fallait se garder de la sensualité, qui est la porte toujours
ouverte par où le démon entre dans nos âmes.

Monseigneur avait dit encore...

Mais qui pourrait se rappeler toutes les paroles re-
marquables de Monseigneur? Le vicaire se les rappe-
lait, lui, et les répétait avec délices (il était bien placé
pour tout entendre, ayant debout, la serviette sous le
bras, fait le service d'un maître d'hôtel ; quant à moi,
je les ai oubliées ; ce soir-là même il m'arriva un tel
événement que presque tous les récits du vicaire, et
même les calembours que Monseigneur avait daigné
faire, sont sortis de ma mémoire.

Je me souviens seulement que les assistants paraissaient de bonne humeur, que je riais moi-même beaucoup, et que la joie redoubla lorsque Dorothée ouvrit
la porte à deux battants de la salle à manger, et cria
de sa voix aiguë :

— Monsieur le curé, votre souper est servi !

XXXIX

M. le curé ne m'avait pas fait une promesse vaine. Je ne sais ce qu'avait été le dîner ; mais le souper était magnifique et surtout excellent.

La pièce principale était un saumon venu d'Écosse en droite ligne pour assister à la fête, et qu'une des dames de la halle avait offert à son curé.

J'appris ce détail du mari, qui était mon voisin à table, et qui m'avoua que le pauvre poisson avait pesé de son vivant soixante-cinq livres.

— Nous l'avons fait venir de la Tweed, me dit-il avec orgueil, car, voyez-vous, il n'y a que la Tweed pour des bêtes de cette dimension. Nos rivières de France n'ont rien de pareil.

Je demandai bonnement :

— Qu'est-ce que c'est que ça, la Tweed ?

Il répondit avec orgueil :

— Comment ! vous ne savez pas ce que c'est que la Tweed ? Mais j'oubliais que vous êtes épicier...

— Négociant en denrées coloniales, monsieur.

— C'est ce que je voulais dire... La Tweed, voyez-vous, c'est une rivière d'Écosse qui est comme la mère et la nourrice des saumons.

Je me suis laissé dire qu'ils la remplissaient jusqu'aux bords, tellement que l'eau pouvait à peine couler... C'est un Marseillais qui l'a vu et qui me l'a raconté. Ma femme, alors, ne m'a pas laissé tranquille jusqu'à ce que j'aie fait venir le saumon. Malheureu-

sement, Monseigneur et ses grands vicaires en ont
mangé la moitié.

C'était vrai. Tout un côté manquait ; mais Dorothée,
pleine d'artifice, avait tourné le saumon de manière
qu'enveloppé de persil et d'herbes de toute espèce, il
paraissait encore tout entier.

En revanche, le reste du souper était intact et, pendant un quart d'heure au moins, nous mangeâmes
et bûmes tous, sans parler, comme des chanoines.

Alors le nouveau curé se leva et porta la santé de
Monseigneur, tout le monde lui fit raison avec enthou-
siasme, et la conversation commença.

Je n'oserais dire qu'on ait parlé beaucoup de théolo-
gie ce jour-là. D'abord, excepté les quatre vicaires de
Saint-Eustache et le curé, je ne crois pas qu'il y eût six
personnes sur trente, dans toute la société, qui eussent
jamais appris trois mots de latin.

J'en savais un peu, moi, mais pas beaucoup, parce
que mon frère aîné, qui devait hériter de la boutique
de mon père, étant mort à vingt ans, on me retira du
collége d'Harcourt, où j'étudiais pour être prêtre, et
l'on me mit au comptoir quand je commençais à peine
ma rhétorique. Toute ma science aurait tenu sans
peine dans le cerveau d'un récollet, qui est, dit-on, le
plus ignorant et le plus crasseux de tous les moines.

Le curé de Saint-Eustache, renommé pour sa science
dans tout le quartier, était de trop bonne humeur
pour prêcher à table. Au contraire, il pressait chacun
de boire et de manger suivant ses forces et même au
delà. Il disait où l'on trouve les meilleurs vins, les
meilleures viandes, les volailles les plus grasses et,
comme disaient ses ennemis, la meilleure victuaille
en tout genre. Il donnait la recette de plusieurs
sauces.

Il racontait des histoires salées ; mais comme il n'y
avait pas de dames et comme il ne désirait plus

monter en grade, il ne faisait pas la petite bouche. Enfin il mit tout le monde en train, quoique honnêtement, et nous étions si joyeux qu'on se parlait deux à deux sans s'écouter, qu'on criait, qu'on s'interrompait réciproquement, et que je n'avais de ma vie entendu un plus terrible vacarme.

Tout à coup, au dessert, comme mon voisin, le marchand de saumons de la Tweed, allait proposer la santé du curé, Dorothée, qui était sortie un instant pour préparer le café et souper elle-même, rentra d'un air effrayé et me dit tout bas :

— Monsieur Marteau, monsieur Marteau, venez vite. On vous demande !

Effrayé sans savoir pourquoi, je me lève, je jette ma serviette sur la table et je suis précipitamment Dorothée.

Un enfant, le fils d'un de mes voisins, était à la porte et me crie :

— Monsieur Marteau, venez vite! Le feu a pris chez vous. La maison est en flammes. Tout le quartier va brûler !

Jamais je n'avais reçu un coup pareil. Je dis à Dorothée d'avertir tout bas M. le curé quand je serais parti. Je pris ma canne et mon chapeau dans l'antichambre, et tout en sortant et courant chez moi, je demandai à l'enfant :

— Où est Ninon ?

— On ne sait pas, monsieur Marteau ! On ne sait pas ! Personne ne l'a vue.

Je m'écriai :

— Ah! mon Dieu! voilà ce que je craignais! Voilà mes pressentiments! Mon enfant! ma pauvre enfant!... Et Jeannette ?

— On ne sait pas non plus. On a entendu crier : Au feu! au feu! au secours! au voleur! à l'assassin! au feu! au feu! au feu! C'est Jeannette qui criait. On a reconnu sa voix. Mais on ne l'entend plus. Elle est peut-être morte.

Enfin, à force de courir avec l'enfant, j'arrivai tout essouflé sur la place. Je pouvais à peine respirer. Plus de trois mille personnes étaient déjà rassemblées et regardaient ce spectacle.

Ma maison, qui faisait le coin de la rue, était à moitié brûlée. Ma boutique, garnie de toutes sortes de marchandises, n'était plus qu'un brasier. Deux étages s'étaient écroulés l'un sur l'autre et tous deux ensemble dans ce brasier. On ne voyait plus rien de la chambre ni des vêtements de ma pauvre Ninon, excepté un fichu de soie rose que je lui avais donné deux mois auparavant, et que le vent avait emporté sur la place.

En voyant cet horrible malheur, je m'élançai pour chercher ma fille dans le corridor qui suivait ma boutique et l'arrière-boutique, et qui conduisait de l'une à l'autre rue.

Là aussi tout était en feu. Je criai de toutes mes forces :

— Ninon ! Ninon ! où es-tu ?

Rien ne répondit. Le peuple, au dehors, criait :

— C'est le père, c'est le pauvre père Marteau ! il va se tuer ! sa fille est perdue !

Au même instant je reçus un éclat de poutre sur la tête et je tombai presque évanoui. Alors quatre ou cinq de mes voisins vinrent me prendre de force et m'emmenèrent. On me transporta malgré moi dans une maison de l'autre côté de la place, et l'on me coucha sur un matelas où les bonnes femmes des environs me donnèrent mille soins pendant que leurs maris, sous la direction du commissaire et du chevalier du guet, manœuvraient deux vieilles pompes à incendie et faisaient la chaîne jusqu'à la rivière.

Il ne s'agissait plus, malheureusement, de sauver

13.

ma maison ni ma fille, mais d'empêcher le feu de s'étendre sur la place, où beaucoup de maisons étaient en bois. Dans un quartier si populeux et si commerçant, au centre de Paris, le feu pouvait s'étendre et brûler un quart de la ville.

Pendant qu'on me pansait et qu'on me faisait avaler des bouillons, de l'eau de mélisse et de tout ce qu'on croyait propre à me ranimer, la conversation allait son train et j'entendais tout sans avoir la force d'interrompre ou de répondre.

— Vous savez comment le feu a pris, madame Barentin ? demanda l'une des dames qui étaient là. Mon garçon y était. Il a tout vu.

— Oh ! dit Mᵐᵉ Barentin, ' racontez-nous donc ça, madame Legrand. Ça devait être terrible !

— Oui, si l'on veut; mais, voyez-vous, il paraît que c'était encore plus curieux.

— Oh ! si l'on peut dire ! s'écria Mᵐᵉ Barentin.

— Oui, curieux ! Vous allez voir comment. Vous pouvez m'en croire. Je tiens ça tout chaud de mon garçon, et Polyte, voyez-vous, n'a jamais menti. D'ailleurs, il n'a pas encore l'âge de mentir; il aura quatorze ans à la saint Jean...

— Eh bien, qu'est-ce qu'il a dit, votre Polyte? interrompit Mᵐᵉ Barentin, impatientée sans doute et brûlant de savoir les nouvelles.

— Il m'a dit qu'il était sur la place à flâner avec ses amis, et qu'il regardait la fenêtre de Ninon Marteau...

— Voyez-vous ça, le sacripant ! dit une autre dame. Il n'y a plus d'enfants, sur ma parole, il n'y a plus d'enfants!

— Ça, c'est vrai, reprit la mère avec orgueil. Polyte a des dispositions... Il fera un jour le bonheur de plus d'une dame et de plus d'une demoiselle, c'est moi qui vous le garantis!... Enfin, il regardait la fenêtre de

Ninon... Il paraît que cette petite fille fait tourner
les têtes du quartier... Et même, comme à force de se
promener, les autres, fatigués, l'avaient planté là, il
faisait des vers :

> O Ninon, Ninon, ma belle,
> Seras-tu toujours cruelle?

Lorsque, tout à coup, il a vu la porte s'ouvrir se-
crètement, et trois hommes sont entrés, sans bruit,
l'un après l'autre.

— Oh! s'écria l'une des voisines indignée.

— Ah! ah! dit à son tour Mme Barentin. Mais alors
la petite Ninon n'était donc pas ce qu'elle paraissait...
Ah! la sainte-n'y-touche!

J'aurais voulu pouvoir me lever et souffleter la
bonne dame, mais les forces me manquèrent, même
pour crier, et je demeurai étendu sur mon matelas.

— Mais, dit une voisine, il faut savoir qui est-ce qui
a ouvert la porte.

— Oh! répliqua Mme Barentin, nous savons bien
qu'une porte ne s'ouvre pas toute seule!

— Possible, madame, s'écria la mère de Polyte, mais
ce n'est pas Ninon qui l'a ouverte, j'en mettrais ma
main au feu!... D'ailleurs Polyte l'a vue assise au
second étage qui regardait les étoiles.

— Alors, reprit aigrement Mme Barentin, si ce n'est
pas Ninon, c'est Jeannette.

J'écoutais la réponse avec inquiétude, car j'avais
grande confiance dans ma pauvre Jeannette; mais la
bonne femme répondit :

— Je ne sais pas qui c'est. Peut-être ces brigands
avaient forcé la serrure. Enfin la porte s'est ouverte.
Ils sont entrés. Polyte qui les regardait dans l'ombre,
s'est douté de quelque chose, a voulu voir ce que
c'était... Mais voyez le malheur! il a écouté d'abord
derrière la porte et n'a rien entendu, excepté qu'on

causait à voix basse dans la boutique, comme quand on veut cacher un secret. Devinez ce qu'il a pensé ?

En même temps elle fit une pause pour attendre la réponse.

— Dites donc vite !

— Il a pensé que le père Marteau, qui est épicier, faisait la contrebande et qu'on lui apportait du sel, du sucre et du tabac pendant la nuit. Alors mon Polyte, qui est d'une discrétion au-dessus de son âge, n'a pas voulu, vous pensez bien, faire pincer le père Marteau par les autorités civiles et militaires de la douane ; il a continué de fumer sa pipe (car, vous savez, ce galopin fume déjà comme un homme) en regardant la fenêtre de Ninon. Puis, tout à coup, la chandelle qui était allumée dans la chambre s'est éteinte, et Ninon a crié : — Au voleur ! Au secours ! Jeannette !

Et les chaises et les tables ont dû être renversées, car le bruit était épouvantable. Alors Polyte a voulu entrer et crier au secours, car, tout jeune qu'il est, c'est un lion pour le courage ; mais voilà que les trois hommes qu'il avait vus entrer sont sortis en courant et emportant Ninon, qui criait de toutes ses forces...

— Ah ! mon Dieu ! dit Mme Barentin. Mais c'est un enlèvement, cela !

— Oh ! un enlèvement terrible, je vous en réponds. Jeannette criait à son tour, et tout à coup on a vu que le feu venait d'être mis à deux ou trois endroits dans la maison. Polyte est allé chercher le commissaire. Les voisins sont venus, et voilà.

— Alors Jeannette est restée dans la maison ?

— Possible, madame Barentin !

— Mais alors elle est brûlée vive ?

La mère de Polyte leva les épaules, comme pour dire : Que voulez-vous que j'y fasse ?

Au même instant, et comme reprenant mes forces

peu à peu, je me levais à demi pour faire des questions,
je vis entrer M. le curé de Saint-Eustache et deux de
mes voisins qui portaient sur un brancard la pauvre
Jeannette mourante.

Le curé la fit déposer sur un matelas, à côté du
mien, et me prit les mains en m'embrassant :

— Ah! mon ami, quel malheur!

Le saint homme avait les larmes aux yeux.

XL

Une foule énorme se pressait à la porte et voulait
entrer, car déjà, grâce au secours des voisins qui
tous avaient prêté leurs seaux, et aux pompes du
quartier qu'on manœuvrait vigoureusement, l'incendie était presque éteint. Ma maison seule était brûlée,
et je venais du même coup de perdre presque tout
ce que je possédais et Ninon.

Il ne me restait plus qu'une petite maison à La Va-
renne-Saint-Maur, et un grand jardin où j'allais tous
les dimanches, en été, planter, bêcher, semer, sarcler,
récolter et pêcher à la ligne, car elle était sur le bord
de la Marne. Cette maison ne me rapportait rien et ne
m'en était que plus chère.

Elle me coûtait cher aussi à cause des réparations;
tantôt le toit s'effondrait sous la pluie, tantôt le mur
du jardin était emporté par les inondations de la
Marne; tantôt mes poules avaient la pépie et mes la-
pins la diarrhée. Enfin tous les malheurs qui peuvent
tomber sur un propriétaire. Mais quelle joie quand,

par un beau soir, entre le dîner et le souper, assis
sur un mur qui plongeait presque dans la Marne, je
pouvais jeter ma ligne dans l'eau, ayant à côté de
moi ma boîte d'asticots, sur la tête un grand chapeau de paille, sur le dos ma large veste de nankin,
et quand je sentais mordre le goujon et l'ablette !

Car ils mordaient, les malheureux ! Ils venaient
autour de l'hameçon par demi-douzaines, d'abord,
puis par douzaines, par centaines, par milliers. Pour
les attirer, Ninon et moi nous jetions des mies de
pain, feuilles de chou, tous les débris de la cuisine
de Jeannette.

Les pères et les mères venaient les premiers, lentement, avec défiance ; je les laissais faire : je demeu-
rais immobile sur mon mur comme une statue sur
son socle. Alors, ils goûtaient le pain, le trouvaient
bon et appelaient le reste de la famille, les fils, les
filles, les neveux, les nièces, les cousins, les cousines,
et enfin tout le peuple.

Puis, l'un d'eux mordait à l'hameçon. Je voyais la
ligne au bout de laquelle frétillait le goujon, et alors
c'étaient des cris de joie de Ninon qui applaudissait
à mon adresse, et qui prenait la ligne à son tour ;
mais elle n'était pas de ma force. Il faut tant de qualités pour faire un bon pêcheur à la ligne (de la
finesse, de la dissimulation, de la prudence, de la
discrétion, de la patience surtout), qu'on doit croire
qu'il gouvernerait aisément les hommes s'il voulait
s'en donner la peine ; et c'est pour cela que saint
Pierre, le fameux pêcheur du lac de Génésareth, fut
choisi par Notre Seigneur Jésus-Christ pour être le
premier des papes.

Je ne sais comment toutes ces pensées me vinrent
à la fois au moment où j'avais perdu tout ce que j'aimais sur la terre. Peut-être étais-je si désespéré que
le bon Dieu me les envoya pour me distraire un peu

de mon malheur. Peut-être était-ce un commencement de folie.

A la fin, le vieux curé de Saint-Eustache, qui avait amené le chirurgien et qui s'occupait à panser la pauvre Jeannette, revint à moi avec le commissaire et me dit en me frappant sur l'épaule :

— Marteau !

Je levai les yeux sur lui sans répondre. Il reprit :

— Marteau, mon ami Marteau, voulez-vous assister à l'interrogatoire?

— De qui?

— De Jeannette.

— Ah !

Je me levai lourdement, et je le suivis. On avait transporté Jeannette dans une pièce voisine, et l'on fit sortir tout le monde, excepté le commissaire, son greffier et moi.

En me voyant, la pauvre femme tendit les bras vers moi et me dit d'une voix faible :

— Pardonnez-moi, monsieur Marteau! Pardonnez-moi ! Si j'avais su! Mais je ne pouvais pas savoir!... Ah ! le scélérat!

Je demandai en pleurant :

— Jeannette, qu'avez-vous fait de ma fille, de ma pauvre Ninon ?

— Ah! monsieur! ce n'est pas moi, je le jure !

Et elle prononçait quelques paroles entrecoupées de sanglots.

Le commissaire dit tout bas au curé et à moi :

— Il faut l'interroger tout de suite; le chirurgien dit qu'elle sera morte dans une heure.

Alors le greffier se mit en posture d'écrire et l'interrogatoire commença.

— Jeannette, demanda le commissaire, dites tout ce que vous savez. Qu'est-ce qui s'est passé?

Et comme elle gardait le silence et paraissait réfléchir :

— Mon enfant, ajouta doucement le curé, au nom de votre salut éternel, dites la vérité ! Songez que vous allez comparaître devant Dieu !

Elle poussa un profond soupir et répondit :

— M. Marteau était sorti depuis plus d'une heure pour aller souper chez vous, j'avais fermé la porte à double tour et j'allais me coucher quand j'ai entendu un peu de bruit en bas dans la boutique...

— Étiez-vous en bas ?

— Non, en haut, dans le cabinet où je couche à côté de la chambre de Mlle Ninon, au second étage... J'ai cru, d'abord, que les rats se battaient autour de quelque fromage, vous savez, monsieur Marteau, ça peut arriver, et que la chatte les poursuivait. Alors je n'ai pas bougé, et je me suis mise à genoux pour faire ma prière du soir... Comme j'en étais à : « Notre père qui êtes aux cieux... » j'ai entendu qu'on parlait tout bas, bien bas, et qu'on montait l'escalier avec précaution... Ces hommes devaient avoir les pieds nus pour faire moins de bruit...

— Quels hommes ? demanda le commissaire. Ils étaient donc plusieurs ? Vous les avez donc vus ?

— Si je les ai vus ! Une minute seulement ! Mais ils m'ont tuée !

— Combien étaient-ils ?

Elle hésita un instant et dit :

— Trois !

Le commissaire remarqua cette hésitation, et dit sévèrement :

— Prenez garde, Jeannette ! N'étaient-ils que trois ?

Elle répondit :

— Monsieur le commissaire, ne m'en demandez pas davantage. C'est bien assez de tous les péchés que j'ai faits pendant ma vie ; ne m'en faites pas faire un nou-

veau à l'heure de la mort!... Ah! je suis bien punie,
mon Dieu!

Et elle se retourna du côté du mur.

Le curé dit au commissaire :

— Monsieur, n'insistez pas. Cette pauvre femme a
peut-être quelque raison de ne pas tout dire. Avec ce
qu'elle dira, nous retrouverons facilement la trace
des coupables... Vous, mon enfant, continuez.

Jeannette reprit :

— En entendant qu'on montait l'escalier, j'ai eu
peur, et prenant ma lampe, j'ai ouvert la porte et j'ai
regardé. C'est alors que j'ai vu ces hommes... L'un
d'eux était déjà tout près de la porte. Il a soufflé la
lampe et m'a dit tout bas : La vieille, si tu dis un mot,
tu es morte! Alors ils ont ouvert la porte de la chambre et j'ai crié tout de suite : Au feu! au feu! au voleur! à l'assassin! au feu!

Au même instant, Ninon, qui était assise à sa fenêtre, s'est retournée, a crié comme moi. On a éteint
la chandelle qui était dans sa chambre, on s'est jeté
sur elle dans l'obscurité, et on l'a emportée. Elle s'est
débattue de toutes ses forces, la pauvre enfant, car
j'entendais renverser la table, les chaises, le guéridon.
J'ai voulu l'aider, mais j'ai reçu un grand coup de
couteau dont je vais mourir.

— Comment le feu s'est-il mis dans la maison?

— Ah! voilà!... Les voisins ont entendu qu'on
criait chez nous. Ils ont commencé à se rassembler
sous la fenêtre. Le petit Polyte, qui était sur la place,
a raconté ce qu'il avait vu; moi-même, malgré ma
blessure, j'ai crié de toutes mes forces. Alors les brigands ont eu peur d'être poursuivis, et j'en ai entendu
un qui disait aux autres : « Mettez le feu partout, ou
nous sommes perdus! M. le duc est bien assez riche
pour payer la maison du père Marteau, s'il en a
envie! »

Le commissaire demanda encore :

— Monsieur le duc ? quel duc ? De qui parlez-vous, Jeannette ?

Elle rassembla toutes ses forces et répondit :

— Monsieur le duc d'Uzerche et de Ventadour !

Le commissaire reprit d'une voix solennelle :

— C'est grave, ce que vous dites là, femme Jeannette. Comment avez-vous reconnu qu'il s'agissait du duc d'Uzerche puisqu'on ne l'a pas nommé devant vous ?

— Ah ! dit-elle, ce n'est pas lui que j'ai reconnu, c'est...

Elle s'arrêta en frémissant.

— Quelqu'un de sa suite sans doute, un laquais, un valet de pied ? demanda le commissaire.

Elle fit signe qu'elle ne parlerait pas davantage et demanda à se confesser. Le commissaire insista inutilement. Le curé de Saint-Eustache et moi nous ne soupçonnions que trop la triste vérité et l'intérêt que la malheureuse Jeannette pouvait avoir à se taire.

Après un moment d'attente, le curé dit :

— Monsieur le commissaire, si vous continuez vos questions, nous n'en saurons pas davantage. Laissez-moi confesser cette pauvre femme. Dieu l'éclairera peut-être et lui commandera de révéler ce qu'il nous reste à savoir... Attendez-moi dans la chambre à côté de celle-ci, et vous, Marteau, mon ami, sortez aussi !

Nous obéîmes tous deux, et le greffier nous suivit avec son écritoire. Tous les voisins nous attendaient pour savoir des nouvelles ; mais j'étais trop abattu pour répondre à leurs questions, et le commissaire les regarda d'un air si sévère qu'ils eurent peur d'être pris pour les vrais coupables et n'osèrent l'interroger.

En revanche, l'un d'eux raconta qu'il avait vu, en rentrant chez lui après avoir passé la journée chez des amis, à Vincennes, une voiture attelée de deux chevaux et arrêtée dans la rue où le corridor de ma maison aboutissait par derrière.

Comme il battait le briquet et cherchait à ouvrir sa porte avec son passe-partout, il avait entendu de grands cris, puis il avait vu des flammes s'élever au-dessus de mon toit, et il avait voulu crier à son tour, avertir les voisins de porter du secours. Mais au même instant trois hommes armés (ou qui devaient l'être, car il avait entendu un bruit de ferraille heurtée) avaient paru, portant dans leurs bras une femme qui se débattait de toutes ses forces.

Un quatrième avait refermé la portière, monté sur le siége, pris les rênes et lancé les chevaux au galop.

— Il fallait les arrêter, dit le commissaire.

— Monsieur, répliqua l'homme, j'étais seul, sans armes, et je ne savais pas si ça se faisait par ordre du roi ou autrement. Ces choses-là arrivent si souvent depuis quelque temps, et M. le lieutenant de police s'en occupe si peu!...

— C'est assez, taisez-vous! dit impérieusement le commissaire.

— C'est que, voyez-vous, ajouta l'autre, si l'on allait me mettre au cachot pour avoir vu ce que je ne devais pas voir...

Alors le commissaire répliqua :

— Prenez garde d'y être mis pour avoir dit ce qu'il ne fallait pas dire.

Au même instant, M. le curé de Saint-Eustache ouvrit la porte et nous fit entrer.

— J'ai confessé Jeannette, dit-il. et lui ai donné l'absolution à condition qu'elle ne cacherait rien à la justice. Écoutez, monsieur le commissaire.

Alors Jeannette nous dit :

— Monsieur Marteau, pardonnez-moi. C'est ma

faute, c'est ma très-grande faute. C'est moi qui ai ouvert la porte à ces bandits.

— Oh !

— C'est moi, c'est-à-dire c'est mon fils, c'est Jacquot...
Vous m'aviez défendu de le recevoir. J'ai eu tort.
J'en suis bien punie. Il est venu en votre absence,
quand vous étiez à la promenade avec M¹¹ᵉ Ninon.
Quand vous êtes revenu, je ne vous attendais pas si
tôt. Je lui ai dit de se sauver, et je lui ai donné tout
l'argent que j'avais. J'ai cru qu'il était parti. Pas du
tout.

Il s'était caché je ne sais où, à la cave ou au grenier,
car il connaissait toute la maison... Il y était resté si
longtemps ! Après votre départ, il ne s'est pas montré,
de peur d'être chassé par Ninon...

C'est lui qui a ouvert la porte fermée à double tour.
C'était bien facile. Ma clef était toujours pendue au
même clou. Vous savez le reste.

— C'est lui peut-être aussi qui vous a donné le coup
de couteau ? demanda le commissaire.

Elle répondit vivement :

— Oh ! non, monsieur ! Tout le reste, mais pas cela.
Il ne m'a ni menacée, ni frappée. Non, non, jamais !

Ce furent ses dernières paroles. Cinq minutes plus
tard, elle était morte.

XLI

Pauvre Jeannette ! Elle payait bien cher la faiblesse
qu'elle avait toujours eue pour son coquin de fils !

Quand elle eut rendu le dernier soupir, le curé, me
voyant consterné et hors d'état de prendre une résolution, me dit :

— Mon ami, ce n'est plus d'elle qu'il s'agit ; c'est de
Ninon !

A ces mots, je me réveillai comme d'un profond
sommeil, et je m'écriai :

— Où la trouver ? Où l'a-t-il fait transporter ce duc
de malheur !

Le commissaire me reprit avec gravité :

— Monsieur, la douleur vous égare. M. le duc de
Ventadour et d'Uzerche est accusé, mais non convaincu
du crime de rapt. Et par qui accusé? Par une vieille
femme qui ne l'a pas vu, qui accuse en même temps
son propre fils (lequel, je l'avoue, est un mauvais
drôle, capable de tout), tandis que M. le duc d'Uzerche
est un grand seigneur, un parfait gentilhomme, capitaine des gardes du corps de Sa Majesté, signalé par
son courage dans la dernière guerre...

Comme le commissaire allait continuer cet éloge, le
bon curé de Saint-Eustache l'interrompit :

— Monsieur, il est bien facile de s'assurer si l'accusation de Jeannette est fondée. Allons ensemble à l'hôtel d'Uzerche. Vous ferez (vous êtes autorisé par les
circonstances) toutes les perquisitions et questions
nécessaires. Je ne demande pas mieux, pour ma part,
que de croire à l'innocence de M. le duc.

Le commissaire parut embarrassé. C'était pourtant
un honnête homme, ou à peu près. Mais il craignait
de déplaire à son chef, le lieutenant de police, dont
il connaissait l'intimité avec le duc; il pressentait
un crime horrible et craignait de trouver le coupable.

Il répliqua d'un ton rogue :

— Monsieur le curé, je ferai ce qu'il faut faire. Je
n'ai besoin de personne pour m'enseigner mon devoir.

Avant tout, il faut que je prenne les ordres de M. le
lieutenant de police.

En même temps il tourna le dos pour sortir. Mais
le bon curé, que je n'avais jamais vu si vaillant ni si
animé, le retint :

— Restez ! dit-il, les ordres vont arriver tout à
l'heure, car j'ai écrit moi-même, dès le premier avis
de ce malheur, à M. de Sartine, en le priant de donner des ordres pour arrêter le coupable, quels que fussent son nom et sa qualité.

— Mais, dit le commissaire ébranlé, vous le prenez
bien haut, monsieur le curé !

Comme le curé allait répliquer, son secrétaire entra :

— Monsieur, dit-il, M. le lieutenant de police est à
Versailles depuis ce matin. Les bureaux sont fermés.
Personne n'a voulu m'écouter ni donner d'ordre.

— J'en donnerai donc moi-même, dit le bon curé.
Monsieur, vous voyez que le temps presse.

— J'ai envoyé des agents de tous les côtés, dit le
commissaire ; on poursuit les ravisseurs. Attendons
leur retour.

Le curé leva les épaules, et me prenant par le bras :

— Venez, Marteau. Si la police ne fait pas son devoir, je ferai le mien, moi ! et je rendrai compte de
tout, demain, à Mgr l'archevêque de Paris !

Ce nom révéré fit frémir le commissaire. Pour ne
pas se brouiller avec un duc, fallait-il s'attirer la haine
d'un curé et d'un archevêque ? Il nous dit d'un air
résolu :

— Marchez devant, messieurs !

Et, en effet, il nous suivit avec son greffier. Le peuple assemblé sur la place allait suivre aussi, mais le
curé fit venir une voiture de place, monta dans l'intérieur avec nous et ordonna :

— Cocher, à l'hôtel d'Uzerche !

On cria de tous côtés, car cette scène avait eu des milliers de témoins :

— Vive M. le curé de Saint-Eustache ! Vive le père du peuple ! Voilà un saint homme et qui n'abandonne pas ses paroissiens !

Le cocher partit au grand trot, et nous arrivâmes bientôt devant la grande porte de l'hôtel.

Sur la route, pour me rassurer ou peut-être pour me consoler, le bon curé me disait :

— N'ayez pas peur, ami Marteau ; si elle est dans l'hôtel, nous la reprendrons ! Si Jeannette ne s'est pas trompée, ce duc est un grand scélérat ; mais Jeannette elle-même n'a rien vu. Elle n'a entendu qu'un mot lancé au hasard, et peut-être destiné à égarer la justice !

Le suisse de l'hôtel ouvrit la porte au premier coup de sonnette et demanda qui était là.

— Dites à M. le duc d'Uzerche, répondit le curé, que M. le curé de Saint-Eustache et M. le commissaire de police du quartier Saint-Merry demandent à le voir.

Ces noms redoutés de commissaire et de curé donnèrent au gros suisse une agilité extraordinaire.

Il suivit la longue allée de chênes et de platanes qui traversait le parc, entra, fit sa commission et revint en deux minutes.

— Monseigneur le duc vous attend, dit-il.

Nous descendîmes tous les quatre, — le curé, le commissaire, le greffier et moi, — et nous le suivîmes dans l'allée jusqu'à un petit salon dont la porte s'ouvrait au rez-de-chaussée, sur le jardin.

C'est là que le duc nous attendait.

Il était vêtu d'une magnifique robe de chambre et assis dans un de ces fauteuils que M. de Voltaire a mis à la mode depuis longtemps. Il lisait ou feuilletait un gros volume de l'*Encyclopédie* de M. Diderot. Tout en feuilletant, il bâillait de toute sa force.

Nous eûmes le temps de le voir, car son bâillement n'était pas fini quand nous entrâmes. Un valet de pied, averti par le suisse, nous annonça tous les trois; pour le greffier du commissaire, il passait par dessus le marché ou plutôt il resta dans l'antichambre, attendant des ordres.

M. le duc, entendant la porte s'ouvrir et se fermer, leva les yeux et vint au devant de nous de l'air le plus gracieux. Il serra les deux mains du curé, qui ne put s'en défendre, le conduisit jusqu'à un fauteuil, eut pour moi des égards à peu près pareils, répondit d'un air assez impertinent aux saluts profonds du commissaire, lui désigna de loin un pliant, et, se rasseyant lui-même, engagea la conversation :

— Mon cher curé, et vous, mon cher Marteau, dit-il, quel bon vent vous amène ici ce soir ? Je ne m'attendais pas à vous voir si tôt ou si tard.

En effet, il était onze heures du soir.

— Monsieur le duc, répliqua gravement le bon curé, c'est un malheur terrible qui nous oblige à venir...

Le duc s'écria d'un air étonné :

— Quel malheur ?... Vous m'effrayez, mon cher curé. Si c'est un malheur qu'on puisse réparer, croyez que tout mon crédit est à votre service...

Je fus indigné de sa fausseté, et je lui criai :

— Monsieur le duc, rendez-moi ma fille ! ma pauvre Ninon !

— Votre fille, mon cher Marteau!... Qu'est-il donc arrivé, au nom de Dieu !

Et il se leva avec émotion. Je pensai alors que le duc était innocent ou qu'il était un grand comédien. On aurait dit qu'il prenait autant de part à mon malheur que moi-même.

Le curé prit la parole et raconta ce qui s'était passé et l'accusation de Jeannette mourante.

M. le duc d'Uzerche l'écoutait sans l'interrompre

même par un mot. Quand le curé eut fini de parler, il leva les mains au ciel et dit :

— Comment ! vous m'avez cru coupable d'un crime si horrible !

Le curé parut douter et lui dit :

— Monsieur le duc, nous ne croyons rien ; mais cette malheureuse femme qui allait comparaître devant Dieu, son créateur, et qui le savait, comment aurait-elle osé mentir à M. Marteau, à M. le commissaire, à moi et surtout au juge suprême, Celui devant qui les rois eux-mêmes sont forcés de courber la tête !

Le duc répliqua :

— Monsieur le curé, je ne comprends rien à cela, sinon que la femme dont vous parlez était folle ; qu'elle a dit au hasard le premier nom venu, le mien d'abord, parce qu'elle avait entendu parler de moi par son fils, qui était, en effet, à mon service il y a quelques jours, et que j'ai chassé honteusement pour des raisons que vous connaissez bien. Peut-être même a-t-elle cru que je voudrais protéger ce drôle. Qui sait ce qui peut passer dans l'esprit d'une mourante ?

Cela paraissait assez vraisemblable. Il ajouta :

— Je ne me défends pas d'avoir aimé Mlle Ninon, et de l'aimer encore avec idolâtrie ; mais un gentilhomme de mon nom et de ma race, monsieur le curé, ne s'abaisse pas jusqu'au crime !

Le curé hésitait. Je me levai et je dis :

— Monsieur le duc, permettez-vous qu'on fasse des recherches dans votre hôtel ?

Il répondit d'un air de générosité :

— Monsieur Marteau, tout autre que vous ne me tiendrait pas impunément un pareil langage ! Mais je pardonne tout à la douleur d'un père. Cherchez, cherchez vous-même, mon ami, allez avec le commissaire, fouillez partout. Plût à Dieu qu'au prix de mon sang je pusse retrouver Ninon et vous la rendre !...

14

Vous, monsieur le curé, restez avec moi, je vous prie.

Puis tout à coup, comme s'il eût été frappé d'une idée soudaine :

— Attendez encore, monsieur Marteau. Vous venez de voir de quoi j'étais occupé. Je mourais d'ennui, et pour me distraire, je lisais l'*Encyclopédie*.

— C'est un livre bien dangereux, dit le curé.

— Bien ennuyeux surtout, mon vieil ami, et je bâillais si fort que vous avez dû m'entendre de l'antichambre. Si vous n'étiez pas venus, je me serais couché dans cinq minutes. Et voulez-vous savoir à quoi j'ai passé la journée depuis la messe solennelle d'installation où vous m'avez vu ce matin ? Ce récit vous persuadera de mon innocence mieux que tout le reste.

Il tira le cordon de la sonnette. Le valet de chambre entra :

— Saint-Marc, dit le duc, expliquez à M. le curé de Saint-Eustache ce que j'ai fait depuis ce matin. Parlez franchement. N'oubliez rien.

Le valet de chambre, sans s'étonner, répondit :

— A sept heures, je suis entré dans la chambre de M. le duc, et je l'ai coiffé et rasé comme à l'ordinaire. A huit heures, M. le duc a pris son chocolat et reçu le rapport du major des gardes françaises. A huit heures et demie, il a fait demander si la marquise de Latour-Maubrac, sa sœur, était habillée. A neuf heures moins le quart, M. le duc et Mᵐᵉ la marquise sont allés entendre la messe à Saint-Eustache. A midi, M. le duc est sorti de l'église.

— Qu'est-ce que j'ai dit de M. le curé de Saint-Eustache, sous le porche, après la cérémonie ?

— M. le duc a dit à Mᵐᵉ la marquise que M. le curé avait été très-éloquent.

— Bien, continuez.

— M. le duc est rentré pour dîner. Mᵐᵉ la marquise, après dîner, est partie pour Versailles. M. le duc, qui

s'ennuyait, est monté à cheval et a galopé quelque temps au bois de Boulogne. J'accompagnais M. le
duc, et je ne l'ai pas quitté d'une minute. Nous
sommes rentrés à l'hôtel.

A sept heures, M. le duc a demandé son souper et
mangé comme à l'ordinaire, c'est-à-dire très-peu,
puis il s'est promené dans le parc en faisant ou
récitant des vers, je ne sais pas lequel des deux.

A neuf heures, M. le duc est rentré dans le
petit salon et s'est fait donner le troisième volume de
l'*Encyclopédie...* Voilà le récit exact de la journée de
M. le duc.

— C'est bien, Saint-Marc. Vous pouvez sortir.

Et quand le valet de chambre fut sorti :

— Eh bien, reprit le duc d'Uzerche, êtes-vous con-
vaincus de mon innocence? Est-ce la journée d'un
scélérat, d'un infâme ravisseur ?

Au même instant le commissaire entra et dit :

— J'ai fouillé l'hôtel de la cave au grenier et interrogé tous les serviteurs de M. le duc. Il n'y a rien de
suspect.

— Monsieur le duc, dit alors le bon curé, je regrette.

Mais le duc l'interrompit avec chaleur :

— Ne regrettez rien, mon ami : ni vous, monsieur
Marteau ! Dès demain, je veux faire mieux que de
vous prouver mon innocence. Je veux vous servir de
toutes mes forces et lancer sur les traces des scélérats
toute la police du royaume.

Quand nous fûmes sortis, le curé me dit :

— Je doute encore !

Pour moi, je ne doutais plus. Puisque le duc d'Uzerche était innocent, le coupable devait être ce maudit
Rienquivaille, entré dans ma maison pour mon malheur. Tout s'expliquait alors, mes pressentiments,
l'émotion de Ninon, qui peut-être avait voulu fuir,
mille indices secrets...

XLII

Comme nous sortions de l'hôtel d'Uzerche, je voulus prendre congé du bon curé de Saint-Eustache; mais il me retint et demanda :

— Où allez-vous? Mon ami, ma maison est la vôtre. C'est là d'ailleurs que M. le commissaire et M. le lieutenant de police sont priés d'envoyer toutes les nouvelles qu'ils auront reçues de Ninon ou qui peuvent mettre sur la trace de ses ravisseurs.

Je le suivis sans résistance et presque sans pensée, tant j'étais accablé de l'effroyable malheur qui venait de tomber sur moi.

Quand nous fûmes arrivés au presbytère, qui est au bas de la rue Montmartre, le commissaire du quartier Saint-Merry, qui était venu avec nous jusque là, me fit ses adieux d'un air plus touché qu'on n'aurait pu le croire d'un homme de sa profession, et dit au curé :

— Monsieur, je vous jure maintenant que je suis certain que M. le duc de Ventadour et d'Uzerche n'est pour rien dans cette horrible affaire, et que je ferai toute la diligence possible pour retrouver Mlle Ninon Marteau.

Le curé répondit à son salut et à celui de son greffier par un signe de la main ; puis, levant les épaules, quand il fut parti :

— Voilà, dit-il, la justice humaine! Celui-ci, tout honnête homme qu'il est, car il l'est, en effet, mais

par comparaison! n'aurait pas bougé s'il avait dû
mettre la main au collet d'un duc d'Uzerche, favori de
Sa Majesté.

En revanche, comme il voit que le duc est innocent (ou comme il le croit), il va se montrer plein de
zèle. Gare aux coupables, s'il les rencontre!

Mon ami, en ce monde comme en l'autre, il
n'y a jamais eu, il n'y aura jamais que la justice de
Dieu!

Tout en parlant, il monta l'escalier et me montra
une chambre à côté de la sienne.

— C'est là que vous allez coucher, dit-il, car il est
maintenant deux heures du matin. Tâchez de dormir.
Après la messe de huit heures, je viendrai vous
prendre et nous recommencerons nos recherches.

Sans me déshabiller ni répondre, je me couchai
sur le lit. J'avais perdu toute intelligence et toute
volonté. Mille images confuses flottaient devant mes
yeux. Je voyais Ninon sanglante et me tendant les
bras; tantôt c'était le duc d'Uzerche souriant et me
demandant la main de ma fille; tantôt elle était
emportée dans une caverne par ce maudit Rienquivaille.

Au milieu de ce cauchemar, je fus réveillé par le
curé de Saint-Eustache qui me dit :

— Venez, mon cher ami, j'ai reçu des nouvelles.
Nous allons partir.

Il était déjà en habit de voyage et la voiture attendait à la porte.

Je me levai précipitamment et je le suivis. Alors il
me montra le billet suivant qu'avait envoyé le commissaire :

« Nous sommes sur la trace. On a galopé quelque
temps dans la rue Saint-Antoine, du côté de la Bastille. La voiture a été remarquée. C'est un vieux carrosse attelé de deux chevaux blancs. Deux hommes

14.

étaient assis sur le siége, — le cocher et un autre ;
deux autres dans l'intérieur avec une femme qui a
brisé la vitre et appelé au secours. Malheureusement,
il n'y avait personne dans la rue à cette heure-là, excepté un ouvrier ébéniste qui a voulu se précipiter
au-devant des chevaux et les arrêter. Il a été renversé
et blessé au poignet. La blessure est d'ailleurs légère. Je viens d'envoyer cinq de mes agents avec
ordre d'arrêter tous les carrosses sur les routes de
Flandre et d'Allemagne. »

— Il faut aller de ce côté-là, dit le bon curé.

En même temps il prit son chapeau et sa canne. Je
le suivais, quand la vieille Dorothée nous cria :

— Monsieur le curé, n'oubliez pas votre chocolat.
Vous ne savez pas quand vous pourrez dîner.

Le saint homme obéit et me força de déjeuner avec
lui ; mais nous étions à peine assis lorsqu'un moine
entra et d'une voix grave dit à la servante :

— Dorothée, laissez-nous ; j'ai besoin de parler à
M. le curé.

Quand elle fut sortie, il releva son capuchon, ôta
sa barbe noire et se montra.

C'était Rienquivaille.

Le bon curé, qui savait les soupçons que j'avais
contre ce garçon, le reçut fort mal et lui dit :

— Je vous croyais parti, Jean-de-Dieu !

Mais l'autre, sans se déconcerter :

— Je suis parti et je suis revenu, monsieur le
curé. J'en rends grâce au ciel !

— Que voulez-vous dire ?

— Que j'ai tout appris sur la route et que je viens
vous offrir mes services.

Et sur un geste que je fis pour l'éloigner :

— Vous ne m'aimez pas, monsieur Marteau, et
vous avez tort, car je donnerais ma vie pour ma
chère, ma bien-aimée Ninon ; mais ce n'est pas de

cela qu'il s'agit... Je sais où elle est maintenant, ou plutôt sur quelle route...

— Nous le savons aussi, répliqua le curé. Elle est sur la route de Flandre ou d'Allemagne.

Et il montra le billet du commissaire.

— Il se trompe ou vous trompe, dit Rienquivaille ; je l'ai rencontrée cette nuit à Longjumeau, sur la route d'Orléans.

— Longjumeau !... s'écria le curé avec étonnement.

J'ajoutai :

— Si vous l'avez rencontrée, pourquoi...

— Pourquoi ne l'ai-je pas délivrée ? N'est-ce pas ce que vous voulez dire, monsieur Marteau ?... Et vous avez raison. Ah ! si j'avais su...

— Enfin, dit le curé, où sont les preuves ?

— Voici. J'étais parti hier au soir sous ce froc et muni des cent écus que vous m'aviez donnés pour mon voyage en Espagne... Avant de partir, je passai sous la fenêtre de Ninon et je la vis accoudée, belle comme les anges. Sans me faire voir, car vous me l'aviez défendu, je lui envoyai du fond du cœur mes derniers adieux.

Je montai un cheval de poste à la barrière de Fontainebleau, et je le renvoyai avec le postillon qui m'accompagnait quand nous fûmes arrivés à l'auberge de la *Belle-Étoile*, à Longjumeau. Là, je venais à peine de me coucher depuis un quart d'heure et de m'endormir lorsqu'un grand bruit de carrosse, de chevaux et de grelots se fit entendre.

Le carrosse s'arrêta devant la porte, et deux hommes descendirent du siège et demandèrent à boire.

Ils parlèrent si haut que j'entendis toute leur conversation avec l'aubergiste.

— La vieille ! donnez du vin à ceux qui sont dans le carrosse.

— Pourquoi ne descendent-ils pas ?

— Qu'est-ce que ça vous fait, pourvu qu'on paye? répliqua l'autre brutalement.

L'hôtesse obéit.

Un instant après le carrosse avait changé de chevaux et repartait au grand trot sur la route d'Orléans... Eh bien, j'en suis sûr maintenant, c'est dans ce carrosse qu'on a enlevé Ninon; et s'ils ont fait semblant d'abord de prendre la route d'Allemagne, c'était pour avoir le temps de fuir sans être poursuivis.

— En effet, dit le curé. Tout cela est possible. Mais comment savez-vous que Ninon était dans le carrosse ?

— C'est bien simple. Comme je ne dormais pas, averti par quelque pressentiment, je me suis rhabillé et j'ai demandé à la bonne femme qui tient l'auberge qui est-ce qui venait de faire tant de bruit.

Elle m'a répondu :

— Je ne sais pas. Les gens du carrosse m'ont dit que c'était une jeune dame qui est devenue folle et qu'on emmène dans sa famille. En effet, quand j'ai voulu lui donner à boire comme aux autres, elle m'a fait signe sans pouvoir parler parce qu'elle était bâillonnée, qu'elle voulait sortir et demander du secours ; mais les hommes qui étaient dans l'intérieur l'ont retenue, et comme j'ai vu qu'elle se débattait, j'ai eu peur et je me suis sauvée. Alors ceux qui étaient dans l'auberge sont montés sur le siége, m'ont payée et sont partis. Ah! la pauvre jeune dame! c'est bien dommage, car elle était jolie comme un cœur, — et, tenez, — je crois qu'elle a oublié ou jeté son mouchoir. Le voici.

Alors Rienquivaille me montra le mouchoir, que je reconnus tout de suite. Il était marqué des lettres N. M. (Ninon Marteau).

Plus de doute maintenant! Mais si Rienquivaille et

le duc étaient innocents, qui pouvait avoir enlevé
Ninon ?

Rienquivaille continua :

— Je ne savais rien de ce qui s'était passé chez vous,
monsieur Marteau. Cependant je me sentais inquiet ;
j'ai demandé des chevaux de poste pour revenir à Paris ou pour suivre le carrosse; mais il était déjà bien
loin, et j'ai cru qu'il valait mieux venir à Paris tout
de suite. Je suis parti à franc étrier, j'ai mis pied à
terre à la poste, et je suis allé sur la place Saint-
Jacques-la-Boucherie. Là, j'ai tout appris !...

— Malheureux garçon! dit le curé. Vous venez vous
mettre dans la gueule du loup!

Rienquivaille répliqua :

— Monsieur le curé, ma vie n'est rien si je sauve
Ninon... Je connais d'avance le coupable !

— Qui?

— Le duc d'Uzerche?

— Nous l'avons vu cette nuit, dit le curé. Il est aussi
innocent que vous-même.

Et il raconta notre visite à l'hôtel d'Uzerche.

— Monsieur le curé, reprit Rienquivaille, c'est un
alibi qu'il se prépare, ce gentilhomme! Il a fait enlever Ninon par ce misérable Jacquot, qui est son âme
damnée, et l'a fait enfermer dans quelqu'un de ses
châteaux, car il en a trois en Limousin, à ce qu'on
m'a dit. Il ira la retrouver plus tard, quand on ne
pensera plus à lui... Au reste, allez de votre côté, je
vais aller du mien. Adieu!

Comme il sortait :

— Où courez-vous? demanda le curé. Ne savez-vous
pas que la police vous cherche?

— Et moi, je cherche Ninon et je la retrouverai !
s'écria Rienquivaille. Je n'ai peur ni de la police, ni
des grands seigneurs, ni du roi, ni de la potence,
moi! Je suis d'une famille où l'on est pendu de père

en fils! On est bien fort quand on sait qu'on ne peut échapper à son destin!

— Mais encore, de quel côté chercherez-vous?

— A Versailles. J'ai des protections!

Le curé leva les bras au ciel.

— Il a des protections!... chez M. de Sartine, sans doute?...

— Peu importe, monsieur le curé. Celui qui ne craint pas pour sa vie est maître de celle des autres... D'ailleurs, ce n'est pas de cela qu'il s'agit aujourd'hui. Je connais une dame, une grande dame, à qui les ministres ne refusent rien, et qui me servira mieux que toute la police et la justice du royaume...

— Mᵐᵉ la marquise de Pompadour peut-être? demanda le curé d'un air incrédule.

— Non, non, mieux que cela... Une marquise aussi, et dix fois plus belle, mais qui, si elle prenait un amant, ferait un autre choix que celui de la Pompadour!

— Peste! dit le curé. Jean-de-Dieu, mon ami, où trouverait-elle mieux qu'un roi de France? Et comment savez-vous qu'elle n'en voudrait pas?

Rienquivaille répondit avec simplicité :

— Elle me l'a dit, monsieur le curé. Mais je n'ai pas de temps à perdre. Je cours à Versailles. Adieu!

— Et nous, dit le curé, partons, mon cher Marteau, sur la route d'Orléans, et tâchons de retrouver Ninon.

XLIII

Nous partîmes ensemble, M. le curé de Saint-Eustache et moi, et nous allâmes en chaise de poste jusqu'à Longjumeau, où nous dînâmes dans l'auberge de la *Belle-Étoile*.

Je devrais dire plutôt que M. le curé dîna, car pour moi j'avais le cœur si serré qu'il me fut impossible de toucher à rien. Chaque minute perdue me semblait un siècle. Je me représentais Ninon bâillonnée, à demi étouffée, cherchant en vain des secours sur la route, gardée à vue par des bandits, et qui pouvait savoir jusqu'où ces misérables pousseraient le crime!

Cependant il fallut attendre. Le bon curé, d'ailleurs, ne perdit pas son temps.

Tout en mangeant et buvant de bon appétit, il interrogeait.

Il commença par l'aubergiste:

— Madame, dit-il d'un air indifférent, avez-vous eu des voyageurs cette nuit?

— Nous en avons toutes les nuits, monsieur le curé, répondit la grosse femme qui était faite en forme de barrique et qui se redressa d'un air fier comme si l'on avait porté atteinte à l'honneur de son auberge... De quels voyageurs voulez-vous parler?

— De tous. Mais surtout d'une jeune dame qui était en carrosse et qui n'a pas dû s'arrêter longtemps ici.

— Ah! oui, la pauvre dame qui était folle, reprit

l'aubergiste... C'est bien dommage, monsieur le curé, car je n'ai jamais rien vu de plus joli et de plus doux que son visage.

— A quoi voyiez-vous qu'elle était folle?

— Pardi! monsieur, ce n'était pas difficile à deviner. D'abord, les hommes qui l'accompagnaient me l'ont dit.

— Ce n'est pas une preuve, dit le curé.

— Attendez... Il y a encore autre chose. Quand je suis allée leur donner à boire dans l'intérieur du carrosse, j'avais apporté ma chandelle, et je l'ai bien vue. Elle avait de beaux yeux tristes comme ceux d'un agneau qu'on mène à l'abattoir. J'ai demandé: « Madame, voulez-vous boire? » Elle a fait signe qu'elle ne demandait pas mieux, et alors j'ai rempli un verre, mais ses mains et ses pieds étaient liés, de sorte qu'elle ne pouvait remuer, et l'un des hommes qui la conduisaient m'a dit rudement: « Vous voyez bien qu'elle est folle! » Alors elle s'est débattue, elle a essayé de parler, et comme elle ne le pouvait pas je me suis sauvée en voyant qu'elle faisait tous ses efforts pour se détacher. J'ai eu peur qu'elle n'échappât à ses gardiens et se jetât sur moi...

— Ah! malheureuse enfant! s'écria le curé. Ces misérables l'auront bâillonnée sans doute!

— Mais si elle était folle? reprit la grosse maîtresse d'auberge qui était de ces bonnes femmes à qui l'on fait tout croire pourvu que l'histoire soit terrible ou romanesque.

Je dis avec indignation:

— Mille fois moins folle que vous, madame! C'est ma fille qu'on m'a enlevée cette nuit.

Elle répliqua:

— Ma foi, monsieur, est-ce qu'on peut savoir? On m'a dit qu'elle était folle, je l'ai cru puisqu'elle était liée comme on lie les folles. C'est une preuve ça.

Quant à ce que vous dites qu'elle l'était mille fois
moins que moi, il faut que vous sachiez qu'il n'y a
jamais eu de fous dans ma famille, excepté mon
grand-père qui s'est fait mettre en prison pendant
cinq ans, parce qu'il était janséniste et que ça déplai-
sait à Sa Majesté. Et encore, sa folie fut bien rachetée
par la sagesse de mon père, qui, voyant qu'on allait
emmener mon grand-père, répondit à ceux qui lui
demandaient : — « Êtes-vous janséniste? — Moi,
messieurs, je suis aubergiste, » et qui garda, par
ce moyen, l'auberge où j'ai le plaisir de faire votre
dîner... Monsieur le curé, le chapon était-il gras et
rôti à point?

— Excellent, ma bonne dame, répondit le curé, qui
me fit signe de ne plus me mêler de la conversation...

Après plusieurs autres questions qui ne nous
apprirent rien de plus que ce qu'avait dit Rienquivaille, le curé demanda :

— Savez-vous de quel côté sont allés ces hommes?

— Je n'en sais rien, répondit l'aubergiste; mais le
postillon qui a ramené les chevaux, car on avait
relayé ici, pourra vous le dire...

C'était justement l'homme dont nous avions besoin.
celui-là, du moins, n'était pas complice et n'avait pas
intérêt à rien cacher.

— Mathieu, dit le curé, voici un petit écu.

Le pauvre Mathieu, qui n'était pas habitué à de
pareilles aubaines, ouvrit les yeux comme deux
fenêtres et la bouche comme une porte.

— Mathieu, ajouta le curé de Saint-Eustache, c'est
pour que tu dises la vérité comme tu la dirais devant
Dieu!

Il répondit bonnement :

— Monsieur le curé, c'est mon métier de tous les
jours. — après que j'ai pansé les chevaux et nettoyé
l'écurie... Qu'est-ce que vous voulez savoir?

— Jusqu'où es-tu allé cette nuit avec le carrosse qui menait la jeune dame?

— La folle?

— Oui, la folle, si tu veux, dit le curé, qui n'avait pas de temps à perdre.

— Je suis allé à Arpajon, à peu près jusqu'à quatre lieues d'ici.

— Qu'est-ce qu'ils ont fait à Arpajon?

Mathieu éclata d'un gros rire.

— Ce qu'on fait partout, monsieur le curé. Les hommes sont allés boire au cabaret. Moi, j'ai dételé les chevaux, et j'ai bu avec eux.

— Mais la jeune dame?

— La folle!... Ah! ma foi, je ne m'en suis pas occupé. Il y avait deux hommes pour la garder pendant que les deux autres buvaient. C'était bien assez.

— Elle n'a pas bu ou mangé?

— Si, un peu. On lui a donné un bouillon.

— Elle n'était donc plus bâillonnée? demanda le curé.

— Ah! si; mais on lui a ôté son bâillon pour une minute; et même, comme je la regardais beaucoup parce qu'elle était bien jolie, elle m'a crié tout à coup:

« Dites à mon père qu'on m'emmène au château de Ventadour. »

Alors les hommes qui étaient dans la voiture m'ont dit:

— Que fais-tu là, imbécile? Tu vois bien qu'elle est folle furieuse... Et ils lui ont remis de force son bâillon pendant qu'elle criait: « Marteau! Marteau! »

On commençait à s'assembler sur la place; mais les chevaux de la poste d'Arpajon étaient attelés.

Le carrosse est parti. Alors je suis revenu.

Le curé me regarda et dit:

— Doutez-vous encore maintenant? Est-ce le duc d'Uzerche ou un autre qui vous enlève Ninon?

Je m'écriai :

— Ah! le scélérat! Qui pourrait croire que sa mine de gentilhomme...

— ... Cache une âme si perverse, n'est-ce pas? Allez, allez, mon ami, vous en verrez bien d'autres.

Puis, se levant et jetant sa serviette :

— Les misérables ont trop d'avance sur nous, dit-il. Partez seul; moi, je retourne à Paris, où je vais remuer et faire agir Monseigneur l'archevêque. Vous, courez sur les traces de Ninon. De poste en poste, ce sera facile. Dans tous les cas, vous savez où elle va. C'est beaucoup.

Je demandai s'il connaissait le château de Ventadour.

— Oui, dit le curé, c'est l'un des plus anciens de tout le Limousin. Il appartient au duc d'Uzerche, qui est gouverneur de la province. C'est à une lieue d'Égletons, à huit lieues de Tulle. J'en ai entendu parler par un de mes anciens amis du séminaire de Saint-Sulpice, qui était de ce pays-là.

Puis, se retournant vers l'aubergiste, il demanda de l'encre et du papier et me remit une lettre de recommandation pour son confrère le curé d'Égletons :

— Cette lettre vous servira de passe-port. Si quelqu'un vous arrête dans le pays, où l'autorité de la justice est toujours plus faible que celle du gouverneur, réclamez-vous du curé de Saint-Eustache. Je vous jure que je ne vous abandonnerai pas. Adieu, ami, partez vite. Je ne puis pas vous suivre plus loin et quitter la paroisse, mais je vous servirai plus utilement à Paris.

A ces mots, il m'embrassa tendrement, me laissa tout l'argent qu'il avait et retourna chez lui. Pour moi, je partis en poste, doublant les étapes, donnant de gros pourboires aux postillons qui me prenaient pour un grand seigneur et me menaient si vite qu'en descendant une côte au galop ma chaise versa, mon postillon se cassa un bras, et que je reçus un coup violent à la jambe droite.

C'était tout près du Dorat, à l'entrée du Limousin. On nous releva tous deux, le postillon et moi; on nous transporta dans une auberge, les bonnes femmes vinrent nous plaindre, le chirurgien vint nous panser, le curé vint nous confesser et apporta par précaution l'extrême onction dont il craignait que nous eussions besoin.

Heureusement je fus sur pied au bout de huit jours et je continuai ma route, désespéré d'avoir perdu tout ce temps dans mon lit, mais remerciant Dieu (du moins le curé m'y exhorta) de ne pas m'être brisé tous les os dans ma chute.

Après le Dorat, je vis Limoges, ville très-renommée et enfin Brive-la-Gaillarde et Tulle que j'aurais admirées, — l'une, parce qu'elle est ronde comme une tarte aux pommes, et l'autre, parce qu'elle est longue comme un boyau, — si je n'avais pas été pressé de retrouver et de délivrer ma chère Ninon.

Je partis donc de Tulle à midi, un quart d'heure après mon arrivée, et je mis pied à terre vers quatre heures à Égletons. C'était le terme de mon voyage, car le château de Ventadour n'est qu'à une lieue de là, et je voulais reconnaître la place avant d'en faire le siége.

Ou, pour mieux dire, je craignis de ne pas obtenir justice en m'adressant aux officiers de la province, qui, tous, dépendaient du duc d'Uzerche et pouvaient être révoqués par lui.

J'allai donc, aussitôt installé dans mon auberge, où je me donnai pour un marchand de draps, visiter le

curé d'Égletons et lui montrer la lettre du curé de
Saint-Eustache, son confrère.

M. le curé lisait son bréviaire en se promenant à
l'ombre dans son jardin, et s'arrêtant tous les cinq
pas pour réfléchir ou pour regarder la vallée.

C'était un grand vieillard, sec et maigre, mais bien
portant et robuste. Son nez était carré, son front
était carré, son menton était carré, mais ses yeux
étaient ronds.

Quand sa servante l'avertit qu'un étranger demandait à lui parler, il leva les yeux, me regarda venir du
fond de l'allée et, sans se déranger autrement, se
remit à lire son bréviaire. Apparemment, je n'avais
pas l'air d'un grand seigneur.

Cependant, il répondit assez poliment à mon salut,
prit la lettre de recommandation que je lui tendais,
la lut une fois d'abord, puis deux fois, puis se mit à
réfléchir, et enfin me dit :

— Monsieur Marteau, c'est grave, c'est grave. M. le
curé de Saint-Eustache m'écrit des choses bien difficiles à croire.

Je voulus répliquer. Il ajouta :

— Quel serait l'intérêt de M. le duc d'Uzerche, car
enfin il est absent, et si Mlle Ninon, votre fille, est
prisonnière dans le château de Ventadour comme
vous le croyez, à quoi lui servirait de commettre le
crime de rapt ?

J'essayai de dire qu'il y avait mille prétextes pour
le duc de revenir dans une province dont il était gouverneur, où d'ailleurs il possédait de grandes propriétés. Le curé ne m'écoutait pas.

— D'ailleurs, ajouta-t-il, je n'y puis rien ; adressez-
vous au présidial de Tulle. C'est à lui de faire justice...

Et comme je voulais répondre, il me fit un salut de
la main pour m'obliger à prendre congé.

XLIV

Je retournai tristement à l'auberge, où je demandai le chemin du château de Ventadour.

L'aubergiste, un petit homme gros, gras, frais et rond qui fumait sa pipe, assis sur un banc, devant la porte de la maison, au lieu de répondre à ma question, se tourna vers sa femme qui faisait rissoler des carottes dans une casserole et lui cria :

— Mélie ! ...

La femme remit la casserole sur le fourneau, vint précipitamment jusqu'à la porte et répliqua :

— Quoi ?

— Mélie, c'est ce monsieur qui veut aller au château de Ventadour !

— Eh bien ! dit la dame, qui crut sans doute que je ne voulais pas tâter de ses sauces, si c'est son goût, laisse-le faire ! Les opinions sont libres, après tout !

Cette réponse marquait tant de mépris pour moi, que je tâchai de me justifier. Je dis que j'avais entendu parler de la prodigieuse architecture du château et de la noblesse de son propriétaire, mais que je comptais bien revenir à Égletons vers l'heure du souper.

Mais la dame répliqua :

— Revenez quand vous voudrez. Je ne retiens personne. Si ma rouelle de veau n'est pas pour vous, elle sera pour un autre.

Comme elle s'en allait, son mari lui dit pour la

calmer, car elle était d'humeur impérieuse et difficile :

— Mélie!

— Quoi?

— Mélie, tu as tort! ... Puisque monsieur te dit qu'il mangera ta rouelle, tu as tort de lui parler comme tu fais.

Mélie haussa les épaules et, ne sachant sur qui décharger sa colère, donna un terrible coup de pied à son chat, qui disparut en miaulant douloureusement.

Alors le gros homme me dit :

— Monsieur, ne vous étonnez pas; ma femme est une brave femme, la meilleure, certainement, et la plus douce qu'il y ait dans tout le pays, mais elle a aussi ses défauts comme tout le monde. Du premier au quinze de chaque mois, elle est douce comme un agneau : ça fait plaisir à voir; elle ne parle que pour me dire : Mon petit mari par ci, mon petit loulou par là; mais du quinze au trente, ça fait frémir; elle mord comme une vipère, elle griffe comme une panthère; ce n'est plus une femme, monsieur, c'est un crin! Le médecin m'a dit que ça passerait à son premier enfant; mais voyez le guignon! Voilà dix ans qu'il a dit ça. L'enfant n'est pas venu et, naturellement, ça ne passera jamais...

Et après un moment de réflexion, il ajouta :

— C'est bien heureux que nous soyons aujourd'hui le 31 mai...

— Pourquoi ?

— Parce que c'est un jour qui n'est ni de la première moitié du mois, ni de la seconde ; c'est comme un enfant trouvé qui n'a ni père ni mère, et qui peut être aussi bien le fils d'un roi que celui d'un mauvais gueux. Ce jour-là, elle est tantôt de bonne, tantôt de mauvaise humeur, suivant que la figure des voyageurs lui revient ou ne lui revient pas.

— Alors la mienne ne lui revient pas?

Le gros homme eut peur de perdre ma pratique et me retint :

— Mon Dieu! elle lui revient bien, si vous voulez ; mais voyez-vous, avec les femmes on n'est jamais sûr de rien. Et, s'il faut tout dire, nous avons déjà chez nous, depuis quelque temps, un autre voyageur qui a demandé comme vous le chemin de Ventadour, et qui va passer là-bas toutes ses journées. On ne sait pas de quoi il vit, si c'est d'amour et d'eau fraîche ou de gigot de mouton ; mais il occupe une chambre chez nous, la plus belle de toute la maison, s'il vous plaît, qu'on lui avait donnée sur sa mine, quoiqu'il eût les coudes percés, — et il ne fait pas pour vingt-cinq sous de dépense dans la maison. Vous comprenez! ça met ma femme de mauvaise humeur ; c'est bien naturel, n'est-ce pas?

Je demandai avec inquiétude :

— Comment s'appelle ce voyageur?

Le gros homme hésita un peu, et d'un air mystérieux :

— Il s'appelle don Pedro de Carabanchel. C'est un gentilhomme de la Vieille-Castille, un hidalgo allié à tous les grands d'Espagne, mais qui ne veut pas dire son nom, de peur de l'Inquisition qui l'a déjà fait brûler trois fois en effigie.

Je répliquai :

— Faites mon souper.

Et je pensai à part moi :

— Don Pedro de Carabanchel, hidalgo de la Vieille-Castille, ça ressemble terriblement à don Guzman de Alvarado ou, autrement dit, à ce Rienqui-vaille de malheur! Je le retrouverai donc toujours sur mon chemin!

Mais je gardai mes soupçons pour moi, et continuant mes questions :

— A qui appartient ce château de Ventadour ?

L'aubergiste répondit :

— A qui voulez-vous qu'il appartienne ? ... à M. le duc, apparemment !

En effet, comme c'était le plus grand seigneur du haut et du bas Limousin, tout le monde l'appelait : Monsieur le duc, comme à Paris on dit le roi pour parler du roi de France.

— Est-ce qu'il habite dans son château ?

— Lui ! Quelquefois quand il a le temps ; mais, vous savez, il a tant de châteaux dans le pays et ailleurs, que, s'il voulait demeurer une semaine par an dans chacun, il n'aurait jamais le temps d'aller à Versailles, et le roi ne serait pas content !

Le roi et lui, voyez-vous, c'est comme une paire d'amis, et même, ajouta finement le gros homme, si Mᵐᵉ la marquise de Latour-Maubrac avait voulu, ils seraient maintenant beaux-frères ; mais la marquise n'a pas voulu. On dit que Mᵐᵉ de Pompadour a eu bien peur pour sa place, mais elle avait bien tort.

— Mᵐᵉ la marquise est une femme de bien ?

— Oui, oui, elle a du bien, beaucoup de bien, des propriétés immenses, que son mari, qui avait soixante ans de plus qu'elle, lui a léguées en mourant... Elle s'était mariée à quatorze ans, étant encore au couvent ; elle est devenue veuve à dix-neuf ans, et depuis ce temps elle a refusé vingt partis. Elle veut être maîtresse de sa fortune et de ses actions.

— Est-ce qu'elle vient ici quelquefois ?

— Oui, quelquefois. Mais je pense que M. le duc, lui, ne tardera guère, car nous avons vu, il y a huit jours, son valet de chambre de confiance, M. Jacquot, qui a passé en carrosse, sans s'arrêter, avec trois autres domestiques, et qui est revenu le lendemain pour faire des provisions. D'ailleurs, c'est la saison où M. le duc vient tous les deux ou trois ans pour chas-

ser, et alors il invite tous les gentilshommes du voisinage... C'est que nous avons de belles forêts par ici,
du côté de Neuvic, et du gros gibier, outre le lièvre, le
lapin et la perdrix. Nous avons des loups, des san-
gliers, des renards, des cerfs, des chevreuils, tout
comme le roi...

Je demandai :

— Mais vous, chassez-vous quelquefois?

— Moi! Ah! non. Je chasserais, si je voulais être
pendu; car, comme M. le duc a droit de haute et
basse justice sur ses terres, il fait pendre tous les braconniers... Ceux qui chassent sont des marquis, des
comtes, des chevaliers, des gentilshommes du voisinage qu'il invite; mais nous autres bourgeois, jamais!

— Alors, vous ne goûtez jamais de gibier?

Ici l'aubergiste se mit à rire.

— Et les collets? et les piéges? et les affûts? et les
gardes-chasse à qui l'on graisse la patte, est-ce que
tout ça fut inventé pour les chiens ou pour les chré-
tiens?...

Sur cette question, Mme Mélie (ou Amélie) apporta
mon souper. Je me hâtai de manger et de partir, car
je savais tout ce que je voulais savoir.

J'avertis en même temps que je reviendrais tard.

— Prenez garde, monsieur, dit Mélie, on fait quelquefois de mauvaises rencontres.

Le chemin de Ventadour descendait en pente douce
jusqu'au château.

Je tournai le dos aux montagnes du Limousin,
sombres et bleues, derrière lesquelles le soleil allait
se coucher. Devant moi était la vallée profonde et de
l'autre côté, la forêt.

Certes, Paris est une belle ville, qui n'a pas sa
pareille au monde. Elle a une rivière magnifique, ni
trop grande, ni trop petite, où les bateaux de commerce peuvent monter et descendre, où les vaisseaux

de guerre ne peuvent pas venir; elle a une cathédrale
bâtie par Philippe-Auguste et une Sainte-Chapelle
par saint Louis. Si l'on veut monter, on n'a qu'à
prendre le chemin de Montmartre, et si l'on veut
descendre, celui de Saint-Cloud. Pour se promener
dans les bois, on peut aller à Vincennes ou à Boulogne; pour cueillir des fraises ou des roses, à Fonte-
nay; pour chanter et danser, à Meudon et à Romainville. Paris enfin est une ville unique et, de toutes
les places, Saint-Jacques-la-Boucherie est la plus
belle....

Eh bien! le chemin d'Égletons à Ventadour, et jusqu'au fond de la vallée, est mille fois plus beau. Partout une double haie d'aubépines, de hêtres et de
chênes. A droite et à gauche, une bruyère immense
couverte d'un gazon court et dru et d'un serpolet qui
parfumait l'air. Des roses, des églantines dans les
buissons, des oiseaux qui sautaient de branche en
branche, en chantant leurs amours ou se querellant;
tous les deux ou trois cents pas, une bergère qui bê-
lait :

> Baïsso-te, mountagno,
> Levo-te, volloun !
> M'empêchas de vèr
> Lo mio Madeloun !...

Les chiens qui aboyaient et que je faisais fuir en
leur jetant des pierres, tout cela était si doux aux
yeux, aux oreilles et au cœur que je m'assis sur le
bord du chemin pour réfléchir, car j'allais à Ventadour, poussé par une sorte d'instinct, mais sans savoir
par quel moyen je pourrais délivrer Ninon.

J'étais alors à cent pas du château, et en face.

C'était une des plus anciennes forteresses du Limousin. Il était situé sur un rocher qui dominait la
vallée de plus de trois cents pieds. Il avait une en-

ceinte extérieure de neuf tours, sans compter les bâtiments intérieurs et les quatre petites poivrières qui se collaient à leurs grosses sœurs comme des enfants qui prennent le sein pour téter s'attachent à leurs mères.

Il n'y avait qu'une porte d'entrée qui faisait face au plateau, du côté de la ville d'Égletons. Mais, pour arriver à cette porte, il fallait descendre un petit sentier étroit et profond où les voitures les plus légères et les mieux attelées n'auraient pas pu passer; puis on remontait ce petit vallon ou plutôt ce fossé creusé de main d'homme, et alors on trouvait le pont-levis et la grande porte.

Pendant que je regardais ce château en rêvant aux moyens d'y entrer, je vis sortir tout à coup un grand gaillard leste et bien découplé, qui portait sur son dos un épervier et un panier à poisson, et qui descendait le sentier en sifflant :

> J'ai un beau château
> Manturelurelure,
> J'ai un beau château,
> Manturelure lo.
>
> Le mien est plus beau,
> Manturelurelure,
> Le mien est plus beau,
> Manturelure lo.

Je reconnus sur-le-champ cette voix. C'était celle de Rienquivaille. Comment était-il entré si facilement dans le château et pourquoi faire ?

Je me levai pour aller au devant de lui. Il était déjà sur le haut du sentier, à dix pas de moi et paraissait gai comme un pinson.

Il me reconnut, se jeta dans mes bras sans que je pusse l'en empêcher et me dit :

— Papa Marteau, je l'ai vue !

— Ninon! ma chère Ninon?

— Oui, Ninon même! Et j'ai mes entrées dans la place... Venez plus loin, je vous dirai tout!

XLV

La nuit allait bientôt venir. Rienquivaille, au lieu de reprendre le chemin d'Égletons, me fit descendre par un étroit sentier du côté de la rivière.

— Je veux vous faire voir, dit-il, la chambre de Ninon... C'est celle que vous voyez là-haut, à deux cents pieds au-dessus de nous, au second étage.

— Comment le sais-tu?

Il eut l'audace de me répondre :

— Monsieur Marteau, vous êtes un honnête bourgeois, un bon père de famille, un riche épicier...

(Et sur un geste) :

— Ou du moins vous étiez riche il y a dix jours et vous ne l'êtes plus ; mais, croyez-moi, la richesse ne fait pas le bonheur... Eh bien, avec tant de vertus et de qualités, vous ne savez pas vous tirer d'affaire. Si l'on brûle votre maison, si l'on enlève votre fille, vous demandez justice au commissaire, qui vous envoie promener avec de bonnes paroles.

— Mais que pouvais-je faire ?

— Ce que j'ai fait, moi! Je ne vais pas chercher le commissaire, car d'abord je n'ai pas confiance en lui, et, de plus, s'il pouvait soupçonner qui je suis, il me mettrait la main au collet ; mais je fais mes affaires moi-même.

Je voulus prendre ma revanche et je répliquai :

— Oui, tu les fais si bien que l'aubergiste d'Égletons se plaint de ne pas connaître la couleur de ton argent, et de ce que tu ne dépenses pas chez lui vingt-cinq sous par jour.

Il se redressa fièrement :

— C'est Mélie qui vous a dit ça !... Elle a osé !...

— Oui, c'est Mme Mélie.

Rienquivaille s'écria :

— La malheureuse ! Je venais d'esquisser son portrait. J'avais redressé son nez qui est fait comme un concombre mûr, moitié jaune et moitié vert ; je l'avais fait droit et joli avec des narines roses. J'avais diminué sa bouche, qui est immense et qui va d'une oreille à l'autre. J'avais embelli le menton, qui est presque poilu. J'avais gardé la ressemblance sans entamer l'idéal, ce qui est le comble de l'art, au dire de tous les connaisseurs, à commencer par le Corrége et le Titien.

Vous auriez cru voir une déesse descendue des cieux pour faire frire des carottes ou pour éplucher des salades... Et c'est elle qui se plaint ! Je me vengerai, monsieur Marteau, je me vengerai ! Je la peindrai telle que la nature l'a faite, à coups de balai, et son portrait pendu à la plus haute branche d'un pommier fera fuir les moineaux et préservera les pommes...

Il s'arrêta un instant et reprit ensuite :

— Heureusement, j'ai d'autres clientes !... Regardez-moi ça, monsieur Marteau !

Il tira de sa poche un dessin qui représentait une chambre octogone avec une large et profonde fenêtre aux vitraux coloriés. Près de cette fenêtre et dans la lumière on voyait deux femmes. L'une des deux, placée en face, était d'âge moyen et tricotait ; l'autre, qui ne paraissait que de profil, regardait au loin les montagnes et la forêt. Je la reconnus sur-le-champ ; c'était ma chère Ninon !

— Reconnaissez-vous?

— Si je reconnais !

Je le serrai dans mes bras et je lui dis les larmes
aux yeux :

— Tu vas me donner ça !

Mais lui :

— Vous ne me l'arracherez qu'avec la vie, monsieur
Marteau !... Savez-vous que c'est dessiné d'après
nature ce que vous voyez là, pour l'avoir, j'ai risqué
cinq fois ma vie, qui n'est rien, et ma liberté, qui est,
après Ninon, le trésor le plus précieux que je connaisse?

— Je te paierai aussi cher que tu voudras !

— O brave et bon épicier ! ô papa Marteau que vous
êtes ! plus je vous vois, plus je vous entends, plus
j'admire le génie de la nature qui a créé tant d'êtres
variés pour le plaisir de l'esprit et des yeux.

Je crois que le drôle se moquait de moi, et j'allais
me fâcher, quand il ajouta :

— Vous m'offrez de l'argent dont je n'ai pas besoin...

— Oh !

— ... Dont je n'ai pas besoin, je le répète, car il ne
faut pas que les discours de la vieille Mélie vous
trompent, j'ai cent écus dans ma poche ; les voilà...
Si je ne les dépense pas chez elle, c'est que je les
réserve pour une meilleure occasion, ou peut-être
c'est que je n'aime pas les coulis de carottes, ou peut-
être qu'étant (comme elle croit que je suis) don César
de Guzman y Carabanchel, cousin et allié de quatorze
grands d'Espagne, j'ai pris l'habitude de vivre d'amour,
d'eau fraîche et de cigarettes... Qu'elle croie ce qu'il
lui plaira ; je m'en moque. Mais vous, mon vieil
ami...

Il vit sans doute que cette familiarité ne me plaisait
pas, car il ajouta :

— N'aimez-vous pas votre fille ? Est-ce que je n'aime

pas Ninon? Ne sommes-nous pas amis à cause d'elle ?
Si, pour la ravoir, pour la délivrer, il fallait promettre
de me la donner en mariage, ne me la donneriez-vous
pas, papa Marteau ?

Et comme je ne répondais pas :

— Vous aimeriez mieux peut-être la laisser au duc
d'Uzerche ?

— Oh !

— Vous voyez bien!... Vous êtes indigné ! Et cependant, je vous jure qu'il n'y a pas d'autre moyen de la
reprendre que de me la donner d'avance.

— Et la justice ?

— Oui, oui, le commissaire ! le parlement de Paris !
le Châtelet, n'est-ce pas ? A votre âge, avez-vous si
peu d'expérience de la justice et de la police du
royaume?... Quand un homme puissant, grand seigneur ou financier, ce qui est presque la même chose
aujourd'hui, veut perdre son ennemi, croyez-vous
qu'il soit en peine de l'accuser, de le faire arrêter, de
trouver des témoins et des juges ? et s'il ne trouve ni
juge prévaricateur ni faux témoins, croyez-vous qu'il
manque de lettres de cachet pour le faire mettre en
prison ou plutôt l'enterrer quinze ou vingt ans dans
un cachot?... Monsieur Marteau, croyez-moi, il n'y a
que deux justices en France, sous Louis XV le Bien-
Aimé, — celle de Dieu, qui ne se fera connaître que
dans un monde meilleur, — et celle que vous voyez !

Il tira son épée et dit :

— C'est sur celle-là que je compte et que vous
pouvez compter... Une dernière fois, voulez-vous me
donner Ninon en mariage ?

Je répondis fermement :

— Je ne la donnerai jamais au fils d'un pendu, à un
homme qu'on accuse d'avoir assassiné son capitaine,
le baron de Bergues !

Il répliqua, en grinçant des dents :

— Papa Marteau, vous êtes bien heureux d'être le père de Ninon ! Je ne vous dis que ça. Quant à elle, je la délivrerai malgré le duc d'Uzerche, malgré vous, malgré le ciel et la terre ; et, ma foi, vous ne la reverrez que mariée !

— Eh bien, j'aime mieux ne la revoir jamais !

Il me dit d'une voix plus calme :

— Papa Marteau, ce dernier point ne dépend ni de vous ni de moi, mais d'elle...

Au reste, ce n'est pas le moment de disputer sur ce que nous ferons plus tard. Voyons d'abord ce que vous avez fait...

Je lui racontai mon voyage à Longjumeau avec le bon curé de Saint-Eustache, les réponses du garçon d'écurie, le départ du curé pour Paris, l'accident qui m'avait retardé au Dorat, la visite inutile que j'avais faite au curé d'Égletons.

Il se mit à rire, car il riait de tout, ce Rienquivaille ; puis il me dit :

— A mon tour !... Je suis allé à Versailles, chez la marquise !

— Quelle marquise ?

— Celle dont je vous ai parlé, qui a de l'amitié pour moi.

— Fat !

— Je ne suis pas fat. Je lui ai rendu service autrefois, et elle m'en sait gré. Voilà tout. Êtes-vous donc, monsieur Marteau, de ces gens malhonnêtes qui ne peuvent jamais croire à la vertu des dames? J'ai de l'amitié pour elle. Elle a de l'amitié pour moi. Voilà tout. Je l'ai tirée d'un mauvais pas. Elle me tirera d'un grand danger, je l'espère du moins...

— Enfin, qu'a-t-elle dit, cette marquise ?

— Elle a dit qu'elle emploierait tout son crédit (elle en a beaucoup) à me faire rendre justice et à prouver que j'ai, non pas assassiné, mais tué en duel loyal le

baron de Bergues, qui avait été mon capitaine, mais
qui ne l'était plus quand je l'ai forcé de mettre l'épée
à la main... Quant au reste de notre conversation, papa
Marteau, vous n'êtes pas assez son ami ou le mien
pour que je vous en parle.

Qu'il vous suffise de savoir que d'ici à trois semaines personne ne peut plus mettre la main sur moi,
excepté, bien entendu, les accidents que la sagesse
humaine ne peut prévoir ou prévenir et qui se pré-
sentent dans ma vie une fois par mois.

Je vis bien qu'il ne m'en dirait pas davantage sur ce
sujet. Alors, revenant à Ninon :

— Donc, tu es venu ici ?

— Depuis cinq jours, comme vous voyez, et j'ai déjà
fait beaucoup de besogne. Le premier jour je vins
reconnaître la place comme vous faites vous-même.
J'avais ce manteau espagnol, mon épée, ma guitare,
deux ou trois feuilles de papier, des crayons et une
envie furieuse d'entrer au château.

Je vins là, sous cette fenêtre que vous voyez, et je
commençai à râcler ma guitare, bien sûr que toutes
les femmes ouvriraient leurs fenêtres pour m'entendre :

> Quand Margoton s'rend au moulin,
> Filant sa quenouille de lin
>   Ell' monte sur son âne.
> Ah! l'âne! ah! l'âne! ah! l'âne!
> Ell' monte sur son âne Martin
>   Pour aller au moulin.

La première figure que je vis paraître, ce fut
celle...

— De Ninon ?

Il se mit à rire.

—Oh! non. Je n'eus pas ce bonheur. C'était une figure
laide, comme celle d'une guenon, avec un nez long, un

menton court, des yeux petits et bridés, celle que vous
voyez là sur mon dessin, et qui tricote à côté de Ninon.
La dame aimait la musique et s'ennuyait. Elle me
cria :

— Eh ! mon garçon, monte ici. On te donnera à boire
et à manger !

Vous jugez si j'étais content. Je montai sans me faire
prier, et le portier du château me conduisit près de
la dame. J'avais pris des informations d'avance chez
Mme Mélie, et je savais le nom de la dame et ses fonctions. C'est la femme de charge du duc d'Uzerche,
qui est maîtresse de tout en l'absence de son maître.
Elle a quarante ans, le teint couperosé, la voix aigre.

Elle me demanda :

— Qui es-tu, garçon ?

— Espagnol, madame... Don César de Guzman y
Carabanchel.

— D'où viens-tu ?

— D'Espagne, où l'Inquisition me poursuivait pour
un duel malheureux, et m'a confisqué tous mes biens.

A ce mot elle vit bien que j'étais gentilhomme et
me dit :

— Vous avez faim ou soif, don César?... Marie, allez
chercher ce reste de jambon.

Je refusai fièrement le jambon. Je n'acceptai qu'un
peu de vin trempé d'eau.

Elle demanda ce que j'avais là dans mon sac. C'était
un croquis que je venais de prendre du château de
Ventadour. Elle s'écria avec admiration :

— Vous savez donc dessiner ?

— Et même peindre, madame. Et pour preuve, si
vous voulez, je vais faire tout de suite votre portrait.

J'avais touché l'endroit sensible. Cette vieille pie-
grièche désirait avoir son image, et même elle se mit
en devoir de poser et prit sa plus belle attitude, la
plus sévère, la plus imposante, la plus souriante

aussi, une attitude de vieille fille fatiguée du célibat, irritée du mauvais goût des hommes, mais décidée à s'adoucir pour le premier passant qui voudra la conduire à l'autel.

Pour soutenir mon rôle, je donnai trois ou quatre coups de crayon qu'elle trouva admirables et qui n'étaient que flatteurs ; mais, comme Ninon ne paraissait pas, et comme j'étais venu pour voir Ninon, je laissai là cette créature et je lui dis :

— Madame, la nuit va venir. Il faut que je parte.

Elle voulut me retenir, et comme je craignais de ne pas retrouver dans l'obscurité mon chemin jusqu'à Égletons, elle m'offrit de me faire accompagner par « M. Jacquot, » qui, par bonheur, était allé à Neuvic ce jour-là...

— Jacquot ?... le fils de Jeannette ?

— Précisément. Vous comprenez que je m'en allai de peur d'être reconnu par ce coquin... Mais le lendemain et les jours suivants, je suis revenu en guettant tous les jours mon homme, qui s'en va sur la route de Neuvic faire la cour aux bergères...

Jusqu'à présent, j'ai réussi à l'éviter, excepté hier au soir où je le rencontrai sur le pont-levis. Mais il faisait si noir qu'il ne m'a pas reconnu.

— Et tu as vu Ninon ?

— J'ai fait mieux, je lui ai parlé, papa Marteau, et, si vous voulez, elle sera libre dans deux jours, et nous partirons ensemble, elle, vous et moi.

— Mais comment ?

XLVI

Rienquivaille répondit :

— La dame ou demoiselle couperosée que j'ai dit et dont vous voyez ici, sur ce papier, le portrait flatté, mais ressemblant (car mon rêve a toujours été d'ajuster l'art à la nature et la nature à l'art), fut si charmée de ma première esquisse qu'elle eut peine à attendre le lendemain pour me donner une seconde séance. Mais, sans me faire prier, je fis comprendre que j'étais moins pressé, que, travaillant pour mon plaisir et pour l'amour de l'art, je n'étais pas au service des premiers venus, et que don César de Carabanchel, ne demandant d'argent à personne, travaillait quand bon lui semblait et non autrement...

— Tu as dit ça, Rienquivaille ?

— Mieux encore ; je l'ai fait. Et la dame couperosée qui, m'ayant vu râcler ma guitare sous la fenêtre avec un manteau troué, me prenait pour un pauvre diable à qui on refuse un sou, me tient maintenant pour un grand d'Espagne qui s'amuse à faire de la peinture à ses moments perdus et n'a plus rien à me refuser.

— Rien ?

— Rien !

J'avais l'air si étonné de cette confidence que Rienquivaille éclata de rire.

— Quand je dis : rien ! ça signifie rien de ce que je peux désirer ; mais rassurez-vous, papa Marteau : je ne désire rien que d'honnête, et ce n'est pas à moi qu'on

reprochera jamais d'avoir mis en péril une vertu de
quarante ans passés, et couperosée par dessus le
marché...

Je veux dire simplement que, si je voulais être payé
très-cher pour ce portrait, je le serais, ou plutôt que je
le suis déjà, car c'est à ce coup de génie que je dois
d'avoir vu Ninon... et ce n'était pas facile... Tenez,
monsieur Marteau, cette fenêtre éclairée que vous
voyez d'ici, c'est la sienne. Cette tête charmante qui se
penche et regarde au clair de la lune le fond du ravin,
comme si elle devinait que nous sommes là, c'est la
sienne !

En effet, je voyais ou croyais voir ma fille. Je
criai :

— Ninon ! Ninon !

Je pense qu'elle reconnut ma voix, car la tête se
pencha pour écouter ; malheureusement, les chiens de
garde la reconnurent aussi ou s'en défièrent, car ils
aboyèrent terriblement et descendirent dans le ravin
d'où Rienquivaille et moi nous regardions le château.

Je voulus fuir. Il me retint.

— Ne vous inquiétez point, papa Marteau ; si ces
chiens vous voient fuir, ils vous suivront et vous met-
tront en pièces ; si vous restez avec moi, je les connais,
je les calmerai avec de bonnes paroles et des flatteries,
comme on calme les hommes.

En effet, ils vinrent le caresser de la voix et de la
queue pendant qu'il leur disait d'une voix douce :

— Viens, Jupiter ! viens, mon joli chien ! viens ma
belle Diane !... ne touchez pas à M. Marteau, c'est mon
ami. S'il était dans sa boutique, il vous donnerait du
sucre, car il est épicier, mon ami... Souviens-toi de ça,
Jupiter ! N'oublie jamais ça, Diane ! M. Marteau est
épicier.

Je crois que les deux bons chiens le comprirent, car

ils le caressèrent en remuant doucement la queue et
lui léchant les mains.

Derrière eux venait le portier du château, armé
d'un gros bâton. Comme il faisait déjà nuit, Rienquivaille me fit cacher derrière un buisson, et s'avançant
vers l'homme, lui dit joyeusement :

— Eh ! Antoine, à qui donc en avez-vous ? Est-ce
que vous allez faire dévorer vos amis ?

L'autre répliqua :

— Ah ! c'est vous, monsieur don Carabanchel ? Excusez-moi, je ne vous reconnaissais pas. Les chiens ont
aboyé. Je les ai lancés et je suis venu voir ce que c'était.

— Eh bien ! vous le voyez, c'est un homme qui va
à la pêche.

— Bonne pêche alors, monsieur Carabanchel, et
bonne nuit !

— Bonne nuit, Antoine !

Le portier remonta vers le château avec ses chiens,
passa le pont-levis, referma soigneusement la porte et
fit grincer les verrous.

Rienquivaille alors me dit :

— Vous voyez, papa Marteau, comme votre fille est
gardée, et s'il est facile d'entrer dans la prison. C'est
comme les pommes d'or du jardin des Hespérides ;
mais, au lieu d'un dragon, il y en a huit ou dix qui,
dans un pays si éloigné de toute justice, et sous la protection du duc d'Uzerche, ne se feraient pas plus scrupule de tuer un homme qu'un sanglier ou un loup.
Aussi n'est-ce pas à coups d'épée que je compte venir
à bout de mon entreprise... Mais d'abord, avez-vous
du temps à perdre ?

— Que veux-tu dire ?

— Que je vais vous mener à la pêche dans le ruisseau qui est au bas et qui est rempli de truites.

— Tu choisis bien ton moment pour me proposer
une partie de pêche !

Il frappa du pied avec impatience.

— Papa Marteau, si je ne me retenais, je vous
dirais que vous n'êtes qu'une bête... Je vais à la pêche
pour avoir l'air de m'occuper, de faire quelque chose,
de m'amuser enfin... Croyez-vous, par hasard, qu'on
n'aurait pas de soupçons sur moi si l'on me voyait
tous les jours rôder autour du château? Tout homme,
à moins d'être un sot, doit avoir une occupation ou
une passion ; pour ne pas être soupçonné de passion,
je me suis donné une occupation, et, voyez l'heureux
hasard, c'est celle qui pouvait le mieux me servir
auprès de la dame couperosée.

Le premier jour que je suis venu ici, j'ai joué un air
de guitare et j'ai commencé à esquisser le portrait
de la dame, ce qui m'a ouvert son cœur. Le lendemain, j'ai passé sous les fenêtres du château, mais
sans entrer, par politique et pour me faire désirer. Le
troisième jour, comme je l'avais prévu, la dame se
promenait aux environs et m'attendait sans en faire
semblant, mais impatiente au fond de voir finir son
portrait.

Je la trouvai au bas de ce sentier. Elle lisait une
vieille histoire du temps passé, celle du beau Lance-
lot du Lac et de la coupable reine Geneviève qui tra-
hit la foi conjugale pour ce galant chevalier; à son
livre, je jugeai qu'elle était sentimentale et romanesque, malgré ses petits yeux gris, son long nez en bec
de corbin, son menton court et relevé et toutes les
autres difformités qu'elle a reçues de la nature, —
fatal présent!

Je fis l'homme étonné et charmé de cette heureuse
rencontre. Naturellement, elle paraissait encore plus
étonnée que moi et me demanda où j'allais. Par bonheur, à cinq cents pas d'ici, est une écluse avec un
moulin abandonné. Je parlai de ma passion pour la
pêche. Elle me parla de l'Espagne, me demanda s'il y

avait là beaucoup de gentilshommes armés d'épées et de guitares comme elle l'avait lu dans tous les romans.

Je répondis qu'il y en avait quatre fois plus qu'on ne pouvait imaginer, ou plutôt que d'un bout de l'Espagne à l'autre on ne voyait que des gentilshommes occupés à chanter sous les balcons de leurs belles pendant que celles-ci leur tendaient des échelles de cordes, et que les frères, les pères et les maris, l'œil en feu, l'injure à la bouche, l'épée à la main se précipitaient sur les donneurs de sérénades.

— Ah! dit-elle, en poussant un profond soupir, nous ne sommes pas aussi heureuses, nous autres Françaises, et l'on ne s'égorge pas pour nos beaux yeux!...

(Je le crois, car ceux de la dame n'ont rien de séduisant.)

... Mais, reprit-elle, cela viendra peut-être... Et, à propos, don César de Carabanchel, quand vous reverra-t-on au château pour achever mon portrait?

— Aussitôt que vous le permettrez, madame.

— Eh bien, aujourd'hui!

J'attendais cette invitation avec impatience; mais, dissimulant ma joie pour ne pas donner de soupçons, je demandai un délai de deux heures pour jeter l'épervier, et alors la dame couperosée se retira.

Deux heures plus tard, en effet, coup pour coup, je faisais mon entrée au château de Ventadour avec quatre ou cinq petites truites que j'eus l'honneur d'offrir à la dame. Celle-ci, en revanche, m'invita à dîner, comme je l'avais prévu, et c'est ainsi que j'ai retrouvé Ninon, que la vieille me demanda la permission d'amener.

— C'est ma nièce, dit-elle, et je l'aime beaucoup; mais elle est un peu folle. A tout moment, elle se prend pour une autre et croit avoir eu des aventures

16

terribles, avoir été enlevée la nuit par des brigands...
que sais-je? Ce sont les romans qui lui ont tourné la
tête... Ne faites pas attention à ce qu'elle pourra dire.
Du reste, elle est très-douce d'humeur, et même, par
moments, on la croirait gaie.

— Ah! ah!

— Oui... Ainsi, avant-hier, quand vous chantiez
dans la vallée, elle s'est mise à la fenêtre, et elle
paraissait toute joyeuse; et même, quand elle a su
que vous étiez venu ici, elle a demandé:

— Est-ce que je ne pourrais pas le voir, cet Espagnol?

Hier, et ce matin, elle vous attendait presque...
Alors, pour la calmer, j'ai dit que, si vous veniez, je
vous ferais entrer.

Comme la femme de charge parlait encore, Ninon
entra. Ah! monsieur Marteau, plus jolie que jamais,
un peu pâle, mais souriante, charmante! Je me retins
de peur de me jeter à ses pieds, et de baiser ses divines
pantoufles

Elle m'avait vu par la fenêtre, et m'avait reconnu
l'avant-veille, comme elle me l'a dit plus tard. Pendant que la femme de charge avait le dos tourné, elle
me donna un billet préparé d'avance et où vous verrez son âme angélique. Le voici; mais, comme il fait
nuit, vous ne pourriez pas le lire; j'aime mieux vous
le réciter, car je le sais par cœur; et, en effet, il récita
ce qui suit:

« O Jean-de-Dieu, est-ce vous?... Pourquoi m'avez-
vous quittée? Ne saviez-vous pas mon danger? Et sur
qui pouvais-je compter, si ce n'est sur vous?

« Pardonnez-moi, mon ami, j'ai tort de vous faire ce
reproche. C'est mon père et le curé de Saint-Eustache
qui vous ont renvoyé! Pauvre père que j'aimais tant,
pourquoi faut-il que je l'accuse de mon malheur?...
Hélas! il doit être encore plus malheureux que moi!

« Jean-de-Dieu, si vous m'aimez encore, venez me secourir ; tirez-moi des mains de ces scélérats. Vous savez par quelle infâme ruse, ce Jacquot, leur chef, a trompé la surveillance de ma pauvre Jeannette et mis le feu à la maison pour cacher un crime par un autre et l'enlèvement par un incendie !

« On m'a conduite ici en poste, sans me laisser parler à personne, excepté deux mots que j'ai pu dire à un garçon d'écurie à la poste d'Arpajon. Vous les aura-t-on répétés ? Je n'ose l'espérer. Le reste du temps, jusqu'à Ventadour, et après chaque repas, on me mettait le bâillon sous peine des plus horribles traitements.

« Maintenant, je suis presque libre, mais sous la garde de ces hommes qui ne me laissent jamais sortir de l'enceinte du château, et sous la surveillance d'une horrible duègne couperosée que je suis forcée de ménager, et qui, suivant les ordres de ce misérable Jacquot, me fait passer pour sa nièce et pour folle.

« Si vous pouvez me délivrer, hâtez-vous, car le duc d'Uzerche va venir. Les domestiques iront l'attendre, pour la plupart, lundi prochain, c'est-à-dire dans six jours. J'ai entendu la femme de charge dire de tout préparer... Je suppose qu'il n'est pas venu plus tôt pour n'être pas soupçonné de complicité.

« Ami bien aimé, je ne compte que sur vous et sur Dieu. Tout ce qu'un homme peut faire, je sais que vous le ferez, et je vous aime. Adieu.

« Votre

« NINON.

« Cependant, soyez prudent. Le danger est très-grand. Il y a ici sept hommes bien armés, sans compter Jacquot ! Avant tout, aimez-moi et vivez. Et si la malheureuse Ninon ne doit plus vous revoir, aimez et consolez son père. »

— Voilà, reprit Rienquivaille, en jetant l'épervier dans le ruisseau, car nous étions arrivés sur le bord de l'écluse ; et, maintenant, si vous voulez savoir ce que j'ai fait ou préparé pour délivrer Ninon, asseyez-vous là sur l'herbe. Dans quelques minutes, ma pêche sera finie, et en revenant à Égletons, je vous dirai tout.

Mais, dès aujourd'hui, je puis vous dire que mes préparatifs sont faits, que je n'attends plus qu'un ami qui doit arriver ce soir ou demain à Égletons, et que la bataille s'engagera demain... Serons-nous vainqueurs ou vaincus? C'est Dieu qui en décidera.

XLVII

Tout en parlant il jetait l'épervier, et même il retirait de l'eau quelques truites.

— Maintenant, dit-il, nous pouvons rentrer. Mélie ne se demandera plus ce que je suis allé faire à Ventadour. Ma pêche sera ma justification. D'ailleurs, après-demain, je n'aurai plus à m'inquiéter des discours de Mélie ou de ses voisins.

Tout cela ne me rassurait pas. Que ma fille n'échappât au duc que pour tomber au pouvoir de Rienquivaille, c'est à peine si j'en voyais la différence.

Après tout, pourtant, le pendu, car je le considérais déjà comme tel, me parut moins dangereux que le duc. D'abord étant tout près de lui, je pouvais surveiller toutes ses actions. Dès qu'il aurait délivré

Ninon, je pourrais la reprendre, et, au besoin, tous les juges et tous les commissaires du pays me prêteraient main-forte avec joie contre Rienquivaille.

C'est pourquoi, faisant bonne mine à mauvais jeu et ne disant plus rien de ce que je pensais de mon allié, je voulus d'abord profiter de l'alliance, et d'un air presque gai, si un père pouvait l'être en voyant sa fille exposée à de si terribles dangers, je lui demandai comment s'était passée son entrevue avec Ninon sous les yeux de la femme de charge.

— Oh! mon Dieu! bien simplement, répondit Rienquivaille. Quand Ninon entra, elle me fit un profond salut comme si elle me voyait pour la première fois. Ses yeux seuls me dirent toute sa pensée pendant deux secondes que la dame couperosée employait à chercher une bouteille de vin vieux pour fêter son hôte. Jusqu'au milieu du dîner, elle ne souffla pas un mot, si ce n'est pour dire : oui, non, je vous remercie.

De mon côté, je la regardais à peine, tant j'étais occupé à faire ma cour à la vieille guenon. Je lui racontais des histoires. Elle me demanda la mienne. Je me souvins que j'étais don César de Guzman y Carabanchel et je fis le gentilhomme castillan comme si je n'avais pas eu d'autre métier toute ma vie.

Elle sortit un instant pour chercher de la crème, car le café n'est pas bon sans crème, à ce qu'elle dit ; alors Ninon tira de son fichu la petite lettre charmante que je viens de vous réciter de mémoire, me la tendit par-dessus la table, ce qui me permit de lui baiser la main...

J'interrompis alors Rienquivaille :

— C'est bien, c'est bien, passons les détails.

— Pardonnez-moi, dit-il en riant, je croyais que celui-là vous intéressait.

16,

Le drôle se moquait de moi, mais je n'étais pas en mesure de l'en faire repentir.

Il reprit :

— Je lui dis en deux mots que j'étais venu pour lui rendre la liberté, que j'espérais en avoir bientôt les moyens, qu'il fallait qu'elle se tînt prête à partir tous les jours, à toute heure. Elle me dit qu'on attendait cet abominable duc d'Uzerche lundi prochain, qu'il fallait se hâter, que la veille, c'est-à-dire demain soir dimanche, Jacquot et plusieurs autres domestiques devaient aller au-devant de lui jusqu'à Tulle, et voilà !

— Mais toi ?

— Moi ! je fais toujours le Carabanchel. Je ne lui dis pas un mot : quand la vieille s'en va, je jure que je l'aimerai toujours ; elle jure qu'elle n'aura pas d'autre mari que moi, et que, si vous refusez votre consentement, elle ne vous désobéira pas, mais qu'elle restera fille. Je réponds que vous avez trop d'honnêteté, de justice, de tendresse paternelle, et de bon sens pour être inflexible...

— Tu mens, Rienquivaille ! Jamais je ne...

Il se mit à rire.

— En quoi ai-je menti ? J'ai dit que vous aviez du bon sens et que vous étiez un père tendre. Est-ce faux ? Tant pis pour vous !

— Achève ! achève !...

— La vieille rentre et me trouve occupé à dessiner les plis de la robe, pendant que Ninon regarde les nuages dans le ciel. La soirée passe ainsi, très-doucement, je vous assure. Je crois même que je vivrais ainsi sans me plaindre toute une éternité. J'aime, je suis aimé. Que voulez-vous de plus ?

— Alors tu comptes l'enlever demain ?

— Avec votre permission, monsieur Marteau ; oui, sera pour demain.

— De force ? Est-ce que tu vas prendre d'assaut
Ventadour ?

— Un autre le prendra pour moi !

— Fanfaron !

— Vous verrez ! J'attends ce soir un de mes amis
qui doit arriver à Égletons vers dix ou onze heures.
Si sa mission a réussi, tout va bien ; l'affaire est sûre.
Mais, tenez, le voilà.

Nous étions alors à cent pas d'Égletons, et je vis
ou plutôt je devinai dans l'ombre un petit homme
tortu, bossu, bancal, qui venait à nous d'un pas vif
agitant sa canne et chantant :

> Mon père m'a donné un mari
> Mon Dieu! quel homme,
> Quel petit homme!
> Mon père m'a donné un mari;
> Mon Dieu! quel homme!
> Qu'il est petit!

Rienquivaille éleva la voix et dit :

— Bernique, est-ce toi ?

Le bossu, qui brandissait sa canne comme un sabre
et faisait le moulinet, s'arrêta tout à coup et répondit:

— Oui, Jean-de-Dieu, c'est moi. Je t'attends depuis
une heure, et malgré les charmes de la conversation
de Mélie, qui, sur ma mine et sur le menu de mon
souper, m'a pris pour un homme d'importance, il me
tardait de te voir... L'affaire est dans le sac.

Je demandai :

— Quelle affaire ?

Le bossu répondit :

— Une affaire qui ne vous regarde pas, mon brave
homme !

J'allais me fâcher et le remettre à sa place, mais
Rienquivaille me retint :

— Papa Marteau, ne vous fâchez pas ; Bernique ne

vous connaissait pas, et il s'est défié de vous ; c'est
bien naturel.

Alors le bossu s'écria :

— Comment ! c'est vous le père de la jeune demoiselle dont il s'agit... Pardonnez-moi, monsieur Marteau. Mais c'est pour vous que j'ai travaillé, et je puis
dire que j'ai fait de bonne besogne, — une besogne
comme on n'en fait pas souvent au parlement de
Paris!

— Avant tout, reprit Rienquivaille, il faut que je
vous présente mon ami Bernique...

— Enfant de la balle, monsieur, interrompit le bossu,
et qui n'en est pas plus fier pour ça, quoiqu'il doive
tout à son mérite... Bien loin de connaître mon père, je
n'ai même jamais connu ma mère. Peut-être étaient-ils
prince et princesse, et me voyant bossu et tortu, m'ont-
ils exposé dès ma naissance. On m'a ramassé sur les
marches de l'église Saint-Eustache, monsieur ; on m'a
mis aux Enfants-Trouvés, puis dehors, et alors ne
sachant que faire pour vivre, j'ai ramassé les vieux
croûtons, les vieux trognons de choux, j'ai fait les
commissions, j'ai porté des sacs de farine (mais ce
n'est pas mon fort), j'ai appris à lire par charité, puis
à écrire, puis j'ai acheté des livres, puis j'ai été comédien en province, comme Molière, monsieur Marteau,
et comme Rienquivaille.

Seulement, je soufflais, moi, et j'allumais les chan-
delles ; lui, au contraire, se drapait comme un prince
ou comme un héros sur la scène. On l'admirait ; moi,
je recevais les trognons de choux. Mais ça ne fait rien,
je suis philosophe et le trognon de chou, pourvu qu'il
soit bien cuit, est aussi nourrissant que les poulardes.

Rienquivaille reprit :

— Nous avons fait des vers ensemble, et même des
tragédies, ce qu'il vous cache par modestie...

— Et aussi, ajouta le bossu, parce qu'elles n'ont jamais été jouées...

Ensuite Rienquivaille est devenu soldat, puis sergent; moi, je suis entré dans la basoche, et je suis maintenant premier clerc d'un procureur au Châtelet.

— Et quand il voudra... reprit Rienquivaille.

— Ou quand il trouvera vingt mille écus à emprunter, il achètera l'étude du procureur et sera maître Bernique gros comme le bras, conclut le bossu. Mais les vingt mille écus sont encore loin, et nous avons des affaires plus pressées. Rentrons d'abord. J'ai demandé une chambre à part où nous pourrons causer et boire librement.

Rienquivaille me dit tout bas :

— Ne vous étonnez pas, monsieur Marteau. Boire est le seul défaut de mon ami Bernique, et quand il a bu, il est un peu bavard. Mais pour l'adresse, l'audace et le dévouement à servir ses amis, il n'a pas son pareil.

Nous entrâmes chez Mᵐᵉ Mélie, et le joyeux bossu lui annonça qu'il n'aimait pas à boire seul et qu'ayant eu le bonheur de rencontrer un de ses amis (c'était moi) et un gentilhomme espagnol de la plus haute naissance (c'était Rienquivaille), il les avait priés de lui tenir compagnie.

Ce que Mᵐᵉ Mélie trouva judicieux et sensé.

Nous fûmes servis à part dans la chambre de Bernique.

L'aubergiste nous donna cinq ou six bouteilles de son meilleur vin. Après quoi, nous fermâmes la porte à double tour, et Bernique commença son récit :

— Tu te souviens, Jean-de-Dieu, de ce que je te dis avant notre départ de Paris quand tu me parlais de l'enlèvement de Mᵐᵉ Ninon et de l'incendie : C'est grave! très-grave! Le crime est si grand qu'on n'osera jamais poursuivre le coupable. Convaincre d'incendie

et de rapt un duc et pair, colonel des gardes françaises, capitaine des gardes du corps, favori du roi !
Personne n'osera. L'incendie surtout arrêtera les
poursuites ; car, pour le rapt, nos petits conseillers
au parlement, qui se croient hommes à bonnes fortunes
ou qui veulent le faire croire, lèveront les épaules en
disant que le rapt est toujours volontaire, et que neuf
demoiselles sur dix voudraient bien être enlevées.

Mais l'incendie, peste ! Et un incendie au milieu du
quartier le plus peuplé de Paris ! Si l'on refusait de
faire justice de cette fantaisie de grand seigneur, le
peuple ferait une émeute et serait capable de brûler
vifs deux ou trois commissaires de police avec leurs
hommes. Il est bien plus facile d'ignorer le crime que
de ne pas le punir.

— Oui, je sais, répondit Rienquivaille ; mais, après
réflexion, tu promis de trouver un biais...

— C'est mon métier de trouver des biais, dit Bernique en riant ; si je ne trouvais pas de biais pour les
honnêtes gens, à quoi donc pourrais-je servir dans la
nature, moi qui en trouve tant pour les coquins ? Rassure-toi, j'ai trouvé.

J'ai commencé par demander un congé de trois
semaines à mon patron sous prétexte d'aller recueillir
en Limousin l'héritage d'un oncle qui venait de me
léguer dix mille écus. A cette nouvelle, ses yeux déjà
bien grands sont devenus pareils à deux boules, et il
m'a offert mille écus dont j'avais grand besoin, mais
dont je n'ai accepté que la moitié, pour faire la route
en grand seigneur qui ne lésine pas, qui boit à sa soif,
et qui n'a pas l'âme d'un pleutre.

Arrivé à Tulle, je suis allé chez le sénéchal.

C'est un petit homme assez gros, souriant, affable,
empressé, qui, dès les premiers mots d'enlèvement (je
ne disais ni de qui, ni par qui), s'est écrié qu'il allait
mettre tout son monde à la poursuite des ravisseurs,

Un peu après, par réflexion, il a demandé le nom de la demoiselle enlevée et si elle était jolie... J'ai répondu qu'elle était charmante... — Si l'enlèvement n'était pas volontaire ?

... Tout à fait involontaire, au contraire, de la part de Mlle Ninon, et accompagné de circonstances atroces, d'incendie, etc.

Et, enfin, quel était le nom du scélérat ?

C'est là qu'il fallait user de ruse. J'ai dit que le coquin était un ancien domestique du duc d'Uzerche...

(Le sénéchal est devenu très-grave. Evidemment il avait peur de se heurter à trop forte partie...)

... Mais chassé depuis un mois par le duc...

Alors le sénéchal a repris un visage serein ; et bien assuré que le duc n'est pour rien dans l'affaire, il va venir demain avec la maréchaussée au château de Ventadour, et au nom du roi il se fera délivrer Mlle Ninon.

— Oui, mais s'il tarde vingt-quatre heures, le duc d'Uzerche arrivera, le détrompera, et tout est perdu.

— J'ai promis dix écus à son greffier pour le presser et pousser l'affaire, et j'en ai donné cinq d'avance.

— Mon ami, tu nous sauves ! s'écria Rienquivaille. A moi, maintenant, de préparer les moyens de transport.

Et il me laissa seul avec le bossu qui buvait comme une outre et paraissait de la plus joyeuse humeur du monde ; et j'en appris de belles sur le compte du sieur Jean-de-Dieu !

XLVIII

La première question du bossu fut celle-ci :

— Monsieur Marteau, avez-vous soif?

Je fis signe que non.

— Cela m'étonne, dit-il. Ce soir il fait soif. ici comme au fond du désert.

Et pour preuve il remplit son verre et le vida sans prendre haleine.

— Voyez-vous, monsieur Marteau (sa langue s'épaississait déjà, car il entamait la troisième bouteille), il faut prendre garde à la pépie. C'est une maladie qui n'est bonne que pour la volaille... et encore !

Il fit une pause et reprit en frappant du poing sur la table :

— Eh bien, vous pouvez vous flatter que vous aurez là un fameux gendre, un gai luron ; c'est moi qui vous le dis, et je m'y connais...

— Quel gendre ?

— Jean-de-Dieu Rienquivaille, parbleu ! Est-ce que vous en auriez un autre en vue, par hasard ? Dans ce cas, il faudrait le dire...

Je répondis fermement que Rienquivaille ne serait jamais mon gendre.

Bernique, qui était plus qu'à moitié ivre, parut ravi de cette déclaration, comme il l'aurait été, je suppose, d'une déclaration tout opposée.

— Eh bien, tenez, Marteau, vous me plaisez. Vous avez un caractère, vous, et j'aime les hommes à carac-

tère! On vous dit : Voilà un joli garçon qui a de l'esprit et du cœur, qui aime votre fille et qu'elle aime,
qui a risqué deux ou trois fois sa vie pour elle et qui
va la risquer encore ; c'est un gendre comme celui-là
qu'il vous faudrait, et alors vous dites, vous : Je n'en
veux pas! Eh bien, j'aime ça, c'est une preuve que
vous avez du caractère, un mauvais caractère, c'est
vrai, un fichu caractère, un caractère dont je ne voudrais pour mon chien ni pour mon chat, pour mon
âne ou pour mon cheval, mais enfin un caractère !

Ce clerc de procureur commençait à me mettre en
colère ; mais pourquoi se fâcher contre un ivrogne ?
D'ailleurs, j'avais mon plan ; je voulais profiter de
son ivresse pour le faire causer. Je demandai :

— Y a-t-il longtemps que vous connaissez Rienquivaille ?

Le bossu éclata de rire, quoique ma question n'eût
rien de plaisant, et répondit :

— Une éternité, mon brave homme! Deux éternités! Trois éternités! Dix douzaines d'éternités! Et il
y a longtemps que nous avons fait nos farces ensemble...

Puis, réfléchissant avec gravité, comme il arrive
souvent aux ivrognes :

— Mais, chut! motus! On ne parle pas de ça devant
un futur beau-père.

Et il s'arrêta net comme s'il eût été en face d'un mur
de cent pieds de haut.

Alors, pour l'encourager, je lui dis négligemment :

— Je vous répète qu'il ne sera jamais mon gendre !

— Jamais?

— Jamais!

— Oh! bien, il n'y a plus d'inconvénient à lâcher
tout... Par où voulez-vous que je commence ?

— Par où vous voudrez, Berniquel

— Alors je vais commencer par le milieu. Figurez-vous que ce garçon, partout où il va, fait la cour à quelque cotillon.

— Ah! le polisson! Je m'en doutais!

— Qu'est-ce que ça vous fait, père Enclume, puisque votre fille n'est pas pour lui ?... Si vous changez d'avis, il aura toujours le temps de changer de conduite... Suffit que vous sachiez que dans une seule ville où il venait de jouer le rôle d'Orosmane dans la tragédie de *Zaïre,* de M. de Voltaire, il a fait trois heureuses et deux malheureuses. Je le sais.

J'ai vu leurs lettres d'amour; et la veille de son départ, les trois heureuses, dont une bourgeoise bien rentée, ma foi (c'était la femme d'un fermier général), ont voulu lui faire leurs adieux. Elles se sont rencontrées chez lui. Il y a eu des chignons arrachés, des yeux pochés, des joues en sang. Pour les apaiser il a été forcé de les mettre à la porte. Elles l'ont traité de perfide, de scélérat. La fermière générale voulait même le faire poignarder. Ah! ce n'est pas à vous ni à moi, papa Marteau, qu'il arrivera jamais de pareilles aventures.

Voilà donc la vie que menait ce maudit Rienquivaille! Et c'est un pareil mari que j'aurais donné à Ninon! Jamais! jamais! Si j'avais eu besoin de me confirmer dans cette résolution, les discours de l'ivrogne auraient suffi.

Cependant je voulus en savoir davantage :

— Qu'est-ce que c'est que son affaire avec le baron de Bergues, qu'il a assassiné ?

Bernique me regarda d'un air fin et dit :

— Ah! ah! père Enclume, parce que vous croyez que je suis gris, vous voulez me tirer les vers du nez!... Vous n'êtes pas de force, mon vieux! Vous êtes épicier, vous! ça, c'est bon. Vous savez attraper la pratique et lui vendre du beurre rance pour du beurre frais; mais je suis clerc de procureur, moi, et l'épicier

qui me fera dire ce que je ne veux pas dire n'est pas
encore né. Entends-tu, père Enclume !

Tout en parlant, il but une nouvelle rasade.

— A ta santé, beau vieillard ! à la santé de l'épicier
le plus malin des deux hémisphères, austral et boréal,
arctique et antarctique !

Puis il se leva pour montrer qu'il était encore solide
sur ses jambes et qu'il savait garder l'équilibre, mais
alla se heurter contre une chaise où il fut forcé de
s'asseoir.

— Les jambes chavirent un peu, dit-il en riant, mais
la tête est bonne. Et pour preuve, tenez, je vais faire
sans crayon, ni papier, une multiplication de quatre
chiffres par quatre chiffres : 7.345 par 5.689 par
exemple.

Il garda le silence une minute, fit la multiplication
mentalement, et dit : voici le total :

— 41.885.705.

Vérifiez l'opération, s'il vous plaît.

Je voulus m'en défendre ; mais l'ivrogne y tenait.

Comme j'attendais de lui un grand service, je ne
crus pas bon de le contrarier. Je vérifiai ; son calcul
était juste.

Il reprit d'un air triomphant :

— Vous voyez, papa Marteau, si j'ai raison de dire
que la tête est bonne... Maintenant, je suis bon enfant,
j'ai le cœur sur la main, et je ne refuse rien à un ami.
Qu'est-ce que vous voulez savoir?

— Moi? Rien. Ça ne me regarde pas, ce que je demandais.

— Ça ne vous regarde pas, c'est vrai, mais ça vous
intéresse, n'est-ce pas? Eh bien! je vais vous le dire,
vieux bavard, mais faites attention de ne pas le répéter; ça touche à l'honneur des dames, et les dames,
voyez-vous, c'est sacré. Rienquivaille ne me pardon-
nerait pas s'il savait que j'ai parlé.

Il tira de sa poche un portrait en miniature, enveloppé d'un papier graisseux, le posa sur la table, se mit à genoux, le baisa comme on baise l'image d'une sainte, en levant au ciel ses yeux d'ivrogne, et me le tendit en disant :

— Connaissez-vous ça ?

Le portrait était celui d'une jeune dame, vêtue en bourgeoise, belle comme le jour, habillée simplement mais avec une élégance parfaite et qui ressemblait d'une manière frappante à quelqu'un que je croyais reconnaître.

Bernique me demanda :

— La trouvez-vous jolie, celle-là ?

Je fis signe qu'elle était charmante.

— Vous n'êtes pas difficile, père Marteau : c'est l'une des plus belles personnes de France... Eh bien, c'est la cause de tous les malheurs de Rienquivaille.

— Comment !

— Oh ! mon Dieu, oui, avec ces beaux yeux pleins d'amour et de volupté, ces traits ravissants, ce corsage entr'ouvert, cet air de déesse, elle a failli le faire fusiller, ou plutôt (ne mentons pas !) il a failli être fusillé à cause d'elle, car ce n'est pas elle, la chère belle créature, qui lui voulait du mal ! Au contraire ! Elle n'était que trop bien disposée en sa faveur !

Je hasardai de dire :

— Alors, c'est la belle marquise ?

Il me regarda d'un air étonné :

— Vous la connaissez donc?... Au moins ce n'est pas moi qui vous ai dit son nom, je suis prêt à le jurer devant Jupiter et Bacchus !... Et si le duc venait à savoir que le portrait de sa sœur est dans mes mains... Mais Rienquivaille, dans sa fuite, l'avait oublié chez moi avec quelques bagages et je le lui rapporte... C'est ça qui est honnête, papa Marteau ! Quand je pense que j'avais le portrait d'une jolie femme dans

ma poche, que je pouvais le garder pour moi ou le
montrer de temps en temps à mes amis et connaissances, en laissant croire...

(Il se caressa doucement et fièrement le menton.)

... Et que je vais le rendre, remettre et restituer
sans conditions à son véritable propriétaire, eh bien,
vraiment...

Il s'interrompit pour faire jouer un ressort caché
derrière le portrait. Une sorte de boîtier s'ouvrit et je
vis à l'intérieur, écrits de la main d'une femme, sur
une sorte de papier ou de carton blanc, les mots suivants :

« *Doné au bien aymé de mon qeur,*

» L... »

Je demandai :

— C'est l'écriture de la marquise ?

— L'écriture... et l'orthographe aussi, répliqua le
bossu en riant. Pourvu qu'on devine à peu près leurs
lettres d'amour, elles n'en demandent pas davantage... Vous voyez le cachet et les armes des d'Uzerche
entrelacées avec celles des Latour-Maubrac.

Je m'écriai stupéfait :

— Comment! c'est à Mme la marquise de Latour-
Maubrac, la propre sœur du duc d'Uzerche, que ce
Rienquivaille a osé adresser ses hommages!

Cette question dégrisa presque entièrement Bernique.

— Ah! dit-il, je croyais que vous aviez du premier
coup reconnu la dame. Eh bien, oui, c'est Mme de Latour-Maubrac...

— Et le misérable osait faire la cour à Ninon !

— Eh bien, après, dit-il. Est-ce que vous croyez que
ça ne s'est jamais vu, depuis que le monde est monde,
qu'un homme ait aimé de deux côtés à la fois... Est-ce
que Jacob n'a pas aimé et épousé les deux sœurs, Lia

et Rachel, et par-dessus le marché leurs servantes ?
Est-ce que David n'a pas épousé Michol, et en même
temps Bethsabée, et ensuite Abisag, sans compter les
autres ? Est-ce que Salomon n'a pas fait pis encore,
puisqu'il en épousa trois cents, outre ses concubines ?
Pourquoi voulez-vous que Rienquivaille soit plus sage
ou meilleur que tous ceux-là ?

Il devint plus grave, et dit :

— Tenez, papa Marteau, je viens de faire une sottise.
J'ai trop parlé, mais puisque vous savez les trois
quarts de l'histoire, autant vaut que vous sachiez le
reste... Oui, c'est vrai, Jean-de-Dieu a été l'amant de
la marquise de Latour-Maubrac, mais il ne l'est plus
depuis longtemps, et je vais vous en donner la preuve.

— C'est inutile ! Je ne veux plus rien savoir !

— Oui, mais je veux que vous sachiez tout afin que
vous ne puissiez pas l'accuser auprès de Mlle Ninon,
qu'il aime de tout son cœur et uniquement, et dont il
est digne, foi de Bernique !

Voici l'affaire :

Puisque vous connaissez Mme de Latour-Maubrac,
vous savez que le roi l'avait remarquée à Versailles,
qu'il l'avait trouvée très-belle et très-aimable comme
elle l'est, en effet, qu'il avait fait quelques tentatives
auprès d'elle, et que M. le duc d'Uzerche, qui espérait,
par le crédit de sa sœur, devenir premier ministre,
n'avait mis aucun obstacle... Au contraire ! c'est le bel
air de la cour.

M. de Choiseul en a fait autant pour sa sœur, Mme la
comtesse de Grammont, le marquis de Nesle pour
ses cinq filles. Il n'y a que des bourgeois qui puissent
encore se fâcher de certaines choses, et peut-être aussi
quelques gentilshommes de province, mais en bien
petit nombre.

Le roi s'enflammait donc peu à peu, et Mme de Pompadour, qui vieillit, qui maigrit, qui jaunit, qui s'en-

nuic, qui languit, commençait à craindre pour sa place ; mais la marquise de Latour-Maubrac, qui était une jeune et belle veuve, immensément riche de l'héritage de son vieux mari, recherchée de tous et ne dépendant de personne, n'a pas voulu supplanter l'autre marquise.

On dit même qu'un jour le duc de Richelieu, qui s'était chargé (le vieux magot!) de négocier l'affaire, ayant demandé à la marquise : « Qui voulez-vous donc prendre ? Espérez-vous mieux qu'un roi de France ? » elle avait répondu d'un air méprisant : « Je ne veux pas des restes de la fille Poisson ! » et que ce mot l'avait fait exiler en Touraine.

C'est là qu'elle a rencontré Rienquivaille, et vous allez voir par quelle aventure singulière il devint amoureux d'elle jusqu'à la folie et presque jusqu'à la mort, car il ne fait rien à demi, ce garçon.

XLIX

Bernique continua son récit :

— La marquise habitait un château près de Tours, sur le bord de la Loire. Elle était enfermée là depuis trois semaines et ne voyait personne, car ses amis de Versailles n'avaient pas osé la suivre, de peur de partager sa disgrâce, et les gentilshommes tourangeaux craignaient également de se brouiller avec la cour.

Que faire alors ? Mme de Latour-Maubrac imagina un soir de se déguiser en petite bourgeoise et d'aller avec sa femme de chambre, habillée comme elle, dans une fête de village pour se distraire et s'égayer.

Le village est à un quart de lieue de Tours, où d'ailleurs la dame avait un pied-à-terre, ancienne petite maison, avec jardin, qui servait autrefois au feu marquis dans les folles années de sa jeunesse. C'est là que, de temps en temps, la marquise venait se reposer de ses grandeurs, parfaitement inconnue de tous ses voisins et cachée sous le nom de Mme Ferrand, bourgeoise de Paris, retirée du commerce des huiles et veuve depuis deux ans.

Mme de Latour-Maubrac, comme vous voyez, papa Marteau, est une dame romanesque et qui ne hait pas les aventures. Jusqu'à la mort de son mari, elle avait vécu comme une religieuse, et s'était ennuyée — excusez la comparaison — comme un avocat qui parle à un président qui dort. Plus tard, c'est-à-dire depuis dix-neuf ans jusqu'à vingt-sept ans, elle a pris sa revanche (c'est bien naturel), et l'ombre du défunt marquis a dû frémir de rage dans sa tombe, si les ombres peuvent frémir ou même s'intéresser à ce qui se passe ici-bas...

Ici, comme je vis que Bernique ne s'ennuyait pas de parler, et même que, pareil à beaucoup d'ivrognes, il allait me dire quelques-unes de ses pensées sur l'autre monde, — comme surtout je craignais le retour trop prompt de Rienquivaille, je le ramenai à son histoire par cette question :

— Enfin, qu'arriva-t-il ce jour-là ?

— Rien que de naturel, père Enclume, car vous êtes pressé de connaître le dénoûment, n'est-ce pas?... Eh bien ! voici...

La salle de bal était une belle grange dans le village de... J'ai oublié le nom du village. C'était celui du saint dont on célébrait la fête, et l'on voyait là des gens de toute espèce, des paysans d'abord, puis des ouvriers, des bourgeois de Tours, et beaucoup de soldats, d'officiers et de sous-officiers du régiment d'Artois, dans lequel mon ami Rienquivaille était sergent.

Tout ce monde dansait, riait et buvait, chacun suivant son âge, son tempérament, son sexe ou son grade, et Rienquivaille plus que tous les autres, car il a tous les talents, ce garçon-là, excepté celui de faire fortune, qui lui a été interdit par la nature et par la société.

Si vous l'aviez vu dans ses ronds de jambes et dans ses jetés-battus ! Toute la grange était dans l'admiration. On n'avait d'yeux que pour lui. Les filles le regardaient comme un être supérieur à l'humanité et les garçons l'enviaient.

Au milieu de ce succès, voilà que la marquise entra, donnant le bras à sa femme de chambre, toutes deux vêtues comme deux petites bourgeoises, et jolies à faire plaisir, — la marquise surtout, qui est faite au tour, à ce que dit Rienquivaille. Au reste, vous la verrez tôt ou tard, et vous pourrez en juger à distance.

Naturellement le succès de Jean-de-Dieu en pâtit, et tous les yeux se tournèrent sur elles. On demanda qui c'était. Personne ne pouvait répondre. Les plus hardis vinrent tourner autour de la marquise, mais n'osèrent l'inviter.

A la fin, Rienquivaille s'en aperçut, et du même air que le roi Salomon dut avoir pour introduire la reine de Saba dans son palais de marbre et d'or, il vint offrir sa main à la marquise. De mon côté, car j'étais alors second clerc de procureur à Tours et je ne le quittais guère, je donnai la mienne à la belle suivante, qui est un friand morceau, je vous assure.

Et alors, papa Marteau, les violons se mirent à grincer, les flûtes à souffler, les clarinettes à éclater, les trompettes à retentir, et toute la grange entra en branle du même coup. On dansa, on sauta, on gigota,

17.

on serra la main à sa danseuse, on l'embrassa, on fit toutes les folies, et pour vous en donner une idée, je proposai à la suivante, que je ne connaissais que depuis cinq minutes, de l'épouser ce soir-là.

Elle ne s'en fâcha pas. Elle me demanda seulement d'offrir quelques rafraîchissements, ce qui m'embarrassait un peu, car je n'avais pas plus de trente sous en poche, sur lesquels j'avais même espéré vivre trois jours; cependant j'allais demander du vin sucré et jeter fièrement mes trente sous sur la table, lorsque je m'aperçus que Rienquivaille me faisait signe que le vin était déjà servi pour la marquise (c'est-à-dire pour la petite bourgeoise qui s'appelait Mᵐᵉ Ferrand) et qu'il m'invitait à en prendre ma part.

— Il est donc riche ?

— Qui ? Lui ? répondit Bernique. Non. Il avait en ce temps-là quelques économies d'une vieille tante qui l'a élevé en province, — mille écus peut-être, — et il les jetait par les fenêtres comme pourraient faire les grands seigneurs et les financiers et comme ils ne font pas, car il n'y a rien de plus avide et de plus avare que ces deux races d'hommes...

Finalement, nous buvons, Mᵐᵉ de Latour-Maubrac comme les autres, un petit vin de Vouvray mousseux qui porte le cœur à la joie, et nous retournons au rigodon, ou plutôt j'y retourne seul avec la femme de chambre, car la marquise, peut-être fatiguée, s'assit à côté de Rienquivaille.

Ce qu'ils disaient, je n'en sais rien. Je ne suis pas curieux. Comme il n'est pas timide, il a dû dire des choses hardies ; comme elle a vécu dix ans à la cour, elle doit être expérimentée et ne se laissa pas déconcerter, je pense. J'étais moi-même si occupé de la suivante que je ne regardai pas la maîtresse.

Tout à coup voilà que j'entendis un grand bruit dans le coin où ils étaient. Deux ou trois sous-officiers un

peu gris et jaloux du succès de Rienquivaille vinrent
inviter la marquise, un grand et fort, surtout, qui lui
dit, à ce qu'on m'a raconté depuis :

— Ma belle, est-ce qu'il n'y en a que pour lui ?

Il montrait du doigt Rienquivaille. Mon ami se leva
et lui dit :

— Gorju, madame est fatiguée.

— Ah ! ah ! cria l'autre en riant. Et tu lui tiens compagnie ! Mais je suis aussi bon que toi pour ça, Rienquivaille. Allons, cède-moi la place !

Vous voyez d'ici la frayeur de la marquise, qui veut
s'échapper.

Gorju la retint par le bras. Vous connaissez l'humeur
de Rienquivaille qui est bon comme le pain et vif
comme la poudre. Il prend Gorju par les épaules, le
fait pivoter sur lui-même et lui dit :

— Si tu ne lâches pas cette dame à l'instant même,
je te...

Gorju se débat et veut le frapper. On se jette entre
eux; on les sépare. Rienquivaille lui fait signe de le
rejoindre à vingt pas de là, et, sous les yeux des camarades, tous deux tirent l'épée. Rienquivaille lui flanque
un coup de pointe dans la cuisse, l'étend par terre,
essuie son épée sans dire un mot, et court rejoindre
sa bien-aimée, qui, profitant du tumulte, était partie
avec la mienne.

Nous nous regardâmes en riant, mais pas contents
du tout, Rienquivaille surtout, qui avait, je suppose,
reçu des promesses et même des arrhes, et qui ne savait plus où retrouver la dame.

Mais voilà que, trois jours après, il est averti de se
promener sur le Mail vers huit heures du soir, et qu'il
rencontrera une personne...

Il y va, reconnaît sa petite bourgeoise, qui le remercie de l'avoir si bien défendue, qui se défend d'être
ingrate, qui dit s'appeler Mme Ferrand, qui avoue qu'elle

est veuve, assez riche, qu'elle consent à être aimée, qu'elle a été frappée de son courage, de son esprit, de sa bonne mine, touchée surtout de son amour, qui se laisse baiser les mains, et qui ne défend pas de la reconduire chez elle (dans le pied-à-terre dont je vous ai parlé), pourvu qu'il soit discret, respectueux, platonique, qu'il ne cherche jamais à en savoir davantage sur le nom et la famille de la dame.

Rienquivaille promit tout ce qu'on voulut, sauf à tenir ce qu'il pourrait, comme la plupart des hommes; cela dura quatre mois. Sa belle veuve sentait bien un peu la grande dame; mais il n'y a pas là de quoi rebuter un sergent; au contraire! Les jours où elle ne voulait pas voir Rienquivaille, sa maison était vide, et sa porte fermée. Que faisait-elle ces jours-là? Personne n'aurait pu le dire. Où est-ce qu'elle habitait? Aucun voisin ne le savait.

Il voulut s'informer, questionner la marquise pour savoir au juste qui elle était, mais elle lui répondit doucement :

— Mon ami, vous connaissez l'histoire de Psyché. Elle ne se contenta pas d'être heureuse, elle voulut savoir avec qui. Psyché fut une sotte et perdit tout pour avoir voulu satisfaire une vaine curiosité.

Rienquivaille alors se tint coi. Pensez que c'était bien de l'honneur pour un sergent au régiment d'Artois d'être aimé de l'une des plus belles et des plus gracieuses personnes de France, — que ce fût une paysanne, une bourgeoise ou une noble dame, peu importe. Il y a des Gotons, voyez-vous, qui valent en amour des Cléopâtres... Ne le croyez-vous point, papa Marteau ?

Je lui répondis avec indignation :

— Garde tes réflexions pour toi, Bernique, et dis-moi la fin de l'histoire.

— Voici la fin. Pendant que Rienquivaille était heu-

reux comme je vous l'ai dit, un certain baron de Bergues, son capitaine et bon gentilhomme, faisait sa
cour, mais non avec le même succès, à Mme de Latour-
Maubrac, en son château.

Elle ne le recevait pas trop mal, lui laissant des
espérances, et en attendant se moquait de lui. (Je tiens
ce détail de la suivante.) Voyant cela, le gentilhomme,
qui était de mauvais caractère et jaloux, se douta de
quelque chose et se mit à l'épier, voulant savoir si
quelque autre était plus heureux que lui.

Il épia si bien qu'un beau soir il vit entrer Rienquivaille dans la petite maison où la dame l'attendait.

Furieux, il entre à son tour, l'épée à la main, menace Rienquivaille de le tuer, et la dame de publier
partout qu'elle avait pris pour amant un simple sergent. (C'est ainsi que Jean-de-Dieu apprit le nom de
Mme de Latour-Maubrac.)

La marquise lui répliqua, avec sa majesté tranquille
de déesse :

— Monsieur, je suis libre, veuve, et je fais ce qui me
plaît. Sortez d'ici !

Puis, comme il criait encore, Rienquivaille tira
l'épée à son tour et dit :

— Mon capitaine, partout ailleurs, je vous respecte
et j'obéis. Ici, je ne connais qu'un maître, c'est ma
chère marquise, et qu'un devoir, celui de faire exécuter ses ordres. Passez par la porte ou par la fenêtre,
mais passez, ou par le grand Jupiter, je vous cloue au
mur comme une chouette.

Il l'aurait fait. M. de Bergues le savait et sortit, soit
qu'il ne voulût pas se battre avec son inférieur, soit
qu'il eût peur d'être cloué.

Quelques jours après, il insulta Rienquivaille devant
tous ses camarades. L'autre donna sa démission de
sergent, l'attendit longtemps et le tua en duel comme
on a dû vous le dire.

Après quoi, la famille de Bergues étant puissante, il fut poursuivi et condamné à mort comme assassin. Et depuis ce temps il est de tous côtés poursuivi par la mauvaise chance qui veut qu'on soit pendu de père en fils dans sa famille.

— Et la marquise?

— Dès qu'il connut son nom, elle ne voulut plus le revoir, de peur de se compromettre, et comme elle fut rappelée à Versailles peu de temps après, Rienquivaille n'a pas essayé de la rejoindre. Dans l'intervalle, d'ailleurs, il était devenu amoureux de Mlle Ninon, et il ne pensait plus à l'autre.

— C'est bien heureux, en vérité, c'est bien de l'honneur pour ma fille!

— Maintenant, vous savez tout. L'autre jour, Rienquivaille, en danger, est allé chez la marquise, qui l'a fort bien reçu, qui lui a même donné son portrait, qui a promis de le défendre et de faire prouver son innocence, qui peut-être enfin aurait volontiers renoué, à ce que m'a dit la femme de chambre, mais il n'a pas fait semblant de l'entendre. Il est parti, et le voilà...

En effet, Rienquivaille était de retour.

— J'ai préparé une voiture légère et bien attelée pour demain, dit-il. A quelle heure arriveront de Tulle le sénéchal et ses gens?

— A onze heures du matin.

—C'est bien, bonsoir. Allons dormir, comme Alexandre, la veille de la bataille d'Arbelles.

Et nous allâmes tous nous coucher.

L

Le lendemain, dès cinq heures du matin, je sortis de ma chambre, inquiet, troublé, craignant pour Ninon, craignant pour moi-même, car les mêmes brigands qui avaient mis le feu à ma maison et enlevé ma fille n'auraient certainement pas eu de scrupule à cacher ces deux crimes par un troisième et à me tirer un coup de pistolet dans la tête.

Mme Mélie était déjà occupée à allumer ses fourneaux.

Elle me sourit, comme elle savait sourire, c'est-à-dire en montrant de fort vilaines dents, et me demanda aussi gracieusement que possible si je voulais prendre un verre de vin blanc pour chasser l'air frais du matin. Je la remerciai et je suivis son conseil ; mais il paraît que cette précaution, excellente pour les épiciers, c'est-à-dire pour moi et mes pareils, ne valait rien pour les aubergistes, car son mari ayant voulu profiter de l'occasion et, comme il disait, casser une croûte, fut vertement tancé et appelé ivrogne.

Pour le consoler, je l'invitai à partager une bouteille de vin blanc avec moi, et comme il ne buvait plus à ses frais, mais aux miens, Mme Mélie fut forcée de garder le silence.

Au reste, une bonne action trouve toujours sa récompense. Il me donna les renseignements les plus précieux sur Égletons, sur Ventadour, sur le duc d'Uzerche, qui était fort mal vu dans le pays parce qu'il

avait fait pendre deux ou trois braconniers et aussi
parce que l'insolence et les vexations de ses gens
étaient insupportables....

— Mais sa sœur?

— Mme la marquise de Latour-Maubrac?... Oh!
celle-là! c'est une femme charmante, tout à fait généreuse et qui ne fait pendre personne; tout le monde
l'aime, parce qu'elle a toujours la main ouverte et de
bonnes paroles; mais elle vient si peu, si peu!... Je
ne l'ai vue que trois fois dans le pays.

— Est-ce que le duc va bientôt venir?

— Nous l'attendons demain. Vous voyez ce pâté que
fait Mélie, c'est pour M. Jacquot et les autres domestiques du duc qui vont passer dans l'après-midi. Le
pâté froid, vous savez, c'est le triomphe de Mélie, et
M. Jacquot le sait bien. Elle y met du veau, du
cochon, du sel, du poivre, de la noix muscade, de
fines herbes, des foies de canards, des crêtes et des
rognons de coq, et tous les ingrédients de la nature.
C'est à s'en lécher les doigts jusqu'au coude. Au reste,
vous pourrez en goûter, car elle en fait deux, un pour
vous, un pour M. Jacquot et ses camarades.

— A quelle heure seront-ils là?

— A trois heures de l'après-midi.

Au même instant Bernique le bossu entra.

— Ah! ah! papa Marteau, dit-il, vous tuez déjà le
ver. C'est bien, c'est très-bien... On ne dort plus à
votre âge; mais moi, j'ai bien dormi et j'ai soif... Don
César de Carabanchel est-il descendu?

— Il est déjà loin, répondit l'aubergiste. Il se promène comme une âme en peine sur la route de Tulle.

— Que dites-vous? s'écria Bernique. Vous insultez
mon noble ami.

— Moi!

— Oui, vous dites qu'il se promène comme un âne
en plaine!

L'aubergiste éclata de rire.

— Vous êtes toujours farceur, vous, monsieur Bernique !

— Comme vous voyez, répliqua le bossu.

Et alors il enfila une série de calembours et d'histoires de toute espèce dont la plupart feraient rougir les dames, mais qui ne laissèrent pas de réjouir Mme Mélie et son mari.

Vers neuf heures du matin, Rienquivaille rentra et, profitant de l'absence de l'aubergiste, nous dit :

— Venez. J'ai rencontré le messager de Tulle. Il m'a remis trois lettres : l'une du sénéchal, adressée à Bernique, et qui annonce son arrivée à Égletons pour onze heures du matin. La seconde est pour moi. C'est d'une dame dont la protection ne nous sera pas inutile. La troisième est pour vous, monsieur Marteau. La voici.

Je la décachetai sur-le-champ. Elle était du curé de Saint-Eustache.

« Paris, 15 juin...

« Mon cher ami,

« Je m'en remets au petit Bernique et au hasard du soin de vous faire parvenir cette lettre.

« Malgré toutes mes démarches, j'ai mille choses inquiétantes à vous dire et pas une seule qui puisse vous rassurer.

« Je suis retourné chez le duc et j'ai voulu forcer la porte, comptant sur l'autorité de ma robe ; mais le suisse, qui me connaît maintenant et qui a ses ordres, m'a répondu le premier jour que M. le duc était à Versailles ; le second jour, qu'il n'était rentré qu'au point du jour et qu'il dormait ; le troisième jour, qu'il était à la promenade, ajoutant (entre haut et bas) que je ferais bien de suivre son exemple et d'aller me promener moi-même... Car les valets, dans ces grandes maisons, sont mille fois plus insolents que les maîtres eux-mêmes.

« Voyant qu'il était bien résolu à ne pas me recevoir, je suis allé chez M. de Sartine, qui m'a reçu poliment, et dès les premiers mots m'a interrompu, pour dire qu'il avait entendu parler de cette affaire, qu'il avait donné ordre d'informer, qu'il savait à quoi s'en tenir sur le rapt et sur l'incendie, que le rapt était volontaire, que Ninon avait dû ouvrir la porte elle-même, ou pour mieux dire qu'il n'y avait point de rapt, mais séduction, ce qui se voit tous les jours dans les cinq parties du monde ; que le séducteur était ou un drôle appelé Rienquivaille, déjà poursuivi pour vingt autres crimes, ou un autre drôle nommé Jacquot ancien domestique du duc, et chassé par lui à cause de sa mauvaise conduite ; que les fugitifs avaient gagné après quelques jours l'Angleterre ou la Hollande, où les poursuites devenaient impossibles...

« Vous devinez, mon cher Marteau, de quel air j'entendais débiter de telles infamies. Je l'ai pourtant laissé aller jusqu'au bout pour savoir de quoi l'âme d'un homme de cour est capable. Mais comme il se levait en me congédiant d'un geste de la main, j'ai demandé :

« — Et l'incendie ?

« — Eh bien, le ravisseur, comme vous l'appelez, a mis le feu pour enlever plus facilement la petite fille. Ou plutôt, si c'est Jacquot, que le sieur Marteau avait déjà chassé de sa maison, sans doute à cause de quelque intrigue secrète avec Mlle Ninon, tout s'explique parfaitement. Il a enlevé Ninon pour son plaisir et brûlé la maison pour se venger.

« Là-dessus, n'espérant plus rien de M. de Sartine, je suis retourné à mon église où j'ai prié Dieu ardemment de m'inspirer ce qu'il fallait faire et je crois que ma prière a été exaucée. Deux ou trois jours après que

vous aurez reçu cette lettre j'espère que vous entendrez
parler de moi.

« Adieu, mon vieil ami, adieu! Je sens toutes vos
peines comme vous-même et je fais tous mes efforts
pour les soulager. J'envoie ma bénédiction et mille
tendresses à ma petite Ninon... »

Le reste de la lettre se composait de détails sur le
soin qu'il prenait de ma maison à demi brûlée et sur
les projets qu'il faisait pour me relever de ma ruine.

Après cette lecture, je tendis la lettre à Rienquivaille, qui la lut avec Bernique, et je tombai dans un
accablement silencieux.

— Trois jours! s'écria Rienquivaille. Si le saint
homme tarde trois jours, tout sera décidé et peut-être
perdu!... Mais j'ai de meilleures nouvelles... et, quand
tout le monde devrait nous manquer à la fois, il nous
reste ceci et cela.

Il montrait son épée et son ami Bernique. Je levai
les épaules en pensant à cette gasconnade; mais le
bossu me dit:

— Papa Marteau, vous ne savez pas ce que vous
dédaignez. Avec la langue d'un clerc de procureur et
l'épée d'un ancien sergent on peut remuer le monde.
Et, tenez, nous avons déjà remué quelque chose de
terriblement pesant, l'inertie d'un magistrat qui a peur
de se compromettre. Voyez cette troupe à cheval qui
s'avance et qui n'est plus qu'à trois cents pas d'ici. Je
parie que c'est le sénéchal de Tulle.

En effet, c'était lui.

Un petit homme au nez camard, au teint blafard, à
l'œil très-doux mais hagard, au ventre rondelet sans
excès, à la mine souriante, à la physionomie impor-
tante, sans nulle méchanceté d'ailleurs, et même
assez bon enfant, quand il n'avait pas intérêt à être
tout le contraire.

Derrière le sénéchal venaient une douzaine d'archers de la maréchaussée, et entre lui et eux son greffier.

Bernique s'avança le premier, salua respectueusement le magistrat et attendit ses ordres.

— Avant tout, dit le sénéchal, il faut dîner. Un soldat qui a bien dîné en vaut quatre. Qu'en dis-tu, Matifoux ?

Matifoux, c'était le greffier. Il éclata de rire comme c'était son devoir quand son patron lui faisait l'honneur de plaisanter avec lui. Les archers, à leur tour, voyant rire le sénéchal et le greffier, éclatèrent de confiance, sans avoir, d'ailleurs, entendu un seul mot de la conversation.

Bernique reprit :

— Monsieur le sénéchal, j'ai tout prévu. Le dîner est prêt. Mme Mélie est avertie. Nous dînerons dans cinq minutes.

A cette heureuse nouvelle, tous les visages s'épanouirent d'une joie sincère. Le sénéchal demanda, montrant Rienquivaille et moi :

— Quels sont ces deux hommes ?

— L'un est le père de Mlle Ninon, répondit Bernique.

— Ah ! ah ! Et l'autre ?

— L'autre, c'est un témoin.

Il ne crut pas nécessaire d'en dire davantage pour le moment.

— Eh bien ! reprit le sénéchal avec bonté, il faudra les faire dîner avec nous et les emmener à Ventadour.

Jamais personne ne fut plus surprise que Mme Mélie quand elle vit une si nombreuse compagnie en tête de laquelle s'avançait un sénéchal, s'arrêter dans son auberge. Elle se confondit en politesses envers cet illustre magistrat, en excuses de n'avoir pas prévu son arrivée et préparé un dîner plus digne de lui, en empressements à le servir qui manquèrent de coûter la vie à sept ou huit poulets innocents et jeunes canetons.

Mais Bernique, qui voyait le temps s'écouler et qui craignait que Jacquot, averti par hasard, ne prît la fuite, hâta les préparatifs de toute espèce, de telle sorte qu'une heure après tout le monde remontait à cheval, excepté lui, Rienquivaille et moi. Nous avions pris un char-à-bancs de louage pour pouvoir emmener Ninon.

D'Égletons à Ventadour, la distance est d'une lieue à peine, et nous descendîmes au grand trot, car Rienquivaille voulait enlever le château par surprise et non par force, ce qui aurait pu durer longtemps. Le sénéchal et ses hommes nous suivaient de près.

A deux cents pas du château, Rienquivaille descendit le premier, bien armé sous son manteau espagnol, et s'avança vers le pont-levis qui, par bonheur, était baissé.

Comme on était habitué, depuis plusieurs jours, à le voir entrer et sortir en ami de la maison, il ne rencontra aucun obstacle. Jacquot et les autres domestiques étaient d'ailleurs occupés à seller leurs chevaux, car tout s'apprêtait pour le départ.

Il courut donc tout d'un trait à la chambre de Ninon, qui était au second étage, à côté de celle de la femme de charge.

Malheureusement celle-ci le rencontra dans l'escalier et lui dit :

— Où courez-vous donc, don César?

— Je vous cherchais, madame, répondit Rienquivaille.

— Eh bien, montez toujours et ma nièce vous tiendra compagnie. Je vais donner quelques ordres à la cuisine et revenir.

Sur ce mot, Rienquivaille lui baisa galamment la main et lui dit :

— Surtout ne tardez pas.

La dame couperosée ne suivit que trop ce conseil, car elle remontait juste au moment où Ninon, depuis longtemps avertie, et qui s'était tenue prête à partir, descendait l'escalier avec la vitesse de l'éclair.

La dame couperosée voulut la retenir et lui saisit le bras, mais Rienquivaille la prit à son tour, la jeta contre le mur, et lui dit d'une voix terrible :

— Si tu cries, vieille bécasse, je te fends la langue en quatre !

Et, en effet, elle ne dit plus rien, du moins jusqu'à ce qu'il fût au bas de l'escalier avec Ninon ; mais alors elle poussa un cri si épouvantable que tout le monde en frémit d'horreur dans l'intérieur du château et au dehors.

A ce cri, Jacquot, qui allait monter à cheval avec les autres domestiques, accourut pour voir ce que c'était ; il reconnut Rienquivaille et Ninon, devina tout, et dit au portier :

— Antoine, levez le pont, fermez la porte !

LI

A la distance où j'étais avec Bernique le bossu, je ne pouvais rien voir ni même rien entendre. Mais voici ce qu'on m'a raconté depuis :

Rienquivaille, se voyant découvert, dit à Ninon :

— Courez devant, passez le pont, votre père est là-bas. Je vais couvrir la retraite.

Malheureusement, comme Ninon s'élançait pour

fuir, Antoine, le portier, lâcha ses dogues. Heureusement il n'eut pas le temps de relever le pont-levis.

A cette vue, Ninon, effrayée, s'enfuit dans la grande tour, et remonta dans sa chambre d'où elle venait de descendre, en criant à Rienquivaille de venir à elle.

Mais le pauvre garçon avait bien d'autres affaires. En le reconnaissant, Jacquot arma un pistolet, et le visant à cinq pas, lui dit :

— Cette fois, nous te tenons, canaille ! Rends-toi !

Et comme Jean-de-Dieu s'élançait sur lui l'épée à la main pour le désarmer, il fit feu.

Mais l'autre avait prévu le coup et baissé la tête si à propos, que la balle lui rasa les reins, déchira son manteau castillan et vint frapper un pavé.

— Maladroit ! répliqua Rienquivaille. A bout portant, tu ne peux pas toucher un homme ! Tiens, pare celle-ci !

Et d'un bras vigoureux il voulut lui enfoncer la pointe de son épée dans la gorge.

Mais Jacquot, qui n'était pas novice dans le métier des armes, ayant servi longtemps sur mer, et qui était plus agile qu'un singe, fit un saut de côté, évita le coup à moitié, et tirant un second pistolet de sa ceinture, dit à ses camarades :

— Fermez-lui le chemin de la tour. Après ça, nous en aurons bon marché.

Ce qui serait arrivé en effet si Rienquivaille, averti du danger, ne s'était justement précipité au bas de l'escalier, et là, sûr de ne pas pouvoir être pris par derrière, n'avait fait face à ses ennemis et ne les avait écartés à grands coups d'épée.

Cependant cela même ne l'aurait pas sauvé si par bonheur la dame couperosée, entraînée par la curiosité, n'avait eu l'idée de venir par derrière pour voir le combat.

Elle était à deux marches au-dessus de lui, et, se croyant très en sûreté (car il avait des ennemis plus redoutables à combattre), elle animait Jacquot et ses camarades par de bonnes paroles.

— Ah! le coquin! le traître! le gueux! le bandit! le Carabanchel! Il a voulu m'attraper, et le voilà qui est pris! Donnez-lui des coups de pique, M. Jacquot! Assommez-le à coups de crosse de fusil!

C'est ce qu'ils allaient faire, ou plutôt Jacquot allait faire feu sur lui avec ses hommes; mais quand elle vit les fusils s'abaisser dans la direction de Rienquivaille, comme dans l'ardeur de sa vengeance elle s'était placée derrière lui, elle eut peur des éclaboussures et s'écria:

— Attendez donc! Laissez-moi le temps de monter!

Rienquivaille alors se retourna, vit le danger et le salut, tira un pistolet de sa ceinture (il en avait pris une paire à tout hasard avant de sortir d'Égletons), fit feu sur celui de ses ennemis qui était le plus proche et qui tomba à terre grièvement blessé, bondit comme un tigre dans l'escalier tournant, saisit la dame couperosée qui fuyait et criait de toutes ses forces, la jeta sur ses épaules et lui dit:

— Vieille scélérate! si l'on tire sur moi; c'est toi qui pareras les balles!

En effet, aucun coup de feu n'aurait pu arriver jusqu'à lui sans qu'elle en eût d'abord sa part.

Elle eut beau se débattre, elle fut transportée en deux minutes dans sa propre chambre, qui s'ouvrait dans l'escalier de la tour et qui servait d'antichambre à celle de Ninon.

Arrivé là, c'est Ninon qui me l'a raconté depuis en tremblant encore au souvenir de cette scène de terreur et d'angoisse, il la jeta à terre comme un sac de farine, ferma et verrouilla la porte qui, par bonheur, était en bois de chêne, épaisse, solide et garnie de triples verrous.

— Ma bonne dame, dit Rienquivaille, ne criez pas, n'appelez pas au secours, car je vous jure que, si l'on enfonce la porte, nous serons tués tous les trois, mais vous la première, et d'un coup de cette épée !

Cette menace l'adoucit tellement qu'elle se mit presque à genoux et lui dit :

— Oh ! don César, laissez-moi sortir si vous avez le cœur d'un Carabanchel !

Mais Rienquivaille, aussi prudent que brave, voulait la garder en otage. Précaution bien nécessaire, car Jacquot et ses camarades, à coups de hache et de crosses de fusil, essayaient d'enfoncer la porte.

Voilà ce que Ninon m'a raconté plus tard. Ce qui suit, je l'ai vu, de mes propres yeux vu.

LII

Au premier coup de pistolet, Bernique dressa l'oreille et dit :

La bataille est engagée !... Trop tôt ! Trop vite ! Ce pauvre Rienquivaille est perdu !

Alors, se servant de ses deux mains comme d'un porte-voix, il cria :

— Par ici, monsieur le sénéchal ! Au galop ! au galop ! Les coquins sont pris dans leur tanière !

Mais le sénéchal se hâtait lentement, étant homme de plume et non homme d'épée. Il laissait volontiers les archers passer devant lui et se tenait à l'arrière-

18

garde comme un bon général qui sait que le salut de l'armée repose sur lui seul, et qui ne veut rien hasarder.

Les archers, de leur côté, braves gens dont le sort était d'être tués pour faire honneur à la justice et à la magistrature, ne se pressaient qu'à moitié. D'ailleurs, le chemin était étroit, mal pavé ou plutôt semé de gros rochers glissants sur lesquels leurs chevaux avaient peine à garder l'équilibre.

Bernique s'impatientait de toutes ces lenteurs, mais il n'osait lui-même passer le pont, craignant de se faire tuer par trop de zèle, et n'ayant d'ailleurs d'autre arme que sa plume.

Au second coup de pistolet, il s'écria :

— Bon ! voilà la riposte ! Rienquivaille n'est pas mort !

Puis, soit pour le dégager, soit pour donner à la maréchaussée le temps d'arriver, il dit d'une voix perçante qui dut être entendue dans toutes les parties du château de Ventadour :

— Au nom du roi ! canailles ! posez les armes !

C'est sans doute à ce moment que Rienquivaille dut se réfugier dans la tour où ses ennemis le poursuivirent comme je l'ai dit.

Tout cela dura cinq minutes au plus.

Après quoi les archers, tenant leurs chevaux par la bride, s'engagèrent deux à deux sur le pont-levis que le portier, effrayé des cris et des menaces de Bernique, n'avait pas osé relever, et c'est ainsi que nous fîmes, sans coup férir, notre entrée dans ce château redoutable.

Pour dire toute la vérité, rien, excepté le terrible danger où se trouvait Ninon, n'aurait pu m'engager dans une pareille aventure.

La cour intérieure avait à peu près un demi-arpent d'étendue. Le château lui-même avait cent pieds de

haut, ainsi que les quatre grosses tours du rempart ;
et le rempart, bâti sur le bord du rocher, avait près
de cinquante pieds. Vu d'en bas, je veux dire du fond
de la vallée, c'était une forteresse d'une hauteur prodigieuse. Vu de près et à l'intérieur, c'était encore
formidable.

Quand nous fûmes entrés dans la cour, le sénéchal
fit ranger sa troupe en bataille. Nous étions en tout
dix-huit, dont trois (le sénéchal, Bernique et moi) non
combattants. Les autres étaient bien armés.

Jacquot, de son côté, n'avait que sept hommes à
son service, mais tous bien armés comme lui, et qui
n'avaient guère d'espoir que d'être pendus si le roi
mettait la main sur eux.

Les deux troupes se rangèrent en face l'une de
l'autre, attendant des ordres que le sénéchal ne se
pressait pas de donner. Il était un peu pâle et paraissait réfléchir.

Heureusement, Jacquot, qui était un mauvais
coquin, sans doute, mais aussi un hardi gaillard,
rompit la glace et, s'avançant à moitié chemin, demanda :

— Que voulez-vous ? que venez-vous faire dans un
château paisible, monsieur le sénéchal ?

Il avait l'air si menaçant, la main sur ses armes,
que le sénéchal hésita un peu d'abord ; mais alors je
m'avançai à mon tour et je répliquai :

— Monsieur le sénéchal, cet homme et ses complices
ont enlevé ma fille. Je viens la réclamer.

— Au nom du roi ! ajouta Bernique.

Jacquot sentit qu'il fallait payer d'audace et reprit :

— Cet homme est fou !

— Je ne suis pas fou ; mais tu es un scélérat, toi !

Alors, le sénéchal ordonna :

— Faites venir toutes les femmes qui sont dans le
château.

On alla chercher neuf paysannes jeunes ou vieilles, de divers âges, grandeurs et grosseurs, et Jacquot dit avec impudence :

— Voilà tout ce que nous avons, monsieur le sénéchal... Celle-ci, c'est Jeanne... Elle a soixante ans, pas de dents, le nez camard... Est-ce elle que vous cherchez ? Non. A une autre ! Voilà la Mathurine... Elle n'est pas belle, ni bonne, mais elle se porte bien, et elle fait bien le fromage... Ce n'est pas encore ça ? Voici Françoise... Jolie fille, celle-là, comme vous voyez, et qui rit toujours parce qu'elle a de jolies dents. Elle a raison : quand on a quelque chose de joli, il faut le montrer, pour en donner envie aux hommes. N'est-ce pas, la Françoise ?

Le sénéchal n'écoutait pas. Il avait l'air de réfléchir.

Moi, je me demandais ce qu'on avait fait de Ninon, et ce qu'était devenu Rienquivaille.

Tout à coup Bernique prit la parole :

— Ce n'est pas une paysanne que nous cherchons : c'est Mlle Ninon Marteau, fille unique de M. Théodore Marteau, bourgeois de Paris, ici présent !

Jacquot répondit effrontément :

— Marteau ! bourgeois de Paris ! Connais pas ! Allez chercher plus loin, mon brave homme ! Vous en avez un coup sur la tête, sans doute, et qui vous a fêlé le cerveau...

— Oui, oui, il a un coup de marteau, le Parisien ! dirent les hommes de Jacquot en riant.

Le sénéchal reprit alors plus fermement que je n'aurais cru :

— C'est bien. L'on va faire des perquisitions !

Au mot de « perquisitions » Jacquot se sentit troublé ; mais sans vouloir l'avouer, il dit :

— Prenez garde, monsieur le sénéchal ! Ceci est le château de M. le duc de Ventadour et d'Uzerche, pair du

royaume de France et colonel des gardes françaises.
Vous ne savez pas à qui vous allez faire cet affront !

Le sénéchal parut intimidé. Se faire un ennemi du
duc d'Uzerche, gouverneur de la province! Qui sait
quelle vengeance ce seigneur puissant et vindicatif
pouvait tirer de lui?

Il se tourna vers le bossu Bernique et lui dit d'un
air de fort mauvaise humeur :

— Que me chantiez-vous donc là, Bernique? Que
l'enlèvement avait été fait par un valet renvoyé de
M. le duc, et je le vois qui commande dans le château !
Vous avez donc menti !

Bernique, offensé, répliqua :

— Monsieur le sénéchal, je n'ai pas menti d'un mot.
Voici le rapport du commissaire de police de Paris,
qui constate que le nommé Jacquot a été renvoyé pour
divers méfaits de plusieurs maisons notables où il a
servi, et en particulier de celle de M. le duc de Ventadour et d'Uzerche... Voici le mandat d'amener... Voici...

A ces mots, Jacquot, qui se vit perdu, s'écria :

— Tout ça, c'est des farces de gens de loi et de
gratte-papier... Monsieur le sénéchal, il n'y a pas de
perquisitions à faire. Nous sommes tous honnêtes
gens ici, n'est-ce pas, mes braves?...

Ses braves, comme il les appelait, applaudirent.

— Et, continua-t-il, comme nous sommes tous de
braves gens, nous n'aimons pas qu'on nous soupçonne!
Mais d'abord, je ne me laisserai pas soupçonner, et
M. le duc, s'il savait que la justice a mis le pied
sur ses terres et voulu faire des perquisitions dans
son château, viendrait lui-même, le fouet dans une
main et le pistolet dans l'autre, pour chasser tout
ça... En son absence, je ferai ce qu'il aurait fait.

Puis d'un air hautain :

— Monsieur le sénéchal, M. le duc doit arriver à
Tulle demain... J'allais partir tout à l'heure avec ces

18.

messieurs pour le rejoindre. Retournez là-bas, je vous
le conseille, vous le verrez. Vous saurez si je suis
chassé, renvoyé, comme le dit le gratte-papier. Il sera
toujours temps de lui demander justice. En attendant, prenez garde, par trop de précipitation, de gâter
vos affaires !

Il me montra du doigt et dit :

— Cet homme est un vieux fou... Celui-ci (montrant Bernique) est un misérable. Prenez garde d'être
leur dupe !

Et comme il vit que le sénéchal hésitait encore, il
ajouta :

— Au reste, nous allons partir ensemble vous et
moi, monsieur le sénéchal, et nous ne reviendrons, si
vous devez revenir, qu'en compagnie de M. le duc
d'Uzerche...

Cette proposition parut si raisonnable au sénéchal,
qui ne demandait qu'à ne pas livrer bataille, qu'il
mit le pied à l'étrier et dit à ses hommes :

— M. Jacquot a raison. Partons.

Et les deux troupes montèrent à cheval dans l'intérieur de la cour.

J'essayai d'arrêter le sénéchal ; mais rien ne put le
retenir, et Bernique me dit à demi-voix :

— On ne fait pas boire un âne qui n'a pas soif. Le
pauvre sénéchal est comme Panurge, qui craignait
naturellement les coups. Il s'en va pour les éviter.

— Et ma Ninon reste prisonnière ! Oh !...

LIII

Je me demandai à part moi:

— Que fait donc ce maudit Rienquivaille? Est-il mort? Est-il vivant? A-t-il pris la fuite avec Ninon? Qu'est-il arrivé?

Tout à coup je le vis au bas de l'escalier de la grande tour, blanchi de plâtre, les habits déchirés, l'épée à la main, toujours fier et hardi. Derrière lui venait Ninon, qui se jeta toute joyeuse dans mes bras en criant:

— Oh! papa! oh! papa! Je suis donc libre enfin! Comme je t'aime!

— Eh bien, dit Bernique, nous n'avons que faire de perquisitions, maintenant! Voici le corps du délit, *corpus delicti,* monsieur le sénéchal. Mademoiselle Ninon, excusez cette expression malhonnête. C'est ainsi que s'exprimait le célèbre empereur Justinien dans ses *Pandectes.*

— Quelle est cette belle demoiselle? demanda galamment le sénéchal.

Je m'avançai et je répondis:

— Monsieur, c'est celle que vous cherchez. C'est ma fille.

— Ah! ah! reprit le sénéchal, voilà qui est particulier.

Il remit à terre le pied gauche qu'il avait déjà posé dans l'étrier, et commanda:

— Matifoux!

— Monsieur, dit le greffier.

— Avez-vous votre encrier et des plumes, Matifoux ?

— J'ai tout ce qu'il faut avoir, monsieur le sénéchal.

— C'est bien. Écrivez !

Le greffier tira de sa poche un encrier fermé, des plumes, du papier et tous les insignes de sa profession, mit un genou en terre, et, en mesure d'écrire, attendit.

Mais avant qu'il eût commencé, Rienquivaille s'avança :

— Monsieur le sénéchal, je vous prie de commander d'abord qu'on relève le pont-levis, qu'on ferme la grande porte, que personne ne sorte et que tout le monde pose les armes, excepté messieurs les archers de la maréchaussée.

— En effet, dit le sénéchal, cela me paraît fort raisonnable.

Le brave homme était d'humeur si indécise ou plutôt si variable, qu'il était toujours de l'avis de celui qui avait parlé le dernier.

Jacquot et ses hommes furent d'abord tentés de s'y opposer ; mais Rienquivaille, qui venait de prendre le commandement de la maréchaussée, quoiqu'il n'eût à cet honneur d'autre droit que son audace et l'indécision du sénéchal, se précipita vers la grande porte avec les archers, la ferma en un clin d'œil, verrouilla solidement, et revint se ranger à côté du magistrat, comme s'il n'avait fait qu'exécuter ses ordres.

Le bossu Bernique me dit tout bas :

— La partie est gagnée. J'en étais sûr. Quand Rienquivaille et moi nous nous chargeons d'une affaire, voyez-vous, papa Marteau, ça va tout seul.

Puis, s'adressant au sénéchal, il lui dit à haute voix :

— Maintenant, monsieur, il ne s'agit que de désarmer ces hommes !

Le magistrat consulta Rienquivaille du regard, et
voyant qu'il serait soutenu, commanda d'une voix
ferme :

— Bas les armes, tous! au nom du roi!

Mais Jacquot fit signe à ses complices de ne pas
obéir, et s'avançant vers le sénéchal, lui dit :

— Monsieur, nous respectons, comme c'est notre
devoir, l'autorité du roi et la vôtre : mais nous ne met-
trons bas les armes que sur l'ordre de M. le duc et non
sur celui de ce vagabond qui nous accuse et qui
n'est qu'un assassin...

Il montrait Rienquivaille.

— Comment! un assassin! s'écria le sénéchal
épouvanté.

— Diable! ça se gâte! me dit à part le bossu.

Rienquivaille vit qu'il fallait tout risquer et couper
la parole à ce coquin. Il marcha sur lui le pistolet
dans une main, l'épée dans l'autre, et lui dit :

— Scélérat! au nom du roi, je t'arrête!

A quoi Jacquot, qui se tenait sur ses gardes, riposta
sans parler par un coup de pistolet à bout portant.
Ninon poussa un cri de frayeur et tomba presque
évanouie dans mes bras. Le sénéchal, de plus en plus
troublé, se retira parmi les archers, qui, de leur côté,
apprêtèrent leurs armes, attendant des ordres.

Ils n'attendirent pas longtemps. Rienquivaille avait
reçu le coup de pistolet dans la poitrine et chancelait.
Comme le bossu se précipitait à son secours, il donna
un coup d'épée si furieux à Jacquot, qui fuyait déjà
pour rejoindre sa troupe, que le misérable tomba à
terre, grièvement blessé.

Malheureusement l'épée de Rienquivaille s'était
engagée entre deux os ; il n'eut pas la force de la retirer et resta désarmé.

Lui-même alors serait tombé à terre, si nous ne
l'avions soutenu.

Cette vue rendit le courage au sénéchal. Il commanda de nouveau :

— Bas les armes, coquins ! ou vous serez tous pendus !

A ces mots, les pauvres diables qui composaient la petite troupe de Jacquot, et qui se voyaient sans chef et sans espoir de fuir, puisque les portes étaient fermées, jetèrent à terre leurs carabines, leurs pistolets et leurs épées, et se rendirent sans conditions.

— Ah ! ah ! Matifoux, dit le sénéchal triomphant, je savais bien que force resterait à la justice et à la magistrature.

— Monsieur, répliqua Matifoux, j'ai toujours entendu raconter qu'il n'y avait que vous pour mettre les coquins à la raison.

— C'est vrai, ajouta Bernique le bossu, qui voulut s'insinuer dans les bonnes grâces du sénéchal ; je n'ai jamais mieux vu l'ascendant d'un esprit éclairé et d'un caractère ferme et impartial sur une troupe de brigands.

Le sénéchal se caressa doucement le menton et dit :

— La bataille a été chaude. C'est le moment d'interroger les coupables.

Bernique, qui craignait comme moi l'arrivée inopinée du duc d'Uzerche, hasarda cette observation :

— Il est déjà bien tard ! Si nous retournions à Tulle, l'interrogatoire serait là bien plus facile.

Alors Jacquot, tout blessé qu'il était, mais qu'on venait de coucher à demi sur deux bottes de paille, dit ironiquement :

— Pourquoi donc vouloir aller à Tulle ce soir ? Ce n'est pas nécessaire. M. le duc est attendu pour demain à son château de Ventadour, et serait bien fâché qu'on eût refusé l'hospitalité à M. le sénéchal et à la maréchaussée. D'ailleurs, dans l'état où je suis, ce

serait vouloir me tuer que de me transporter sur-le-
champ à Tulle.

Bernique s'écria :

— La nation française ferait là une grande perte!

Le sénéchal effrayé ne savait à quoi se décider.

Jacquot ajouta :

— Au reste, M. le duc pourrait être mal satis-
fait qu'on eût osé traiter ainsi son domestique de
confiance.

— Il ment! Il a été chassé par le duc, dit Bernique.

— Peut-être! répliqua Jacquot. Dans ce cas, on le
verra bien au retour de mon maître. D'ailleurs, j'ai
quelques révélations à faire que M. le sénéchal sera
bien aise d'entendre et qui ne plairont pas à tout le
monde.

Je vis le danger, et je demandai au magistrat :

— Au moins, monsieur le sénéchal, permettez-nous,
— à ma fille et à moi, — de vous attendre à Tulle.
Ma pauvre Ninon est toute tremblante encore...

— Et, ajouta le petit bossu, notre ami (montrant
Rienquivaille) a besoin du secours des chirurgiens...

— Eh bien! dit le sénéchal avec sa bonhomie ordinaire, partez! Vous m'attendrez là-bas.

Cette fois, tout paraissait terminé. Ninon et Rienquivaille allaient être mis en liberté. Malheureusement, ce maudit Jacquot s'écria :

— Monsieur, prenez garde! Vous avez accusé d'un
crime le domestique de confiance de M. le duc d'Uzerche et de Ventadour, pair de France: vous avez fait
des perquisitions dans sa maison: vous avez presque
accusé le duc lui-même ou vous avez ajouté foi aux
paroles de vils accusateurs!... Je vous le répète, prenez garde! Si vous laissez à ces calomniateurs le
temps de fuir, on croira que vous êtes l'instrument
des ennemis de M. le duc. Vous savez s'il a le bras

long et s'il peut se venger!.... Croyez-moi, attendez
son retour, qui ne peut tarder, et gardez à vue tout le
monde. Demain, vous saurez d'où vient la calomnie et
quels sont les vrais coupables !

— En effet! en effet! dit le sénéchal; Je ne risque
pas grand'chose à garder tout le monde. Qu'en dis-tu,
Matifoux?

Le greffier répondit :

— M. le sénéchal a raison, gardons tout! La justice
saura bien reconnaître les siens. Après tout, quelques
jours de prison de plus ou de moins, qu'est-ce que
c'est dans la vie d'un honnête homme?

Jacquot, en effrayant le sénéchal sur les suites de sa
hardiesse, était redevenu le maître du château de Ventadour. Il en profita pour ajouter :

— Moi, monsieur le sénéchal, je n'ai pas d'intérêt
à fuir... au contraire! Je n'attends qu'une occasion de
prouver mon innocence, et c'est M. le duc qui me
la fournira demain ; mais celui-ci, ajouta-t-il en
désignant Rienquivaille, est le plus hardi et le plus
sinistre coquin de France. Savez-vous comment il
s'appelle?

— Au fait, dit le sénéchal, sais-tu son nom, Matifoux ?

Le greffier plia les épaules en signe d'ignorance.

— L'as-tu vu quelquefois?

— Moi! jamais!

-- Connais-tu sa famille?

— Encore moins.

-- Sais-tu s'il a quelque métier?

— Attendez donc, monsieur le sénéchal, je crois
avoir entendu dire par Mme Mélie, à l'auberge d'Égletons, qu'il est Espagnol.

— Mais, reprit le magistrat, être Espagnol, ce n'est
pas un métier; ça ne fait pas vivre sans travailler;
sans ça, tout le monde se ferait Espagnol.

Matifoux éclata de rire, suivant son habitude, quand il entendait une plaisanterie de son chef.

— Alors, ajouta celui-ci, puisqu'il n'a pas de nom et pas de famille, puisqu'il n'a pas d'autres moyens d'existence que d'être Espagnol, je crois qu'on peut lui mettre la main au collet.

— A coup sûr, monsieur le sénéchal, ça ne peut pas nuire.

— D'autant mieux, ajouta Jacquot, qui suivait en riant, malgré sa blessure, les progrès des raisonnements du sénéchal et du greffier, d'autant mieux qu'il est accusé d'assassinat sur la personne de son capitaine le baron de Bergues...

— D'assassinat!

— Oui, monsieur le sénéchal. Laissez venir M. le duc de Ventadour, et vous verrez à qui vous avez affaire!... Du reste, vous avez pu en juger tout à l'heure quand il m'a presque assassiné sous vos yeux!

L'effronterie de Jacquot, qui répétait et invoquait à tout moment le nom et la protection du duc d'Uzerche, avait troublé si profondément le sénéchal qu'il obéissait machinalement à toutes les suggestions de ce misérable.

Pendant cette conversation, que je n'écoutais qu'à moitié, Ninon, Bernique et les archers s'empressaient autour de Rienquivaille.

Ninon appuyait la tête du blessé sur ses genoux. Bernique lui parlait de ses affaires. Un des archers de la maréchaussée, ancien soldat de la guerre de Sept-Ans, qui se connaissait un peu en chirurgie, bandait la double plaie; car la balle de Jacquot avait traversé la poitrine, mais sans toucher aucun des organes essentiels, et était sortie par le dos. Enfin, le vaurien baisait les mains de Ninon et lui faisait les yeux doux, comme s'il avait été le plus gai et le mieux portant des hommes.

19

C'est alors que le sénéchal s'écria :

— Voyons! Ici tout le monde accuse tout le monde; Vous, Bernique, vous accusez Jacquot; mais de quoi?

— De rapt et d'incendie.

— Et vous, Jacquot?

— Moi, j'accuse Bernique de mensonge, fausseté, calomnie, imposture, et j'accuse Rienquivaille...

— Quel Rienquivaille?

— Ce brigand que vous voyez là, étendu à terre et qui m'a frappé, par trahison, d'un coup d'épée dans la cuisse; celui qui se fait appeler ici don César de Carabanchel, à Paris don Alvarado, qui se dit gentilhomme castillan, qui n'est qu'un fils de pendu, promis lui-même à la potence par MM. les juges du Châtelet de Paris...

— Enfin, de quoi l'accusez-vous? demanda le sénéchal qui s'embrouillait parmi tous ces noms et parmi toutes ces aventures.

— Je l'accuse, dit solennellement Jacquot, d'avoir assassiné son capitaine, M. le baron de Bergues, à une demi-lieue de Tours, crime pour lequel il est poursuivi depuis dix-huit mois par toute la police et la justice du royaume. Je l'accuse d'avoir assassiné deux archers, le même jour, à Paris, l'un dans la rue Saint-Martin, l'autre sur la place Saint-Jacques-la-Boucherie. Je l'accuse encore...

— Bien, bien, ça suffit, dit le sénéchal. Si vous ne mentez pas, Jacquot, son affaire est claire, aussi bien que celle de ce petit mauvais drôle...

(Il montrait Bernique le bossu.)

— Et celui-là, le père Marteau, n'avez-vous rien à dire contre lui?

L'autre leva les épaules et dit :

— Pas grand'chose. Je l'accuse seulement d'être une vieille bête à qui l'on fait croire tout ce qu'on veut.

Je m'écriai, plein d'indignation :

— Et moi, coquin, je t'accuse de m'avoir volé, d'avoir brûlé la maison où tu as été élevé, d'avoir causé la mort de ta mère, la pauvre Jeannette, ma servante...

— Nous verrons ça plus tard, dit le sénéchal.

— Non, ajouta le greffier Matifoux, il ne faut pas confondre autour avec alentour...

— Et vous, mademoiselle Ninon, reprit le magistrat d'un air galant, n'avez-vous personne à accuser ici? Ce sera la première fois qu'on aura vu la beauté se plaindre des crimes qu'elle aura fait commettre!

— Moi, monsieur, j'accuse ce misérable Jacquot et ses complices de m'avoir enlevée, bâillonnée, transportée ici de force en étouffant mes cris, de m'avoir enfermée dans ce château...

Comme elle en était là, une dame maigre et couperosée, aux yeux petits et vifs, se précipita dans la cour, et s'écria, en lui montrant le poing ou plutôt en la menaçant des ongles :

— Et moi, je t'accuse d'être folle!

— Bon! dit Rienquivaille, en riant, celle-là manquait à la fête!

Elle l'entendit, se retourna vers lui comme une tigresse en fureur et répliqua :

— Quant à celui-ci, ce don César de Carabanchel, qui m'a trompée par les moyens les plus infâmes, je l'accuse d'être le dernier des scélérats, des bandits et des gueux!...

Le sénéchal l'apaisa d'un geste et dit aux archers :

— Emmenez tout le monde dans la grande salle du château : c'est là que je vais faire l'interrogatoire.

LIV

La grande salle du château était celle où les anciens seigneurs de Ventadour donnaient l'hospitalité à toute la noblesse du haut et du bas Limousin, de l'Auvergne, de la Marche, du Quercy et du Périgord.

C'est là que Richard Cœur-de-Lion, roi d'Angleterre et duc de Guienne, avait bu à la santé de la noble dame Aliénor de Ventadour, femme du baron Bernard, et juré de porter ses couleurs en Terre sainte, ce qui flatta beaucoup l'orgueil de la baronne, car Richard Cœur-de-Lion était le premier chevalier de son temps, et ce qui déplut à Bernard, qui jura qu'il ne permettrait pas qu'autre que lui ou quelqu'un de sa suite portât les couleurs de sa femme.

Après quoi Richard, déjà échauffé par le vin de Périgord, lui jeta son verre à la tête; et Bernard, plein de fureur, tira son épée, déclarant qu'il ne voulait plus être le vassal d'un roi traître et félon, qu'il allait porter son hommage au roi de France, Philippe-Auguste, et qu'en attendant, Richard devait chercher un gîte ailleurs, s'il ne voulait être jeté par la fenêtre.

On ajoute (mais je n'y étais pas) que le roi d'Angleterre sortit en effet avec sa suite, qu'il alla coucher à Égletons, qu'il rassembla une armée pour venger son injure, qu'il assiégea Ventadour, qu'il ne put pas le prendre et que, pressé d'aller en Terre sainte, il fit sa paix avec Bernard, à condition que celui-ci paierait une amende de cent écus et se reconnaîtrait son vassal comme par le passé.

Toute cette histoire était brodée en tapisserie d'Aubusson sur les murs de la salle et me fut racontée par le sieur Matifoux pendant que M. le sénéchal faisait apporter des bancs pour les accusés et les témoins, une table à écrire pour son greffier et un fauteuil doré pour lui-même.

Tous ces préparatifs étant terminés, il s'assit après avoir mis deux archers en sentinelle à la porte d'entrée du château, deux autres archers à la porte de la salle, et le reste à l'intérieur.

Par surcroît de précaution, prévoyant qu'à force d'interroger, il pourrait avoir le gosier sec, il se fit donner une bouteille de vieux vin de Bordeaux avec un verre et des biscuits. Alors, bien assis, bien calé, bien lesté, il commença l'interrogatoire en ces termes :

— Avant toute chose, il faut que vous soyez bien avertis que le premier d'entre vous qui parlera sans avoir été interrogé, sera mis au cachot jusqu'à demain ; que le premier qui ne répondra pas quand je l'interrogerai, sera mis pareillement au cachot, et que le premier qui sera interrogé et qui répondra, mais qui dira le contraire de la vérité, ira tenir compagnie aux deux autres dans le même cachot. C'est bien convenu, bien entendu, n'est-ce pas, Matifoux?

— Monsieur le sénéchal, dit Matifoux, c'est comme si la sagesse du roi Salomon y avait passé.

— Tu me flattes, Matifoux.

— Non, monsieur le sénéchal, je dis la vérité. Je suis votre greffier, c'est vrai ; mais, voyez-vous, la vérité avant tout ! Sans ça, je ne serais pas digne de tenir un greffe.

— Voyons, dit le sénéchal, qui n'était pas très-ferré sur la procédure, par où commencerons-nous, Matifoux?

— Par où vous voudrez, monsieur. Par la plaignante, par exemple.

— Tu as raison, Matifoux.

Et, prenant un air galant et paternel à la fois, il dit :

— Mademoiselle, approchez-vous. Votre nom, s'il vous plaît?

— Ninon Marteau, monsieur le sénéchal.

— Votre âge?

— Dix-sept ans.

— Racontez-nous ce qui s'est passé.

Ninon, malgré son trouble, raconta tout ce que j'ai déjà dit et comment elle avait été enlevée de force, portée dans la voiture et conduite à Ventadour.

— On ne vous a pas fait subir d'autres traitements?

— Non, monsieur; on m'a bâillonnée, attachée par moment les pieds et les mains quand nous traversions quelque ville ou quelque village; on m'a même menacée de me tuer si je criais, voilà tout! Et c'est bien assez, Dieu merci, quand je songe que depuis quinze jours je suis au pouvoir de ces brigands!

— Ah! ah! dit le sénéchal, voilà qui est bien particulier... C'est un enlèvement qui ne ressemble à aucun autre... As-tu jamais entendu parler de pareille chose, Matifoux?

Le greffier avoua qu'il était aussi étonné que son patron.

— Il y a quelque chose là-dessous, ajouta le sénéchal d'un air profond.

Je demandai alors la permission de dire deux mots pour m'expliquer; mais le magistrat m'interrompit:

— Souvenez-vous, dit-il, que le premier qui parle sans être interrogé sera mis au cachot.

J'enrageais, mais je fus forcé de me taire.

Il reprit :

— Ninon Marteau, vous devez à la justice la vérité,

toute la vérité. Quel est l'homme qui vous a enlevée ?

Ninon répondit :

— Monsieur le sénéchal, si vous demandez quel était le chef de la bande qui a mis le feu à la maison de mon père, et qui m'a transportée de force dans la voiture et conduite ici, le voilà !

Du doigt elle montra Jacquot.

— Écrivez, Matifoux, dit le sénéchal, que la plaignante accuse nommément et croit reconnaître le sieur Jacquot.

Matifoux écrivit.

— Mais, continua Ninon, si vous demandez pour le compte de qui ce crime a été commis...

Le sénéchal répliqua sévèrement :

— Je ne vous demande rien. Si la justice a besoin d'être éclairée, elle poussera plus loin ses questions...

Puis, d'un ton plus doux :

— Mademoiselle, allez vous asseoir. La justice appréciera vos réponses.

Et maintenant à un autre... Approchez-vous, Marteau !... c'est votre nom, je suppose ?

Je m'approchai, non sans frayeur. On a beau être innocent, on n'est jamais sûr que la justice humaine, sous un prétexte ou sous un autre, ne mettra pas la main sur vous... Qu'est-ce qu'il y avait de plus innocent au monde que la pauvre Jeanne d'Arc, qui venait de sauver la France ? qui est-ce qui l'a condamnée à mort et fait brûler, sinon des évêques français ? Certes, je ne pouvais pas me comparer à Jeanne d'Arc, mais j'étais comme elle entre quatre murs, dans la main du sénéchal et des archers, et, ma foi ! j'aurais donné de bon cœur la moitié du temps qui me restait à vivre pour être libre dans la campagne avec ma chère Ninon.

Mais je n'avais pas le choix. Je répondis :

— Monsieur le sénéchal, mon nom est : Marteau
(Théodore).

— Votre âge ?

— Cinquante-cinq ans.

— Votre profession ?

— Epicier... c'est-à-dire que j'étais épicier, il y a
quinze jours, mais...

Le sénéchal fronça le sourcil d'un air hautain et
demanda :

— Etes-vous épicier, oui ou non ?... Et répondez
franchement ! N'espérez rien cacher à la justice !

Hélas ! je ne voulais rien cacher ; je voulais seulement m'expliquer.

— Monsieur le sénéchal, je suis épicier sans l'être...
On m'a brûlé ma boutique.

— Matifoux, écrivez que Théodore Marteau est épicier sans l'être... Dites-moi ce que vous savez.

Je racontai tout, excepté les soupçons que j'avais sur
le duc d'Uzerche. Au moment où j'entamai ce chapitre-
là, Bernique le bossu me fit signe de me taire, et sans
comprendre pourquoi, je gardai le silence.

— Les deux témoignages du père et de la fille concordent assez bien, dit le sénéchal d'un ton senten-
tieux. Qu'en penses-tu, Matifoux ?

— Je pense, répondit le greffier, qu'ils concordent
tellement qu'on les croirait faits par la même personne.

Cette réponse ambiguë et à deux tranchants m'inquiéta et fit rêver le sénéchal. Il trempa un biscuit dans
un verre de vin de Bordeaux et l'avala d'un air distrait,
comme s'il cherchait la solution d'un problème de
hautes mathématiques.

Il garda le silence un instant, puis trempa un second
biscuit dans un second verre de vin et les avala l'un
et l'autre comme les précédents. Alors sa figure s'é-
claira soudainement d'un rayon d'intelligence, et il dit :

— Voyons maintenant l'accusé... Venez ici, Jacquot !

Le misérable, soutenu sous les bras par deux archers, fut placé sur une chaise, en face du sénéchal.

— Jacquot, fils de la nommée Jeannette, n'est-ce
pas ?

— Oui, monsieur.

— Et de qui ?

— Père inconnu, monsieur le sénéchal.

Puis il ajouta, en levant les yeux au ciel :

— Ç'a été mon premier malheur en entrant dans la
vie, monsieur le sénéchal !...

Le drôle avait l'air de regretter la famille absente.

— Vous avez entendu ce qu'on vous reproche, dit le
sénéchal. Vous êtes accusé de rapt et d'incendie.

Jacquot se mit à rire avec insolence.

— Qui m'accuse ? dit-il. Est-ce Mlle Ninon ici présente ?

— Oui, c'est moi! s'écria Ninon indignée.

— Alors, monsieur le sénéchal, je n'ai plus rien à
répondre.

— Faites attention, reprit le sénéchal d'un ton
ferme, que le rapt est puni de mort.

Jacquot sourit d'un air fat.

— Le rapt, oui, dit-il, mais non la séduction, lorsque
le séducteur offre de réparer ses torts.

Je m'écriai avec indignation :

— Que veut dire ce coquin ?

Et je m'avançai sur lui pour le frapper et le fouler
aux pieds, mais le magistrat me retint.

— Marteau, restez à votre place !... Et vous, Jacquot, que prétendez-vous ?

Il répondit :

— Que j'aimais Mlle Ninon, qu'elle m'aimait, qu'elle
m'a suivi volontairement jusqu'ici, que le feu a été
mis par hasard dans la maison au milieu du désordre

de notre fuite, et que si Ninon me désavoue, elle
ment par crainte de son père, qui ne voulait pas de
moi pour gendre. Pour moi, comme je l'ai dit, je
m'offre à réparer mes torts. Si le père Marteau y consent, je l'épouserai ce soir.

—Oh! le misérable! s'écria Ninon. J'aimerais mieux
épouser la mort!

Le sénéchal se tourna vers son greffier d'un air
malin :

— Hé! hé! dit-il, voilà qui prend une autre tournure. Le récit de Jacquot est presque vraisemblable.

— Tout à fait vraisemblable! ajouta Matifoux, qui
exagérait toujours tout ce que disait son chef.

Pour moi, j'étais indigné, consterné, furieux de
l'impudence de ce drôle.

LV

Alors Bernique le bossu, qui écoutait cet interrogatoire sans rien dire, excepté quelques mots à voix
basse qu'il échangeait avec Rienquivaille, s'avança
modestement en face du sénéchal.

— Monsieur, permettez-moi, s'il vous plaît, de rétablir les faits.

Le magistrat consulta de l'œil son greffier.

— Qu'en penses-tu, Matifoux?

— Je pense comme vous, répondit Matifoux, qu'il
faut entendre chacun à son tour. Si celui-là veut rétablir les faits, il a peut-être des faits à rétablir, des
raisons à donner...

Le sénéchal reprit majestueusement :

— C'est aussi mon avis, Matifoux !... Il veut rétablir ?... Eh bien, qu'il rétablisse... Rétablis, mon garçon, mais prends garde à toi si tu dis un mot de trop...

— Monsieur, répliqua Bernique avec fermeté, on ne dit rien de trop quand on ne dit rien que de vrai... Mais d'abord, monsieur le sénéchal, si vous voulez être sûr qu'on ne mentira pas, faites séparer les témoins.

— Pourquoi ?

— Pour qu'ils ne puissent pas se concerter et combiner leurs mensonges.

— C'est vrai, ça, Matifoux, dit le magistrat ; tu aurais dû m'y faire penser plus tôt... archers, emmenez tous ces gens-là ! Ne gardez que celui-ci !...

Il désignait un des hommes de Jacquot. Les archers obéirent.

— Maintenant, continua Bernique, vous savez mille fois mieux que moi, monsieur le sénéchal, par quels moyens l'on arrache la vérité aux plus grands scélérats.

— Certainement, je le sais. Par la torture, par le chevalet, par l'estrapade... Est-ce ça, Matifoux ?

— C'est tout à fait ça, monsieur le sénéchal. On peut aussi arracher les dents une à une ou mettre les pieds dans l'eau bouillante.

Mais Bernique secoua la tête.

— J'ai mieux que tout ça, dit-il.

— Oh ! oh ! s'écria le sénéchal.

— Ah ! ah ! reprit Matifoux comme un écho.

— Oui, beaucoup mieux... Par exemple, si M. le sénéchal voulait demander à cet homme comment il est venu ici, pourquoi, amené par qui ; — puis le faire retirer, interroger ses camarades et comparer les réponses, on verrait, j'en suis sûr, que cet infâme Jacquot a menti comme un chien.

Le sénéchal se tourna du côté de son greffier et dit:

— Il a du bon sens, ce bossu. Qu'en penses-tu, Matifoux ?

— Je penserai ce que vous voudrez, répondit Matifoux; mais le premier venu vous aurait eu cette idée-là; et vous-même, monsieur le sénéchal, vous l'avez eue cent fois!

— Tu crois, Matifoux ?

— J'en suis sûr. Vous m'en avez parlé si souvent !

— Eh bien ! voyons l'homme... Approche-toi, gredin! Et souviens-toi bien que, si tu mens d'un mot, tu seras pendu ; et que, si tu dis vrai, je te promets ta grâce ! Comment t'appelles-tu ?

L'autre répondit tout tremblant :

— Petit-Sou, monsieur le sénéchal, Jean Petit-Sou.

— Ton métier ?

— Celui qu'il vous plaira, monsieur le sénéchal. J'ai été mendiant, puis ferblantier, quincaillier, soldat, commissionnaire de religieuses (c'est ce qui me rapportait le plus), cireur de bottes, laquais, et Dieu sait ce que je serai demain !

— Tu seras pendu, dit le sénéchal, si...

— Si je mens! Oui, monsieur, j'ai bien entendu. Peut-être aussi serai-je pendu si je dis la vérité... A la grâce de Dieu ! On ne meurt qu'une fois !

— Que sais-tu de l'enlèvement de Mlle Ninon Marteau ?

Petit-Sou se gratta la tête.

— Mon Dieu ! monsieur le sénéchal, je dirai tout ce que vous voudrez, mais il faudrait me faire les questions une à une... Voyez-vous, c'est bien dangereux.

— La potence est plus dangereuse encore, interrompit Bernique.

— C'est que, voyez-vous, reprit Petit-Sou, on a la tête passée dans un nœud coulant. Quelqu'un vous dit : « Voici le moyen de retirer ta tête, parle franchement. » Et pas du tout, on la retire pour la mettre dans un autre. Est-ce que je sais, moi, si M. le duc d'Uzerche sera content que j'aie parlé ?

— Ah ! ah ! dit Bernique ; ceci est un commencement d'aveu.

Mais le sénéchal :

— Que veux-tu dire, misérable ? Qu'est-ce que le duc peut voir dans cette affaire ?

Le malheureux Petit-Sou demeura la bouche ouverte comme un homme frappé d'étonnement.

— Mais, dit-il, puisque c'est pour M. le duc que nous avons enlevé la demoiselle !...

— Ah ! ah ! grommela Matifoux. Ça se corse.

Et il se frotta les mains d'un air joyeux. On voyait qu'en son âme de greffier il n'était pas fâché de voir l'affaire se compliquer et de pouvoir instrumenter contre un duc et pair.

Mais le sénéchal n'entendait pas de cette oreille. Il ne voulait pas se brouiller avec les puissants de la terre, ni se heurter, lui pot de terre, contre le pot de fer. Il regrettait bien alors d'avoir quitté sa bonne maison de Tulle et ses pantoufles pour s'engager sur les pas du perfide Bernique dans un chemin au bout duquel il entrevoyait un fossé infranchissable. Convaincre le duc d'Uzerche de rapt et d'incendie, lui petit juge de province ! Était-ce possible ?

Il hésita un peu et dit à Petit-Sou :

— N'espère pas te sauver en accusant M. le duc ! Tu ne ferais qu'aggraver ton crime !

Petit-Sou répliqua :

— Aggraver ! Qu'est-ce que c'est que ça, monsieur le sénéchal ?... Foi de chrétien, je n'ai jamais aggravé personne !

Le greffier Matifoux eut compassion de son ignorance réelle ou feinte, et lui expliqua que, s'il accusait M. le duc, il serait plus criminel que s'il ne l'accusait pas... Il cherchait, comme Bernique, à diriger l'interrogatoire, mais dans un autre sens.

— Prends garde d'aggraver, disait-il toujours à ce misérable.

— Oh ! répliqua l'autre, puisqu'il en est ainsi, je n'aggraverai pas ; je ne dirai plus rien.

Mais Bernique surveillait de près l'interrogatoire. Tant qu'il avait fallu engager le sénéchal dans l'affaire et lui bander les yeux pour qu'il ne vît pas le danger de se heurter contre un grand seigneur, gouverneur de la province, il avait feint de croire que le véritable ravisseur était Jacquot.

Maintenant, au contraire, le sénéchal ne pouvait plus interrompre l'instruction sans scandale ; d'ailleurs, le duc pouvait arriver d'un instant à l'autre ; il fallait donc payer d'audace et dire hardiment le nom du coupable.

Il s'avança vers Petit-Sou et lui dit :

— Malheureux, si tu ne parles pas, tu seras pendu !

— Oh !

— Et d'abord, que faisais-tu sur le pavé de Paris il y a quinze jours ?

L'homme, effrayé de ce ton d'autorité, répondit :

— J'étais au service du duc d'Uzerche comme garçon d'écurie.

— Bien ! très-bien !

— Pourquoi es-tu sorti de son service ? As-tu été chassé ? Prends garde à ce que tu vas répondre : Jacquot a dit que tu avais volé de l'avoine... Est-ce vrai ?

A ces mots, Petit-Sou s'écria :

— Il a dit ça, ce Jacquot de malheur ! Alors je vais tout dire à mon tour.

Bernique fit signe au sénéchal d'écouter, et à Matifoux d'écrire.

— Dis tout, et tu auras ta grâce, M. le sénéchal s'en charge.

Le sénéchal approuva d'un signe de tête.

— Voici, continua Petit-Sou. J'étais donc à l'écurie, le samedi soir, la veille du jour...

Il s'interrompit, embarrassé, craignant de s'accuser lui-même.

— ... Du jour, dit Bernique, où vous avez mis le feu à la boutique de M. Marteau et enlevé M{ile} Ninon, n'est-ce pas ?

— Oui... voilà que M. Jacquot descend et me dit : « Petit-Sou, veux-tu gagner cent écus ? » Je le regarde sans répondre, croyant qu'il me proposait de voler quelque chose, parce que, voyez-vous, c'était assez son habitude quand je l'ai connu il y a trois ans...

— Et qui se ressemble s'assemble, ajouta Bernique. Tu as volé, toi aussi, n'est-ce pas ?

— Comment le savez-vous? demanda Petit-Sou épouvanté.

— Qu'importe ? Je le sais.

— Eh bien ! oui, j'ai volé deux fois, dit le pauvre diable ; mais, ajouta-t-il en relevant la tête avec une fierté singulière, personne n'a rien à me reprocher pour ça. J'ai fait cinq ans de prison ; la justice et moi nous sommes quittes... Enfin, voilà ! J'attends pour savoir quel service il va demander avec ses écus. Il me dit bonnement : — Il s'agit d'enlever une jolie fille. Ça n'est pas bien pénible, n'est-ce pas ? Je dis : — Non, si elle veut, ça sera même facile et agréable.

« Alors il m'explique toute l'affaire ; que c'est pour M. le duc d'Uzerche, que le père est absent, que la fille ne fera pas de résistance, ou que, si elle en fait, toutes les mesures sont prises pour l'emporter en Limousin, que personne n'en saura rien, qu'il a des moyens d'entrer dans la maison, que si la fille crie, on mettra le feu à la boutique.

« Je lui réponds : Tout ça, c'est bon, M. Jacquot ; mais vous comprenez que je ne peux pas m'exposer à être pendu sans savoir pour qui ni pour quoi, et sans être sûr de recevoir l'argent. Qu'est-ce qui me prouve que vous avez l'ordre de M. le duc, qui a dit tout haut, lundi dernier, qu'il venait de vous chasser? — Jacquot me répliqua : — Crois-tu que le duc va te raconter ses affaires par le menu ? Voilà dix écus d'arrhes. C'est une preuve, ça !... Et, par dessus le marché, je vais te faire voir quelque chose. Un instant après, comme M. le duc allait monter à cheval pour aller à Versailles, il me dit devant Jacquot : Obéissez-lui demain comme à moi-même. »

Pendant ce récit je voyais des gouttes de sueur sur le front du sénéchal. C'était un honnête homme, mais. il avait une peur terrible de se compromettre. Cependant il fit bonne contenance et reprit l'interrogatoire pour son compte.

— Enfin, vous avez enlevé Mlle Ninon Marteau, et brûlé la maison?

— J'ai enlevé, c'est vrai, mais je n'ai pas brûlé, dit Petit-Sou, qui regardait le second crime comme bien plus terrible que le premier. C'est M. Jacquot qui a mis le feu quand il a vu que la demoiselle criait au secours et se défendait de toutes ses forces et que les gens du quartier se rassemblaient...

— Et Jeannette ? qui est-ce qui l'a tuée ?

— Je ne sais pas. C'est sans doute celui qui est sorti le dernier. Je n'ai pas vu, moi, je tenais la demoiselle par les pieds, et Jacquot par la tête ; nous étions trop pressés de mettre la demoiselle en voiture pour regarder derrière nous.

— Et dans le voyage, nous n'avez pas maltraité Mlle Ninon ?

— Oh ! pour ça, non ! s'écria Petit-Sou.

— Et Jacquot ?

— Ni Jacquot, ni aucun des autres, monsieur le sénéchal. Excepté lui attacher les pieds et les mains et

la bâillonner en passant dans les rues, de peur qu'on
ne l'entendît crier, nous ne lui avons fait aucun mal.

— C'est bien, dit le sénéchal. Archers, emmenez
cet homme et gardez-le à vue!

— Maintenant, continua Bernique, si M. le sénéchal
veut interroger les autres complices de Jacquot...

Le magistrat, toujours indécis, demanda :

— Qu'en penses-tu, Matifoux ? C'est une grave
affaire, une affaire qui ne pourra être jugée que par
le parlement de Paris !

— Oui, dit Matifoux, qui, comme presque tous les
gens de loi, ne demandait que plaies et bosses, devant
le parlement; mais quel honneur pour vous, monsieur
le sénéchal, quand on verra de quelle manière nous
rendons la justice en Limousin ! M. de Voltaire le ra-
contera devant toute l'Europe, comme il a fait pour le
procès des Calas !

— Oui, répliqua le sénéchal ; mais moi, je serai
destitué ; on gardera le prix de ma charge qui m'a
coûté soixante mille francs, et j'aurai pour ennemis
mortels non-seulement le duc d'Uzerche, mais tous ses
parents, oncles, cousins et amis, c'est-à-dire la plus
haute et la plus puissante noblesse du royaume...
Tout ça demande réflexion, Matifoux !

Il appuya son coude sur le bras du fauteuil, son menton sur sa main, et réfléchit.

— Eh bien ! dit-il après un long silence, voyons les
autres, et si M. le duc est compromis, ma foi, tant
pis pour lui !

Comme il prenait cette résolution courageuse, on
entendit tout à coup sonner la trompette devant la
grande porte du château.

— Ah ! s'écria Petit-Sou, voilà M. le duc qui arrive!

A cette nouvelle, Ninon pâlit, le sénéchal devint
jaune, Matifoux devint vert, moi-même je ressentis
quelque effroi.

Rienquivaille seul garda son maintien ordinaire. Quant à Bernique, il me parut fort troublé.

Il se pencha vers moi et me dit :

— Nous sommes dans la souricière.

Puis, regardant par la fenêtre :

— Il y a dix ou douze domestiques bien armés, et le sénéchal n'est pas de force à lui tenir tête.

LVI

C'était bien le duc d'Uzerche, en effet.

Il était à cheval, dans le sentier qui descend au pont-levis, à l'entrée du fossé, vêtu de l'uniforme de colonel des gardes françaises, étincelant d'or et de broderies aux rayons du soleil couchant.

J'entendis sa voix impérieuse et claire qui commandait au trompette :

— Sonnez encore ! Est-ce que ces drôles sont endormis ?

La trompette sonna, mais le portier n'avait garde d'ouvrir, étant, avec ses compagnons et Jacquot, prisonnier de la maréchaussée.

Le sénéchal, après avoir hésité quelques minutes et consulté Matifoux, se décida enfin et donna l'ordre à deux archers de descendre, d'ouvrir la grande porte et d'abaisser le pont-levis.

Au même instant, Rienquivaille, à qui les archers ne faisaient plus attention à cause de sa blessure, dit quelques mots à son ami Bernique, et je le vis charger ses pistolets en silence. Ce gaillard ne doutait de rien. Je crois qu'il aurait livré bataille au diable.

Ninon alla se placer derrière lui comme s'il avait pu
la défendre et me fit signe de venir à côté d'elle. Le
sénéchal demeura immobile dans son fauteuil, regret-
tant peut-être que le soin de sa dignité ne lui permît
pas d'aller au-devant de M. le duc, mais assez ferme
pourtant sur ce chapitre comme un vrai robin qu'il
était et qui se sentait soutenu par tous les robins du
royaume.

Pour moi, le cœur me battait violemment, beaucoup
moins pour moi que pour Ninon, car je voyais trop
bien que nous étions dans la gueule du loup.

Rienquivaille lui serra la main et lui dit :

— Chère Ninon, rassurez-vous ! Personne ne mettra la main sur vous, moi vivant !

La belle affaire ! Il était déjà blessé et hors de combat !.... Mais ces petites filles ont si peu de bon sens,
que Ninon crut avoir une armée tout entière pour la
soutenir.

Pendant ce temps, le duc montait l'escalier et fit
son entrée dans la grande salle, où le sénéchal l'attendait de pied ferme.

Il parut sur le seuil, éperonné, botté, la cravache à
la main, le chapeau sur la tête, de l'air d'un maître
qui rentre dans sa maison après une longue absence
et qui s'étonne de trouver des étrangers installés à son
foyer.

Il dit à son valet de chambre qui l'accompagnait :

— Saint-Marc, qui sont ces gens-là ?

(Il désignait du bout de sa cravache le sénéchal et
les archers.)

— Je n'en sais rien, monsieur le duc, répondit Saint-
Marc. Je n'ai jamais vu ça ici... Mais, si vous voulez,
je vais le leur demander.

Alors le sénéchal sentit qu'il fallait prendre un
parti. Il s'avança vers le duc et lui dit :

— Monsieur le duc...

Mais l'autre l'interrompit, et se tournant vers le valet de chambre :

— Saint-Marc, dit-il, allez me chercher le fauteuil.

Bien entendu, le fauteuil, — le seul, du reste, qu'il y eût dans la salle, — était celui du sénéchal.

Le duc s'y assit avec délices et donna l'ordre d'ôter ses éperons.

— Mais, monsieur le duc..., reprit le sénéchal, humilié de ce sans-gêne.

— Attendez, bonhomme, attendez ! répliqua le grand seigneur... Maintenant, Saint-Marc, ôtez mes bottes, et donnez-moi des pantoufles.

— Mais, monsieur le duc..., répéta le sénéchal.

Sans le regarder ni répondre, Bernard de Ventadour commanda qu'on lui servît un verre de vin de Bordeaux, et comme Saint-Marc prenait un verre dans le buffet et le remplissait avec la bouteille qu'on avait entamée déjà pour le sénéchal, il l'écarta de la main et lui dit :

— Jetez tout cela par la fenêtre et donnez-moi autre chose. Est-ce que je vais trinquer avec le premier venu ?

A ces mots, le sénéchal offensé répliqua :

— Monsieur le duc Bernard de Ventadour et d'Uzerche, je ne suis pas le premier venu. Je suis sénéchal de Tulle et je rends la justice dans toute la sénéchaussée, au nom du roi.

Le duc lui dit :

— Ah ! c'est vous, sénéchal ? Je ne vous reconnaissais pas d'abord. Vous avez vieilli, bonhomme, vos cheveux ont blanchi et votre sagesse s'est desséchée comme un vieil arbre sans racines... Vous parlez au nom du roi ; mais oubliez-vous à qui vous parlez ? Au représentant même du roi, au gouverneur de la province... L'usage est, monsieur le sénéchal, que les magistrats viennent au-devant des gouverneurs. J'ai

attendu votre visite, ce matin, à Tulle, et je ne l'ai pas
reçue... En revanche je vous trouve ici forçant ma
porte, buvant mon vin, arrêtant mes domestiques et,
Dieu me pardonne! j'ai cru tout à l'heure que vous
m'empêcheriez d'entrer dans ma maison!

Le sénéchal, effrayé, voulut s'excuser.

— Nous ne vous attendions pas si tôt, dit-il.

— Oui, oui! et je vois comme vous vous conduisez
en mon absence!... Mort de ma vie! bonhomme, vous
avez agi comme un croquant!

Le sénéchal ne savait plus où se mettre. Matifoux
se serait caché dans un trou de souris.

— Avant tout, reprit le duc, faites sortir vos archers!

Le pauvre homme obéit aveuglément et renvoya sa
troupe, qui sortit du château en grognant et murmu-
rant tout bas. On referma derrière eux la porte.

Bernique essaya de les retenir.

— Monsieur le sénéchal, dit-il à demi-voix, ce sont
vos archers qui font votre sûreté. S'ils partent, vous
allez être prisonnier du duc.

Mais le sénéchal se retourna brusquement :

— C'est vous, dit-il, qui m'avez fourré dans tous ces
embarras par vos mensonges! J'avais bien besoin,
vraiment, de venir ici!

En même temps il allait suivre ses hommes, mais
le duc continua :

— Restez ici, bonhomme. Je veux d'abord éclaircir
ce mystère. On parle de rapt et d'incendie. Quel est le
ravisseur?

—Monsieur le duc, dit Matifoux, qui crut le moment
venu de faire sa cour, M. le sénéchal était en train de
s'en informer.

— C'est bien. Vous êtes le greffier, sans doute ?...
Avez-vous écrit quelque chose?

Matifoux remit en tremblant le résumé de l'instruction commencée.

— Qu'est-ce que c'est que ce grimoire? demanda le duc après y avoir jeté un regard méprisant.

Il déchira le papier en dix morceaux, les roula en boule et les jeta à ses chiens de chasse, qui l'avaient suivi dans la salle.

Il ajouta :

— Qu'on fasse venir Jacquot et ses prétendus complices. Vous les interrogerez sous mes yeux.

— Prenez garde, dit tout bas Bernique, prenez garde, monsieur le sénéchal... Si vous restez, si vous interrogez vous-même ou si vous signez n'importe quoi, vous deviendrez complice du duc d'Uzerche; et qui sait où cela peut vous conduire ! Le parlement de Paris...

— Toi ! répliqua le sénéchal avec colère, *laisse-moi la paix* (le mot était plus vif), avec tes conseils, va-t-en au diable !

Le duc, qui, sans en faire semblant, ne nous quittait pas du regard, s'aperçut de ce court dialogue, devina ce qu'avait dit Bernique et commanda :

— Saint-Marc, faites saisir cette figure de singe qui se démène là-bas dans le coin et menez-le au cachot.

Ce qui fut exécuté en deux minutes.

Au même instant, Jacquot et ses hommes rentrèrent libres et bien armés. Jacquot seul était porté sur un brancard à cause de sa blessure.

— Monsieur le duc, dit-il en passant près de lui, voilà ce qu'on gagne à votre service.

— Sois tranquille, mon garçon, répondit le duc, je vais te faire rendre justice. Et d'abord, qui t'a frappé d'un coup d'épée ?

— Celui-là ! dit Jacquot avec une joie haineuse en montrant Rienquivaille.

— Mais, monsieur le duc, voulut objecter le sénéchal, ce n'est point par là qu'il faudrait commencer... Il me semble qu'on devrait d'abord demander pourquoi...

— Sénéchal, reprit le duc avec hauteur, j'ai droit de
ustice haute et basse sur mes terres... S'il me plaisait
de vous juger vous-même et de vous faire pendre pour
avoir forcé ma porte, emprisonné mes domestiques et
tiré des coups de pistolet dans mon château, le parlement de Paris, dont je fais partie, étant duc et pair,
me louerait d'avoir fait respecter mes droits, et Sa Majesté Louis XV, dont je suis le seul représentant dans
cette province, me remercierait d'avoir maintenu son
autorité en Limousin. Silence donc! Et vous, Jacquot,
parlez !

— Monsieur le duc, dit Jacquot, voici ce qui s'est
passé. Vous m'aviez donné ordre de venir au-devant
de vous à Tulle, et j'étais prêt à monter à cheval
avec mes camarades, lorsque j'ai entendu tout
à coup une querelle dans l'escalier. La femme de
charge de M. le duc criait au secours et qu'on l'assas-
sinait.

— Notez cela, dit le duc ; notez, greffier.

Matifoux prit la plume et écrivit sous la dictée de
Jacquot. Celui-ci continua :

— Nous accourons tous au bruit, moi le premier.
Je vois la demoiselle qui se sauve comme une folle,
suivie ou poursuivie par un mauvais gueux en manteau espagnol, qui venait depuis quelques jours dans
le château sans que j'en fusse averti, — à coup sûr, il
avait quelques mauvais desseins. Antoine, le portier,
lâche ses dogues ; moi, je vais droit à l'homme et je
lui demande ce qu'il vient faire ici. Au lieu de répondre, comme il avait l'épée à la main, il m'en donne un
grand coup dans la cuisse ; moi, je riposte par un
coup de pistolet, et voilà !

— Tout cela est vrai ? demanda le duc d'Uzerche de
l'air d'un homme qui n'aurait pas volontiers souffert
qu'on lui dît le contraire.

Les camarades de Jacquot protestèrent tous, y com-

pris le malheureux Petit-Sou, qu'il n'y avait rien de
plus vrai dans la nature.

Bernard de Ventadour se tourna vers le sénéchal :

— Eh bien ! vous voyez, bonhomme ! votre bonne
foi est surprise !

Puis, continuant l'interrogatoire :

— Où est la femme de charge ?

La dame aux yeux aigres, au teint couperosé, s'a-
vança :

— Monsieur le duc, si ça continue, votre château va
devenir un vrai coupe-gorge. Il n'y a pas une heure
que j'ai manqué d'être assassinée par ce maudit Espagnol, qui se fait appeler don César de Carabanchel et
qui n'est pas plus Carabanchel que moi. Il vient ici
sous prétexte de faire mon portrait. Il voulait me faire
poser comme type modèle...

— Modèle de quoi ? demanda tout à coup Matifoux.

— Moi, par compassion, voyant que c'était un artiste, croyant qu'il était Carabanchel et qu'il n'avait
pas beaucoup d'argent, pour l'aider à gagner sa vie, je
consens, et je pose avec cette petite menteuse que
voilà...

C'est ma chère Ninon que cette aigre dame appelait
menteuse ; mais Ninon, au lieu de s'en fâcher, éclata
de rire en même temps que Rienquivaille.

L'autre, furieuse, reprit :

— ... Tout ça, c'était un moyen de s'entendre pour
se faire enlever par le Carabanchel. Ça m'a coûté un
grand coup de poing dans la poitrine qui m'a envoyée
contre le mur ; alors j'ai crié, M. Jacquot et les autres
sont venus. Don César est remonté dans l'appartement
de la donzelle en m'emportant sur son dos pour parer
les balles qu'on lui tirait d'en bas. M. le sénéchal est
venu avec ses archers. M. Jacquot est descendu, Carabanchel est sorti avec sa belle, et voilà !

Elle se retira avec majesté, en lançant à Ninon et à Rienquivaille des regards pleins de fureur.

— Je crois, dit le duc d'Uzerche, que la cause est entendue. Qu'en pensez-vous, sénéchal?

— Je pense, monsieur le duc, qu'il s'agit avant tout de savoir quels sont les vrais auteurs du rapt et de l'enlèvement de Saint-Jacques-la-Boucherie, à Paris.

— Vous vous trompez, mon cher. Ce qui se passe à Paris est du ressort du parlement de Paris. Ce qui se passe sur mes terres est de mon ressort, à moi. Faites venir l'assassin! Je vais rendre justice d'abord. Le parlement aura son tour.

C'est Rienquivaille qu'il désignait sous le nom d'assassin.

Les domestiques s'approchèrent de Rienquivaille, qui s'adossa à la muraille, tout blessé qu'il était. Je le regardai en frémissant. Ninon voulut se jeter dans ses bras. Il l'écarta d'un geste et dit :

— Bernard de Ventadour, si l'un de ces misérables met la main sur moi, Jean-de-Dieu Rienquivaille, tu es un homme mort.

Il tenait un pistolet dans chaque main. De la droite il visa le duc, qui n'était qu'à six pas devant lui.

— Prenez-le ou tuez-le ! répliqua celui-ci.

LVII

Alors Rienquivaille fit feu sur le duc.

Celui-ci baissa la tête. La balle enleva le chapeau et le fit rouler à terre.

20

— Prenez-le vivant, dit Bernard de Ventadour furieux. Ce misérable ne doit pas périr à coups d'épée ni sous les balles. Je veux qu'il soit pendu à la porte de mon château et qu'il serve de proie aux vautours.

Mais personne ne se hâtait, voyant un second pistolet chargé dans la main de Rienquivaille.

— Tel qu'il est, dit Matifoux au sénéchal en le tirant à part de peur d'accident, le gaillard pourrait bien encore faire de la viande froide avec M. le duc ou l'un de ses domestiques.

Ninon s'écria, les mains jointes :

— Ah ! monsieur le duc !

Elle allait demander grâce, mais Rienquivaille la retint...

— Ninon, si vous dites un mot de plus, je me brûle la cervelle à vos pieds !

Elle recula épouvantée.

Au même instant, comme si Dieu était venu à notre secours, la trompette retentit au dehors, et une voix forte cria :

— Ouvrez ! au nom du roi et du parlement de Paris !

Cet ordre était si imprévu que tout le monde demeura stupéfait.

— Ah ! dit Rienquivaille, voilà ceux que j'attendais ! A votre tour de craindre, Bernard de Ventadour, duc d'Uzerche ! C'est au parlement de Paris que vous allez rendre compte de vos crimes !

Puis, s'adressant aux domestiques :

— Et vous, malheureux, prenez garde ! La potence est là-bas !

Du geste, il indiquait un objet invisible, mais dont le nom seul était de nature à glacer tous les courages.

Saint-Marc recula le premier. Les autres suivirent son exemple.

— Coquins ! dit le duc, qu'attendez-vous pour le saisir ?

Un second appel de la trompette retentit, plus redoutable encore que le premier. Je regardai par la fenêtre et je vis avec étonnement mon ami le curé de Saint-Eustache, à cheval comme un saint George, accompagné du bailli d'Égletons et d'un détachement de la milice bourgeoise, — trente ou quarante hommes environ.

Cette vue ranima toutes mes espérances.

Quant au sénéchal, qui jusque-là se tenait à l'écart, il s'avança vers la fenêtre, vit la milice, le bailli d'Égletons, le curé, et, prenant un air d'autorité que je ne lui connaissais pas, dit au valet de chambre Saint-Marc :

— Allez ouvrir !

Puis, comme l'autre ne se pressait pas et consultait son maître du regard :

— Allez, vous dis-je, si vous ne voulez pas que le parlement de Paris vous fasse pendre comme rebelle aux ordres de Sa Majesté !

Mais avant que le valet de chambre pût obéir ou désobéir, Bernique le bossu, qu'on avait fait sortir de la grande salle et qu'on avait négligé de mettre au cachot, trouva moyen de se glisser, dans le désordre universel, près de la poterne, de tirer le verrou et d'abaisser le pont-levis.

Le bon curé entra le premier, suivi du bailli, qui tenait à la main une large enveloppe cachetée de cire rouge. Derrière ces deux chefs marchaient les bourgeois d'Égletons, armés de piques et de mauvais fusils de chasse, mais vaillants et heureux de faire partie d'une expédition qui promettait beaucoup de gloire et menaçait de peu de dangers. Derrière la milice marchaient les archers du sénéchal, un peu honteux de s'être laissé renvoyer du château et impatients de laver leur injure.

Cependant Bernard de Ventadour réfléchissait. Quand le curé parut, il s'avança vers lui et dit d'un air hautain :

— Curé, je ne m'attendais pas à vous rencontrer ici !

Le saint homme répondit modestement :

—En effet, monsieur le duc, vous ne m'aviez pas invité, mais je me suis présenté si souvent à la porte de votre hôtel et j'y ai été si mal reçu que j'ai cru nécessaire de vous suivre jusqu'ici.

— Enfin, que voulez-vous de moi, curé ?

— De vous, monsieur le duc, rien ! De votre justice, tout !... ou plutôt ce n'est pas moi qui demande... c'est M. le procureur général du parlement de Paris qui veut qu'on remette aux mains de M. le sénéchal de Tulle, ici présent, ou de M. le bailli d'Égletons, noble homme et délégué à cet effet, les personnes dont les noms suivent... Lisez vous-même, monsieur le bailli.

Le bailli, gros homme à figure rubiconde et hardie, s'avança et dit :

« Théodore Marteau, épicier à Paris, place Saint-Jacques-la-Boucherie ;

« Ninon Marteau, sa fille ;

« Jean-de-Dieu Rienquivaille ;

« Jacquot, ancien domestique du duc d'Uzerche, etc., etc.

« Pour lesdites personnes être interrogées, et, s'il est nécessaire, jugées sur le fait des crimes de rapt et d'incendie.

« En cas de résistance desdites personnes ou de leurs amis et complices, employer la force et traiter les fauteurs de la rébellion avec toute la rigueur des lois. »

Bernard de Ventadour écouta cette lecture en silence, les sourcils froncés comme un homme qui va prendre un parti violent.

— Et si je désobéis ? dit-il enfin.

Le bailli d'Égletons fit deux pas en avant et répondit avec fermeté :

— Dans ce cas, monsieur le duc, c'est moi qui exécuterai les ordres de M. le procureur général !

Et vraiment il avait bon air, ce petit bailli, gros comme une barrique, rouge comme un coquelicot, mais hardi comme un homme sûr de son fait, il avait bon air à braver le duc tout-puissant, favori du roi, dans sa propre maison !

S'il faut tout dire, j'ai su depuis qu'on l'avait autrefois surpris braconnant dans la forêt de Neuvic, sur les terres de M. le duc, qu'il en avait été quitte à grand'peine pour une amende de mille écus, et qu'il était heureux de trouver une occasion de vengeance.

Quels que fussent ses motifs, il était prêt à faire son devoir ce jour-là, et son exemple encouragea tellement le sénéchal, qu'il vint se ranger à côté du curé et dit à son tour :

— Monsieur le duc, au nom du roi !

Mais ce fut une inspiration fâcheuse, car le fier Bernard de Ventadour, furieux d'être ainsi bravé, lui dit en levant sa cravache :

— Bonhomme, si tu te mêles de ce qui ne te regarde pas, je te !...

Le geste acheva la pensée et fit reculer le bon sénéchal.

— Quant à vous, curé, continua le duc, je ne m'attendais pas à vous voir si tôt dans les rangs de mes ennemis. Il me semblait que M. le curé de Saint-Eustache n'aurait pas dû oublier le service que j'ai rendu au vicaire de Saint-Merry.

Mais le saint homme n'avait pas la langue dans sa poche, comme disait la pauvre Jeannette. Il répliqua d'un air doux et fier :

— Monsieur le duc, je ne sais de quoi vous voulez

parler... Quel service ai-je pu recevoir de vous ? Je l'ignore. M'auriez-vous fait quelque don ou quelque prêt ? Je n'en ai aucun souvenir, ni vous non plus, je pense !

— Je vous ai trouvé vicaire, et je vous ai fait curé, répliqua Bernard.

— Je n'en crois rien, monsieur le duc. Il me semble impossible que Sa Grandeur Monseigneur l'archevêque de Paris ait demandé conseil à M. le colonel des gardes françaises pour choisir le curé de Saint-Eustache... Je croirais faire injure à Sa Grandeur... Quelle raison d'ailleurs pouviez-vous avoir, monsieur le duc, de vous intéresser à un vieux prêtre que vous n'aviez jamais connu ?

— Ah ! cafard ! cria Bernard de Ventadour en frappant la table avec sa cravache et si fortement que la table se fendit et que la cravache fut brisée.

Puis, s'adressant à ses hommes :

— Vous, en avant ! Et jetez-moi tout ce monde à la porte !

De son côté, le bailli d'Égletons leva son épée en l'air et dit aux miliciens et aux archers :

— Attention au commandement ! En joue !

Quant à moi, pris entre deux feux, je me retirai vers la fenêtre profonde, où déjà Ninon se trouvait avec Rienquivaille. Celui-ci, épuisé par le dernier effort qu'il avait fait quand il croyait n'avoir plus qu'à vendre bien cher sa vie, regardait d'un air distrait dans la campagne et couvrait Ninon de son corps pour la préserver des balles, lorsque tout à coup il s'écria :

— Arrêtez tous ! voici la marquise de Latour-Maubrac !

A ces mots, tout le monde demeura immobile et dans l'attente.

LVIII

C'était elle en effet. Montée sur un genet d'Espagne et suivie de deux laquais bien armés, elle passa le pont-levis, mit pied à terre et monta légèrement l'escalier.

— J'arrive à temps ! s'écria-t-elle.

Et se jetant dans les bras de son frère, elle ajouta :

— Bernard, au nom du ciel, posez les armes ! Écoutez ce que j'ai à vous dire.

Le duc la reçut très-froidement, se laissa embrasser, et répliqua :

— Que venez-vous faire ici?... Vous joindre à mes ennemis ?

Elle répondit à voix basse, et je devinai sa réponse au mouvement de ses lèvres :

— Je viens plutôt vous tirer de leurs mains, Bernard. Vous ne savez pas ce qui vous menace. Mais d'abord, faites écarter tout ce monde, excepté Marteau, sa fille, Rienquivaille, le bailli, le sénéchal et le curé.

Et comme il hésitait, je crois qu'elle ajouta :

— Il y va de votre honneur de duc et de pair !

Alors, d'un commun accord, les deux troupes qui paraissaient prêtes à se charger se retirèrent par deux portes opposées sur l'ordre de leurs chefs.

Mme de Latour-Maubrac s'assit dans le fauteuil comme un président au parlement ; mais, je dois le dire, avec beaucoup plus de grâce, et d'un air souriant, plein de bonté, de finesse et de malice, nous dit :

— Messieurs, d'où vient tout ce tapage? D'un malentendu, je pense. Vous croyez avoir à vous plaindre les uns des autres.

Le duc d'Uzerche répondit fièrement :

— Vous vous trompez, ma sœur! Bernard de Ventadour ne se plaint de personne. Il juge et il condamne, voilà tout !

Elle le regarda fixement, tira de son sein une lettre cachetée, scellée du sceau et des armes de M. le procureur général du parlement de Paris, la lui donna et dit :

— Avant de juger et de condamner, lisez, Bernard!

Je ne sais ce que contenait ce papier, mais le duc pâlit en le lisant. De fureur ou de crainte ? Qui peut savoir?

— Ah! me dit tout bas Bernique qui s'était glissé dans la salle sans y être autorisé et qui se cachait derrière Ninon et derrière moi pour n'être pas remarqué, quand on pense que cette belle dame pourrait être Mme de Pompadour, si elle voulait, et presque reine de France! Comme elle gouvernerait tout ça, comme elle vous ferait marcher le roi, le parlement et toute la boutique!

Mme de Latour-Maubrac reprit :

— Vous croyez avoir à vous plaindre les uns des autres... C'est entendu. Eh bien, voulez-vous me prendre pour juge? Je me charge d'accommoder tout à la satisfaction générale.

— Heu! ce sera difficile, gronda Bernique derrière moi.

— ... Voyons! y consentez-vous, Marteau?

Si j'y consentais! avec bonheur!

— Et vous, Ninon ?

— Moi, répondit ma fille en regardant Rienquivaille, je ferai tout ce que voudra mon père.

— Et vous, monsieur Rienquivaille?

Elle le regardait, la belle marquise, d'un air qui ressemblait à une prière, à un ordre, à un sourire, à une malice, et presque à un baiser, — si j'osais parler ainsi d'une si noble et si charmante dame.

Naturellement Rienquivaille s'empressa de répondre avec le plus profond respect qu'il était trop heureux de s'en rapporter à l'équité de Mme la marquise plutôt qu'à la justice du roi.

Ici Ninon eut quelque soupçon de la vérité et lui dit à demi-voix :

— Vous connaissez donc cette belle dame, Jean-de-Dieu?

— Je la connais comme vous la connaissez, répondit-il sur le même ton. Vous avez bien entendu parler de Mme la marquise de Latour-Maubrac, l'une des plus grandes dames de la cour? ... Eh bien! j'en ai entendu parler comme vous.

— Quant à vous, monsieur le curé, quant à M. le sénéchal et à M. le bailli d'Égletons, je sais que vous ne demandez pas mieux que d'en venir aux voies de conciliation... ·

— Oh! oui! s'écria le sénéchal. J'ai toujours préféré les voies de conciliation aux voies de fait.

Le bailli d'Égletons était moins accommodant. Je crois qu'il avait compté sur un conflit, sur un procès, sur je ne sais quoi qui mettrait tout le bas Limousin en rumeur et qui le vengerait d'avoir payé l'amende comme braconnier. Cependant tous les autres ayant cédé, il fut forcé de céder à son tour.

— Quant à vous, Bernard, continua Mme de Latour-Maubrac, je me porte garant de votre consentement.

— Ma chère sœur, dit le duc qui avait eu le temps de réfléchir (et je crois que la lettre qu'il venait de recevoir avait produit son effet), je n'ai rien à vous refuser, vous le savez bien; faites donc ce qu'il vous plaira. Je vous laisse maîtresse de tout.

— Vous ne vous en repentirez pas, Bernard ... De quoi vous plaignez-vous?

— De ce que ce misérable Rienquivaille est entré par surprise dans mon château, de ce qu'il a voulu assassiner plusieurs de mes hommes et moi-même... Tenez, voyez plutôt?

Et il montra son chapeau percé d'une balle.

Rienquivaille voulut répliquer. La belle marquise lui imposa silence.

— Je me plains encore, ma chère sœur, puisque nous vous prenons tous pour juge, de voir le sénéchal de Tulle et le bailli d'Égletons entrer chez moi en mon absence, faire des perquisitions, arrêter mes domestiques, prêter l'oreille aux accusations les plus insensées.

Le sénéchal et le bailli voulurent réclamer et se justifier.

— Vous aurez votre tour, dit la marquise avec sa douceur ordinaire.

Puis, s'adressant à moi :

— Et vous, monsieur Marteau?

— Moi, madame! M. le duc a fait enlever ma fille et brûler ma maison par ses domestiques, entre autres par ce misérable Jacquot que j'avais élevé, qui était le fils de ma pauvre servante Jeannette...

— Et vous, ma belle Ninon, demanda la marquise qui paraissait regarder ma fille avec curiosité, n'avez-vous personne à accuser?

Ninon s'avança et répondit :

— Madame, tout ce que mon père a dit est parfaitement vrai. Ce qu'il ignore, c'est que ce misérable Jacquot m'a proposé de l'épouser, aussitôt que M. le duc d'Uzerche serait arrivé, ajoutant qu'il promettait de s'en aller en Suisse après la cérémonie et que je resterais seule au château...

— Qu'avez-vous répondu? demanda la marquise.

— Rien; je me suis sauvée dans ma chambre, j'ai verrouillé la porte, et j'ai prié Dieu de me rappeler à lui s'il ne voulait pas me délivrer... Heureusement...

(Et elle jeta un regard plein de reconnaissance et d'amour sur Rienquivaille.)

... Heureusement mon père et M. le sénéchal sont venus, puis M. le curé et vous, madame, et maintenant je suis en sûreté. Oh! c'est à vous tous, après Dieu, que je devrai ma liberté.

— Charmante enfant, dit la marquise en la baisant au front, vous serez libre tout à l'heure, — libre et heureuse, c'est moi qui vous le dis, ajouta-t-elle en regardant Rienquivaille.

— Quant à vous, monsieur le sénéchal...

— Madame la marquise, j'ai été reçu à coups de pistolet par les domestiques de M. le duc, en remplissant mon devoir...

— Et moi, ajouta le bailli d'Égletons, je vous en offre autant. Si madame la marquise n'était pas arrivée tout à l'heure si à propos, je serais peut-être tué avec la moitié de mes hommes pour avoir voulu exécuter les ordres du parlement de Paris...

— Et vous, mon cher curé, n'avez-vous rien à dire, demanda la marquise.

— Oh! moi, je ne me plains de personne et je pardonne à tout le monde, répondit M. le curé de Saint-Eustache avec sa modestie ordinaire. *Dimitte nobis debita nostra, sicut et nos dimittimus debitoribus nostris.* Voilà ma seule pensée, madame.

— C'est un malin! me souffla Bernique. De vicaire, il est devenu curé, et maintenant il se moque de ceux qui l'ont fait nommer. Ils ont cru se servir de lui, et c'est lui qui s'est servi d'eux.

Paroles impies que je blâme de toutes mes forces et que je rapporte seulement pour rendre hommage à la vérité.

Mme de Latour-Maubrac prit alors une attitude de juge et prononça ainsi sa sentence:

— Monsieur Marteau, personne ne se plaint de vous, ni de Mlle Ninon, que tout le monde, au contraire (elle regarda du coin de l'œil Rienquivaille), paraît s'accorder ici à trouver charmante. Vous êtes donc libres tous les deux, et vous allez partir avec moi tout à l'heure.

— Ah! madame, que vous êtes bonne! s'écria Ninon en voulant lui baiser la main.

— Meilleure encore que vous ne pouvez croire, dit la marquise qui l'embrassa franchement; mais enfin vous êtes digne d'être heureuse et je vous souhaite tout le bonheur possible...

— Ah! reprit Ninon en soupirant, comment pourrai-je être heureuse?...

— Si tous vos amis ne le sont pas? répliqua Mme de Latour-Maubrac, en riant et regardant Rienquivaille; espérez, ma chère enfant, vos amis pourront être libres et heureux aussi...

Vous, monsieur Rienquivaille, vous avez, à ce qu'on dit, vingt crimes sur la conscience; mais j'ai pris des informations, et je sais de bonne part que ce sont de pures calomnies... Vous avez tué ou blessé plusieurs hommes, mais c'est en bataille rangée... Vous avez même voulu tuer mon frère; mais Bernard de Ventadour, duc d'Uzerche, avait des torts envers vous; et, d'ailleurs, il a le cœur trop haut pour se venger d'une action que peut-être il avait provoquée.

— Moi! s'écria le duc.

— Vous, mon frère. Vous aviez commandé de le tuer. Il a riposté. Vous voilà quittes! Monsieur Rienquivaille, vous allez partir avec nous...

— S'il n'est retenu pour autre cause, interrompit le sénéchal de Tulle; mais justement il se trouve que le sieur Rienquivaille m'est signalé depuis longtemps comme assassin du baron de Bergues, capitaine au régiment d'Artois. Je le retiens donc ponr mon compte et pour l'envoyer à messieurs les juges du Châtelet.

Ninon pâlit et s'évanouit presque dans mes bras.

Quant à Mme de Latour-Maubrac, elle dit au bailli d'Égletons :

— Monsieur, veuillez décacheter l'enveloppe que vous avez dans les mains, et lire tout haut.

Or, il se trouva que l'enveloppe contenait des lettres signées de la main du roi Louis XV, et qui déclaraient que le grand roi, s'étant fait rendre compte de toutes les circonstances de l'affaire, et ayant reconnu l'innocence parfaite de l'accusé, avait daigné faire grâce entière.

Ce fut comme un coup de foudre qui tomba sur les assistants. Le duc regarda sa sœur d'un air de reproche et de colère concentrée. Ninon se ranima et redevint plus belle que les amours. Rienquivaille se jeta à genoux devant Mme de Latour-Maubrac et lui baisa les mains si longtemps et si tendrement que la marquise elle-même le força de se relever.

Le sénéchal et le bailli sortirent de la salle pour faire mettre leurs hommes sous les armes et préparer le départ. Bernique les suivit, n'osant rester, de peur d'être bâtonné, et nous restâmes seuls, le duc, la marquise, le curé, Rienquivaille, Ninon et moi.

— Quant à vous, monsieur Marteau, vous serez dédommagé. Combien valait votre maison ?

— Soixante mille écus, madame.

— Eh bien, voici un bon sur l'intendant de M. le duc d'Uzerche, qui est aussi le mien. Bernard se charge de vous rembourser... Et vous, monsieur Rienqui-

21

vaille, n'avez-vous pas d'indemnité à réclamer pour les dangers que vous avez courus et pour votre blessure? Un de mes amis, qui est tout-puissant chez M. de Choiseul, ministre de la guerre, m'a donné pour vous ce brevet de capitaine au régiment de Navarre. Ne me remerciez pas. M. de Choiseul connaît votre mérite... Et maintenant, partons!

Rienquivaille fut mis avec nous dans le char à bancs qui avait été loué pour emporter Ninon, et nous arrivâmes vers minuit à Tulle, où la charmante marquise nous dit adieu et partit avec le curé de Saint-Eustache.

Quelques jours après, nous prîmes le chemin de Paris, et j'allai remercier le curé et lui demander comment s'étaient opérés tous ces miracles.

Le saint homme me dit :

— Voyant que je ne pouvais rien tirer du duc d'Uzerche, j'allai chez M. le procureur général du parlement de Paris. Le procureur donna des ordres pour délivrer Ninon, ayant soin, comme je l'en priais, de ne mentionner que Jacquot et ses complices sur le mandat d'arrêt, afin d'étouffer l'affaire si le duc d'Uzerche ne s'y opposait pas. Je courus de là chez Mᵐᵉ de Latour-Maubrac, qui frémit du danger de Ninon, de Rienquivaille qu'elle connaissait déjà et même de son frère, car le rapt et l'incendie ne sont pas des plaisanteries, et les gens de robe, qui n'aiment pas les ducs et pairs, auraient fait un scandale effroyable.

Elle alla droit à Versailles, obtint une audience du roi, le tourna, le retourna je ne sais par quels moyens, et revint avec tous les papiers, les lettres de grâce et les ordres d'étouffer le procès, n'importe à quel prix, que vous avez vus dans ses mains. Moi, pour la soutenir et forcer la main au duc en cas de résistance, j'avais les ordres précis du procureur général... Et voilà! Surtout gardez bien le secret sur tout cela.

Je le promis; aussi, lecteurs, je ne le dis qu'à vous qui ne me lirez pas avant cent ans.

Et Ninon?... Eh bien! elle a épousé Rienquivaille. Que voulez-vous? C'était sa fantaisie. J'ai dû céder. Au reste, cinq ans après, ennuyé de ne pas pouvoir avancer, il est venu prendre ma place dans ma boutique qui, grâce à lui et aux soixante mille écus que M. le duc d'Uzerche fut forcé de me payer comme indemnité de ma maison brûlée, est plus prospère que jamais. Mes petits-enfants sont au nombre de sept, comme les sept péchés capitaux, mais tous jolis et bien portants comme leur mère.

Rienquivaille est échevin. Jacquot a été pendu trois ans après le mariage de Ninon et quelques autres aventures. Le duc d'Uzerche est maréchal de France.

La marquise de Latour-Maubrac est encore belle, quoiqu'elle ait déjà plus de quarante ans, et personne ne peut la voir sans l'aimer.

Quant au curé de Saint-Eustache, mon vieil ami, il repose depuis un an dans le cimetière du Père-Lachaise, pleuré de tous ceux qui l'ont connu, et surtout de Théodore Marteau, qui lui doit la liberté et le salut de sa fille.

FIN